SCIENCE FICTION

Herausgegeben
von Wolfgang Jeschke

In gleicher Aufmachung erschienen in der Reihe
HEYNE SCIENCE FICTION & FANTASY:

Wenn Napoleon bei Waterloo gewonnen hätte –
und andere abwegige Geschichten, hrsg. von J. C. Squire · 06/6310
Alexanders langes Leben, Stalins früher Tod –
und andere abwegige Geschichten, hrsg. von Erik Simon · 06/6311

WENN NAPOLEON BEI WATERLOO GEWONNEN HÄTTE

– und andere abwegige Geschichten

von

WINSTON CHURCHILL
G. K. CHESTERTON
ANDRÉ MAUROIS
G. M. TREVELYAN
und anderen

Mit einem Vorwort von
SIR JOHN WHEELER-BENNETT
herausgegeben von
J. C. SQUIRE

Deutsche Erstausgabe

WILHELM HEYNE VERLAG
MÜNCHEN

HEYNE SCIENCE FICTION & FANTASY
Band 06/6310

Titel der englischen Originalausgabe
IF IT HAD HAPPENED OTHERWISE
Deutsche Übersetzung von Walter Brumm
Das Umschlagbild ist von Thomas Thiemeyer

Umwelthinweis:
Dieses Buch wurde auf chlor- und säurefreiem Papier gedruckt

Redaktion: Wolfgang Jeschke

Amerikanische Erstausgabe 1972 by St. Martin's Press, New York

(Einige der Beiträge erschienen als Vorabdruck im
Heyne Science Fiction Magazin und im *Heyne Science Fiction Jahr*)
http://www.heyne.de
Taschenbucherstausgabe
Printed in Germany 8/99
Umschlaggestaltung: Nele Schütz Design, München
Technische Betreuung: M. Spinola
Satz: Schaber Satz- und Datentechnik, Wels
Druck und Bindung: Ebner Ulm

ISBN 3-453-14911-4

Inhalt

Vorwort 9
von SIR J. C. SQUIRE

Einleitung 13
von SIR JOHN WHEELER-BENNETT,
K.C.V.O., C.M.G., O.B.E.

Vorbemerkung zur deutschen Ausgabe 21
von WOLFGANG JESCHKE

Wenn die Mauren
in Spanien gesiegt hätten... 23
(IF THE MOORS IN SPAIN HAD WON)
von PHILIP GUEDALLA

Wenn Don Juan d'Austria
Maria Stuart geheiratet hätte 47
(IF DON JOHN D'AUSTRIA HAD
MARRIED MARY QUEEN OF SCOTS)
von G. K. CHESTERTON

Wenn Ludwig XVI.
eine Spur von Festigkeit gezeigt hätte 79
(IF LOUIS XVI HAD HAD AN ATOM OF FIRMNESS)
von ANDRÉ MAUROIS

Wenn Drouets Karren steckengeblieben wäre . . 113

(IF DROUET'S CART HAD STUCK)

von HILAIRE BELLOC

Wenn Napoleon nach Amerika entkommen wäre 151

(IF NAPOLEON HAD ESCAPED TO AMERICA)

von RT. HON. H. A. L. FISHER

Wenn Byron König von Griechenland geworden wäre 185

(IF BYRON HAD BECOME KING OF GREECE)

von HON. SIR HAROLD NICOLSON, K.C.V.O., C.M.G.

Wenn Lee die Schlacht von Gettysburg nicht gewonnen hätte 217

(IF LEE HAD NOT WON THE BATTLE OF GETTYSBURG)

von RT. HON. SIR WINSTON S. CHURCHILL, K.G., P.C.

Wenn Booth Präsident Lincoln verfehlt hätte 243

(IF BOOTH HAD MISSED LINCOLN)

von MILTON WALDMAN

Wenn Kaiser Friedrich III. nicht Krebs gehabt hätte 273

(IF THE EMPEROR FREDERICK HAD NOT HAD CANCER)

von EMIL LUDWIG

Wenn 1930 entdeckt worden wäre, daß Shakespeares Werke in Wirklichkeit von Bacon stammen 299
(IF IT HAD BEEN DISCOVERED IN 1930 TRAT BACON REALLY DID WRITE SHAKESPEARE)
von SIR JOHN SQUIRE

Wenn der Generalstreik erfolgreich gewesen wäre 329
(IF THE GENERAL STRIKE HAD SUCEEDED)
von REV. FR. RONALD KNOX

Wenn: Eine Jakobitische Phantasie 361
(IF: A JACOBITE FANTASY)
von SIR CHARLES PETRIE, BT., C.B.E.

Wenn Napoleon die Schlacht von Waterloo gewonnen hätte 369
(IF NAPOLEON HAD WON THE BATTLE OF WATERLOO)
von SIR GEORGE TREVELYAN

Wenn Erzherzog Ferdinand seine Frau nicht geliebt hätte 387
(IF ARCHDUKE FERDINAND HAD NOT LOVED HIS WIFE)
von A. J. P. TAYLOR

Zeittafel der Wendepunkte 397

Vorwort

Leitartikelschreiber haben eine Vorliebe für den ›Scheideweg‹. Wir alle aber stehen zu jeder Zeit am Scheideweg. Es gibt (wenn wir die Vorherbestimmung außer Betracht lassen) keine Handlung, kein Ereignis, ob groß oder klein, die nicht anders hätte verlaufen sein können und dadurch vielleicht die Weltgeschichte für alle Zeit verändert haben würde. Carlyle sagte einmal, ein Indianer am Ufer des Ontariosees könne keinen Kieselstein ein paar Meter weit werfen, ohne den Schwerpunkt der Erde zu verändern. Genauso gilt, daß, wenn der Indianer sich des Steinewerfens enthält und anderweitig beschäftigt – etwa indem er einen Kriegsgesang erfindet, der seinen Stamm später dazu anfeuern mag, einen Siedler zu töten, dessen Stimme bei einer Wahl den Ausschlag gegeben hätte –, sein Handeln Auswirkungen haben kann, die auf der ganzen Welt für immer spürbar bleiben werden. In unserem Leben erscheint das ›Wenn‹ gewöhnlich in der Gestalt des ›Wenn nur‹ und drückt meistens Bedauern aus: es ist selten, daß jemand sich selbst oder einen anderen sagen hört: »Wenn ich nur nicht dies oder das getan hätte, dann würde ich nicht so reich, weise, erfolgreich und vornehm sein, wie ich es jetzt bin.« Bei der Beschäftigung mit der Geschichte nehmen wir glücklicherweise nicht als gegeben an (wie wir es im Hinblick auf unser persönliches Leben zu tun geneigt sind), daß alles besser geworden wäre, wenn nicht eine unbedeutende Sache dazwischen gekommen wäre. Mag die Geschichte, wie Gibbon* bemerkte (er

* Edward Gibbon, britischer Historiker, 1737–1794 – *Anm. d. Übers.*

sprach freilich von der damaligen Geschichtsschreibung) auch »die Aufzeichnung der Verbrechen und Torheiten der Menschheit« sein, meinen wir manchmal doch, daß die Dinge schlechter stünden, wenn etwas anders verlaufen wäre. Naturgemäß hängt in mehrfacher Hinsicht viel vom Standpunkt ab. Die Frage »Wenn Napoleon die Schlacht von Waterloo gewonnen hätte«, die Professor Trevelyan einer so brillanten Prüfung unterzog, wird in der Brust eines Engländers andere Empfindungen hervorrufen als in der eines Franzosen, und von einem Deutschen können wir kaum die Reaktion erwarten, die von der Spekulation »Wenn Kluck* nicht vor Paris haltgemacht hätte«, in uns hervorgerufen wird. Wenige aber, konfrontierte man sie mit der Idee »Wenn Sodom und Gomorrha nicht zerstört worden wären«, würden innehalten und betrübt nachsinnen, um wieviel glänzender die nachfolgende Menschheitsgeschichte gewesen wäre, hätte die ›Katastrophe‹ nicht stattgefunden. Und niemand, denke ich, würde bei der Vorstellung, daß der Dolch des Tyrannenmörders sein Ziel verfehlt haben könnte, schmerzliches Bedauern verspüren.

Hier haben wir eine Anzahl von Spekulationen, die sich mit den unterschiedlichen Entwicklungen beschäftigen, welche eingetreten wären, wenn bestimmte Ereignisse ›eine andere Wendung‹ genommen hätten. Es gibt nichts Langweiligeres (es sei denn, ein alter Autor wird wiederbelebt) als ein Vorwort, das das vorgestellte Werk lobpreist. Jeder verständige Leser wird sich gegen den Versuch wehren, ihm etwas aufzudrängen. Es würde ein doppeltes Ärgernis sein, wollte ich ein solches Vorwort schreiben, habe ich das Buch doch herausgegeben. Da mir also ein Lob verwehrt ist, und da eine Verdammung politisch unklug wäre, bleibt mir

---

* Alexander v. Kluck, deutscher General, 1846–1934, führte 1914 die 1. Armee gegen Paris – *Anm. d. Übers.*

wenig zu sagen übrig. Die in diesem Band vereinten Autoren schreiben nicht alle auf der genau gleichen Realitätsebene. Einige mischen mehr Satire in ihre Spekulationen, als andere es tun. Manche bringen, wie ich meine, sehr überzeugende Vermutungen darüber, was tatsächlich hätte geschehen können; die Phantasien anderer rufen einem Dr. Johnsons Bemerkung ins Gedächtnis, daß ein Mann, der eine Inschrift in Stein meißelt, nicht unter Eid steht.

Das Studium dieser Essays macht einem klar, wie folgenschwer die Entscheidungen sind, die in diesem Augenblick fallen. Jemand in Tibet mag schlecht oder zu lange geschlafen haben, und das Geschick von Nationen kann auf dem Spiel stehen. Die Erkenntnis hilft jedoch nicht viel, da niemand wissen kann, ob es besser für die Welt wäre, wenn er verschlafen hätte oder von Schlaflosigkeit geplagt würde.

Sir J. C. Squire

Einleitung

Ich sollte mit dem Bekenntnis beginnen, daß ich ein leidenschaftlicher Anhänger der ›imaginären Geschichte‹ bin, sei sie von der rein fiktiven oder der analytischen, an den historischen Tatsachen orientierten Spielart. Ich habe diese Unterscheidung eingeführt, weil die ›imaginäre Geschichte‹ durch die Verschiedenheit ihrer Erscheinungsformen zu Unterteilungen einlädt.

Die rein fiktive Schule der ›imaginären Geschichte‹ findet in Anthony Trollopes politischen Romanen ihre vielleicht beste Verkörperung; bis zu einem gewissen Grad auch von Benjamin Disraelis politischen Novellen. Diese Schriftsteller konstruieren ihre Geschichten um das Gerüst der politischen und staatlichen Wirklichkeit. Es gibt politische Konflikte, Kabinettskrisen, sogar Verfassungskrisen, die allesamt imaginärer Natur sind, doch in so wirklichkeitsnahen Begriffen beschrieben werden, daß sie glaubhaft und einleuchtend erscheinen. Die Einzelheiten parlamentarischer Verfahrensweisen sind wirklichkeitsgetreu dargestellt, während die politischen Machenschaften und die Stärken und Schwächen der Helden und Bösewichter als glaubwürdige Erfindungen in diese realistischen Szenen eingeführt werden. Dieser Schule gehören auch, wenngleich in einer eigenen Abteilung, jene ›imaginären Historiker‹ an, die im Gegensatz oder in Ergänzung zum Zweck der Unterhaltung mit einer bestimmten Zielsetzung schrieben. In den Jahren vor dem Ersten Weltkrieg, als Großbritannien sich in der falschen Sicherheit einer durchaus nicht glanzvollen Isolation wiegte, gab es Autoren, die die Öffentlichkeit mit Hilfe von Romanen und Theaterstücken, welche in haarsträubender Weise die Verwundbarkeit des Landes gegen Angriffe fremder Mächte ausspielten, aus der Schläfrigkeit ihrer Selbsttäuschung aufzurütteln suchten. Herausragend auf diesem Gebiet waren William Le Queux' *The Great Invasion of 1910* (1906) und Erskine Childers *Riddle of the Sands* (1903), während Guy Du Mauriers volkstümliches und patriotisches Melodram *An Englishman's Home* (1909) gleichzeitig von drei ständig ausverkauften Londoner Theatern gespielt wurde. Mit diesen Werken sollte Lord Roberts' Kampagne für den ›National Service‹ unterstützt werden, die darauf abzielte, der britischen Öffentlichkeit die – realen oder vermeintlichen – Gefahren bewußt zu machen, die dem Land drohten. Bezeichnenderweise blieben diese Bemühungen ebenso wirkungslos wie Ende der dreißiger Jahre die Warnungen Winston Churchills.

Diese Richtung fiktiver Geschichtsschreibung entwickelte sich nach dem Zweiten Weltkrieg im Gleichklang mit den durch Politik und atomare Bedrohung entstandenen Wandlungen in ihrer Funktion als Bangemacher weiter (doch sollte Floyd Gibbons' 1930 erschienenes Buch *The Red Napoleon* hier nicht unerwähnt bleiben). Die nukleare Abschreckung und die von ihr geförderte diplomatische Seiltänzerei übten eine unwiderstehliche Anziehungskraft auf Schriftsteller dieser Richtung aus, vor allem in den Vereinigten Staaten. Diese haben, angefangen mit E. Burdicks und H. Whellers *Fail-Safe* (1963) seither eine beängstigende Flut von politischer Fiktion hervorgebracht, zu deren besten Leistungen Pierre Salingers *For the Eyes of the President Only* (1971) und Peter Sellers' Filmrolle als Dr. Seltsam (1963) zählen.

Auch der Ansehensverfall der Demokratie und die entsprechende Tendenz zu autoritären Regierungsformen ist von den Autoren dieser Schule nicht vernachlässigt worden. *Seven Days in May* von F. Knebel und C. W. Bailey (1963) ist ein besonders instruktives Beispiel dafür, und nur eines unter mehreren*.

Die klassische Schule der Imaginären Geschichte beschränkt sich dagegen auf die Veränderung nur eines einzigen Faktors der historischen Wirklichkeit, um von dort aus den wahrscheinlichen Gang der Geschichte zu verfolgen. Dies darf nicht mit der historischen Methode verwechselt werden, die ein bedeutendes Geschehen auf irgendeinen trivialen Vorfall zurückführt, welcher den historischen Verlauf der Ereignisse dann unausweichlich erscheinen läßt. Eine derartige spekulative Geschichtsdeutung behauptet etwa, daß Napoleon am Morgen der Schlacht von Waterloo zeitgenössischen Quellen zufolge stark unter Hämorrhoiden zu leiden gehabt habe und darum … etc. Dies kann nicht imaginäre Geschichte genannt werden; es ist lediglich

* Ein allzuwenig bekannter Beitrag zur ›imaginären Geschichte‹ des Zweiten Weltkrieges ist ein kleiner Band, den der politische Kommentator und Unterhausabgeordnete Vernon Bartlett 1943 unter dem Titel *Tomorrow Always Comes* veröffentlichte. In der Form eines Tagebuches geschrieben, das mit dem Zusammenbruch der deutschen Armeen beginnt, wollte das Buch vor den Fehlern warnen, die nach dem Ersten Weltkrieg mit dem Friedensdiktat von Versailles gemacht worden waren und auf die Harold Nicolson mit seinem Buch *Why Britain is at War* (1939) hingewiesen hatte. Die Erzählweise ist spannend und überzeugend, der Stil der eines erstklassigen Journalisten und Rundfunkkommentators. Der Autor versteht seine große Erfahrung in internationalen Angelegenheiten zu nutzen und macht freizügig Gebrauch von den Namen seiner Freunde und Kollegen. Ich war erfreut, mich selbst als ›Mitglied einer der mehr oder weniger geheimnisvollen Interalliierten Kommissionen‹ darin wiederzufinden, das Gedanken ausspricht, mit denen ich mich tatsächlich beschäftigte und die mich noch heute bewegen. Nimmt man sich dieses Buch heute nach einem Vierteljahrhundert wieder vor, so muß man Vernon Bartletts Sinn für tragische Voraussicht bewundern.

die Zurückführung der Geschichte selbst auf ihre Bestandteile.

Der Ahnherr der klassischen Schule war der große Historiker Sir George Trevelyan aus Cambridge, der im Juli 1907 mit einem Essay über das Thema »Wenn Napoleon die Schlacht von Waterloo gewonnen hätte« einen Preis der *Westminster Gazette* gewann.

Wie man es von einem Beitrag aus seiner Feder nicht anders erwartete, war dieser Essay ein Glanzstück sowohl im Stil als auch an imaginärem historischem Gehalt. Ausgehend von der Annahme eines französischen Sieges in dem Treffen, das als die Schlacht von Mont St. Jean in die Geschichte eingehen sollte, stellt Trevelyan sich eine langdauernde französische Herrschaft über Europa vor, deren Träger Napoleon nicht als Kriegsherrn, sondern als Mann des Friedens zeigt. Er stirbt 1836, nachdem er Italien unter französische Herrschaft gebracht, alle nationalen Bestrebungen unterdrückt und Karl Albert von Savoyen sowie Mazzini das gleiche Schicksal bereitet hat, das vor ihnen schon der unglückliche Herzog von Enghien erleiden mußte. Unterdessen ist England unter Castlereagh der Aushungerung und Repression überantwortet. Es interveniert in Lateinamerika, um Spanien in der Erhaltung seiner revoltierenden Kolonien beizustehen, deren Aufstand wiederum von den Resten der europäischen Aufklärung und des Freidenkertums unterstützt wird. Trevelyan malt ein anschauliches Bild der ungeheuren Weiten der Pampas, die ständiger Kriegsschauplatz werden, wo vertriebene Liberale und Abenteurer aus allen Ländern, hauptsächlich Engländer und Italiener, Seite an Seite mit den aufständischen Gauchos einen hartnäckigen und langwierigen Guerrillakrieg gegen die britischen und spanischen Streitkräfte führen. Eine faszinierende Darstellung von solcher Überzeugungskraft, daß man fast geneigt ist, sie für wahr zu halten.

Etwa fünfundzwanzig Jahre später kam eine Gruppe von bekannten und angesehenen Schriftstellern auf die Idee, in der Nachfolge von Trevelyans bahnbrechender Anstrengung eine Serie von historischen Essays zu schreiben, die vom maurischen Königreich in Spanien bis in die zwanziger Jahre unseres Jahrhunderts den verschiedensten historischen Episoden gewidmet waren. Hier hatte sich tatsächlich eine glänzende Versammlung genialer Menschen zusammengefunden, darunter Philip Guedalla, G. K. Chesterton, André Maurois, Hilaire Belloc, Harold Nicolson, Emil Ludwig und Winston Churchill. Das Buch war nicht nur ein Bestseller, sondern machte auch einen tiefen Eindruck sowohl auf die literarische Welt als auch auf das literarisch interessierte Publikum. Es ist bis heute unvergessen. Es funkelte von Witz und Belesenheit und den überraschenden Wendungen und Einfällen, mit denen die fintenreiche Phantasie der verschiedenen Schriftsteller aufwartete.

Von allen Beiträgen – und es ist nicht ein ›Blindgänger‹ darunter – hat sich derjenige Winston Churchills meinem Gedächtnis unauslöschlich eingeprägt; teils wegen der funkelnden Brillanz des Autors, teils wegen des besonderen Interesses am amerikanischen Sezessionskrieg, das ich mit ihm teilte. Aus einem Sieg der Konföderierten bei Gettysburg im Juli 1863 folgert Churchill die Existenz von zwei nordamerikanischen Republiken, die nach Überwindung aller Gegensätze unter Einbeziehung des britischen Weltreiches schließlich im Jahre 1905 die Englisch sprechende Assoziation (ESA) bilden. Diese mächtige Allianz stellt allen zerstrittenen und kriegslüsternen europäischen Mächten im Juli 1914 ein ›Ultimatum für den Frieden‹ und verhindert so mit Erfolg den Ausbruch des Ersten Weltkriegs.

Churchills Folgerungen sind optimistisch, aber niemals phantastisch; seine Annahmen befinden sich stets im Einklang mit den ursprünglich vorausgesetzten ›Fakten‹. Und nicht das geringste seiner zahlreichen Streiflichter ist die Vignette des politischen Lebens in England, die eine von Gladstone geführte Konservative Partei zeichnet, während Benjamin Disraeli als das glänzende Licht der Liberalen erscheint*.

Diese von Kennern hochgeschätzte Sammlung von Essays zur imaginären Geschichte war lange vergriffen und Lesern der Nachkriegsjahre kaum zugänglich. Sie ist im vorliegenden Band wieder vollständig enthalten, zusammen mit George Trevelyans ursprünglichem Essay. Zusätzlich wurden zwei weitere Beiträge aufgenommen, ein unterhaltendes Fragment imaginärer Geschichte von Sir Charles Petrie, das sich mit den möglichen Ergebnissen einer Restauration der Stuarts nach 1745 beschäftigt, und ein brillanter Beitrag von A. J. P. Taylor, der uns zeigt, was möglicherweise nicht geschehen wäre, wenn Erzherzog Franz Ferdinand und seine Gemahlin im Juni 1914 dem Mordanschlag in Sarajewo entgangen wären. Die Sammlung ist ein Hochgenuß an Spekulation, der kein wahrer Liebhaber der Geschichte widerstehen kann, und der Verlag verdient unsere aufrichtige Dankbarkeit, daß er sie uns wieder erhältlich gemacht hat.

Für mich aber ist es eine Freude und eine Ehre, diese

* Es ist interessant, daß einer der wenigen bedeutenden Beiträge zur imaginären Geschichte in den letzten Jahren einen Sieg der Südstaaten im amerikanischen Sezessionskrieg zum Gegenstand seiner Spekulation macht: MacKinley Kantors *If the South had Won the Civil War* (1969). Darin sieht Kantor eine Annexion Kubas durch die Konföderierten Staaten voraus, bevor es schließlich aus wirtschaftlichen und politischen Gründen zur Wiedervereingung der beiden nordamerikanischen Republiken kommt (Zu erwähnen ist an dieser Stelle auch Ward Moores ausgezeichneter Roman *Bring the Jubilee* [dt. *Der große Süden*, HEYNE SF 3760]) – *Anm. d. Übers.*

neue Ausgabe von Essays einzuleiten, die ich seit so vielen Jahren als literarische Kunstwerke bewundert und mit nie versiegendem Vergnügen gelesen und wieder gelesen habe. Sie sind nicht nur die beste Form von historischer Geistesübung, sondern auch ein Mittel der intelligenten Selbstunterhaltung, wecken sie doch das Verlangen, andere große Augenblicke der Geschichte einer Überprüfung und Neubewertung zu unterziehen und die eigene Phantasie Antworten auf die Frage suchen zu lassen, was geschehen wäre, wenn …

Oktober 1971 *Sir John Wheeler-Bennett, K.C.V.O., C.M.G., O.B.E.*

Vorbemerkung zur deutschen Ausgabe

Ich schließe mich Sir Johns Geständnis an: Auch ich bin ein leidenschaftlicher Anhänger der ›imaginären Geschichte‹, der ›kontrafaktischen Geschichte‹ oder ›virtuellen Geschichte‹, wie sie in letzter Zeit auch häufig genannt wird. Die Romane und Erzählungen, die sich mit solchen Spekulationen des ›Was wäre, wenn...?‹ beschäftigen, die ›Alternativwelt-Romane‹ (›alternative timestream novels‹) oder ›Parallelwelt-Geschichten‹ (›parallel world novels‹ oder ›parallel universe novels‹) sind neben den Zeitreise-Erzählungen (mit denen sie oftmals verquickt oder verbunden sind), Science Fiction auf höchstem Niveau. In dieser Art von Texten kommt der *spielerische Aspekt* dieser Literatur, den ich für ihren interessantesten, wenn nicht konstituierenden halte, besonders zum Ausdruck, im Spiel von Intellekt und Phantasie auf der Grundlage des historischen Faktenwissens. Denn Parallelwelt-Science Fiction läßt sich nur dann voll auskosten, d. h. in jedem versteckten Hinweis, in jeder scheinbar hingeworfenen Bemerkung, in jeder Facette verstehen und genießen, wenn man über dieses Faktenwissen verfügt (oder es sich zum Vergleich zugänglich macht) und es wie eine Zeichnung auf Transparentpapier über den Text legt, damit die vom Autor konturierten Abweichungen augenfällig werden.

Als diese hervorragende Sammlung, herausgegeben von Sir J. C. Squire, 1972 erschien, habe ich die Rechte für eine deutsche Ausgabe für den Wilhelm Heyne Verlag erworben in der Absicht, die einzelnen Beiträge des Bandes nacheinander im *Heyne Science Fiction Magazin* als Leckerbissen für unsere Leser zu publizieren. Leider fand das Magazin nicht den erwarteten und erhofften Widerhall und mußte nach zwölf Nummern eingestellt werden. Einige der Beiträge wurden sodann in der Nachfolge-Publikation des Magazins, dem *Heyne Science Fiction Jahr,* das es heute noch gibt, veröffentlicht, aber bei weitem nicht alle. Weil das Jahrbuch mehr der aktuellen Information gewidmet war und ist, fand aus Umfangsgründen leider spekulative Unterhaltung häufig keinen Platz.

Ich hatte aber immer schon die Absicht, die komplette Sammlung irgendwann in einem Band herauszubringen, mit den bereits auf deutsch erschienenen und den noch nicht erschienenen Beiträgen. Sie haben ihn in der Hand: *Wenn Napoleon bei Waterloo gewonnen hätte – und andere abwegige Geschichten.*

Anläßlich eines Gesprächs über dieses Thema mit Erik Simon, Autor und ehemaliger Science Fiction-Herausgeber des Verlags Das Neue Berlin, ergab sich die faszinierende Idee, dieser bis auf zwei Ausnahmen (ein Franzose, ein Deutscher) englischsprachigen Sammlung ein Pendant zur Seite zu stellen, das vornehmlich (aber nicht ausschließlich) Beiträge aus dem nicht-englischsprachigen Bereich enthält. Erik Simon machte sich auf die Suche nach geeigneten Texten. Das Ergebnis seiner Bemühungen ist der gleichzeitig erscheinende Band *Alexanders langes Leben, Stalins früher Tod – und andere abwegige Geschichten* (HEYNE SCIENCE FICTION 06/6311), ebenfalls ein »Hochgenuß an Spekulation, der kein wahrer Liebhaber der Geschichte«, widerstehen kann« wie Sir John dem vorliegenden Band attestiert. Er bietet wie jener die »beste Form von historischer Geistesübung«, ist »als Mittel intelligenter Selbstunterhaltung geeignet« und dazu, »große Augenblicke der Geschichte einer Überprüfung und Neubewertung zu unterziehen«.

Juni 1999 *Wolfgang Jeschke*

Wenn die Mauren in Spanien gesiegt hätten...

von PHILIP GUEDALLA

(Die Macht der Mauren in Spanien endete 1492 mit dem Sieg der Katholischen Könige Ferdinand und Isabella über Boabdil, dem letzten Herrscher des maurischen Königreiches von Granada.)

1. Aus Prof. C. H. Grisleys *»Das moderne Europa«*, Kapitel II:

Nach der entscheidenden Niederlage der Katholischen Könige bei Lanjaron (1491) wurden die Versuche, das maurische Königreich von Granada zu erobern oder wenigstens in spanische Abhängigkeit zu bringen, endgültig aufgegeben. Nur wenige überlebten, um von der Katastrophe zu berichten; und während sich der kleine Gebirgsfluß vom edelsten Blut Spaniens färbte, entkamen Ferdinand und Isabella mit dem Rest ihres Gefolges durch die verschneiten Hochtäler und Pässe der Sierra Nevada zu dem kleinen Hafenort Motril, der seit damals den Namen ›Motril de las Miserias‹ trägt, wo sie sich nach Valencia einschifften. Der König, dessen Gesundheit durch den Feldzug zerrüttet war, überlebte die Niederlage nicht lange und starb ein Jahr später im frühen Alter von vierzig Jahren, zerbrochen an der Enttäuschung und von Krankheit gezeichnet, auf dem Weg von Valladolid nach Burgos, wo er einen letzten Versuch unternehmen wollte, den Adel Kastiliens für eine Fortsetzung des Kampfes gegen die Mauren zu gewinnen. Seine letzten Worte waren »Ay de mi« – Weh über mich – und drückten seine verzehrende Gram über die Niederlage aus. Später wurden sie von seinen fröhlichen und musikliebenden Untertanen in eine Ballade aufgenommen, die britischen Lesern in Lord Byrons Übersetzung bekannt ist. Königin Isabella trat im schwarzen Witwenschleier vor die Cortes und unternahm eine halbherzige Anstrengung, sein Werk fortzuführen und den kastilischen Adel für einen neuen Angriff auf die Mauren zu gewinnen. Ihre Aufforderungen stießen jedoch auf taube Ohren, und ein Appell an die heroische Vergangenheit und die Erinnerung an den Cid Campeador blieb sogar hier in seinem Geburtsort unwirksam, da selbst die tapfersten ihrer Zuhörer fühlten, daß die völlige Vernichtung einer Armee einen unbefriedigenden Auftakt zum nächsten Feldzug abgebe. Welche Beredsamkeit hätte die schreckliche Erinnerung an Lanjaron austilgen können, das von Sir William Creasy mit Recht als die sechzehnte Entscheidungsschlacht der Weltgeschichte eingestuft wurde? Die abgehärmten Züge der Königin zeugten noch vom Grauen einer Flucht, die sie mitten im Winter durch unpassierbares Bergland geführt hatte. Und als sie vergebens für eine Fortsetzung des Krieges sprach (in einer Szene, die uns durch den Fleiß zahlreicher Historienmaler vertraut geworden ist), wurde ihre Stimme übertönt von den Gebeten und Gesängen der Gläubigen in der benachbarten Kathedrale, wo noch immer Messen für die Erschlagenen gelesen wurden. Die Cortes ließen sich von Isabellas Argumenten nicht zur Zustimmung bewegen; selbst die Ankündigung, daß binnen kurzem der direkte Seeweg nach Indien entdeckt würde, wurde mit tiefem Schweigen aufgenommen. Im Jahr darauf wurde in Baeza ein Friedensvertrag mit Boabdil unterzeichnet (1493), und die Königin zog sich resigniert in das Kloster Las Huelgas zurück, eine zisterziensische Gründung für adlige Damen, wo sie in zunehmender geistiger Verwirrung die beiden letzten Jahrzehnte ihres Lebens zubrachte, bis sie Ende 1512 in vorgerücktem Alter starb. Noch auf dem Sterbebett warnte sie ihre Nachfolger vor der Torheit eines erneuerten Angriffs auf das Königreich Granada.

So endete der letzte Eroberungsversuch gegen das maurische Königreich im Süden der Halbinsel. Fortan richteten sich die spanischen Interessen und Energien der Eroberung und Ausbeutung der riesigen Gebiete zu, die der Krone durch die Überseeischen Entdeckungen zugefallen waren. Ein glücklicher Zufall (denn das Element des Zufalls ist von militärischen Ereignissen nicht wegzudenken) hatte Granada verschont; so konnte es zu dem Mittelpunkt der Aufklärung und Kultur werden, dem Europa so viel verdankt. Dank der arabischen Wissenschaft war das kleine Königreich auf den Gebieten der Medizin und Mathematik bereits führend in Europa, als Inquisition und Gegenreformation ungezählte Flüchtlinge ins Land brachten und die Bevölkerung des Königreiches Granada um die geistige Elite Spaniens bereicherten. Diese Flüchtlinge, zu denen bald auch solche aus anderen katholischen Ländern kamen, statteten der maurischen Gastfreundschaft ihren Dank ab, indem sie während der Regierungszeit des toleranten und liberalen Boabdil III. (1539–1573) die bedeutende Universität von Granada gründeten. Wie Jahrhunderte vorher schon Cordoba, wurde nun Granada zu einem bedeutenden Mittelpunkt der Gelehrsamkeit und Forschung und zu einer notwendigen Station in der Ausbildung jedes kultivierten Mannes. Die Entdeckungen Pozuelos, Ibn Jussufs und Delpuigs verhalfen der Universität zu einem Ruhm, der in alle Weltteile drang, und die Prinzipien der proportionalen Darstellung wurden erstmals von den Mathematikern Granadas formuliert. Die edlen Bauwerke der Stadt, von Ruskin (1819–1900) in seinem Werk *Erleuchtungen der Architektur* gefeiert, haben Granada zum Ziel von Pilgerfahrten europäischer Kunstfreunde gemacht und Jahrhunderte hindurch alles angezogen, was in Dichtkunst und Malerei einen Namen hatte. Der lange Aufenthalt Lord Byrons (1788–1850) verleiht der Stadt ein besonderes Interesse für kunstliebende Engländer, verstärkt noch durch die lebenslangen Bindungen der Brownings an Granada, welche für die kurze und unglückliche Episode von Swinburnes tragischem Besuch reichlich entschädigen.

Es ist müßig, sich Spekulationen über den unwiederbringlichen Verlust hinzugeben, der für Europa entstanden wäre, hätte eine weniger vorsichtige Strategie das Königreich Granada im Jahre 1492 der Plünderung und Verwüstung durch einen rohen und unkultivierten Eroberer preisgegeben. Glücklicherweise aber konnte die Gefahr abgewendet werden, und die Geschichte nahm ihren unvermeidlichen und wohltätigen Gang. Tatsächlich erscheint es unvorstellbar, daß das unüberlegte Abenteuer der Katholischen Könige ein anderes Ende hätte nehmen können. Denn die historischen Kräfte, an denen die verhängnisvolle Expedition Ferdinands und Isabellas zu scheitern verurteilt war, waren wahrhaft überwältigend. Ein geistreicher Franzose bemerkte einmal, daß in Geschichtsbüchern immer das Unausweichliche geschehe. Wenige Katastrophen aber waren unausweichlicher als die schrecklichen Ereignisse, die sich an jenem Wintertag des ausgehenden Jahres 1491 an den Ufern des reißenden Guadalfeo abspielten. Der wirtschaftliche Faktor, von dem so viele historische Probleme zur Zufriedenheit moderner Forscher gelöst werden, sprach entschieden gegen die Katholischen Könige. Denn die spärlichen Ressourcen Kastiliens und Aragons, die kaum zur standesgemäßen Lebenshaltung des Landadels und der Feudalherren ausreichten und von einem harten und langwierigen Ringen auf das Äußerste beansprucht worden waren, hatten sich als völlig unzureichend erwiesen; infolgedessen ließ die Ausrüstung und Versorgung der spanischen Streitkräfte sehr zu wünschen übrig. Auch auf der militärischen Seite sind Zweifel daran angebracht, ob der Feldzug einen anderen Ausgang hätte nehmen können, nachdem Ferdinands unglückliche Dispositionen das pünktliche Eintreffen von zwei spanischen Armeen an einem gemeinsamen Treffpunkt bedingten. Dieser überspannte Plan, der für die Katastrophe unmittelbar verantwortlich war, hat mit Recht den Tadel aller Militärschriftsteller gefunden. Denn es ist kein Geheimnis, daß der kriegerische Genius Spaniens selten durch Bemühungen um Pünktlichkeit eine adäquate Ergänzung findet, ein Mangel, der übrigens dem Herzog von Wellington (1769–1852) in einem kritischen Augenblick des Krieges gegen die Franzosen (1808–1814) Anlaß war, seine Verbündeten mit einer Schärfe zu kritisieren, die ihm den Beinamen ›der Eiserne Herzog‹ eintrug: »Wieder verspätet; hol's der Teufel, Charles, diese Kerle halten keine Verabredungen ein; und wenn jemand keine Verabredungen einhalten kann, dann magst du dich darauf verlassen, daß er auch nicht Krieg führen kann.«

Das unter solch außerordentlich ungünstigen strategischen und versorgungstechnischen Bedingungen sich abmühende Heer war offensichtlich zum Untergang verurteilt, und es erscheint kaum notwendig, die Erklärung heranzuziehen, die ein erfinderischer amerikanischer Historiker* ausgearbeitet hat, der kühn behauptet, daß die angreifende Armee auf ihrem Marsch

---

* Ellsworth Huntington: *Kopfschmerzen in der Geschichte,* New York 1904

gegen Granada vom jähen Ausbruch einer Malariaepidemie überrascht und gelähmt worden sei. Sein unerschrockenes Bestreben, Ferdinand auf die wachsende Liste der historischen Opfer der *Anopheles lethargica* zu bringen, in die er bereits Pompejus bei Pharsalos, zwei komplette karthagische Armeen und den von Grouchy entsandten Dragoner aufgenommen hat, der Napoleon am Morgen der Schlacht von Waterloo über den genauen Standort des Generals unterrichten sollte, scheint überflüssig. Ganz abgesehen von dem Umstand, daß die fragliche Gegend sich zur Winterszeit durch ein besonderes zuträgliches Klima auszeichnet, brauchen wir kaum nach geringfügigen Anlässen zu suchen, wo es so offenkundig ist, daß tiefere Einflüsse am Werk waren. Denn die Hand des Menschen war offenbar unfähig, den Kurs der Geschichte zu verändern; und Granadas Sendung erfüllte sich, weil die maurische Hauptstadt, wie Rom und Athen, den Samen der Unsterblichkeit in sich trug, und ihre rechtzeitige Bewahrung ein Fingerzeig war auf jenes

Weit entfernte göttliche Ereignis,
Zu dem die ganze Schöpfung sich bewegt.

2. Aus Baedekers »*Nordafrika und Barbarenküste, einschließlich des Königreichs Granada*«:

53. Granada

Bahnhöfe

(1) *Gare du Nord,* Place Boabdil (C 5–6; Restaurant) für die Strecken nach Spanien. Gepäck wird bei der Ankunft von den Zollbeamten (Mokhazni) überprüft; Trinkgeld ratsam. (2) *Gare des Almohades,* Boulevard Foch (K 2–3), im Südteil der Stadt, für die Strecken nach Malaga und Almeria.

HOTELS

(im Ramadan ist es ratsam, Zimmer im voraus zu bestellen). SHEPHEARD'S (G 2), Avenue Abdalla III., 1. Klasse, Vollpension ab 250 Fr.; SERAGLIO PALACE (F 1) Rue Byron, 200 Zimmer, überwiegend englisches Publikum, Vollpension ab 200 Fr.; CARLTON ET DU PROPHÈTE (F 6), Rue Said, gutbürgerliches Haus, Vollpension ab 75 Fr. – Weniger anspruchsvoll: HÔTEL DES ALLIÉS (B 2), Place du Méchouar, mit Omnibus, Vollpension ab 45 Fr; BRISTOL (B 3), nahe der Großen Moschee, mit Bad; PENSION ELIZABETH BROWNING (M 1), nahe dem moslemischen Friedhof, von Deutschen bevorzugt.

GESCHÄFTE

Die besten sind in der Avenue Abdalla III. und an der Place Wilson. Feilschen ist immer empfehlenswert, und unter keinen Umständen sollte man Führer beschäftigen. Degen und damaszierte Gegenstände verkauft Benoliel, Grand Socco. Kunstgewerbe (maurische Schnitzarbeiten, Möbel, Teppiche etc.) bei Disraeli, Rue Pera; Vorsicht ist angebracht.

HAUPTSEHENSWÜRDIGKEITEN**

Königlicher Palast der Alhambra, zugänglich in Abwesenheit der königlichen Familie durch schriftliche Genehmigung des Innenministeriums. Die Wohnräume werden nicht gezeigt. Die malerische Zeremonie der Wachablösung, die täglich vor dem Palast stattfindet (*Aussicht), sollte unter keinen Umständen versäumt werden.

Große Moschee, täglich außer freitags 8–12 und 1.30–5; Eintrittsgebühr. Vorsicht vor Zugluft bei warmem Wetter; wollene Unterwäsche ratsam. Das Be-

treten der Moschee ist nur mit Filzpantoffeln zulässig.
Gärten des Generalife, täglich außer in den Sommermonaten, wenn der Hof anwesend ist. In den Gärten ist größte Vorsicht geboten, da sich hier die königliche Menagerie befindet; nach Sonnenuntergang warme Kleidung zweckmäßig; Eintrittsgebühr.
Universität, täglich während der Semesterferien; Eintrittsgebühr an den Kustoden (während des Semesters an einen der Professoren).
Abgeordnetenhaus, täglich; Eintrittsgebühr an Abgeordnete.

GRANADA

(685 m), 175 260 Einwohner, die Hauptstadt des Königreiches von Granada und Residenz des Königs (Boabdil V.), Hauptquartier der Armee, Sitz einer Universität, eines Großmufti, eines katholischen Erzbischofs in *partibus infidelium* und eines anglikanischen Bischofs (in den Wintermonaten), liegt landschaftlich reizvoll in den Vorbergen der Sierra Nevada, am Rande der Vega von Granada. Das tief eingeschnittene Tal des Darro trennt die Alhambra sowie die dahinter und höher liegende Sommerresidenz, den Generalife, von dem ältesten Stadtteil *Albaicín,* der einst bevorzugter Wohnsitz der maurischen Edelleute war (arab. *Rabad el-bayyazin,* ›Viertel der Falkner‹). Dieser Name ist abgeleitet von der Anwesenheit zahlreicher protestantischer Flüchtlinge vor der Inquisition, deren meist mitteleuropäische Wappenschilde irrtümlich mit dem Wappenadler des Heiligen Römischen Reiches verwechselt wurden. Die zahlreichen Abkömmlinge dieser Flüchtlinge, leicht kenntlich an ihrem blonden Haar, bilden eine eigene Gemeinde, die mit angemessenen Vorsichtsmaßregeln besucht werden kann. Die eigentliche Stadt gruppiert sich um den südlicher

gelegenen Hügel, der den Königlichen Palast, den größten Teil der Regierungsgebäude (Ministerien für Krieg, Marine, Äußeres und Wakfs) und ein schönes *Kriegerdenkmal* trägt. Die Große Moschee (Dschamija el-Kebir), im ganzen Islam verehrt und berühmt unter dem Namen ›*Moschee der Sporen*‹ (nach den Sporen, die König Ferdinand auf seiner überstürzten Flucht vom Schlachtfeld von Lanjaron wegwarf und die in einer reich verzierten Nische des Mihrab zu sehen sind), liegt am Fuß des südlichen Hügelausläufers. Die neuen Stadtteile mit ihren prachtvollen Gebäuden und breiten, schattigen Boulevards liegen weiter südlich und westlich, wo die Stadt in die fruchtbare und freundliche Vega übergeht. Die Prachtstraße des *Faubourg Abdalla* (einige Jahre lang als *Faubourg Wilson* bekannt, aber 1923 wieder unter dem früheren Namen) verbindet diese Viertel mit der Altstadt.
Vom *Gare du Nord* (C 5–6) führt eine breite, mit Bäumen bepflanzte Verbindungsstraße durch das Geschäftsviertel zur (10 Min.) Börse und dem (15 Min.) KRIMINALGERICHT.

Diese Nachbarschaft ist die Quelle ungezählter einheimischer Sprichwörter. Das im Omajjadenstil errichtete Gebäude wird von einem schönen GLOKKENTURM überragt, dessen vier Zifferblätter verschiedene Stunden anzeigen und mit einer umlaufenden Inschrift in kufischen Schriftzeichen geschmückt sind, deren Übersetzung ›Allah allein weiß die Stunde‹ lautet.

Der langen und staubigen *Rue de la Gare* folgend, erreichen wir die schattige Place *Disraeli:* Statue von B. Disraeli, der in Granada geboren wurde (S. 243) und von 1847 bis 1881 Großwesir war.
Ein kurzer Seitenweg führt in östlicher Richtung

zum AUSLÄNDERFRIEDHOF (wenn verschlossen, Glocke läuten; Eintrittsgebühr): Grabmäler von E. und R. Browning, die viele Jahre in der benachbarten *Rue Sidi Okba* (C 1) wohnten, sowie von P. B. Shelley, der mit Leigh Hunt und dem Grafen d'Orsay bei Almeria ertrank. Zahlreiche weitere interessante Grabstätten. Eine Bronzetafel an der Außenmauer soll den Begräbnisplatz A. C. Swinburnes kennzeichnen, dessen geheimnisvolles Verschwinden vor dem Serail im Jahr 1865 zu einem Notenwechsel der britischen Regierung mit dem Außenministerium des Königreiches von Granada führte.
Setzen wir den Rundgang in Richtung auf das Stadtzentrum fort ...

3. Aus der »*Cambridge-Geschichte des Islam*«, Band VI:

Die Prachtentfaltung des Königreiches von Granada erreichte ihren Höhepunkt unter Abdalla I. und Boabdil IV. Diese Könige, deren Regierung das ausgehende siebzehnte und die erste Hälfte des achtzehnten Jahrhunderts umfaßt, führten das Land und ihre Hauptstadt zu einer Epoche beispiellosen Reichtums und kultureller Blüte, und ihre aufgeklärte Politik trug dazu bei, daß der maurische Staat in ganz Europa zu höchstem Ansehen gelangte. Eng verbündet mit dem Herrscherhaus von Fez, spielten sie eine führende Rolle in den Wirren, die auf den Tod Mulay Ismails, des Herrschers von Marokko, folgten; und ihre ständige Wachsamkeit wurde durch die Angliederung von Ceuta und Tetuan belohnt. Zusammen mit ihren alten Häfen Malaga und Almeria machten diese neuen Besitzungen sie zu Beherrschern der Straße von Gibraltar und verdoppelten auf einen Schlag die internationale

Bedeutung des Königreiches von Granada. Die Freundschaft Granadas wurde für die Seemächte zum Gegenstand des Wettbewerbs. Denn während die Holländer wenig mehr als freie Durchfahrt für ihre Handelsschiffe suchten, verfolgte England weitreichende kommerzielle und koloniale Interessen im Mittelmeerraum, und die Franzosen scheuten keine Mühe, um dieses neue und mächtige Gegengewicht zu dem im Niedergang befindlichen Spanien in seinen Einflußbereich zu ziehen. Der Hof der maurischen Könige wurde nun zum Schauplatz reger diplomatischer Tätigkeit, und die herrschende Dynastie zeigte eine seltene Klugheit im Umgang mit ihren christlichen Nachbarn. In dem Maße, wie Spanien in den Sog des französischen Machtbereiches gelangte, versicherte Abdalla I. sich durch eine geschickte Bündnispolitik der Unterstützung Englands, und sein Großneffe und Nachfolger Boabdil IV. war weise genug, diese geschickte Politik fortzusetzen. So wurde es zu einem politischen Grundsatz der maurischen Staatskunst, London gegen Versailles auszuspielen, und man tat alles, um die guten Beziehungen zum Hof von St. James zu erhalten. Aus dieser Konstellation erklärt sich, daß Bolingbroke nach kurzem Aufenthalt in Granada wegen seiner Verbindungen mit den Jakobiten ausgewiesen wurde; und der kurzweilige Aufenthalt des ehrgeizigen Staatsmannes und Gegners des Hauses Hannover in Malaga fand ein abruptes Ende, als man ihn unter dem Vorwand, an Intrigen zur britischen Besitzergreifung von Gibraltar beteiligt gewesen zu sein, an Bord eines französischen Schiffes komplimentierte.

Doch obgleich der britische Einfluß in der Politik vorherrschend blieb, stand das Königshaus den Vorzügen der französischen Kultur nicht gleichgültig gegenüber. Die wendige Politik Ludwigs XIV., die die Eheschließung der Prinzessin de Conti mit dem Emir

Abdalla diktiert hatte, blieb jedoch ohne die erhoffte politische Wirkung, da die Prinzessin nach ihrer Ankunft in Granada die Erfahrung machen mußte, daß ihr ehelicher Status weit hinter den Hoffnungen zurückblieb, zu denen die vorausgegangenen Verhandlungen Anlaß gegeben hatten, und auch das verzweifelte Hilfsmittel ihrer überstürzten Konversion zum Islam vermochte nichts daran zu bessern. Während sie aber in der unwillkommenen Zurückgezogenheit des königlichen Serails in der Alhambra schmachtete, übte die kleine Gruppe von Höflingen und *savants,* die sie von Frankreich ins maurische Königreich begleitet hatte, starken Einfluß auf die höfische Kultur aus. Auf diese Sendboten des prunkliebenden absolutistischen Barock lassen sich die zahlreichen Nachahmungen abendländisch-höfischer Architektur zurückführen, die in der Folgezeit ein so bedeutsames Merkmal Granadas werden sollten. Es begann damit, daß durch die Arbeit ungezählter Sklaven ein Stück Ödland außerhalb der Stadt geebnet und vorbereitet wurde; darauf rief man den berühmten Lenôtre aus Paris, und in der unglaublich kurzen Spanne von nur drei Jahren wurde an Ort und Stelle ein wenig überzeugendes Gegenstück zum Schloß von Versailles errichtet. Dieser architektonische Gewaltstreich hat in einem traurigen Zustand des Verfalls bis auf unsere Tage überlebt. Seine hastige Errichtung schloß die Verwendung dauerhafter Materialien aus und führte zum Einsatz zeitsparender Arbeitsmethoden. Nun sind die Dächer eingesunken, der Stuck fällt von den rissigen Wänden, und die einst hochberühmten Springbrunnen haben wegen der Ableitung des benachbarten Flusses längst kein Wasser mehr. Sofort nach der Fertigstellung des Palastes wurde der königliche Hof, dem französischen Beispiel folgend, aus der als beengend empfundenen Stadt dorthin verlegt und für kurze Zeit lebte die unglückliche Prinzessin de Conti mit der Hoffnung auf, ihren früheren Einfluß auf ihren verdrießlichen und lethargischen Gemahl zurückzugewinnen. Diese Hoffnung aber wurde bald enttäuscht, als seine Leidenschaft für französische Architektur die Errichtung von nicht weniger als sechs Pavillons im Stil des Grand Trianon im Umkreis des Palastes diktierte. Und in seinen späteren Jahren war der alte Emir kaum anders zu sehen als im eiligen Durchschreiten des Parks von einem dieser abgeschiedenen Pavillons zum anderen. Die Mode endete jedoch mit seiner Regierung. Schon sein Nachfolger Boabdil IV. gab den Palast auf und verlegte den Hof zurück in die Alhambra.

Diese Schwankungen des Geschmacks blieben jedoch ohne jede politische Bedeutung. Selbst der Aufenthalt Voltaires im maurischen Königreich hatte keine nennenswerten Auswirkungen, wenn seine orientalischen Erzählungen durch die eigene Erfahrung auch beträchtlich an Kolorit und Wahrscheinlichkeit gewannen. Beim Verlassen des maurischen Königreiches bekannte er, daß die Schweiz ihm nie wieder das gleiche bedeuten könne. Viele französische Gelehrte kamen nach Granada, um an der Universität zu studieren, und noch mehr reiche Müßiggänger besuchten das Land auf ihren Bildungsreisen. Ihre gelegentlichen Eskapaden und besonders diejenige Rousseaus erregten vorübergehend die Gemüter, doch die meisten dieser Besucher hinterließen kaum eine Spur, und die maurische Politik hielt verläßlich ihren Kurs. Die lose Allianz mit Großbritannien wurde zwei Generationen lang sorgfältig respektiert und erwies sich noch viel später als stark genug, um schwere Belastungsproben zu ertragen. Dies zeigte sich in den dunklen Tagen des amerikanischen Unabhängigkeitskrieges, als die Regierungen in Paris und Madrid sich gegen Großbritannien verbündeten und eine von Benjamin Franklin persönlich geleitete Delegation aus Philadelphia nach Granada kam, wo ihr ein frostiger Empfang bereitet wurde. Eine Audienz beim Herrscher wurde von diesem nach wenigen Minuten mit der bedauernden Bemerkung beendet, daß im Koran kein Hinweis auf Länder jenseits der Säulen des Herkules zu finden sei, und daß vom Herrscher der Gläubigen infolgedessen kaum erwartet werden könne, sich mit den Bewohnern von Ländern zusammenzutun, die in seiner Überzeugung nicht existierten. Franklins zornige Darlegungen blieben ohne Wirkung, und sein nachfolgendes Angebot, die Alhambra mit Blitzableitern auszustatten, wurde als überzeugender Beweis seiner Verbindung mit den Mächten der Finsternis betrachtet...

4. Aus Napiers »*Geschichte des spanischen Krieges*«, Band I

Die Umstände, die zum Eintritt des Maurischen Königreiches in den allgemeinen Konflikt führten, sind den Lesern zu vertraut, als daß sie ausführlicher Erläuterung bedürften. Nachdem es ihnen über Erwarten lange gelungen war, eine gefährdete Neutralität zu wahren, begannen Boabdils Nachfolger merklich zur französischen Seite zu neigen. Feindschaft gegen Spanien war ihnen ein aus jeder blutgetränkten Seite ihrer langen Annalen genährtes natürliches Empfinden, und die britische Diplomatie schien lange Zeit unfähig, dem Bündnispartner irgendwelche bindende Zusagen zu machen. Eine Sondergesandtschaft der britischen Regierung, geleitet von der eindrucksvollen Gestalt des Markgrafen Wellesley, erwies sich als fruchtlos, da Wellesley sich außerstande sah, das anläßlich seines Besuches in der Alhambra zu beachtende Zeremoniell zu seiner eigenen Zufriedenheit zu bewerten; gleichzeitig wurde die Ausfuhr von Waren nach Großbritannien mit Rücksicht auf die französische Politik rigoros unterbunden. Die maurischen Gesandten liehen Talleyrands Schmeicheleien ein williges Ohr, und als Frankreich dem Maurischen Königreich das reiche Tal des Guadalquivir mit Cordoba und Sevilla, den Hauptstädten des alten Kalifats, als Kriegsbeute versprach, war der offene Beitritt zur französischen Allianz nur noch eine Frage der Zeit.

Der Zufall aber, der oft so folgenreich in schwierige Verhandlungen eingreift, machte alles zunichte. Denn ein kleiner Trupp französischer Soldaten, der Kapitulation von Bailen glücklich entgangen, suchte Zuflucht auf maurischem Gebiet. Ohne sich über ihre Situation im klaren zu sein und erleichtert über das Zurückbleiben ihrer Verfolger, überließen sie sich unschuldigen Freudenkundgebungen, die durch das Vorhandensein größerer Mengen Wein jedoch bald eine Intensivierung erfuhren. Als sie zu einer Stunde, da die Männer alle auf den Feldern arbeiteten, in ein maurisches Dorf kamen, mißverstanden sie das bäuerliche Willkommen des weiblichen Teils der Bevölkerung und machten die Frauen – vielleicht in verwirrter Erinnerung an ihre früheren Heldentaten während des Feldzuges in Ägypten – zu den dunkelhäutigen Helenas eines neuen Trojanischen Krieges. Dieses verantwortungslose Benehmen hatte eine energische Demarche in Paris zur Folge, doch mußte der betagte maurische Gesandte zu seiner Bestürzung erfahren, daß ihm keine Satisfaktion zuteil wurde, quittierte Napoleon die Beschwerde doch (und in Anwesenheit eines großen Kreises höhnischer Höflinge) mit der leichtfertig hingeworfenen Bemerkung: »*Que voulez-vous, mon ami? C'est le droit de l'homme.*« Diese unangebrachte Heiterkeit zerstörte seine politischen Pläne und Strategien, denn der entrüstete Gesandte verließ ohne ein weiteres Wort die Tuilerien, reiste am folgenden Tag aus Paris ab und gelobte niemals zurückzukehren, es sei denn als Eroberer. Unmittelbar nach der Rückkehr des Gesandten El Mokri nach Granada erging die Kriegserklärung, die vom französischen Herrscher mit einer hochmütigen Proklamation beantwortet wurde:

> Wir, NAPOLEON, Kaiser der Franzosen, König von Italien und Protektor der Staaten des Rheinbunds.
> Die Regierung des Königreiches von Granada hat es für richtig gehalten, eine hilflos versprengte Abteilung unserer Soldaten mit unglaublicher Barbarei zu mißbrauchen, und hat unsere legitimen Forderungen nach Genugtuung mit unübertroffener Anmaßung beantwortet.
> Daher erlassen Wir folgende Anordnungen:
> 1. Das Haus Boabdil hat aufgehört zu regieren.
> 2. Pierre François Joseph Lefebre, Fürst von Danzig, kaiserlicher Marschall und Offizier der Ehrenlegion, wird hiermit zum König von Granada ausgerufen.
> 3. Die Minister für Krieg und Marine sind mit der Ausführung dieses Dekrets beauftragt.
>
> Gegeben zu St. Cloud, den 23. August 1808
>
> NAPOLEON

Die Reaktion auf diese Herausforderung ließ nicht auf sich warten, und die Erben Boabdils, konfrontiert mit der unehrenhaften Aussicht, eine französische Wäscherin zur Königin zu bekommen, wurden zu treuen Verbündeten der Nachkommen jenes Königs Ferdinand, der einst ausgezogen war, alle Mauren von europäischem Boden zu vertreiben. Sir Arthur Wellesley hatte kaum die Leitung der militärischen Operationen auf der iberischen Halbinsel übernommen, als die Allianz mit Granada erste Früchte trug. Denn seine lange Vertrautheit mit orientalischen Bräuchen und Gewohnheiten befähigte den britischen Feldherrn, herzliche und aufrichtige Beziehungen zu den jüngsten Verbündeten seines Landes herzustellen. Die Häfen von Malaga und Almeria wurden für britische Schiffe geöffnet, und ein starkes maurisches Kontingent trat zu den britisch-portugiesischen Streitkräften an der spanischen Grenze. Ihre kriegerischen Leistungen werden an geeigneter Stelle gewürdigt werden, doch wer vermag zu sagen, welche Folgen für das britische Expeditionskorps eingetreten wären, hätten sie der unschätzbaren Hilfe der furchtlosen maurischen Reiterei entraten müssen? Gewiß ist, daß die glorreiche Verfolgung und völlige Vernichtung der französischen Armee im Anschluß an die Schlacht von Vitoria ohne ihre Zähigkeit und die Ausdauer ihrer Araberpferde niemals möglich gewesen wäre; noch hätte Wellingtons Triumph zu diesem siegreichen Anlaß seine Krönung durch die Ohren Joseph Buonapartes erfahren, die anschließend zusammen mit anderen Trophäen und der Siegesmeldung Lord Castlereagh zugingen und auf dem Tisch des Unterhauses ausgelegt wurden…

5. Aus *»Korrespondenz über die Ereignisse, die zum Abbruch der Beziehungen mit Granada führten. Verschiedene Dokumente Nr. 12 (1865) Cd. 4 321.«*

Nr. 4

Sir O. Pollexfen, britischer Gesandter in Granada, an Graf Russell.

Vertraulich
Granada, 16. Juli 1865

Eure Lordschaft,
heute sprach ich nach dem Selamlik den Großwesir und Außenminister. M. Disraelis Verhalten war äußerst ausweichend, und er zeigte entschiedenen

Unwillen, den Gegenstand meines Besuches zu erörtern. Als ich aber in Übereinstimmung mit den in Ihrer Nachricht Nr. 72 enthaltenen Instruktionen feststellte, daß die Regierung Ihrer Majestät das unerklärte Verschwinden eines britischen Untertanen als ein ernstes Versäumnis von seiten des Bündnispartners betrachten würde, bat er mich, ihm ein Memorandum meiner Verbalnote zu übergeben und versprach eine sorgfältige Prüfung der Angelegenheit. Als ich sah, daß meine Demarche wahrscheinlich erfolgreich sein würde, unterrichtete ich ihn, daß ich Instruktionen hätte, volle Genugtuung zu verlangen, es sei denn, er wäre imstande, das Verschwinden Mr. Swinburnes zu erklären. Ferner erwähnte ich, daß, nachdem der unglückliche junge Mann zuletzt in der unmittelbaren Nachbarschaft des königlichen Serails gesehen wurde, die Angelegenheit allem Anschein nach in die unmittelbare Verantwortung seiner Regierung fallen würde. Darauf erwiderte er, daß es nach Informationen, die sich im Besitz des Polizeipräfekten befänden, den Anschein habe, daß das vermißte Individuum ein Dichter sei und daher die Gefahr bestehe, daß er in Gedanken über eine der steilen Stützmauern der Alhambra gewandert und in die Tiefe gestürzt sei. Aber ich vermochte diese phantastische Hypothese mit der Begründung zurückzuweisen, daß er über außerordentlich gute Verbindungen verfüge und sein Vater zudem Admiral sei. Von da kam ich auf die Flottendemonstration zu sprechen, durch die ich beauftragt worden sei, den Forderungen Ihrer Majestät Regierung Nachdruck zu verleihen.

Nr. 28

Mr. Greenshields, britischer Konsul in Malaga, an Graf Russell
Telegraphisch
Malaga, 2. August 1865

Kriegsschiffe H. M. S. *Inexorable, Otter, Typhoon* und *Euphemia* heute eingetroffen und Hafeneinfahrt gesperrt. Ruhe in der Stadt.

Nr. 29

Sir O. Pollexfen, britischer Gesandter in Granada, an Graf Russell
Telegraphisch
Granada, 5. August 1865

Regierung äußerst besorgt über prompte Flottenaktion. Französischer Außenminister hat die guten Dienste seiner Regierung angeboten, die ich angesichts zweifelhafter Beziehungen zwischen Regierung und Société Anonyme des Mines et Travaux Métallurgiques de la Sierra Nevada, ehedem im Besitz des Fürsten de Morny, anzunehmen nicht geneigt bin …

Nr. 61

Auszug aus dem Protokoll der Unterhaussitzung vom 8. September 1865

Parlamentsprotokolle, Band 176, S. 1641 ff.

LORD STANLEY: Ich möchte den Ersten Lord des Schatzamtes fragen, welche Verhandlungen zwischen der Regierung Ihrer Majestät und der Königlichen Regierung von Granada stattgefunden haben.

BARON PALMERSTON: Ich freue mich, feststellen zu können, daß für das jüngste unselige Vorkommnis in Granada volle Genugtuung geleistet worden ist und daß die diplomatischen Beziehungen zwischen beiden Regierungen unverzüglich auf der früheren Basis beiderseitigen Vertrauens wiederhergestellt werden. Die Seeblockade Malagas wurde in Übereinstimmung damit am vergangenen Dienstag beendet. Die Angehörigen des verstorbenen Mr. Swinburne haben eine bescheidene Barentschädigung zur Regelung ihrer Ansprüche angenommen; und die Regierung des Königreiches Granada lieferte einen rührenden Beweis ihres Vertrauens in die britische Ehrenhaftigkeit und ihrer eigenen Zweifel an den böswilligen Verleumdungen, die in schlecht unterrichteten Kreisen im Hinblick auf die jüngsten Ereignisse zirkulierten, indem sie der Regierung Ihrer Majestät ein Kontingent junger Damen zur Erziehung in diesem Land anvertrauen will. (Hört, hört!) Diese jungen Damen, die an Bord der Dampffregatte *Aspasia* reisen, werden während ihrer Reise mit aller Zuvorkommenheit behandelt. Bei der Ankunft in Portsmouth werden sie vom Kanzler des Schatzamtes (Mr. Gladstone) empfangen werden, dessen hehrer Enthusiasmus für soziale Fragen in allen Fraktionen dieses Hauses den ihm zukommenden Beifall gefunden hat; und da Broadlands in bequemer Nähe zum Anlaufhafen liegt, werde ich selbst es auf mich nehmen, für so viele jugendliche Gäste unseres Landes *in loco parentis* zu stehen, als unter meinem bescheidenen Dach Platz finden können. Niemals, darf ich hinzufügen, ist augenfälliger als im Falle des verstorbenen Mr. Swinburne demonstriert worden, daß ein britischer Untertan, wie und wo immer er sich befindet, ein *civis Romanus* ist. (Lauter Beifall.)

6. Aus »*The Times*« vom 29. Februar 1915

Der Platz vor der Victoria-Station war seit dem frühen Morgen angefüllt von einer riesigen Zuschauermenge, die entschlossen war, sich das historische Schauspiel nicht entgehen zu lassen, und überall konnte man begeisterte Szenen erleben. Unser ältester Verbündeter, aufgereizt durch die unerträgliche Rechtsverletzung von seiten des unerschrockenen kleinen Belgien und der willkürlichen Versenkung des Dampfschiffes *Alhambra* in Sichtweite der eigenen Küste, hatte nach Verhandlungen, an deren Einzelheiten zu erinnern nun unritterlich geworden ist, zu den Waffen gegriffen. Sobald der erste Teil der alliierten Anleihe die Königliche Bank von Granada erreicht hatte, schiffte sich das erste Truppenkontingent aus Granada, angeführt vom Herrscher selbst, nach Großbritannien ein, um von hier aus an die Front zu gehen. Im Bahnhof wartete unser eigener Monarch in der eindrucksvollen Tracht eines Wali von Granada, um im Namen seines weltumspannenden Imperiums den Verbündeten willkommen zu heißen; und als der königliche Sonderzug pünktlich um elf Uhr einfuhr, zeigte sich die schlanke Gestalt Boabdils V. (den Besuchern der Pferderennen in einfacherer, wenn auch nicht weniger eleganter Kleidung seit langem ein vertrauter Anblick) in der Uniform eines Obersten seines Leibregiments, dem 7. Dragonerregiment. Die Menge jenseits der Absperrungen brach in laute Jubelrufe aus …

7. Aus »*The Times*« vom 31. April 1919

Wie Reuter meldet, wurde nach dem heutigen Zusammentreffen der Großen Fünf bekanntgegeben, daß Granada das Mandat für Spanien übernommen hat.

Wenn Don Juan d'Austria Maria Stuart geheiratet hätte

Nachdem die Konferenz von Westminster im Dezember 1568 abgebrochen worden war, ohne daß Maria Stuarts Verantwortung für die Ermordung ihres Gatten Darnley offiziell festgestellt worden wäre, gingen der gefangenen Königin, während sie von einem standesgemäßen Gefängnis zum anderen gebracht wurde, ein halbes Dutzend Heiratsanträge zu, obwohl sie noch immer mit dem ins Ausland geflohenen Bothwell verheiratet war. Der bedeutendste unter den verschiedenen Ehekandidaten war der Herzog von Norfolk, der, obschon angeblich Anglikaner, Oberhaupt der mächtigsten katholischen Familie im Lande war. Ein großer Teil der Katholiken wünschte seine Verbindung mit Maria Stuart, um mit Hilfe dieses legitimen Königspaares Elisabeth I. zu stürzen, die nach katholischer Auffassung eine illegitime Tochter der Anna Boleyn war, und England dem Katholizismus zurückzugewinnen. Diese Ehe war jedoch keineswegs der ganzen katholischen Fraktion genehm; andere Wortführer dieser Gruppe hielten jenseits der Grenzen Ausschau nach einem geeigneter Ehemann für Maria Stuart. Diese verhandelte unterdessen insgeheim mit Vertrauten Philipps II. von Spanien, um seine Unterstützung zur Wiedererlangung des Thrones zu erhalten. Natürlich wurde eine Eheschließung ins Auge gefaßt, und die drei hervorragendsten Namen waren Erzherzog Karl, Philipps Vetter und Sohn des Kaisers, Philipp selbst, und sein illegitimer Bruder Juan d'Austria. Philipp, der stets vorsichtig war und Maria Stuart mittlerweile gründlich mißtraute, zeigte seine gewohnte Unschlüssigkeit, und die Verhandlungen führten zu nichts. Maria Stuart blieb in Gefangenschaft, und der Herzog von

Norfolk verfolgte weiter seine Pläne, die ihn schließlich den Kopf kosten sollten. Don Juan d'Austria blieb unverheiratet und im Dunkel der Geschichte, bis er im folgenden Jahr zum Befehlshaber einer gemischten Flotte aus spanischen, venezianischen, päpstlichen und neapolitanischen Galeeren ernannt wurde und bei Lepanto im Golf von Korinth eine der entscheidenden Seeschlachten der Geschichte siegreich bestand und der türkischen Seeherrschaft im östlichen Mittelmeer ein Ende machte. Später wurde er auf eigenen Wunsch als Statthalter in die Niederlande entsandt, wo er die rebellierenden niederländischen Nordprovinzen durch Entgegenkommen und Kompromißbereitschaft zu befrieden hoffte, nachdem der Herzog von Alba mit Schwert und Schafott erfolglos geblieben war. Da er ein junger Mann ohne Erbschaft war, dachte man, daß er sich auf diesem Wege ein eigenes Königreich gewinnen könnte. Aber nachdem er die unversöhnlichen Aufständischen 1578 bei Gembloux geschlagen hatte, starb er noch im gleichen Jahr im Alter von dreiunddreißig Jahren, nicht ohne daß der Verdacht geäußert wurde, er sei vergiftet worden. Anscheinend hatte Elisabeths schöne Gefangene seine Phantasie ebenso beschäftigt wie er diejenige der englischen Katholiken, denn als er schon der glänzende Held der Christenheit war, zu dem die Schlacht von Lepanto ihn gemacht hatte, trug er sich mit dem Plan, sie zu befreien und zu seiner Partnerin auf dem Thron eines unter die päpstlichen Fittiche zurückgekehrten Englands zu machen.

Wenn Don Juan d'Austria Maria Stuart geheiratet hätte

von G. K. Chesterton

Wie kommt es, daß die berühmteste Liebesgeschichte der Welt, nach der urbildlichen Geschichte von Adam und Eva, die Geschichte von Antonius und Kleopatra ist? Ich für meine Person sollte zunächst antworten: wegen der gediegenen Wahrhaftigkeit der Geschichte von Adam und Eva. Ich habe mich oft gefragt, ob, sobald unsere modernen Zeitgenossen genug mit dieser Geschichte gespielt, sie lächerlich gemacht, auf den Kopf gestellt und ihr eine moderne Moral wie einen neuen Schwanz angehängt haben, oder sie zu einer evolutionären Phantasie aufgeblasen haben, aus der niemand schlau werden kann, irgend jemand einmal auf den Gedanken kommen wird, wie vernünftig sie ist, so wie sie im Buche steht. Selbst wenn es eine alte Fabel ist, so ist die alte Fabel viel wahrer mit der alten Moral. Christen sind nicht genötigt, und Christen meiner Konfession am allerwenigsten, die Schöpfungsgeschichte mit dem schwerfälligen Buchstäblichkeitswahn des Puritaners zu behandeln – des Hebräisierers, der kein Hebräisch versteht. Das Seltsame aber ist, daß diese Fabel um so wahrer ist, je buchstäblicher wir sie nehmen; und selbst wenn sie zu einer Geschichte von Mr. und Mrs. Jones materialisiert und modernisiert wäre, würde die alte Moral immer noch die gültige sein. Ein Mann, nackt und ohne Eigentum, erhält von einem Freund die Erlaubnis, nach Belieben von allen Früchten und Blumen eines sehr schönen Besitzes zu nehmen; und soll nur versprechen, daß er die Finger von einem bestimmten Obstbaum lassen wird. Wenn wir alle reden, bis wir so alt sind wie Methusalem, die Moral bleibt für jeden ehrenhaften Menschen dieselbe. Wenn er sein Wort bricht, ist er ein gemeiner Kerl; wenn er sagt: »Ich brach mein Wort, weil ich glaube, daß wir alle Einschränkungen durchbrechen und uns in unaufhörlichem Fortschritt weiterentwickeln und ausbreiten müssen«, dann ist er zehnmal mehr ein gemeiner Kerl; und ist obendrein ein langweiliger und beschränkter Mensch. Aber es ist diese moderne Vorstellung, daß der Mensch recht gehabt habe, vom Garten Eden gelangweilt zu sein und Fortentwicklung (oder bloße Veränderung) zu verlangen, die sehr relevant für die Frage ist, die ich über Antonius und Kleopatra gestellt habe. Sie ist auch sehr relevant für die Frage, die ich über zwei andere berühmte Gestalten der Geschichte stellen will: eine Frau und einen Mann.

Denn gemäß dieser modernen Theorie war der Sündenfall wirklich ein solcher, war er doch die erste Handlung, die nur Langeweile als Motiv hatte. Der Fortschritt begann aus Langerweile; und, weiß Gott, manchmal scheint es, als wolle er darin enden. Und kein Wunder; denn die unrichtigste von allen ausgekochten Unwahrheiten ist, so meine ich, diese Vorstellung, daß die Menschen in Bewegung glücklich sein könnten, wenn nichts als Stumpfsinn sie von hinten antreibt. Kinder und dergleichen glückliche Leute können von etwas, das ihnen wirklich gefällt, zu etwas weitergehen, das ihnen noch besser gefallen wird. Doch wenn es jemals eine Einflüsterung gab, die wirklich vom Teufel stammen könnte, dann ist es die Idee, daß wir Menschen die schönen Dinge, die wir haben, geringschätzen können, und über neue Dinge nur entzückt sind, weil wir sie noch nicht haben. Es liegt auf der Hand, daß Adam nach diesem Grundsatz des Baumes genauso überdrüssig werden wird, wie er des Gartens überdrüssig geworden ist. »Es ist genug, daß es immer ein Anderswo gibt«; das heißt, es gibt immer etwas anderes, dessen man überdrüssig werden kann. Aller Fortschritt, der auf dieser Stimmung beruht, ist wahrhaft ein Sündenfall; der Mensch ist gefallen, und wir können ihn heute fallen sehen. Das ist die großartige fortschrittliche Aufgabe: daß er nur dem Vergnügen nachjagt, weil er die Fähigkeit, sich zu erfreuen, verloren hat.

Nun manifestiert sich dieser Schatten des Mißlingens, der über der ganzen vielgerühmten Zivilisation liegt und den der agnostische Dichter »das Etwas, das die Welt infiziert« zu nennen vorzog, und das ich zum allgemeinen Mißvergnügen Erbsünde nennen will, auffallend in den bestehenden Legenden. Aber ich möchte hier hervorheben, daß er namentlich in den nicht bestehenden historischen Legenden erscheint. Ich verweise besonders auf jene große historische Epoche der heroischen Flitterwochen, anderweitig die Hochzeit der reinen Gesinnungen genannt, die ich hier so genau untersuche, wie es in einem Fall möglich ist, der nicht existiert. Bedenken wir, wieviel Glück die Liebe der Menschheit im ganzen zweifellos geschenkt hat, so ist es ein bemerkenswerter Umstand, daß die Menschheit niemals auf ein großes historisches Beispiel eines Helden und einer Heldin gewiesen hat, die in einer ihrer selbst vollkommen würdigen Art und Weise verheiratet gewesen wären; auf einen bedeutenden Mann und eine bedeutende Frau, vereint durch eine absolut vollkommene und beglückende Liebe in der Tradition des Gartens Eden. Wer daraus den Schluß zieht, ich urteilte pessimistisch über gewöhnliche Liebesleute, unterstellt mir das Gegenteil dessen, was ich meine. Millionen Menschen sind in Liebe und Ehe glücklich gewesen, in der gewöhnlichen Art menschlicher Glücklichkeit; aber genau diese besteht aus einem gewissen, schlicht-vernünftigen Eingeständnis der Erbsünde; aus Bescheidenheit und Vergebung und dem Nehmen der Dinge, wie sie kommen. Nie aber hat es im großen Maßstab ein Beispiel einer vollkommenen Ehe gegeben, einer Ehe, die im menschlichen Gedächtnis wie ein großartiges Monument überdauert hätte. All diese Monumente, wenngleich häufig aus dem reinsten Marmor, gebrochen aus dem erhabensten Berg, sind sehr deutlich von dem Sprung durchzogen, den das Erdbeben am Anfang hinterlassen hat. Der edelste Ritter des Mittelalters, Ludwig der Heilige, war in seiner Ehe weniger glücklich als in allen anderen Beziehungen. Dante heiratete Beatrice nicht; er verlor seine Liebe in der Kindheit und fand sie nur im Paradies oder in einem Traum wieder. Nelson war ein großer Liebhaber, aber wir können nicht sagen, daß seine Liebe ihn größer gemacht hätte, da sie ihn in Neapel zur einzigen niedrigen Handlung seines Lebens verleitete. Diese historischen Beispiele sind Legenden oder Überlieferungen geworden: tragische Überlieferungen. Und die zentrale literarische Überlieferung ist jene typisch tragische, die ich erwähnt habe und in der selbst vollkommene Liebe seltsam unvollkommen war und von sehr unvollkommenen Leuten erlitten wurde; in welcher der Held nichts als Ausflüchte lernte und die Heldin nichts als Niederlage einzuflößen verstand; in welcher die Romanze ihn zu weniger als einem Caesar machte und sie lieblos mit einer Schlange verglich; in welcher der Mann von der Liebe geschwächt war, und die Frau von Liebhabern. Die Menschen haben in der Begegnung von Antonius und Kleopatra die vollkommene Liebesgeschichte gesehen, gerade weil es die unvollkommene Liebesgeschichte ist. Sie spiegelt die Vergeblichkeit, die Unwürdigkeit, das Mißverhältnis, das so viel glühende Leidenschaft und aufopfernde Hingabe verdorben hat; und spiegelt sie alle um so wahrhaftiger, als der Spiegel gesprungen ist. Ich kann mir denken, daß die Dichter niemals davon ablassen werden, über Antonius und Kleopatra zu schreiben; und alles, was sie schreiben, wird in der Stimmung jenes großen französischen Dichters unserer Tage sein, der den römischen Feldherrn beschreibt, wie er in die unergründlichen Augen der ägyptischen Königin blickt und hinter einem wirbelnden und sprühenden Licht die Strudel einer gewaltigen See sieht, angefüllt mit den Trümmern seiner Schiffe.

Ich habe hier gewagt, einen weiteren Krieger aus dem Staub zu erwecken, einen Mann, dessen Schicksal auch mit den Lateinersegeln und hohen Schanzdecks der Galeeren verknüpft war; und eine weitere Frau, deren Legende gelegentlich auch in die Legende einer Schlange verdreht worden ist. An der Schönheit und Anmut der Schlange gab es nie einen Zweifel; tatsächlich aber war sie keine Schlange, sondern eine mutige und stolze Frau, selbst nach Meinung jener, die sie schlecht oder sündhaft nannten. Und der Mann war nicht nur ein Krieger, sondern ein Eroberer; und seine Schiffe ziehen durch die Geschichte, nicht nur um einen Gegner zu besiegen, sondern um das Abendland zu retten. Was immer wir von der Frau sonst halten mögen, niemand kann zweifeln, für welche Seite ihr Herz in dieser Schlacht schlug, oder daß sie über diesen Sieg glücklich und erleichtert war. Vieles an ihr war kämpferisch, obwohl ihr Leben geeignet war, einen Überdruß an allem Kriegerischen in ihr zu erzeugen; vieles an ihr war feinfühlig und gleichgestimmt mit jener größeren Welt der Kultur, nach der ihre Seele sich bis zu ihrem Tode verzehrte. Sie waren füreinander gemacht; sie waren tatsächlich die heroischen Liebenden, das vollkommene menschliche Paar, nach welchem wir anderswo in der Geschichte vergeblich Ausschau gehalten haben. Ihre leidenschaftliche Liebesgeschichte hatte nur einen kleinen Fehler: und der ist, daß sie einander nie begegneten.

Diese tagträumerischen Gedanken gingen mir durch den Sinn, als ich eine beiläufige Bemerkung von Andrew Lang in einer historischen Studie über Philipp von Spanien las. Im Zusammenhang mit dem Halbbruder des Königs, dem berühmten Don Juan d'Austria, bemerkte Lang nebenbei: »Er trug sich mit der Absicht, Maria Stuart, Königin von Schottland, zu erringen«, und fügte sarkastisch hinzu: »Er war völlig furchtlos.«

Selbstverständlich ist niemand völlig furchtlos. Er war sicherlich in dem Sinne furchtlos, daß er der Furcht nicht gehorchte; aber wenn ich ihn richtig verstehe, war er nicht unfähig, sich der Furcht als eines Elements in einem Geheimnis wie dem der Liebe zu erfreuen. Gerade weil die Liebe diesen leichten Anflug von Furcht eingebüßt hat, ist sie in unserer Zeit so schal, leichtfertig und vulgär geworden; wenn sie nicht sogar mühsam biologisch geworden ist, um nicht zu sagen tierisch. Und Maria Stuart war ebenso gefährlich wie sie gefährdet war; dieses herzförmige Gesicht, das in so vielen Bildern aus der Halskrause blickt, war wie ein Magnet, ein Talisman, ein schreckliches Juwel. Schon damals war in der Idee, die tragische und attraktive französisch-schottische Prinzessin zu entführen, der altertümliche Beigeschmack mittelalterlicher Romanzen, in denen Edelfräulein aus der Gewalt von Drachen oder sogar aus entstellenden Verzauberungen befreit werden. Doch wenn die Idee auch romantisch war, so war sie in einem Sinne auch das, was heutzutage psychologisch genannt wird; denn sie entsprach genau den persönlichen Bedürfnissen zweier außerordentlicher Persönlichkeiten.

Wenn es je einem Mann hätte vergönnt sein müssen, seine siegreiche Laufbahn durch den Gewinn von etwas Menschlicherem und Geistigerem und Befriedigenderem abzurunden, als es Lorbeerkränze oder die Fahnen besiegter Feinde sein können, dann dem Don Juan d'Austria. Weil sein wirkliches historisches Leben sich in Beziehung zu diesen Dingen auf einer Welle der Eroberung erhebt und dann wieder in etwas weniger Episches und Einfaches absinkt, hat es etwas vom Anschein einer Antiklimax und liest sich wie eine Bestätigung der schalen Maxime, daß alle Siege eitel und nichtig seien. Er versuchte seinen Siegeszug durch die Gründung eines eigenen Königreiches zu krönen und wurde von der Eifersucht seines Halbbruders daran gehindert; darauf ging er, ein wenig überdrüssig, wie ich mir denke, als der Vertreter dieses selben Halbbruders in die Spanischen Niederlande, die von den Kriegen der Holländer und des Herzogs von Alba verwüstet waren. Er war bestrebt, die niederländischen Untertanen durch eine großherzigere und versöhnlichere Politik zu gewinnen, konnte die Aufständischen jedoch nicht besänftigen und war gezwungen, den Krieg des Herzogs von Alba weiterzuführen. Er starb, verstrickt in einem Gewirr von Politik und Kriegsstrategie; und der einzige Anflug von Poesie, der seinen frühen Tod umgab, waren Andeutungen, er sei vergiftet worden.

Aber an jenem goldenen Morgen der Renaissance, voll von den Legenden des klassischen Altertums, wäre die Entführung Maria Stuarts wie die Entführung der Helena nach Troja gewesen. In jenem roten Sonnenuntergang der alten Ritterromanze (denn Sonnenaufgang und Sonnenuntergang waren beide an diesem verwirrenden Himmel) wäre es wie eine glänzende, wenngleich späte Materialisierung einer dieser würdevollen und wunderlichen öffentlichen Liebesaffären oder Ritterdienste gewesen, in denen die Welt der Troubadoure mit ihrem Gepränge schwelgte; zu der Zeit, als Rudel sich öffentlich einer unbekannten Dame in einer Burg im Osten anverlobte, beinahe so entfernt wie eine Burg im Osten der Sonne; oder Bayards Schwert in einem Gruß an Lukrezia über die Berge geschickt wurde. Wäre es tatsächlich zu einer dieser Romanzen im großen Stil der Renaissance gekommen, ich glaube, es würde eine ungemein volkstümliche Episode jener Epoche gewesen sein. Und der Karriere des Don Juan d'Austria hätte sie einen Höhepunkt und eine Bedeutung verliehen, die seine rein militärischen Erfolge nicht geben konnten; und schließlich hätte sie seinen Namen in der Geschichte und (was sehr viel wichtiger ist) in Überlieferung und Literatur als den eines glücklicheren Antonius weitergegeben, der mit einer edleren Kleopatra verheiratet war. Und wenn er ihr in die Augen geschaut hätte, so würde er nicht nur glänzendes Chaos und die Katastrophe von Actium darin gesehen haben, den Ruin seiner Schiffe und seiner Hoffnungen auf den Kaiserthron; sondern vielmehr die dahinschießenden geschweiften Galeeren der christlichen Flotte, die den christlichen Gefangenen zu Hilfe eilten, und den Sonnenaufgang von Lepanto strahlend auf ihren goldenen Segeln.

Die Umkehrung ist auch wahr. Wenn es je eine Frau gab, der es hätte beschieden sein müssen und die danach verlangte, von Don Juan d'Austria oder einem Mann wie ihm befreit und errungen zu werden, war es Maria Stuart, die Königin von Schottland. Wenn es je eine Frau gab, die verkümmerte, weil es ihr an einem Mann fehlte, der ihr ebenbürtig war, dann war sie es. Die Tragödie ihres Lebens war nicht, daß sie abnorm war, sondern daß sie normal war. Ihre Umgebung war es, die abnorm war. In diesem Sinn wirken Zufälle wie der Umstand, daß Rizzio einen Buckel und Bothwell etwas wie einen schielenden Blick hatte, beinahe wie eine groteske Allegorie. Wenn ihre Lebensgeschichte in Krankhaftigkeit verstrickt scheint, so liegt es daran, daß ihre Umgebung krankhaft war. Die Königin war glücklicherweise nicht krankhaft. Die anderen Darsteller sind es, die, jeder auf seine Weise, wie die Zwerge und Verrückten in einer Tragödie von Ford oder Webster, in mißgestalteten Konturen um eine verlassene Königin tanzen. Und um das Maß voll zu machen, scheinen all diese linkischen Gestalten erträglicher als die eine, die äußerlich elegant ist, die hohle Puppe Darnley; geradeso wie eine hübsche Wachsfigur unheimlicher wirken kann als ein häßlicher Mensch. In diesem Sinne hatte sie hübsche und häßliche, starke und kluge Männer gesehen; aber sie waren alle Halb-Männer, gleich den scheußlichen Krüppeln, die Flaubert anschaulich darstellte, die mit ihren Halb-Frauen und Halb-Kindern in ihren Halb-Häusern lebten. Sie begegnete nie einem vollständigen Mann; und Don Juan d'Austria war sehr vollständig. Vieles war ihr zugefallen: die Krone von Schottland, die Aussicht auf die Krone Frankreichs, die Aussicht auf die Krone Englands. Sie hatte alles bekommen, außer frischer Luft und Sonnenschein; und diese sind versinnbildlicht von den mächtigen Schiffen mit ihren vergoldeten Heckkastellen und ihren flatternden Wimpeln, die hinausfahren, um den Winden der Welt zu begegnen.

Wir wissen jetzt, warum Maria Stuart hingerichtet wurde. Sie wurde nicht hingerichtet, weil sie ihren Mann getötet hatte, selbst wenn sie diese Tat begangen haben sollte; und neuere Untersuchungen der Casket-Briefe lassen den Schluß zu, daß ihre Feinde eindeutiger der Fälschung überführt sind als sie jemals des Mordes. Sie wurde nicht hingerichtet, weil sie etwa versucht hätte, Elisabeth zu töten, selbst wenn die ganze Geschichte des Versuchs, Elisabeth zu töten, keine Erfindung war, die von jenen verwendet wurde, die Maria Stuart beseitigen wollten. Sie wurde auch nicht hingerichtet, weil sie schön war; das ist eine der zahlreichen volkstümlichen Verleumdungen der armen Elisabeth. Sie wurde hingerichtet, weil sie bei guter Gesundheit war.

Vielleicht war sie die einzige Person, die jemals verurteilt und hingerichtet wurde, nur weil sie sich guter Gesundheit erfreute. Die Legende, welche Elisabeth als eine Löwin und Maria Stuart als eine kränkliche Schlange darstellte, ist weithin aufgegeben; tatsächlich verhält es sich genau umgekehrt. Maria Stuart war sehr kräftig; eine ausdauernde Reiterin und als Tänzerin wohl imstande, das moderne Mädchen in den Schatten zu stellen. Es ist seltsam, daß ihre zeitgenössischen Portraits nicht viel von ihrem Charme mitteilen, aber um so mehr von ihrer Lebhaftigkeit und Lebenskraft. Jeder wird aber hier und da im Temperament einiger der besten Schauspielerinnen bemerkt haben, daß Lebenskraft manchmal sehr viel mit Charme zu tun hat. Nun war es unentbehrlich für die Politik Cecils* und der anderen Oligarchen, die am Plünderungsgut der alten Religion reich geworden waren, daß Maria Stuart vor Elisabeth stürbe, doch zeigte die erstere trotz ihres Unglücks nicht die geringste Neigung zu sterben. Elisabeth andererseits war kränklich und von schwacher Konstitution. Und wenn die katholische Thronerbin an die Macht käme, konnte es für die protestantischen Grundherren schlecht ausgehen. Darum verabfolgten sie Maria Stuart in Fotheringay eine der schärfsten und wirksamsten Arzneien gegen gute Gesundheit.

Ihre Energie, die sie dergestalt zu Tode gebracht hatte, hatte sie auch durch das Leben gebracht; und mag der Schlüssel zu vielen Rätseln ihres Lebens sein.

---

* William Cecil Baron Burghley, 1520–1598, war als Staatssekretär Elisabeths I. für die Hinrichtung Maria Stuarts (1587) verantwortlich – *Anm. d. Übers.*

Es mag sein, daß ihr wiederholtes Unglück in der Ehe sie mehr verbitterte als es bei einer weniger normalen und urkräftigen Frau der Fall gewesen wäre; und daß dieselbe Leichtfertigkeit, die sie verleitete, sich wie eine Kurtisane oder *famme fatale* zu bemalen, ihrer elementaren Eignung zur Mutter und Ehefrau entsprang. Es mag sein (soweit ich mir ein Urteil erlauben kann), daß eine ganz und gar gesunde Person nach einer solch entmutigenden Erfahrung ihre natürlichen Instinkte an einen gewalttätigen Abenteurer wie Bothwell verschwenden konnte; solche Dinge sind immer möglich; aber ich konnte nie einsehen, daß sie in diesem Fall notwendig waren. Ich habe mir oft vorgestellt, daß die Allianz mehr politischer Natur gewesen sein könnte, und sogar zynischer als es diesem vortrefflichen romantischen Schriftsteller erschien, der die Casket-Briefe fälschte. Oder es mag Eingehen auf eine Art von Erpressung gewesen sein; es kann vieles gewesen sein. Wie auch immer, da sie von Scheusalen umgeben war, erwählte sie das beste Scheusal – obgleich er immer als das Schlimmste dargestellt wird. Er war der einzige von ihnen, der sowohl ein Mann wie auch ein Scheusal war; und außerdem ein Schotte. Zumindest verriet er sie nie an Elisabeth; und alle die anderen taten nichts anderes. Er verteidigte die Grenzen ihres Königreiches wie ein guter Untertan und Soldat gegen die Engländer; und darum allein kann sie sich seinem Schutz anvertraut haben. Doch ob sie in einer solchen Ehe Befriedigung suchte oder nicht, ich bin überzeugt, daß sie niemals Befriedigung darin fand; ich bin überzeugt, daß sie nur eine neue Phase der langen Erniedrigung des Lebens mit ihren Untergebenen fand.

In ihrem Herzen war immer eine Sehnsucht nach Kultur und verfeinerter Lebensart. Das ist eine Sehnsucht, die heutzutage nicht leicht anerkannt wird, da die Menschen so überzivilisiert sind, daß sie nur eine

Sehnsucht nach Barbarei haben können. Sie aber liebte die Kultur, wie die italienischen Künstler des vorausgegangenen Jahrhunderts sie geliebt hatten: als etwas nicht nur Schönes, sondern Glänzendes und Prächtiges und Neues; wie Leonardos erste Skizzen von Flugmaschinen, oder die Offenbarungen von Perspektive und Licht. Sie war die Renaissance, angekettet wie ein Gefangener; geradeso wie Don Juan d'Austria die Renaissance war, die gleich einem Piraten die Welt durchstreifte. Darin liegt natürlich die einfache Erklärung ihrer häufigen und freundlichen Nachsicht gegenüber einem Buckligen wie Rizzio und einem jungen Wahnsinnigen wie Chastelard. Sie waren Italien und Frankreich; sie waren Musik und Literatur; sie waren Singvögel aus dem Süden, die sich zufällig auf ihrem Fenstersims niedergelassen hatten. Wenn es noch immer Historiker gibt, die überzeugt sind, daß diese Männer ihr mehr als das bedeuteten, insbesondere im Falle des italienischen Sekretärs, kann ich nur sagen, daß solche gelehrten alten Herren nicht weit von der moralischen und geistigen Ebene Darnleys und seiner Gesellschaft von Halsabschneidern entfernt sein können. Selbst wenn sie eine sündhafte und böse Frau war, hat es keinen Sinn anzunehmen, daß sie keine intelligente Frau war, oder daß sie nie den Wunsch verspürte, sich zu Gunsten eines intelligenten kleinen Gesprächs von ihrer mühevollen und lebenslangen Bosheit abzuwenden. Die Entschuldigung für mein (etwas verspätetes) Experiment in der Ehevermittlung ist, daß Maria Stuart ganz anders hätte sein können, wenn sie einen Mann zum Gemahl gehabt hätte, der so mutig wie Bothwell und so intelligent wie Rizzio gewesen wäre, und, in einer mehr praktischen und nützlichen Art, wenigstens so romantisch wie Chastelard.

Aber wir dürfen nicht romantisch sein; das heißt, wir dürfen uns nicht mit den wirklichen Empfindungen wirklicher und wiedererkennbarer Menschen befassen. Das ist nicht gestattet. Wir müssen unsere Aufmerksamkeit nun streng der wissenschaftlichen Geschichtsschreibung zuwenden; genauer gesagt, bestimmten Abstraktionen, die Elisabethanische Thronfolge, Union, Reformation und Neuzeit etikettiert worden sind. Ich werde es den Romantikern überlassen, diesen nicht gesellschaftsfähigen Bohémiens (mit denen ich mich natürlich nicht um alles in der Welt sehen lassen würde), darüber zu beschließen, welcher Zeitpunkt und welche Krise am geeignetsten zur Verwirklichung von Don Juan d'Austrias Plan sein könnte; ob sein strahlendes Schiff in den weiten Gewässern des Forth erscheinen soll, wenn der tobende Mob in Edinburgh zotige Pergamente und Banner unter dem Fenster der Königin schwenkt; oder ob ein dunkles Boot mit einer einsamen Gestalt über die glasige Ruhe von Loch Leven gleiten soll; oder ob ein erhitzter Kurier an der Spitze einer neuen Armee eine neue Herausforderung zwischen die zankenden Unterhändler von Carberry werfen soll; oder ob gar ein Herold mit Gott weiß was für Adlern und Burgen und Löwen (und vermutlich einem Zeichen der Illegitimität) auf dem Wappenrock vor den versammelten Portalen von Fotheringay in die Fanfare stoßen soll. Ich überlasse das ihnen; sie wissen alles darüber. Ich bin ein ernster und bemühter Erforscher der trockenen wissenschaftlichen Details der Geschichte; und wir müssen wirklich die möglichen Auswirkungen auf Details wie England, Schottland, Spanien, Europa und die Welt in Erwägung ziehen. Wir müssen um der Beweisführung willen annehmen, daß Don Juan d'Austria hinreichende Machtmittel besaß, um Maria Stuarts Anspruch auf die höchste Staatsgewalt in Schottland durchzusetzen. Und trotz des unangenehmen Moralisierens der Volksmassen von Edinburgh würde eine solche Restauration, so meine ich, in Schottland allgemein erfolgreich gewesen sein. Professor Phillimore pflegte zu sagen, die Tragödie Schottlands bestehe darin, daß das Land die Reformation ohne die Renaissance bekommen habe. Und ich bin überzeugt, daß, während Maria Stuart und der Prinz aus dem Süden Platon und Pico della Mirandola diskutierten, John Knox* ein wenig den Boden unter den Füßen verloren hätte. Doch unter der Voraussetzung populärer Herrscher und starker spanischer Unterstützung, die wesentliche Bestandteile dieser Phantasie sind, will ich meinen, daß ein Volk wie die Schotten die nahrhafte Mahlzeit der Renaissance rascher als sonst jemand hinuntergeschlungen hätte. Jedenfalls ist ein weiterer Punkt in Erwägung zu ziehen. Wenn die Schotten in der Renaissance keine hervorragende Rolle spielten, so hatten sie dies in ihrer Weise bereits im Mittelalter auf das Glanzvollste getan. Glasgow war eine der ältesten Universitäten; der schottische König Robert I. Bruce wurde im 14. Jahrhundert als der vierte Ritter der Christenheit gezählt; und Schottland, nicht England, setzte die dichterische Tradition Chaucers fort. Die ritterliche Seite der Herrschaft würde sicherlich Erinnerungen an edle Gestalten der Vergangenheit wachgerufen haben, selbst in jenem niedrigen Gezänk. Ich muß hier unglücklicherweise ein sehr schönes Kapitel aus der unveröffentlichten Romanze auslassen, in welcher die Liebenden (wenn nötig bei Mondschein) nach Melrose hinabreiten, wo das Herz des Robert Bruce angeblich seine Ruhestätte gefunden hat; und wo sie sich in tönenden Wendungen erinnern, wie spanische und schottische Lanzen einst Seite an Seite gegen die Sarazenen angestürmt waren. Dieses feine Stück Prosa darf

* John Knox, 1513–15721, schottischer Reformator, Schüler Calvins und Gegner der Maria Stuart – *Anm. d. Übers.*

uns jedoch nicht davon abhalten, uns der nächsten Tatsache zuzuwenden: daß Maria, einmal außer Gefahr, als Königin von England und von Schottland in die Geschichte eingegangen wäre. Es genügt zu sagen, daß im Norden vielleicht Erinnerungen an das Mittelalter wachgerufen worden wären; und die Schotten hätten sich vielleicht sogar an die Bedeutung von Holyrood (= Heiligkreuz) erinnert, des alten Königsschlosses in Edinburgh.

Don Juan starb über dem Bemühen, in den Verhandlungen mit holländischen Calvinisten die Ruhe zu bewahren, ungefähr zehn Jahre vor der Vernichtung der Spanischen Armada; und so sehr ich ihn bewundere, bin ich doch froh, daß er dieses Desaster nicht mehr erleben mußte. Ich möchte meinen persönlichen Traum, die Romanze von der Errettung und Befreiung der Maria Stuart, nicht mit diesem berühmten internationalen Zusammenstoß vermengen, bei dessen Betrachtung ich als Engländer gebunden bin, mit England zu sympathisieren, und als Anti-Imperialist mit der schwächeren Nation. Aber, so darf man fragen, wie kann ein Engländer sich überhaupt mit einer Romanze befreunden, deren zwangsläufige Begleiterscheinung die Durchkreuzung der elisabethanischen Politik durch einen spanischen Prinzen und die Besteigung des englischen Thrones durch eine katholische schottische Königin gewesen wäre, womit zumindest ein Teil der Ziele erreicht worden wäre, deren Verwirklichung Spanien mit der Entsendung der Armada anstrebte? Darauf antworte ich, daß solch eine Frage verderblich auf jene zurückfällt, die sie stellen. Sollen sie nur einmal das tatsächliche Geschehen mit dem vergleichen, was hätte sein können. War Maria Stuart eine Schottin? In ihrem Sohn ertrugen wir einen Schotten auf dem Thron. War Don Juan Ausländer? Als wir den Enkel ihres Sohnes vertrieben, unterwarfen wir uns einem.

Maria Stuart war so englisch wie James I. Don Juan war so englisch wie Georg I. Was unsere Politik insularer Religion (oder wie immer wir sie nennen wollen) auch bewirkt haben mag, sie bewahrte uns nicht vor ausländischer Einwanderung oder sogar Invasion. Manche mögen sagen, wir hätten keinen Spanier akzeptieren können, nachdem wir kurz zuvor erst gegen die Spanier gekämpft hatten. Doch als wir einen holländischen Prinzen akzeptierten, hatten wir kurz zuvor gegen die Holländer Krieg geführt. Englische Seehelden wie Robert Blake und Francis Drake hätten sich beklagen können, daß ihre Siege gegen sie gekehrt worden seien und daß wir dem Besen des holländischen Admirals Tromp erlaubt hätten, nicht nur die englischen Gewässer leerzufegen, sondern auch das englische Land. Eine ganze Generation bevor der erste Georg aus Hannover kam, war Wilhelm von Oranien mit einer Invasionsarmee aus Holland über England hinmarschiert. Hätte Don Juan d'Austria wirklich eine Armada mitgebracht (und Armadas sind bei Entführungen oft unbeholfen), so hätte er uns kaum eine tiefere Demütigung zufügen können. Aber man muß dabei berücksichtigen, daß ich in der Frage des Patriotismus feinfühlig bin; sehr viel feinfühliger als irgend jemand es in jenen Tagen war. Nationalismus ist eine relativ neue Religion; und was diese Leute beschäftigte, war die alte Art von Religion. Für sie war es wirklich ein gewaltiger Unterschied, daß der Holländer Wilhelm von Oranien ein Calvinist war, während Don Juan d'Austria ein Katholik war; und daß Georg I., was immer er war (und er war beinahe nichts), kein Papist war. Das bringt mich zu einer sehr viel wichtigeren Phase meiner Vision dessen, was nie geschehen ist. Aber jene, die von mir erwarten, daß ich in donnernde theologische Bannflüche ausbreche, werden hier eine Enttäuschung erleben.

Ich habe weder die Absicht noch Veranlassung, an dieser Stelle über Luther und Leo X. und das Recht und Unrecht der Revolte neuer reformatorischer Sekten im Norden zu diskutieren. Ich habe es nicht nötig, aus dem einfachen Grund, weil ich in dem hier vorgestellten Fall nicht glaube, daß wir uns in erster Linie um den Norden hätten sorgen müssen. Ich glaube, wir hätten statt dessen die enorm bedeutungsvolle Position im Süden und Osten erkennen sollen. Aller Blicke wären auf ein bei weitem bedeutenderes Ereignis der abendländischen Kultur gerichtet gewesen: auf die Schlacht von Lepanto. Und der Held dieser Schlacht war Don Juan d'Austria.

Es ist mit Recht vermerkt worden, daß der Heilige Stuhl in jener Zeit eine seltsame Gleichgültigkeit gegen die Gefahr des Protestantismus aus dem Norden zeigte. Das mag zutreffen, lag aber hauptsächlich daran, daß er gegen die Gefahr des Islam aus dem Osten ganz und gar nicht gleichgültig war. Diese ganze Zeit hindurch richtete ein Papst nach dem anderen einen Appell nach dem anderen an die Fürsten und Könige Europas, daß sie sich zur Verteidigung der Christenheit gegen den asiatischen Angriff zusammenschließen möchten. Ihre Appelle verhallten beinahe ungehört; und nur eine zusammengekratzte Flotte aus den eigenen päpstlichen Galeeren, unterstützt von einigen venezianischen, genuesischen und anderen Schiffen, konnte entsandt werden, um den Türken die Seeherrschaft über das ganze Mittelmeer streitig zu machen. Dies ist die gewaltige historische Tatsache, die vom doktrinären Gezänk des Nordens verdeckt worden ist; und das erklärt, warum ich mich hier nicht mit dem doktrinären Gezänk des Nordens befasse. Jenes Zeitalter war nicht das Zeitalter der Reformation. Es war das Zeitalter der letzten großen asiatischen Invasion, die nahe daran war, Europa zu zerstören. Ungefähr gleichzeitig mit dem Einsetzen der Reformation zerschlugen die Türken das alte Königreich Ungarn, und als die Reformation ihr Werk beendet hatte, belagerten die Horden aus Asien Wien, und dies bereits ein zweites Mal. Sie wurden vom Polenkönig Johann Sobieski unter Karl V. von Lothringen zurückgeschlagen, wie sie hundert Jahre vorher durch Don Juan d'Austrias glänzenden Seesieg im Mittelmeer zurückgeschlagen worden waren. Aber sie waren zweimal drauf und dran, die Städte Europas zu überfluten. Es muß auch daran erinnert werden, daß dieser letzte Türkenangriff auf Mitteleuropa tatsächlich eine barbarische und unberechenbare Sache war, verglichen mit den Angriffen Saladins und der Sarazenen gegen die christlichen Kreuzfahrerstaaten des Mittelalters. Die hohe arabische Kultur jener Zeit war längst untergegangen; und die Eindringlinge waren Tataren und Türken und ein Gesindel aus wirklich barbarischen Ländern. Es waren nicht die Mauren, sondern die Hunnen. Es war nicht Saladin gegen Richard Löwenherz oder Averroes gegen Thomas von Aquin; es hatte sehr viel mehr Ähnlichkeit mit dem Mongolensturm Dschingis Khans, oder mit dem schlimmsten und wildesten Schocker über die Gelbe Gefahr.

Ich habe großen Respekt vor den wirklichen Tugenden, der Vernunft und der, wenn auch schlafenden, Kraft des Islam. Ich schätze das zugleich demokratische und würdige Element darin; ich sympathisiere mit vielen Grundzügen des Islam, welche die meisten Europäer (und alle Amerikaner) träge, rückständig und unfortschrittlich nennen würden. Aber wenn diese moralischen Vorzüge der einfacheren Art gebührend in Anschlag gebracht sind, traue ich niemandem von Bildung und Verständnis für kulturelle Vergleiche zu, daß er die Preisgabe des Europa der Renaissance an Baschi-Bozuks und die wilden Mongolenscharen der Niedergangszeit ertragen würde. Gleichwohl dürfen wir nicht den Fehler begehen, nur die Verbote des primitiven Islam in Betracht zu ziehen; und die meisten seiner Vorzüge waren Verbote. Letzten Endes zog, besonders in den Augen der mittelmeerischen Menschen, nur der Schatten eines großen Zerstörers über ihre schimmernde See. Was sie hörten, war die Stimme Asraels, nicht diejenige Allahs. Ihnen gehörte die Vision, die der Hintergrund meines Traumes gewesen wäre; und all ihre edleren Gestalten, ob englischer, spanischer oder schottischer Herkunft, in die Höhen der Herausforderung und des Märtyrertums hob. Der trockene Wind, der den Staub zerbrochener Idole vor sich hertrieb, bedrohte die im Gleichgewicht ruhenden Statuen Donatellos und Michelangelos, wo sie die stolzen Plätze der südlichen Städte überstrahlen; und der Sand der hohen Wüsten kam wie in wandernden Bergen von Staub und Durst und Tod herab auf die niedrig gelegene Kultur der heiligen Reben, die Lieder und das verborgene Lachen der Weingärten. Und vor allem waren diese Wolken, die sich um sie zusammenzogen, wie die Vorhänge des Harems, hinter denen die steinernen Gesichter der Eunuchen hervorschauen; wie ein riesiger Schatten breitete sich die Stille des Ostens und ihr törichter Kompromiß mit der Derbheit kulturloser Menschen über glänzende Höfe und Plätze. Diese Dinge vor allem brachen über jene erhabene und vereitelte Romanze des vollkommenen Ritters und seiner Dame herein, jene Romanze, welche Menschen von christlichem Geblüt nie erlangen und nie aufgeben können; welche diese zwei aber vielleicht hätten erlangen und mit Leben erfüllen können.

Historiker streiten darüber, ob die Engländer unter Elisabeth I. die Liturgie der anglikanischen Kirche oder das katholische Meßbuch bevorzugten. Aber sicherlich wird niemand darüber streiten, ob sie den Halbmond oder das Kreuz bevorzugten. Die Gelehrten diskutieren über die Frage, wie England in Katholiken und Protestanten geteilt war. Aber niemand wird diskutieren, wie England zumute gewesen wäre, wenn es erfahren hätte, daß die ganze Welt nun hoffnungslos in Christen und Mohammedaner geteilt sei. Kurz gesagt, ich meine, daß England unter diesem Einfluß einfach seinen Horizont erweitert haben würde; und wenn auch nur, um einen großen Kampf an Stelle eines kleinen wahrzunehmen. Don Juan d'Austria wurde allgemein als die Inkarnation und das erhobene Feldzeichen dieses großen Kampfes und unserer Aussichten darin betrachtet. Nicht nur die Lobpreisungen, die einem Helden gebühren, sondern die Schmeichelei, die Prinzen unausweichlich umgibt, hätte diesen Triumph wie Trompetenschall vor ihm hergetragen, wohin er auch gegangen wäre. Jedermann hätte in ihm die Vereinigung von Renaissance und Kreuzzug gesehen, wie diese beiden Dinge in den golddurchwirkten Wandteppichen Ariosts Kette und Schuß sind. Jedermann hätte die Wiedergeburt Europas und seinen beinahe eingetretenen Tod gefühlt. Auch hätten die Lobpreisungen nicht bloß von gewöhnlichen Schmeichlern kommen müssen. Alle guten Engländer hätten gute Europäer werden können; wenn ich sagte, große Europäer, dann würde es meine Meinung noch besser ausdrücken. In dieser ganzen Menge hätte vielleicht nur Shakespeare nicht größer sein können. Und doch bin ich auch da im Zweifel; denn er hätte sicherlich fröhlicher sein können. Was immer seine politische Einstellung gewesen ist – und ich argwöhne, daß sie sehr derjenigen seines Freundes glich, des Katholiken Southampton –, es gibt keinen Zweifel, daß seine Tragödien beständig von etwas wie einer Besessenheit von Usurpation und erschlagenen Königen und geraubten Kronen und einer völligen Unsicherheit königlicher und aller anderen Rechte verzerrt und gequält sind. Niemand weiß, wie ihm das Herz, geschweige denn der

Sinn, in jenem wahrhaft ›glorreichen Sommer‹ einer Oberherrschaft aufgegangen wäre, die sein dem 16. Jahrhundert verhaftetes Verlangen nach einem heroischen und hochherzigen Souverän gestillt hätte. Er zumindest hätte der Bedeutung des großen Triumphes im Mittelmeer nicht gleichgültig gegenüber gestanden. Anhänger der extremen geistigen Abgeschlossenheit, die aus insularer Selbstgenügsamkeit erwächst, haben oft die großartigen Zeilen zitiert, in denen Shakespeare England als etwas Separates und von der See Abgeschnittenes pries. Dabei übersehen sie gern, wessen er es wirklich pries.

Die Amm' und schwangre Schoß erhabner Fürsten,
An Söhnen stark, und glorreich von Geburt;
So weit vom Haus berühmt für ihre Taten,
Für Christen-Dienst und echte Ritterschaft,
Als fern im starren Judentum das Grab
Des Weltheilandes liegt, der Jungfrau Sohn.

Ich meine wirklich, daß der Mann, der diese Zeilen schrieb, den Sieger von Lepanto beinahe ebenso warm willkommen geheißen hätte wie einen schottischen Calvinisten, der sich vor einem gezogenen Dolch ängstigte.

Bei Maria Stuart, denke ich, würde es überhaupt keine Schwierigkeiten gegeben haben. Sie war die legitime Erbin des Throns von England, was man von Elisabeth I. nicht sagen kann. Das allgemeine Gefühl von Loyalität zum legitimen Souverän, das in England besonders stark ausgeprägt war, wäre ihr freigebiger entgegengebracht worden als Elisabeth, weil sie eine volkstümlichere und zugänglichere Person war. Sie, die so oft, und vielleicht allzu oft, selbst im Haus des Hasses Liebe entfacht hatte, wäre in einem glücklicheren Haushalt inthronisierter Liebe wohl sicherlich hinreichend geliebt worden; man denke nur an den glänzenden Hof des Herzogs René von Anjou in der Provence. Was ihre Beliebtheit angeht, so sehe ich keine Schwierigkeit; und selbst ihr Ehemann, ob er König oder Prinzgemahl genannt worden wäre, hätte sicherlich mindestens die Beliebtheit erreicht wie jeder andere Prinzgemahl. Ich will nicht sagen, daß er populärer gewesen wäre als Wilhelm von Oranien; denn unpopulärer hätte er nicht sein können. Aber die Engländer können zu Ausländern höflich sein, selbst zu ausländischen Prinzgemahlen. Tennyson als gekrönter Dichter war beeindruckt von der Ähnlichkeit zwischen Prinz Albert und einer idealen Rittergestalt aus König Artus' Tafelrunde. Ben Jonson als gekrönter Dichter hätte die Höflichkeit nicht so weit getrieben, daß er Don Juan d'Austria mit der Idealgestalt eines Ritters verglichen hätte. Immerhin konnte niemand sagen, er sei ein Salonritter. Aber, und das ist sehr viel wichtiger, England hätte in einem anderen und realeren Sinn ein Wiederaufleben ritterlicher Tugenden und Ideale gesehen, hätte als Verteidiger der ganzen Tradition römischer Kultur und christlicher Moral gegen Heiden und Barbaren von den Enden der Welt dagestanden. Wäre dies Wirklichkeit geworden, so wäre manch puritanisch-provinzielle Engstirnigkeit vermieden worden, und gewiß hätte niemand danach gefragt, ob ein guter Calvinist Sublapsarier oder Supralapsarier* sein müsse. Die Frage, ob ein puritanischer Söldner einem in Stein gemeißelten Heiligen an der Kathedrale von Salisbury die Nase abgeschlagen habe, wäre nicht länger eine Angelegenheit gewesen, über die sich eine ganze Provinz erregte. Die Frage hätte gelautet, ob ir-

---

* Anhänger gegensätzlicher calvinistischer Parteien, welche die Gnadenwahl vor bzw. nach dem Sündenfall gesetzt annahmen – *Anm. d. Übers.*

gendein Derwisch aus der Wüste zwischen den Bruchstücken des zerschlagenen Moses von Michelangelo tanzen sollte. Hätten sie die Gefahr begriffen, wären alle normalen Christen zur Verteidigung ihres Glaubens und ihrer Kultur zusammengeströmt. Und England hätte in der Schlacht Ruhm gewonnen, wie in den Zeiten der Kreuzfahrer, als das Schiff mit roten Segeln die englischen Ritter zur Erstürmung von Akkon trug.

Es hätte, fürchte ich, ein gewisses Maß an Feindseligkeit gegen Frankreich mit sich gebracht, den Gegner des spanisch-österreichischen Habsburgerreiches und Verbündeten der türkischen Sultane. Doch selbst hier gibt es versöhnende Einflüsse, und Marias Sympathien wären immer bei dem Land gewesen, wo sie ihre Jugend verbrachte und dem sie ihr berühmtestes Gedicht widmete. Wie auch immer, es wäre nicht die Feindseligkeit oder vielmehr der blinde Haß auf Frankreich gewesen, den wir vom Sieg der Liberalen erbten. Es wäre mehr wie die mittelalterlichen Kriege mit den Franzosen gewesen, geführt von Männern, die selbst halb französisch waren. Die englischen Eroberungen in Frankreich waren eine zurücklaufende Welle der vorausgegangenen französisch-normannischen Eroberungen in England; die ganze Geschichte war beinahe ein Bürgerkrieg. Denn im mittelalterlichen Krieg steckte mehr Internationalismus als im modernen Frieden anzutreffen ist. Das gleiche galt für die Kriege, die zwischen Frankreich und Spanien geführt wurden; sie vermochten die innere Einheit der lateinischen Kultur nicht zu zerstören. Ludwig XIV. übertrieb, als er erklärte, die Gebirgskette der Pyrenäen sei aus der Landschaft verschwunden. Viele aufmerksame Touristen haben ihre Existenz bestätigt und den königlichen Irrtum gemeldet. Aber es war diese Wahrheit darin: daß die Pyrenäen in jedem Sinne eine natürliche Trennung darstellten. Die Straße von Dover wurde bald eine sehr unnatürliche

Trennung. Sie wurde zu einem geistigen Abgrund, nicht zwischen verschiedenen Schutzheiligen, sondern verschiedenen Göttern; vielleicht zwischen verschiedenen Universen. Die Männer, die bei Crecy und Agincourt fochten, hatten dieselbe Religion – zu mißachten. Aber die Engländer, die bei Höchstädt und Waterloo kämpften, hatten einen völlig neuartigen Wesenszug – einen gleichermaßen ausgeprägten Haß auf französische Religiosität und französische Irreligiosität. Sie konnten die Ideale der anderen Seite nicht mehr verstehen, und das gleiche galt umgekehrt. Die Beschränkung hatte viel Ähnlichkeit mit der Straße von Dover, die eng und öde und gefährlich genug ist, um entscheidend zu sein; dazu salzig und treffend symbolisiert durch Seekrankheit. Vielleicht war doch etwas an der Geschichte, die in unseren Märchenbüchern erzählt wird – daß die letzte katholische Königin den Verlust der letzten französischen Besitzung nicht verwinden konnte und sich über das Herz den Namen ›Calais‹ schreiben ließ. Mit ihr starb vielleicht das letzte Überbleibsel einer Geisteshaltung, die irgendwo in ihren Tiefen einen geistigen Kanaltunnel besaß.

Aber diese Zusammenführung Europas in der Renaissance hätte die spätere Zusammenführung Europas in der Zeit der bürgerlichen Revolution erleichtert und nicht erschwert; hätte vielleicht den Charakter einer allgemeinen Reform angenommen, die im ausgehenden 18. Jahrhundert wirklich vernünftig und notwendig war. Das Land wäre in seinen Prüfungen und Idealen größer gewesen, vorausgesetzt, die reichen Aristokraten hätten der Entwicklung nicht durch ihren Triumph über die englische Krone vorgegriffen. Wäre England nicht ganz und gar ein Land der adligen Großgrundbesitzer geworden, so wäre es vielleicht wie Spanien ein Land der Kleinbauern und Landpächter geworden; oder jedenfalls ein Land von Freibauern geblieben. Es hätte der unaufhörlichen Belagerung durch wirtschaftliche Ausbeutung und wirtschaftlichen Niedergang, von bloßer Beschäftigung, gefolgt von Arbeitslosigkeit, widerstehen können. Es hätte den Sinn der Gleichheit ebenso wie den der Freiheit lernen können. Ich kenne mindestens einen Engländer, der sich heute wünscht, er könnte die nächste Zukunft Englands so hoffnungsvoll sehen wie die nächste Zukunft Spaniens. Aber in meiner Sicht hätten sie voneinander lernen können, was unter anderem ein Ergebnis von allergrößter Bedeutung zur Folge gehabt hätte: Amerika würde sehr verschieden von dem sein, was wir heute sehen.

Es gab einen Augenblick, da hätte die ganze Christenheit sich zusammenschließen und unter der chemischen Reaktion der neuen Kultur von neuem kristallisieren und dennoch eine ganz und gar christliche Christenheit bleiben können. Es gab einen Augenblick, da hatte der Humanismus die gerade Straße vor sich; und, was noch wichtiger ist, auch hinter sich. Es hätte ein wirklicher Fortschritt sein können, ohne etwas von dem zu verlieren, was in der Vergangenheit gut war. Die Bedeutung von zwei Persönlichkeiten wie Maria Stuart und Don Juan d'Austria liegt darin, daß Religion und Renaissance in ihnen nicht im Widerstreit miteinander lagen; und sie bewahrten den Glauben ihrer Väter, während sie erfüllt waren von der Idee, ihren Söhnen neue Eroberungen und Entdeckungen zu übergeben. Ihr Selbstgefühl wurzelte in der spätmittelalterlichen höfischen Ritterlichkeit, aber sie waren offen für die humanistische Gelehrsamkeit des 16. Jahrhunderts; und es gab einen Augenblick, da hätte dieser Geist die ganze Welt und die ganze Kirche durchdringen können. Es gab einen Augenblick, da hätte die Religion Platon verdauen können, wie sie einst Aristoteles verdaut hatte. Was das anbelangt, hätte sie alles in sich aufnehmen können, was in Rabelais und Montaigne und vielen anderen am vernünftigsten war, um anderes abzulehnen, wie sie es bei Aristoteles tat. Nur so hätte der Schock der neuen Entdeckungen von der zentralen christlichen Tradition absorbiert werden können (und tatsächlich wurde er in großem Umfang absorbiert). Was aber diese Morgenröte der Neuzeit verdüsterte, war der Rauch und der Staub, den die Kämpfe der dogmatischen protestantischen Sektierer in Schottland, in Holland und schließlich in England aufwirbelten. Doch was das betrifft, so hätte die Häresie des Jansenismus den Glanz der Gegenreformation auf dem Kontinent niemals so sehr überschattet, und England wäre den Weg Shakespeares und nicht den Weg Miltons gegangen; welch letzterer rasch zu einem engstirnigen Spießertum verkam.

Darum waltet in dieser Verbindung zwischen den beiden romantischen Gestalten und dem großen Wendepunkt der Geschichte vielleicht mehr als bloße Phantasie, und ganz gewiß mehr als ein blinder Zufall. Vielleicht hätten sie die Richtung tatsächlich nach rechts statt nach links verändert; oder wenigstens verhindert, daß die Wendung zu weit nach links ging. Das entscheidende Merkmal Don Juan d'Austrias ist, daß er, wie Bayard* und ein paar andere in dieser Übergangszeit, unverkennbar der ursprüngliche mittelalterliche Ritter war, zusätzlich versehen mit den weitreichenden Errungenschaften und Ambitionen der Renaissance. Wenn wir uns jedoch einige seiner Zeitgenossen ansehen, wie zum Beispiel Cecil, erblicken wir einen völlig neuen Typus, in dem es keine derartige Verbindung oder Tradition gibt. Ein Mann wie Cecil ist nicht ritter-

---

* Pierre du Terrail Bayard, 1476–1524, errang in den italienischen Feldzügen der französischen Könige den Ruf des tapfersten Ritters der französischen Nation, »Ritter ohne Furcht und Tadel« – *Anm. d. Übers.*

lich, will nicht ritterlich sein und (was am wichtigsten von allem ist) gibt nicht vor, ritterlich zu sein. Natürlich gab es eine fingierte, unechte Ritterlichkeit, wie es von allem eine Fälschung gibt; und niederträchtige, verräterische Männer des Mittelalters machten mit Heraldik und Schaugepränge eine Vorspiegelung davon. Aber ein Mann von niederer Gesinnung wie Cecil machte keine Schaustellung davon, noch gab er sich mit Vorspiegelungen ab. Soviel er wußte und soweit es ihn kümmerte, hatte er jene Welt hinter sich gelassen. Tatsächlich aber war sie noch lange nicht versunken, und wäre sie von seinen Feinden in einer großen zusammengefaßten Anstrengung wieder zu Kräften gekommen, so hätte sie noch immer die natürliche Loyalität der Europäer gefunden. Das ist es, was diese Geschichte so seltsam macht: daß die Kräfte für die Befreiung und Rettung da waren. Die Romanze des Nordens hätte tatsächlich auf die Romanze des Südens antworten, die Rose sich mit dem Lorbeer vermählen können; und sie, die mit Ronsard, dem bedeutenden französischen Dichter der Renaissance, Oden ausgetauscht hatte, und er, der Seite an Seite mit Cervantes gekämpft hatte, hätten durch die Strömungen ihrer Zeit wahrhaftig zusammengeführt werden können. Es war, als sei ein mächtiger Südwind aufgekommen und hätte die Segel eines prächtigen Schiffes gebläht; und weit im fernen Norden hätte eine Dame ihre Fensterläden zur See hin geöffnet.

Es kam nicht dazu. Es war zu natürlich, um zu geschehen. Beinahe hätte ich gesagt, es war zu unausweichlich, um zu geschehen. Gleichviel, es war nichts Natürliches, schon gar nichts Unausweichliches an dem, was geschah. Dann und wann stößt Shakespeare mit einem Entsetzen, das beinahe an Hysterie grenzt, einen Hanswurst oder Idioten ins Rampenlicht, daß er vor dem schwarzen Vorhang der Tragödie auf diese

Ungereimtheit und Folgewidrigkeit im wirklichen Geschehen hinweise. Die dunklen Vorhänge teilen sich, und es kommt etwas zum Vorschein; gewiß nicht der in Gold gekleidete Löwe von Lepanto, noch das Herz von Holyrood, die Königin der Poeten, die Ronsard und Chastelard zu Gedichten inspirierte; sondern etwas völlig anderes und zweifellos eine Art komischer Erleichterung: Jacobus Rex, der groteske König; unbeholfen, verdrossen, ausgepolstert wie ein Sessel; pedantisch, verdreht. Er war von den Ältesten der Wahren Kirche sorgfältig erzogen worden und machte ihnen alle Ehre: indem er gottesfürchtig erklärte, er könne es nicht über sich bringen, seiner Mutter das Leben zu retten, weil sie dem Aberglauben anhänge. Trotz seines katholischen Glaubens war er ein guter Puritaner; ein typischer Prohibitionist; ein unduldsamer Gegner des Tabaks; duldsamer gegenüber Folter und Mord und noch unnatürlicheren Dingen. Denn obwohl ihn beim bloßen Anblick einer blanken Schwertklinge das Entsetzen schüttelte, fiel es ihm nicht schwer, den Verschwörer Fawkes unter Folterqualen hinrichten zu lassen; und wenn der Tod lediglich durch die Kunst des Vergiftens herbeigeführt worden war, ließ er mit einer Begnadigung nicht lange auf sich warten, da er sich unter Carrs* Drohungen duckte. Was hinter diesen Drohungen und dieser Begnadigung lag, brauche ich hier glücklicherweise nicht zu untersuchen; aber der Gestank dieses Hofes, wie er aus der Affäre um die Ermordung des Dichters Overbury zu uns dringt, ist von einer Art, daß wir uns zur frischen Luft hinwenden müssen. Ich will nicht sagen, zur idealen Liebe zwischen Maria Stuart und Don Juan d'Austria, die ich mir nur eingebildet habe, sondern

---

* Robert Carr, Graf von Somerset, 1590–1645, Günstling Jacobs I. – *Anm. d. Übers.*

zur schlimmsten Version der blutigen Liebe zwischen Maria und Bothwell, wie ihre wütendsten Feinde sie verbreitet haben. Verglichen mit alledem, nimmt sich das Liebesverhältnis mit Bothwell so unschuldig aus wie das Pflücken einer Rose, und die Ermordung Darnleys so natürlich wie das Ausreißen eines Unkrauts.

Und so sinken wir nach einem aufregenden Blick auf die Möglichkeit des Unmöglichen zurück in eine Serie bestenfalls drittklassiger Dinge. Karl I. war besser, ein trauriger und stolzer Mann, aber gut, soweit ein Mann gut sein kann, ohne gutmütig zu sein. Karl II. war gutmütig ohne gut zu sein; das Schlimmste an ihm aber war, daß sein Leben eine lange Kapitulation war; Jacob II. besaß die Tugenden seines Großvaters, soweit sie gingen, und wurde darum verraten und gebrochen. Auf ihn folgte Wilhelm III., von Oranien, mit dem abermals der Beigeschmack von etwas Unheimlichem und Fremdem ins Spiel kommt. Ich würde nicht zu verstehen geben, daß solche Calvinisten antinomische Calvinisten gewesen seien; aber es liegt etwas Sonderbares in dem Gedanken, daß diese unnatürliche Logik in jener Zeit zweimal von den Gerüchten und dem Beigeschmack unnatürlichen Verlangens begleitet wurde. Zu der Zeit aber, da wir zur Königin Anne und dem ersten farblosen Georg kommen, hat das Königtum an Bedeutung verloren; der Monarch zählt nicht mehr. Handelsfürsten haben alle anderen Fürsten verdrängt; England ist dem bloßen Handel und der kapitalistischen Entwicklung verpflichtet; und wir sehen die sukzessive Einführung der Staatsanleihen, der Bank von England, der kolonialen Unternehmungen, der schwindelhaften Spekulation und all der charakteristischen Institutionen einer Regierung, die vornehmlich Handelsinteressen zu dienen hat. Ich werde an dieser Stelle nicht erörtern, ob die moderne Ordnung mit ihren weltumspannenden Konzernen, ihrer komplizierten und praktisch geheimen finanziellen Steuerung, ihrer fortschreitenden Technisierung und ihrer gleichfalls fortschreitenden Auslöschung des Privateigentums und der persönlichen Freiheit im Ganzen gut oder schlecht sei. Ich werde nur eine Intuition ausdrücken, daß, selbst wenn sie sehr gut ist, etwas anderes vielleicht besser gewesen wäre. Ich leugne nicht, daß die Welt in bezug auf die internationale Ordnung und Humanität gewisse Fortschritte gemacht hat; ich möchte nur meine Vermutung aussprechen, daß die Welt rascher zur Humanität fortgeschritten wäre. Und ich denke, daß insbesondere die nördlichen Länder sich diesem Ziel viel rascher angenähert hätten, wenn die protestantische Philanthropie sich von Anfang an von einer umfassenderen Philosophie wie Bellarmins und Morus' hätte leiten lassen; wenn sie ihre Kraft unmittelbar aus der Renaissance bezogen hätte und nicht von dem übellaunigen Sektierertum des 17. Jahrhunderts abgelenkt und überlagert worden wäre. Aber in jedem Fall werden die großen moralischen Institutionen der modernen Zeit, die Arbitrage, die Weizenbörse, das Konkursgericht und der Rest von meiner kleinen literarischen Phantasie nicht berührt; und ich brauche keine Verantwortung zu fühlen, wenn ich einige Stunden meiner unwirksamen Existenz damit vergeude, von den Dingen zu träumen, die hätten sein können (was die Deterministen bestreiten werden) und für den Prinzen der Helden und die Königin der Herzen diesen verblaßten Kranz zu binden.

Vielleicht gibt es Dinge, die zu bedeutend sind, um zu geschehen, und zu groß, um durch das enge Tor der Geburt zu dringen. Denn diese Welt ist zu klein für die Seele des Menschen; und seit dem Ende des Gartens Eden ist für Liebende selbst der Himmel nicht groß genug.

Wenn Ludwig XVI. eine Spur von Festigkeit gezeigt hätte

Als Ludwig XV. starb und den Thron seinem Enkel, Ludwig dem XVI., übergab, hatte die ungerechte und komplizierte finanzielle Organisation des Landes, die von André Maurois im folgenden Essay lebhaft geschildert ist, bereits zu Unruhe und sogar zu offener Rebellion geführt; selbst der genußsüchtige Ludwig XV. war imstande, das Blutbad vorauszusagen, das folgen sollte.

Dennoch scheint es offensichtlich, daß die bevorstehende Katastrophe unnötig war. Graf Maurepas, der Berater des jungen Königs, hatte in einem Provinzbeamten namens Anne Robert Jacques Turgot das Instrument zu ihrer Abwendung gefunden. Der letztere, gleichzeitig ein brillanter Wirtschaftstheoretiker und ein erfahrener Verwaltungsbeamter, wurde nach zwei Monaten im Marineministerium zum Finanzminister ernannt und leitete eine Anzahl von Reformen ein, die darauf abzielten, die vorherrschende Vergeudung und Ungerechtigkeit zu beseitigen, die Steuern zu verringern und die so erleichterte Bürde gleichmäßiger zu verteilen, wovon er sich letztlich höhere Einnahmen versprach. Prestige und Autorität des Königs waren völlig ausreichend, um ihn in seinen Bemühungen zu unterstützen, bis sie erfolgreich durchgeführt wären. Aber die privilegierten Klassen, deren Vorrechte bedroht waren, bekämpften ihn mit den traditionellen Methoden von Leuten dieser Art, mit Intrigen, Lügen und Fälschungen, und konnten schließlich die Königin, Marie Antoinette, auf ihre Seite ziehen, als der aufrechte Turgot die Rückberufung ihres Günstlings, des Grafen Guines verlangte, weil er sein Amt als Botschafter am Hof zu London mißbraucht hatte. Nach zwei Jahren forderte der schwächliche Ludwig seinen Finanzminister zum Rücktritt auf und dieser trat ab. Eines der ersten Resultate war, daß Frankreich in den amerikanischen Unabhängigkeitskrieg eintrat, eine kostspielige und politisch nutzlose Geste, die für die mühsam sich behauptenden Kolonien jedoch von großem Nutzen war.

Verschiedene kluge Berater folgten Turgot, aber keiner von ihnen war imstande, Ludwig von der Klasse zu trennen, deren verschwenderischer Lebensstil und deren ausbeuterische Politik Frankreich ruinierten. Die Revolution folgte, und er entrichtete auf der Guillotine den Preis für seine Schwäche. Mit ihm ging eine Gesellschaftsordnung unter, an deren Stelle ein neues Europa geboren wurde.

Turgots Reformen hatten das Ziel, die alte Ordnung zu retten; Ludwigs Schwäche vereitelte ihre Verwirklichung, und die Folge davon war, daß sie schließlich von demselben Unheil eingeführt wurden, das sie hatten verhüten sollen.

Wenn Ludwig XVI. eine Spur von Festigkeit gezeigt hätte

von ANDRÉ MAUROIS*

»... Der erlauchte Historiker, dem wir, meine Herren, heute unseren letzten betrübten Gruß entrichten, verstand vollkommener als all seine Vorgänger die Entstehung des zeitgenössischen Frankreich. In seinem großartigen Werk *Die sekundären Folgen der Revolution* zeigte er, in welch hohem Maße das moderne Europa von den Männern von 1789 geformt worden ist. Ein sorgfältiger Gelehrter ebenso wie ein Philosoph ...«

Aber in dem schwarz drapierten Sarg, auf den die Männer des Leichenbestatters den Ehrendegen eines Akademikers und ein mit Auszeichnungen bedecktes Kissen gelegt hatten, war weder Gelehrter noch Philosoph verblieben, um der ministeriellen Lobpreisung zu lauschen. Seit zwei Tagen schwebte die Seele des betagten Historikers durch den Lichthimmel aufwärts zum Paradies tugendhafter Menschen und war soeben, weit weit von jenem schlammigen Friedhof, wo der Regen seine Kollegen durchnäßte, im Himmel der Historiker angelangt. Denn das Paradies der Gelehrten

* André Maurois, eig. Émile Herzog, geb. 26. 7. 1885 in Elbeuf/Seine-Maritime, gest. 9. 10. 1967 Neuilly-sur-Seine, wurde als Schriftsteller vor allem durch seine hervorragenden Biografien bekannt (u. a. über Shelley, Byron, George Sand, Victor Hugo, Disraeli, Proust, Balzac, Dumas). In seinen psychologisch einfühlsamen und von Gesellschaftskritik geprägten Romanen schildert er vor allem das französische Großbürgertum. Essays, historische Schriften und literarische Studien runden das umfangreiche Werk des Autors ab.

ist, wie man sich denken kann, ein Ort, wo sie ihre Forschungen bis in alle Ewigkeit fortführen können und wo alle Dokumente zugänglich, alle Quellen verläßlich und alle Zeugen erreichbar sind.

Innerhalb der ersten wenigen Minuten hatte der Historiker neues Licht auf drei Probleme geworfen, die zu Lebzeiten sein Gewissen beunruhigt hatten, und der himmlische Segen schien noch gütiger als selbst die Dichter und Psalmisten ihn beschrieben hatten. Nun wanderte er durch die unendlichen Räume der Archive der Ewigkeit. Wie köstlich mußte es sein, durch diese langen wolkigen Korridore zu schweben und direkt dorthin zu gelangen, wo die unendlich vollständigen Aufzeichnungen über die präminoische Zivilisation und über die Kulturen des frühen China und des sagenhaften Atlantis von gelehrten, wenn auch kurzsichtigen Engeln bewahrt wurden!

Aber gerade in dem Moment, als die Seele des Historikers entzückt zwischen den im Dunst verschwimmenden Archiven dahinglitt, sah sie sich plötzlich drei hohen Wolkensäulen gegenüber, die das Peristyl eines weiteren Himmels zu bilden schienen. Diese Säulen trugen einen Ziergiebel, auf dem in feurigen Lettern zu lesen stand: ARCHIV DER NICHTVERWIRKLICHTEN MÖGLICHKEITEN. Und vor dem Portal stand ein jugendlicher Erzengel auf ein Flammenschwert gestützt.

»Verzeiht mir«, sagte der Historiker, nähertretend, »ich bin ein Neuankömmling hier, und ich glaube wohl, daß meine Frage absurd ist. Aber wie kann es ein Archiv ›unverwirklichter‹ Möglichkeiten geben? Ereignisse, die sich nicht zugetragen haben, können keine Spuren hinterlassen, nicht wahr?«

»O menschliche Vermessenheit!« sagte der Erzengel. »Jeder Gedanke, der Gott dem Herrn durch den Sinn geht, hat ipso facto teil an einer Art von Existenz, die nicht weniger wirklich ist als jene, welche der Mensch durch seine fünf armseligen Sinne wahrnimmt… Es gibt keine privilegierte Vergangenheit. Es gibt eine unendliche Zahl von Vergangenheiten, die alle gleich gültig sind… In jedem Augenblick der Zeit, wie kurz er auch sein mag, verzweigt sich die Reihe der Ereignisse wie die Doppelzweige, die dem Stamm eines Baumes entsprießen. Einer dieser Zweige verkörpert die Abfolge von Tatsachen, wie du, armer Sterblicher, sie kanntest; und die anderen stellen dar, was Geschichte geworden wäre, wenn ein einziges Detail anders gewesen wäre, als es war… Diese unendlichen Verzweigungen ergeben die Nichtverwirklichten Möglichkeiten, und ich bin hier als ihr Kurator. Verstehst du mich?«

»Nicht ganz«, sagte der Historiker schüchtern, denn auch hier im Himmel blieb er derselbe gewissenhafte Gelehrte, der er auf Erden gewesen… »Nicht ganz; denn wenn alle Möglichkeiten die gleiche Gültigkeit haben, warum sollte dann diejenige, in welcher ich gelebt habe, den Titel ›wirklich‹ verliehen bekommen, während diese anderen, von denen Ihr sagt, sie seien ebenso gültig, ›nicht verwirklicht‹ genannt werden?«

»Weil«, sagte der Erzengel, »dies *dein* Himmel ist… Das Paradies ist individuell.«

»Was? Diese endlosen Paläste, diese unzähligen Archive, diese Menge von Engeln – ist alles das wirklich nur für mich erschaffen worden?«

»O du Kleingläubiger«, sagte der Erzengel. »Für Gott den Herrn ist eine Unendlichkeit von unendlichen Schöpfungen weniger als eine Welle im Ozean der Ewigkeit. Würde es dir Vergnügen machen, einzutreten?«

Der Historiker folgte dem Erzengel. Reihen von Büchern, gebunden in eine glasige und flexible Substanz, erstreckten sich vor ihm, so weit das Auge reichte. Alle Titel begannen mit dem Wort *Wenn …* Rasch flog der Erzengel von Raum zu Raum. Schließlich machte er halt.

»Da sind wir«, sagte er. »Dies ist die ›*Wenn Frankreich …*‹ Bibliothek. Ich denke, sie wird dich interessieren.«

Der Historiker war bereits vor den Regalen und überflog die Titel. *Wenn Dagobert … Wenn die Schlacht von Châlons …* Und unbekannte Namen überraschten ihn: *Wenn Jacques, Bauer aus der Brie … Wenn Pierre, Bürger von Darnétal bei Rouen …* Aber er eilte weiter, denn er suchte ›seine‹ Periode, diejenige der Französischen Revolution, welcher er sein irdisches Leben gewidmet hatte, das sich nun wie der Tanz einer Eintagsfliege ausnahm, und doch so angefüllt gewesen war mit mühseliger Arbeit, Begeisterung und Enttäuschungen … *Wenn die Fronde siegreich geblieben wäre … Wenn Ludwig XIV. Marie de Mancini geheiratet hätte …* Er kam seinem Ziel näher. Plötzlich streckte er die Hand nach einem Band aus: »*Wenn Ludwig XVI. eine Spur von Festigkeit gezeigt hätte*«, murmelte er.

Der Erzengel nahm ihm das schöne Buch behutsam aus den Händen und trug es zu den ausgebreiteten Schwingen eines Adlers in der Mitte des wolkigen Raumes.

»Regierung von Ludwig XVI., 1774–1820«, las der Historiker. »1820?« fragte er erstaunt.

»1820«, erwiderte der Erzengel mit Entschiedenheit,

Und bald war der Historiker so vertieft in seine Lektüre, daß er den himmlischen Bibliothekar vergaß, der neben ihm stand und die Seiten mit der Spitze seines Flammenschwertes wendete.

König und Königin:

Der jugendliche König, der im Mai 1774 den französischen Thron bestieg, weckte anfangs ernste Befürchtungen unter nachdenklichen Zeitgenossen. Es war eine gefährliche Epoche. Ein übermäßiges Vertrauen in die menschliche Natur und eine völlig abstrakte Philosophie hatten eine Unmenge von Hoffnungen entstehen lassen. Frankreich, das eine unglückliche Regierung hinter sich hatte, sah dem Wechsel mit großen Erwartungen entgegen. Ein Souverän, wie hervorragend er auch sein mochte, lief in dieser Situation Gefahr, Enttäuschung oder Abneigung zu erzeugen. Die Unerfahrenheit eines Mannes von zwanzig Jahren war in einer Zeit, da die Staatsangelegenheiten ein volles Maß von Klugheit und Reife erforderten, um so mehr zu fürchten. Hinzu kam, daß Ludwig XVI. für einen Mann von mittelmäßiger Begabung gehalten wurde; man befürchtete, daß sein Charakter sich, wie derjenige seines Vaters, als schwach und unentschlossen erweisen werde. Bald aber erkannte man, daß er mehr wert war als jener. Gewiß war seine Intelligenz nicht sonderlich lebhaft, und er war unfähig, sich längere Zeit hindurch auf eine Arbeit zu konzentrieren. Aber er hatte Qualitäten, die, wenn schon nicht brillant, so doch solide waren. In einem Zeitalter des Schimärenhaften und Nebulösen bewies er einen etwas vulgären gesunden Menschenverstand und ein gesundes Mißtrauen gegen die Menschheit. Ein Feind allen Gepränges und immer bemüht, die Ausgaben zu verringern, zeichnete er sich durch eine früh ausgeprägte Entschiedenheit aus, die bis an die Grenzen des Eigensinns ging. Sein Leben bewies mehr als das jedes anderen Herrschers, daß es in der Politik weit mehr auf Charakter als auf Intelligenz ankommt; denn dieser mittelmäßige König erneuerte allein vermöge seines hartnäckigen Willens die Monarchie und gab ihr wieder einen glänzenden Rang, wie sie ihn selbst im vorausgegangenen Jahrhundert nicht gekannt hatte.

Königin Marie Antoinette war liebenswert, aber wenig geeignet, Frankreich zu regieren. Sie war erst neunzehn, und man fand Fehler in ihr, die jeder anderen jungen Frau ihres Alters als harmlos nachgesehen worden wären, in einer Prinzessin aber, die im Blickpunkt eines ganzen Volkes lebte, einen zweifellos ungünstigen Eindruck hinterließen. Sie war leichtsinnig und gefallsüchtig und schien, obgleich gutherzig, nur für Vergnügungen Gedanken zu haben. Die Wahrheit war, daß sie den König zwar respektierte, aber nicht liebte, und wie viele junge Frauen versuchte sie, sich in Zerstreuungen zu verlieren, um ihre Unglücklichkeit zu vergessen. Abhängig von den Gefährten ihrer Vergnügungen, schenkte sie ihnen all ihre Zuneigung. Wäre nicht diese Clique der Vaudreuils, Besenvals und Adhémars gewesen, so hätte sie sich wahrscheinlich nie in politische Fragen eingemischt. Von ihnen gedrängt, suchte sie jedoch bald ihren Freunden zu helfen und deren Feinde auszuschalten, ohne an die Interessen des Landes zu denken, das nicht einmal ihr eigenes war. Es gab guten Grund, zu befürchten, daß sie die Monarchie gefährden würde, ohne böse Absicht und sogar aus offenkundiger Großzügigkeit, allein durch den unberechenbar launischen Einfluß, den sie auf ihren Mann auszuüben verstand, und durch ihren Abscheu vor Zeremonien, welcher in einem Zeremonien liebenden Land, wo sie von den Regierenden immer gefordert wurden, als tadelnswert galt.

Die Situation des Landes im Jahr 1774:

Die Jugendlichkeit des königlichen Paares war um so beunruhigender, als die Lage des Königreiches nicht ohne Schwierigkeiten war. Zum Verständnis der weiteren Entwicklung ist es notwendig, auf die bedrohlichen und die ermutigenden Elemente der Situation einzugehen.

a) *Ungünstige Faktoren:* Die mangelhafte Verwaltung der vorausgegangenen Regierung hatte die Staatsfinanzen in einem Zustand fortwährender Geldverlegenheit zurückgelassen. Dabei blieben die Steuereinnahmen gering, vergleicht man sie mit den Summen, die später im 19. und insbesondere im 20. Jahrhundert aufgebracht wurden. England brachte während des gleichen Zeitraumes mit einer kleineren Bevölkerung die Mittel für ein weit höheres Budget auf. Verantwortlich dafür war vor allem das ungerechte und im Volk verhaßte französische Steuersystem. Die Zahl der privilegierten Personen (Adel, Kirche und städtisches Bürgertum) war so groß, daß die tatsächlich Steuerpflichtigen auf die unteren Schichten beschränkt waren, die Steuerlast also allein von der ärmeren Bevölkerung getragen wurde. Viele Städte zahlten Pauschalsummen, die insgesamt sehr wenig ergaben. Die *corvée,* eine Pflichtleistung zur Instandhaltung der Straßen, die durch Geld abgelöst werden konnte, hielt die Bauern von ihrer Arbeit ab, und die Steuerleistungen wurden um so unwilliger entrichtet, als die Staatsausgaben unproduktiv schienen. 1774 erreichte der Staatshaushalt eine Summe von zweihundertzwanzig Millionen, von denen zweiundsechzig für das Heer aufgewendet wurden, achtundzwanzig für die Marine, und dreiunddreißig für die Hofhaltung des Königs. Die Eingänge betrugen nach Abzug der Zinsrückzahlungen für Staatsschulden nur zweihundert Millionen, so daß sich ein Defizit ergab. Die glühenden Bewunderer Englands, deren es zu jener Zeit viele in Frankreich gab, vermerkten, daß die Zivilliste in jenem Land dem König nur dreiundzwanzig Millionen zubilligte, von denen er auch die Verwaltung der äußeren Angelegenheiten bezahlen mußte. So schien das Steuersystem geradezu geschaffen, um bei minimalem Resultat ein Maximum an Unzufriedenheit zu erzeugen.

In vielen Landesteilen herrschte fühlbare Armut. Um die Mitte des achtzehnten Jahrhunderts hatten die Bauern das Land erworben, weil der Landadel sich immer stärker verschuldet hatte. Nun schien es, als wollte der Finanzminister sie nach und nach ihrer Äcker berauben, während die *corvée* sie an ihrer Bestellung hinderte. Die Bodenerträge waren so gering, daß selbst in diesem von Natur aus reichen Land der Hunger endemisch war. Überdies war seine Bekämpfung erschwert, weil der Transport von Getreide innerhalb der Grenzen des Königreiches nicht frei war. Jedes Jahr kam es in diesem oder jenem Teil des Landes zu Hungerunruhen. Viele aufgeklärte Grundbesitzer, wie etwa der Marquis de Mirabeau, bemerkten, daß diese armen Leute nicht weiterhin ungestraft ausgehungert werden könnten. In einem unglücklichen Land, dessen Bewohner sich der schlechten Verwaltung bewußt waren und wo kühne Denker mit Ideen von absoluter Freiheit die Gemüter in Wallung brachten, konnte das Schauspiel eines unbekümmerten und extravaganten Hofes und einer jungen Königin, die so nutzlos wie launenhaft war, sehr wohl ernste Entwicklungen in Gang bringen.

b) *Günstige Faktoren:* Diese waren glücklicherweise sehr zahlreich. An erster Stelle sei auf die geringe Bedeutung des Defizits hingewiesen. Wie wir gesehen haben, belief es sich auf zwanzig Millionen pro Jahr, das heißt, auf einen Franc pro Kopf der Bevölkerung. Einem fähigen Finanzminister, der bereit und in der

Lage gewesen wäre, unnütze Ausgaben zu beschneiden, hätte es ein Leichtes sein müssen, dieses Defizit auszugleichen. Es muß hinzugefügt werden, daß Frankreich im Jahre 1774 ein reiches Land war. In ländlichen Bezirken und in den Unterschichten der städtischen Bevölkerung herrschte sichtbare Armut, aber die bürgerliche Mittelklasse war wohlhabend geworden. Finanziers, die dem Staat Geld geliehen hatten, waren auf Kosten der öffentlichen Finanzen zu riesigen Vermögen gelangt. Die neuen Gebäude in Paris und den größeren Städten zeugten für den Reichtum einer ganzen Klasse. Zu keiner Zeit wurden so viele herrschaftliche Wohnhäuser erbaut. Und betrachtet man den Bauernstand, so sollten Bedrängnis und Not von einigen nicht zu der Schlußfolgerung verleiten, es hätte allgemeines Elend geherrscht. Daß man versuchte, die Steuereinnehmer zu täuschen, war die Regel, und häufig geschah es mit Erfolg. »Die große Menge der erzeugten Waren, die in ganz Europa tonangebende Mode und die große, im Umlauf befindliche Geldmenge zeigten, daß Frankreich noch immer gesund war.«

Im Ausland galt der König von Frankreich, der als Vermittler in die preußisch-österreichischen Streitigkeiten eingriff, als der mächtigste Herrscher Europas. Daheim wurde die Monarchie nicht nur respektiert, sondern als die einzig mögliche Regierungsform betrachtet. Der König war die Verkörperung des Gesetzes; niemand dachte auch nur an eine Möglichkeit, sich seiner zu entledigen. Und das Volk, empfindlich gegen Ungerechtigkeiten und leicht zum Zorn gegen die Privilegierten entflammt, war immer bereit, beim Königtum Zuflucht zu suchen, das seine Macht in früheren Zeiten gefestigt hatte, indem es als Verteidiger des Dritten Standes gegen Adel und Klerus aufgetreten war. Was die verschwenderischen Ausgaben betrifft, die dem

Hof vorgeworfen wurden, so setzten sie sich aus derart zahlreichen und vielfach unbedeutenden Posten zusammen, daß ihre Kürzung einfach schien. Gewisse Ausgaben der Königin, welche die Pariser Flugschriftenschreiber erbosten, waren nur Angelegenheiten von zehn oder zwanzig Louisdor. Übertreibungen und unpassende Reden richteten mehr Schaden an als das Gewicht der Fakten. So schien es wenig Grund zu geben, an der Zukunft zu verzweifeln. Es fehlte nicht an Mitteln, um den vorhandenen Schwierigkeiten zu begegnen und die Monarchie zu erhalten, und manches sprach dafür, daß es dem jungen König mit ein wenig Festigkeit nicht schwerfallen würde, dem Thron wieder jenes Ansehen und jenen Glanz zurückzugeben, den er während der Regierung Ludwigs XIV. ausgestrahlt hatte.

Das Ministerium Maurepas. M. Turgot:

Die Regierungszeit Ludwigs XVI. begann mit zwei Entscheidungen, von denen die eine hitzig kritisiert, die andere himmelhoch gepriesen wurde; der Ausgang der Ereignisse rechtfertigte beide. Die erste war die Rückberufung von M. de Maurepas und seine Wiederernennung zum Staatsminister. Dieser Schritt war der öffentlichen Meinung zuwider, und man war enttäuscht, in einem Augenblick, da man eine kühne und jugendliche Politik wünschte, die Rückkehr eines dreiundsiebzigjährigen Ministers zu sehen, der in den Traditionen des früheren Hofes aufgewachsen war, ein Meister der Intrigen und Kabalen, dessen Verstand sich mehr durch subtilen Scharfsinn auszeichnete als durch Großzügigkeit. Es stellte sich jedoch heraus, daß gerade ein solcher Skeptiker unentbehrlich war, um die ersten Schritte eines Mannes von ganz anderem Charakter durch die Fußangeln von Versailles zu lenken, eines Mannes, der das Instrument der Rettung sein sollte.

M. Turgots Laufbahn hatte einen Weg genommen, der ihn zur Übernahme eines hohen Staatsamtes geradezu prädestinierte, aber von jenen, die sich für diese Verantwortung eignen, allzu selten eingeschlagen wird; sie glauben durch die Künste der Schmeichelei und der Protektion rascher zum Ziel zu gelangen. M. Turgot hatte sich nicht nach einem hohen Amt gedrängt, sich aber durch seine vorbildliche Arbeit in der Provinzialverwaltung von Limoges bewundernswert darauf vorbereitet. Nichts befähigt einen Mann besser, die allgemeinen Verhältnisse und Bedürfnisse eines Königreiches zu studieren, als eine gründliche Kenntnis eines seiner Teile. Nachdem M. Turgot zum Gouverneur des Departements Limousin ernannt worden war, verbrachte er freiwillig dreizehn Jahre auf diesem Posten. Dort studierte er das schlechte System der Steuereintreibung, die Ursachen öffentlicher Unzufriedenheiten und die Behinderung der Wirtschaft durch Brücken- und Wegegelder sowie durch Feudal- und Zunftrechte. Es gelang ihm in seiner Provinz die Verminderung der Last der *corvée,* der Bau guter Landstraßen und die Beseitigung des Hungers. Mit diesen Maßnahmen, aber auch durch Fleiß und Integrität, erwarb er unter den aufgeklärten Geistern seiner Zeit einen hervorragenden Ruf als Verwaltungs- und Finanzfachmann.

Es war ein bemerkenswertes Zeichen für die guten Absichten des jungen Königs und seiner Berater, daß ein solcher Mann nach Paris gerufen wurde, um zunächst das Marineministerium zu übernehmen und dann, mit seiner Berufung in den Staatsrat, Generalkontrolleur der Finanzen zu werden. Keine Intrige war dabei im Spiel gewesen. Einige Männer, die Turgot kannten und bewunderten, insbesondere der Abbé de Véri, machten Maurepas auf ihn aufmerksam, und Maurepas empfahl ihn dem König. Es war verständlich, daß der junge König Bedenken hatte, seine Regierungszeit mit der Entlassung des Abbé Terray einzuleiten, der bis dahin das Finanzministerium innegehabt hatte. Maurepas drängte den König.

»Ihr sagtet immer, Sire, daß ihr einen ehrlichen Minister zu haben wünscht. Ist Euer Minister ehrlich? Wenn nicht, wechselt ihn aus!«

»Ihr habt recht«, sagte der König. »Aber ich wagte es nicht. Ich habe erst vier Monate meiner Regierung hinter mir, und man hat mich daran gewöhnt, Befangenheit und Furcht zu verspüren, wann immer ich mit einem Minister spreche. Aber mir ist klar, daß ich Entschiedenheit zeigen muß, wenn ich das Land in Ordnung bringen will. Baron Turgot soll das Finanzministerium erhalten.«

Als die Entscheidung bekannt wurde, bemühten sich die Parteigänger des Abbé Terray, gegen Turgot zu intrigieren und den König durch allerlei Ränke zu einer Revision seiner Entscheidung zu bringen, doch die einzige Antwort, die er jedem gab, der die Angelegenheit zur Sprache brachte, war: »Baron Turgot soll das Finanzministerium erhalten.« Nicht ein Wort wollte er dem hinzufügen. Noch am selben Abend empfing er den neuen Minister in Audienz, ließ sich Turgots Vorstellungen und Pläne erläutern und gab ihm sein Ehrenwort, daß er ihn in allen kühnen Maßnahmen unterstützen wolle, die zum Besten des Landes ergriffen werden müßten.

»Aber dies ist beinahe wahr«, sagte der Historiker, zu seinem Begleiter aufblickend.

»Wahr?« versetzte der Erzengel. »Was meinst du mit diesem Wort? Einer der Werte des Problems, der Charakter des Königs, ist geändert worden… Es nähert sich der Augenblick, da die hypothetische Geschichte von der menschlichen Geschichte abzweigt. Lies den Titel des nächsten Abschnitts!«

»Weigerung, das Parlement de Paris einzuberufen«, las der Historiker. »Weigerung… Aber Ludwig XVI. stimmte leider der Einberufung des Parlaments zu.«

»Genauso ist es«, sagte der Erzengel. »Lies weiter!«

Und der Historiker beugte sich wieder über den lichtvollen Band.

Weigerung, das Parlement de Paris einzuberufen:

Schon bald ergab sich für den König die Notwendigkeit, sein Wort zu halten, eher vielleicht, als es denjenigen, die ihm Turgot empfohlen hatten, lieb gewesen wäre. Ludwig XV. hatte das Parlement de Paris 1771 aufgelöst, eine der wenigen vernünftigen Maßnahmen der letzten Regierung. Dieses Parlement hatte die ganze Autorität einer Volkskammer, ohne wie diese repräsentativ zu sein. Durch die Weigerung, ein Edikt einzutragen, übte es ein echtes Vetorecht aus, das nur durch die umständliche Zeremonie eines *Lit de Justice* aufgehoben werden konnte. Die Opposition dieser von Adel und Kirche beherrschten Körperschaft, ihre Anmaßung und Dünkelhaftigkeit, machte jede Reform zu Lasten der Feudalherrschaft in Frankreich unmöglich. Ihre Wiedereinberufung wäre für die Monarchie ein fataler Fehler gewesen.

Dennoch wurden von verschiedenen Seiten Anstrengungen unternommen, um dem König diese Entscheidung abzuringen. Maurepas selbst, der wie seine Frau einer dem Parlement verbundenen Adelsfamilie entstammte, setzte sich dafür ein. Der Kreis um den früheren Minister Choiseul, Herzog von Amboise, dem die Königin, der Graf von Artois, der Prinz von Conti und beinahe der ganze Adel angehörten, intrigierten zu Gunsten des Parlements. Selbst das Bürgertum und die Bevölkerung von Paris waren in seltsamer Unkenntnis ihrer wahren Interessen bereit, das Parlement als Verteidiger der öffentlichen Freiheiten zu betrachten.

Turgot, und mit ihm viele seiner philosophisch gebildeten Freunde, hatte eine bessere Einsicht in die wahren Interessen Frankreichs und die Wege der Freiheit, die unter dem trügerischen Anschein lagen. Maurepas, Miromesnil, Sartines und andere Persönlichkeiten berieten in dieser Angelegenheit häufig mit dem König, und in einer dieser Beratungen sprach Turgot den berühmten Satz aus: »Sire, geben Sie mir fünf Jahre Despotismus, und Frankreich wird frei sein.« Er legte dar, daß die Rückkehr des Parlements alle Gesetzesreformen, mit deren Vorbereitung er damals beschäftigt war, unmöglich machen würde, weil diese Leute ihre Meinungen seit dem 14. Jahrhundert nicht geändert hätten, von einem Stolz aufgeblasen seien, der nur noch von ihrer Unwissenheit übertroffen werde, und jede Aufklärung anfeindeten. In dieser Situation spielte Turgot alle Hartnäckigkeit aus, die ihm nachgesagt wurde, und trug schließlich den Sieg über Maurepas davon. Der König selbst nahm die Verantwortung für die Ablehnung auf sich. Das war im September 1774.

Die Pariser Bevölkerung, aufgehetzt, wie es heißt, von Abgesandten des Prinzen Conti, versuchte einigen Mitgliedern des früheren Magistrats, die sich auf das Gerücht ihres Rückrufes hin aufgemacht hatten und unaufgefordert aus den Provinzorten ihrer Verbannung zurückgekehrt waren, einen Triumphzug zu bereiten. Diese Unruhen, die ›Der Katzenfellkrieg‹ getauft wurden, konnten nur mit einiger Mühe unterdrückt werden und hätten der Regierung die Notwendigkeit einer durchgreifenden Reorganisation der Pariser Polizei vor Augen führen müssen; doch bedurfte es ernsterer Ereignisse, bevor dies in Betracht gezogen wurde.

Turgots Reformen. Erfolge und Schwierigkeiten:

Nun, da er keine Einmischung des Parlements mehr zu befürchten hatte, visierte Turgot als erstes Ziel eine umwälzende Reform des Steuersystems an. Er vermochte kein anderes Mittel zu sehen, die allgemeine Unzufriedenheit zu dämpfen, als durch die Abschaffung von Privilegien und die Besteuerung von Adel und Kirche. Im Staatsrat erläuterte er sein Vorhaben mit den Worten: »Weil die Staatsausgaben im Interesse von jedermann sind, sollte jedermann dazu beitragen.« Es läßt sich denken, daß dies nicht widerstandslos hingenommen wurde. Miromesnil, Königlicher Siegelbewahrer, versuchte zu erwidern, daß, obwohl dieses Prinzip zugegebenermaßen gerecht sei, ein gegensätzliches Vorurteil bestehe und schwierig zu überwinden sein würde. Turgot versetzte, daß die Idee steuerlicher Privilegien von allen aufgeklärten Geistern, selbst unter den privilegierten Schichten, längst aufgegeben sei.

Unterstützt vom König und Maurepas, schaffte er zuerst die *corvée* ab (1776), und dann, wie wir sehen werden, alle Ausnahmen von der Besteuerung (1780). Er hatte sogar ein Gesetz zur Abschaffung des Kirchenzehnten vorbereitet, welchen er durch Pensionszahlungen an die tatsächlichen Nutznießer durch den Staat und in weiterer Folge durch die freiwilligen Gaben der Gläubigen ersetzen wollte, die ihre eigenen Geistlichen zu bezahlen hätten. Diese Trennung von

Kirche und Staat aber erschreckte den König und die Partei der kirchenfrommen Katholiken, und Turgot bekam in diesem Punkt einen so starken Widerstand zu spüren, daß er das Vorhaben nicht weiter verfolgte. (Diese Reform konnte erst einhundertzwanzig Jahre später unter König Ludwig XXI. durch den Kanzler Aristide Briand durchgesetzt werden.)

Turgot hatte bereits die größten Schwierigkeiten gehabt, seine anderen Maßnahmen zu verteidigen. Seine Ordnung des Finanzwesens war unerfreulich für alle, die bis dahin aus seiner Unordnung Gewinn gezogen hatten. Bankiers, die sich daran gewöhnt hatten, dem königlichen Schatzamt Darlehen zu Wucherzinsen zu geben, waren erbittert, als sie sahen, daß M. de Vaines, der Erste Sekretär des Schatzamtes, Anleihen zu vier Prozent fand. Die holländischen Bankiers gewannen Vertrauen, als sie sahen, daß Frankreich nun ordentlich verwaltet wurde, und boten dem Staat unaufgefordert Kredite zu dreieinhalb Prozent an. Man sah den Tag nahen, da das Schatzamt durch die erweiterte Besteuerung und die Kürzung der Ausgaben für den Königlichen Haushalt, das Heer und die Marine, imstande sein würde, den Staatshaushalt ohne Anleihen auszugleichen und sogar die Kredite zurückzuzahlen.

Auf diese Weise büßten die Finanziers eine ihrer sichersten Einkommensquellen ein und eröffneten einen verdeckten Krieg gegen Turgot; da sie selbst nicht wagten, ihn anzugreifen, streuten sie in der leichtgläubigen Pariser Bevölkerung falsche Gerüchte über ihn aus. Von 1776 an verbündeten sich die privilegierten Klassen, erzürnt, daß sie nun wie das gemeine Volk besteuert wurden, mit den Finanziers zu dem Zweck, Turgot zu stürzen. Dabei stießen sie auf eine durch Mißernten und Brotknappheit in mehreren Städten vermehrte Bereitschaft der Öffentlichkeit, den Gerüchten und Anschuldigungen zu glauben. Von da war es nur ein

Schritt, um die Schuld auf die neuen Edikte zu schieben, und die Opposition beeilte sich, diesen Schritt zu tun. Ein unbedeutender Aufruhr in Paris mußte unterdrückt werden. Der König erschien persönlich an Ort und Stelle und bewies beträchtlichen Mut. Auf Maurepas' Komplimente erwiderte er lediglich: »Warum sollte ich sie fürchten?«

Beweise wurden gefunden, daß die Unruhestifter bestochen worden waren. Das waren die Tage, als der Fürst von Orléans sagen konnte: »Für fünfundzwanzig Louisdor können Sie einen Aufstand haben.« Diese Ereignisse wiesen abermals auf die Notwendigkeit zu einer Reorganisation der Polizei hin, die sich damals in einem derart traurigen Zustand befand, daß ein Verbrecher einfach dadurch, daß er ein paar Meilen zwischen sich und Paris legte, Sicherheit finden konnte. Der Polizeipräfekt und der Marschall de Biron (beide hatten sich in diesem ›Mehlkrieg‹ der Schwäche und Unentschlossenheit schuldig gemacht) wurden entlassen, und Turgot machte Gebrauch von seinem Prinzip der Wirtschaftlichkeit und baute die Zivilpolizei von Paris auf, die später so gute Dienste leisten sollte.

Verschwörung der Partei um die Königin gegen Turgot:

Nicht allein die seltsame Allianz der Finanziers und des Adels mit dem Straßenpöbel verfolgte Turgot mit ihrem Haß. Ein Finanzminister, der den Staat wie ein weiser Familienvater verwaltet, wird von seinen Kollegen selten geliebt. Der Kriegsminister, Graf von Saint-Germain, konnte einen Kollegen, der ihm 350 000 Franc für seinen Amtssitz und mehrere Millionen für sein Ressort verweigert hatte, nicht anders als mit Aversion betrachten. Maurepas, der seinem einstigen Schützling seit den Meinungsverschiedenheiten über die Einberufung des Parlements feindlich gesonnen war, gewann den Eindruck, daß Turgots Einfluß auf den König zu stark werde. Vor allem aber hatte die Partei der Königin gelobt, daß der Minister gehen müsse. Die Abneigung der Königin rührte weniger von ihren eigenen Empfindungen her, als vielmehr von den Verleumdungen und Anschwärzungen ihrer Freunde. Auslösendes Moment aber war, daß sie, leichtfertig in der Politik, doch loyal in ihren Freundschaften, wegen M. de Guines, dem Botschafter am englischen Hof, mit dem Minister aneinandergeraten war.

Turgot und Vergennes, der Außenminister, hatten den König um die Abberufung des Botschafters gebeten, weil seine Geschäfte und Intrigen die Interessen Frankreichs kompromittierten. Das Vorhaben der Königin war, daß Turgot am selben Tag, an dem der Graf de Guines zum Fürsten ernannt würde, in der Bastille eingekerkert werden sollte. Auf den Straßen von Paris sangen die Mietlinge des Prinzen Conti Spottlieder auf den Finanzminister.

Im April 1776 kam es beinahe zum völligen Bruch zwischen dem Hof und dem Minister. In dieser Situation schrieb Turgot dem König seinen berühmten Brief, in welchem er ausführte: »Es mangelt Euch an Erfahrung, Sire. Ich bin mir wohl bewußt, daß Ihr im Alter von zweiundzwanzig Jahren und in Eurer Stellung nicht die Geistesgegenwart besitzt, welche die Gewohnheit, unter Gleichgestellten zu leben, dem Privatmann verleiht … Bedenkt, Sire, daß Ihr nach dem Gang der Natur fünfzig Jahre zu regieren haben werdet, und denkt an den Grad von Verwirrung, den die Unordnung des Staatswesens in diesem Zeitraum erreichen kann, wenn wir gesehen haben, was sie in zwanzig Jahren angerichtet hat! O wartet nicht, Sire, um eine so fatale Erfahrung zu gewinnen, und lernt aus den Erfahrungen anderer Nutzen zu ziehen… Vergeßt nie, Sire, daß es Schwäche war, die Karl I. unter dem Richtschwert enden ließ; daß es Schwäche war, die Karl IV. grausam machte; Schwäche, die Ludwig XIII. und in unseren Tagen den König von Portugal zu gekrönten Sklaven machte. Schwäche war es auch, die alle Sorgen und Nöte der letzten Regierung hervorbrachte. Ich kann Eurer Majestät nicht eindringlich genug wiederholen, was ich voraussehen, was jeder nach einer Reihe von Schwächen und Mißgeschicken voraussehen muß, wenn erst die Pläne, mit deren Verwirklichung wir begonnen haben, fallengelassen werden, und wenn der Minister, der sie vorangetrieben hat, den Anstrengungen jener erliegt, die sich im Widerstand gegen ihn zusammengetan haben… In aller Wahrhaftigkeit, Sire, ich kann Euch nicht begreifen. Man hat Euch versichert, daß ich ein Hitzkopf sei, der Trugbildern nachjage; doch kann ich mir nicht denken, daß die Worte, die ich Euch in aller Untertänigkeit schreibe, irgendeine Ähnlichkeit mit dem Geplapper eines Narren haben sollten.«

Zweifellos zeigte der Brief eine gewisse Neigung zur Übertreibung (auf die den König hinzuweisen Maurepas nicht versäumte), wenn er einem vom ganzen Volk geliebten Souverän mit dem Richtschwert drohte, und das obendrein in einem Jahrhundert der Aufklärung und Zartheit der Gefühle. Dieser Brief hätte Turgots Sturz besiegeln können, aber das Gegenteil trat ein. Der König war betroffen und aufgewühlt. Am gleichen Abend, als die Königin ihn von ihren Plänen im Hinblick auf de Guines und Turgot informierte, antwortete er trocken: »Das sind Ihre Wünsche, Madame. Ich kenne sie, und das ist genug. Das Fällen von Entscheidungen ist meine Sache.« Am nächsten Tag, als ihre Vertrauten der Königin Vorwürfe machten, daß es ihr nicht gelungen sei, ihren Willen durchzusetzen, antwortete sie geringschätzig: »Meine Güte, was kann man von einer Holzpuppe erwarten?«

Aber der Abbé de Vermond, der Sekretär der Königin, und mehrere andere legten sich ins Mittel, um ihr deutlich zu machen, von welcher Art dieser Mann war, den sie über Bord werfen wollte. Sie war unbesonnen und leichtfertig, aber durchaus einer vernünftigen Betrachtungsweise fähig, wenn man ihr die Interessen des Königreiches darlegte. Sie ließ nicht nur von ihren Plänen ab, sondern geruhte Turgot zu empfangen. Der Abbé de Véri hat dieses Gespräch festgehalten: »Die Königin sagte zum König: ›Ich begreife jetzt, daß ich mich in M. Turgot getäuscht habe, und ich möchte sagen, daß ich sehr zufrieden mit ihm bin.‹ Überwältigt von Freude, eilte der König hinzu, sie in die Arme zu schließen, Turgot an der Hand mit sich ziehend. Als die Königin sich von der Chaiselongue erhob, um der Umarmung ihres Mannes zu begegnen, fiel ihr ein Zierkamm aus der Frisur, und Turgot bückte sich rasch und hob ihn auf. Alles zusammen ließ eine Stimmung von Eintracht und Fröhlichkeit aufkommen, die bis auf den heutigen Tag Bestand hat. Am gleichen Abend kam der König, erfreut über seine Gemahlin, in ihre Gemächer, um beim Brettspiel zuzusehen, und auch während der folgenden Tage gab er wiederholt Zeichen seiner größten Zufriedenheit zu erkennen. Als sie dies bemerkte, dankte die Königin den Beratern, die ihr das Einlenken empfohlen hatten, und von diesem Tag an war zu sehen, daß sie nicht mehr versuchte, direkt oder indirekt gegen die Minister des Königs zu opponieren, dessen entschiedene Festigkeit überdies die Zuneigung und Wertschätzung von seiten seiner Gemahlin erhöht zu haben schien.«

Amerikanischer Unabhängigkeitskrieg. Weigerung, den Aufständischen zu helfen:

Als die britischen Kolonien in Amerika im Juli 1776 ihre Unabhängigkeit erklärten, rechneten sie mit der Unterstützung Frankreichs. Sie war ihnen von Choiseul versprochen worden, und als Vergennes sein Amt als Außenminister angetreten hatte, waren ihm sorgfältig ausgearbeitete Pläne für Hilfsexpeditionen vorgelegt worden. Er selbst war für die Unterstützung der Aufständischen, wollte dies aber zuerst insgeheim tun. Turgot sprach sich gegen diese Politik aus, nicht, weil ihm eine Schwächung Englands unwillkommen gewesen wäre, sondern weil er befürchtete, daß ein Krieg gegen England, der unausweichlich von längerer Dauer wäre, zum Ruin Frankreichs führen müßte. Er erinnerte sich des Schadens, den das Ansehen Frankreichs im Siebenjährigen Krieg genommen hatte, und vertrat die Meinung, daß man die aufständischen Kolonisten auf unbestimmte Zeit hinhalten solle, ohne sie direkt zu entmutigen. Im Staatsrat kam es zu heftigen Diskussionen. Turgot erklärte dem König, daß England, wenn es darauf bestehe, seine Kolonien gewaltsam zu unterwerfen, dies nur erreichen könne, indem es all seine Mittel erschöpfe. Frankreich könne unterdessen seine Staatsfinanzen in Ordnung bringen und seine Marine verstärken. Sollte es jemals zu einem Krieg mit England kommen, so könne er dann mit überlegenen Kräften begonnen werden. Wenn Großbritannien auf der anderen Seite besiegt und gezwungen würde, den Amerikanern ihre Unabhängigkeit zuzugestehen, wäre das gewünschte Resultat erreicht, ohne daß Frankreich eingreifen oder den Staatssäckel leeren müßte.

Dic von den Philosophen der Aufklärung unterstützte Sache der Amerikaner war in Frankreich populär, und ein lauter Aufschrei erhob sich gegen Turgot und sogar gegen den König, und aus diesem Aufschrei wurde ein Aufruhr, als Benjamin Franklin nach Paris kam, um für die Sache seiner Landsleute zu werben. Er wurde überall empfangen und willkommen geheißen, sogar von Turgot, erhielt aber dank der Unbeugsamkeit des Königs keinerlei Zusagen. Vergennes war verärgert und reichte seinen Rücktritt ein. Ihm folgte M. de Saint-Priest ins Außenministerium, der dort gesunden Menschenverstand zeigte.

Das Königliche Schatzamt:

Die hier eingeschlagene Politik war vielen Franzosen, die seit dem Siebenjährigen Krieg bittere Feindschaft gegen England gehegt hatten, unverständlich und ärgerlich, hatten sie doch eine günstige Gelegenheit gesehen, eine alte Rechnung zu begleichen. Aber Turgot und Saint-Priest ertrugen geduldig die Flugschriften, in denen sie der Feigheit bezichtigt wurden. Sie trösteten sich mit der durch den Frieden ermöglichten Gesundung der Staatsfinanzen über ihre Unbeliebtheit hinweg. Seit 1780 hatten die von ihnen eingeleiteten Maßnahmen das Budget auf der Einnahmenseite von zweihundert Millionen auf zweihundertneunzig Millionen Francs gebracht, und dies ohne die unteren Volksschichten zu belasten und ohne den beiden privilegierten Ständen zuviel abzuverlangen, da der größte Teil der Mehreinnahmen aus der Reform der Pauschalzahlungen der Städte stammte. Was die Ausgaben betraf, so waren diese von zweihundertzwanzig auf zweihundertzehn Millionen Francs gesunken, obwohl eine neue Kriegsflotte auf Kiel gelegt und eine neue Polizeitruppe geschaffen worden war.

Aus diesem Einnahmeüberschuß entstand der berühmte Geldhort des Königlichen Schatzamtes, der bis auf dreihundertfünfzig Millionen Francs anstieg, dem Land über Jahrzehnte hin eine starke Stellung in Europa verlieh und erst 1843 im Ersten Europäischen Krieg aufgezehrt wurde.

Die Revolution der Talente, 1776–1785:

Historiker haben diesem Zeitabschnitt die Bezeichnung ›Revolution der Talente‹ verliehen, und mit Recht, denn es war tatsächlich eine wirkliche, wenn auch unblutige Revolution, die Frankreich während dieser fünf Jahre umwandelte. Turgot hatte um fünf Jahre Despotismus gebeten. Er bekam sie, und mehr, und konnte so ein System von Edikten errichten, welches das gesamte französische Recht erneuerte. Das erste dieser Edikte zielte auf Handelsfreiheit und die Unterdrückung von Zünften und Gilden. Turgot war ein Gegner dieser Institutionen und pflegte zu erklären, daß Männer des gleichen Gewerbes niemals zusammenkämen, nicht einmal unter dem Vorwand der Geselligkeit, ohne gegen die Öffentlichkeit zu konspirieren und Preiserhöhungen zu verabreden. Seither hat in dieser Angelegenheit ein Meinungsumschwung stattgefunden, und man wird sich erinnern, daß die Zünfte ein Jahrhundert später von Waldeck-Rousseau, dem Handelsminister König Johanns VI., unter dem Namen ›Syndikate‹ wiederhergestellt wurden.

Mit der tatkräftigen Unterstützung von M. de Malesherbes befaßte Turgot sich auch mit der Sicherung der Religionsfreiheit. Er regelte die Frage der protestantischen Eheschließungen und begünstigte die Rückkehr von Hugenotten; er machte der Bedrückung ein Ende, unter der die Jesuiten noch immer zu leiden hatten, und wollte die *Lettres de cachet** abschaffen. Mit diesem letzteren Vorhaben drang er nicht durch, und es ist interessant festzustellen, daß die meisten liberalen Köpfe der Zeit sie für unentbehrlich hielten, sei es, um eines Schuldigen habhaft zu werden, der bis dahin nur unter Verdacht stand, sei es, um widerspenstige junge Männer davon abzuhalten, ihre Familien zu entehren. Während dieser Periode wurden auch die erste französische Staatsbank, die Caisse d'Escompte, der Ausschuß für Öffentliche Hygiene (eine Körperschaft von Medizinern, die große Dienste leistete) und der Rat für Nationale Erziehung gegründet, der die verschiedenen Schulen des Landes in ein System bringen und versuchen sollte, allen Franzosen eine an nationaler Einheit orientierte Schulausbildung zu garantieren.

Solcherart waren die detaillierten Reformen, aber der Ruhm dieses Ministeriums beruht darauf, daß es ihm gelang, das Königreich von einem auf wenigen privilegierten Personen beruhenden Despotismus in einen modernen Nationalstaat umgewandelt zu haben. Der Kern der Verfassungsurkunde, die bis auf den heutigen Tag alle Franzosen mit ihrer Dynastie vereint, findet sich bereits in Turgots Memorandum an Ludwig XVI.: »Der Grund des Übels, Sire, ist darin zu suchen, daß die Nation keine Verfassung hat. Statt wie Gott durch allgemeine Gesetze und Dekrete zu regieren, sind Eure Majestät genötigt, alles nach seinen jeweiligen Vorzügen und Verdiensten zu entscheiden. Man erwartet, daß Eure besonderen Anordnungen zum öffentlichen Wohl beitragen, die Rechte anderer respektieren und sich bisweilen sogar auf die Rechte der Bevölkerung stützen ...« Alles das traf zu. Eine nationale Vertretung wurde unentbehrlich, wenn nationale Be-

---

* Im Namen des Königs ausgefertigte, mit seinem Siegel versehene geheime Haftbefehle – *Anm. d. Übers.*

dürfnisse bekanntwerden und eine Verwaltung erneuert werden sollten.

Demgemäß verfügte der König 1784 das Zusammentreten einer ganzen Hierarchie von beratenden Versammlungen: Kommunal- und Provinzialversammlungen, gekrönt von einer Nationalversammlung. Diese Versammlungen waren zusammengesetzt aus Abgeordneten aller Grundeigentümer, ungeachtet des Standes. Alles in allem war es ein Stimmrecht, wie es damals in England existierte, aber gerechter als dieses, da es nicht, wie in England, durch ungezählte traditionelle Anomalien behindert und verwässert wurde. Die Nationalversammlung sollte sich in beratender Funktion mit öffentlichen Arbeiten, Armenhilfe und Fragen der Besteuerung befassen. Tatsächlich war das System in dieser Form weit davon entfernt, vollkommen zu sein, aber es besänftigte erhitzte Leidenschaften und gestattete den Franzosen, zu sanfteren Mitteln als Zusammenrottung und Aufruhr Zuflucht zu nehmen, wenn sie ihren Beschwerden Ausdruck verleihen wollten.

Trotz der Unterstützung durch den König waren zehn Jahre nötig, um den Widerstand zu überwinden, der von allen, deren Privilegien bedroht waren, gegen diese Verfassung des Königreiches mobilisiert wurde. 1784 schien es sicher, daß Turgot in Ungnade fallen würde. Maurepas demissionierte mit den Worten: »Majestät, Euer Schatzkanzler ist zu stark für mich.« Der König schien besorgt und unschlüssig. »Turgots Macht bröckelt ab …«, schrieb Madame du Deffand. Aber die Edikte über die *corvée* und die Handels- und Verkehrsfreiheit hatten die Versorgung bereits verbessert und allgemein günstige Ergebnisse erbracht. Die Pariser Bevölkerung, der es nicht mehr an Brot mangelte, unterstützte Turgot. Eine dem Minister freundlich gesinnte Menschenmenge zog singend aus der Stadt bis nach Versailles, was den König zu einer jener

Gesten bewog, deren er in schwierigen Notfällen fähig war. Indem er Turgot beim Arm nahm, führte er ihn hinaus auf den Balkon des Schlosses. Aus Protestgeschrei wurden Hochrufe. Am selben Tag, als das Edikt verkündet wurde, schickte der König den Prinzen Conti und den Grafen d'Artois aus Versailles fort, und in den Gemeinden und Provinzen wurden die ersten Versammlungen zusammengerufen. So gelang Frankreich mit einer Leichtigkeit, die ganz Europa Bewunderung abnötigte, der Übergang von der absoluten zur konstitutionellen Monarchie.

Agitation für das englische System. M. de Mirabeau:

Die Versammlungen hatten nur beratenden Charakter. Erst 1798, anläßlich des Krieges mit Österreich, gewährte König Ludwig XVI. ihnen das Recht, über Budgetfragen abzustimmen …

An diesem Punkt blickte der Historiker erstaunt zum Erzengel auf.

»König Ludwig XVI.?« sagte er. »Im Jahre 1798? Aber da war er schon tot!«

»Er war tot in der Raumzeit-Kombination, in der du dein irdisches Leben verbrachtest«, sagte der Erzengel. »Aber in dem Universum, das du gerade betreten hast, starb Ludwig XVI. im Jahre 1820 an Lungenentzündung.«

»Also gab es keinen Bürgerkrieg und keinen Terror?« fragte der Historiker.

»Nichts dergleichen«, antwortete der Erzengel.

»Und was geschah am 14. Juli 1789?«

Der Erzengel wendete ein paar Seiten mit der Spitze seines Schwertes.

»Am 14. Juli 1789?« sagte er. »Nichts besonderes. Die Königin spielte mit ihren Kindern. M. de Fersen kam aus Paris zu den Gärten des Trianon. Er gab seinem Kutscher sechsunddreißig Livres. Der König war zur Jagd ...«

»Aber Turgot war tot?«

»Ja, Turgot starb 1786, fünf Jahre später als in deiner Realität.«

»Und wer wurde sein Nachfolger?«

»Zuerst M. de Vesnes und M. de Boncerf, seine engsten Mitarbeiter und Vertrauten, die das Finanz- und das Marineministerium übernahmen.«

»Und wer waren die Minister im Jahre 1793?«

»1793 ...? Saint-Priest, Montmorin, Mirabeau und Talleyrand.«

»Und Necker?«

»Necker? Der war ein genuesischer Bankier und hatte mit französischen Angelegenheiten nichts zu schaffen.«

»Dann gab es keine Jakobinerherrschaft? Keine Eroberung Europas? Kein Direktorium? Kein Konsulat? Und Napoleon ...?«

»Napoleon?« sagte der Erzengel. »Ich glaube nicht, daß es in der Raumzeit, wo wir uns gegenwärtig befinden, einen Napoleon gibt. Aber ich kann im allgemeinen Personenverzeichnis nachsehen ...«

Auf ein Zeichen mit seinem Flammenschwert zogen große leuchtende Blätter rasch über das Gewölbe der Wolken dahin. Millionen und Abermillionen von Namen waren darin verzeichnet.

»L ... M ... N ...«, sagte der Erzengel. »NA ... NAP ... Nein, es gibt keinen Napoleon.«

»Vielleicht unter Buonaparte«, sagte der Historiker.

Und die Blätter glitten mit erstaunlicher Schnelligkeit zurück.

»Ah, Buonaparte«, sagte der Erzengel, »ja, da gibt es

mehrere. Napoleon Buonaparte, über dessen Lebensweg wenig bekannt ist, der aber von edlem und idealistischem Charakter war, starb im Laufe lokaler Unruhen am 3. September 1796 vor dem Kirchenportal in Bastia.«

»Was!« rief der Historiker verblüfft. »Nicht einmal die Militärschule in Brienne?«

»Vergiß nicht«, sagte der Erzengel, »daß unser Ast 1776 abzweigte.«

»Aber es gibt andere Äste.«

»Es gibt unendlich viele, da jeder Augenblick der Zeit durch einen Willen verändert werden kann.«

»Ah!« sagte der Historiker leidenschaftlich. »Wie gern möchte ich jeden einzelnen von ihnen kennenlernen ... Welcher ist dies?«

»Wenn der König«, las der Erzengel, *»im Oktober 1789 auf den Grafen Saint-Priest gehört hätte ...«*

»Einen Augenblick«, sagte der Historiker. »Das interessiert mich. Ich erinnere mich nämlich, daß Saint-Priest dem König am 5. Oktober, als die Nationalgarde auf Versailles marschierte, den Rat gab, die Spitze seiner Truppen zu übernehmen, die Brücken zu verteidigen und im Falle eines Rückschlages auf Rambouillet zurückzugehen.«

»Es war der zweite Rat, der hier befolgt wurde«, sagte der Erzengel, die Seiten des neuen Bandes überfliegend. »Kaum war der König in Rambouillet, als die Deputierten von Dreux, Chartres und Orléans eintrafen und ihn baten, in ihren Städten Zuflucht zu suchen. Sie machten sich erbötig, ihr Leben und ihr Vermögen für seine Verteidigung einzusetzen. Innerhalb von vier Tagen hatte der König die Stärke seiner Truppen auf zehntausend Mann gebracht, indem er die in der Umgebung stationierten Regimenter zu Hilfe gerufen hatte, zuverlässige Truppenteile, die von den Pariser Agitatoren noch nicht aufgehetzt worden waren. Innerhalb von zwei Wochen war diese Streitmacht verdoppelt. Während dieser Zeit erfolgte kein Angriff, denn die Nationalgarde, der die Stärke der königstreuen Truppen bekannt war, hatte nicht gewagt, über Versailles hinauszustoßen. Innerhalb eines Monats hatte sich die in Metz stehende Armee unter dem Befehl des Marquis de Bouillé mit den königstreuen Truppen vereinigt. Paris wurde eingeschlossen. Die Stadt konnte sich nicht lange halten, da sie in ihrer Versorgung von Regionen abhängig war, die von der königlichen Armee kontrolliert wurden. Am 3. März 1790 zog Ludwig XVI. in die Hauptstadt ein … Die Revolution war zusammengebrochen.«

»Aber die Auswirkungen?« sagte der Historiker. »Die Folgen? Denn hier sind die tieferen Ursachen der Revolution nicht wie in der Turgot-Hypothese unterdrückt … War es wirklich möglich, daß die absolute Monarchie andauerte? Daß Privilegien ohne entsprechende Pflichten erhalten blieben?«

»Nein«, sagte der Erzengel. »So war es nicht. Der himmlische Historiker, dessen Aufgabe es ist, diese Möglichkeiten, die zahlreicher sind als die Sandkörner am Flußufer, miteinander zu vergleichen, entdeckt bald, daß die Geschichte menschlicher Gesellschaften über längere Zeitabschnitte hin gesehen, immer mehr oder weniger die gleiche ist. Die Tatsachen ändern sich; in einer Hypothese gibt es ein wenig mehr Leid und Elend, in einer anderen ein wenig mehr Ordnung, aber hundert Jahre früher oder später erreichen die Entwicklungen den gleichen Punkt … Ohne deine Geschichte zu verlassen, magst du ein Beispiel davon sehen, wenn du die Geschichte Frankreichs mit derjenigen Deutschlands oder Englands vergleichst. Die Ereignisse sind sehr verschieden, aber der politische und soziale Zustand der drei Länder ist heute weitgehend der gleiche … Ähnlich verhält es sich mit unseren hypothetischen Geschichten. Ohne die Revolution findet nichtsdestoweniger eine Umwandlung der französischen Monarchie statt, zuerst in eine konstitutionelle Monarchie, dann in eine demokratische Monarchie, die auf dem allgemeinen Wahlrecht beruht. Dies geschieht durch aufeinanderfolgende Stufen, wie im Falle der englischen Wahlrechtsreformen. Wenn du fortfährst, in dem Buch, das wir zusammen aufgeschlagen haben, bis zum Jahr 1930 zu lesen, wirst du Frankreich unter einem König finden, dessen Macht noch geringer ist als diejenige des Präsidenten Doumergue, und daß der Finanzminister Paul Reynaud …«

»Und der Krieg von 1914–1918?«

»Der existiert nicht, aber es gab andere … die Welt ist anders aufgeteilt. Die Vereinigten Staaten lösten sich nicht von England, wurden aber so mächtig, daß sie jetzt das Britische Weltreich beherrschen … Das britische Parlament hat seinen Sitz in Kansas City …«

»Warum nicht in Washington?« fragte der Historiker.

»Washington?« sagte der Erzengel. »Hier gibt es keine Stadt namens Washington … Du mußt die Möglichkeiten durcheinanderbringen. Zwischen der angelsächsischen Welt und den Vereinigten Staaten von Europa, deren Hauptsitz Wien ist, bereitet sich ein schrecklicher Konflikt vor.«

»In der hypothetischen Welt?« fragte der Historiker besorgt.

»Freilich«, antwortete der Erzengel lächelnd.

»Und welches wird sein Ausgang sein?«

»All unsere Bücher enden im gegenwärtigen Augenblick«, sagte der Erzengel. »Gott überläßt jeder lebenden Seele die Macht und die Verantwortung, den nächsten zu formen.« Der Historiker seufzte. Auf der letzten Seite des offenen Buches nahm lautlos eine neue Zeile Gestalt an. Weit entfernt, auf Planeten, die ihre

Bahnen durch die Nacht zogen, gestalteten unvorhersehbare Taten die Zukunft.

»Und Napoleon?« fragte der Historiker schüchtern. »Was wird in dieser neuen Hypothese aus ihm? Diesmal besuchte er sicherlich die Militärschule in Brienne, nicht wahr?«

»Napoleon?« murmelte der Erzengel mit einem Anflug von Überdruß. »Napoleon… ach, das ist der Buonaparte, von dem du gerade sprachst… Ja, da ist er. Hauptmann der Artillerie im Jahre 1791, fiel 1798 im türkischen Feldzug in der Nähe von Damaskus.«

Sinnend blickte der Historiker auf das schimmernde Spiegelbild des Flammenschwertes im undurchsichtigen Glas des Einbandes, unter dem diese Gestalten vorüberglitten, schön und verwirrend…

Wenn Drouets Karren steckengeblieben wäre

Auf dem Höhepunkt der französischen Revolution (in der Mittsommernacht des Jahres 1791) versuchte der König von Frankreich, Ludwig XVI. mit seiner Gemahlin aus Paris zu der im Grenzgebiet stehenden Armee zu fliehen, die seine Sache zu unterstützen bereit war. Nach einer erfolgreichen Flucht von etwa zweihundert Kilometern erreichten sie um Mitternacht mit ihrer großen Reisekutsche die kleine Stadt Varennes in den Argonnen.

In Varennes führt eine Brücke über einen kleinen Fluß, und kurz vor der Brücke passierte die Straße einen alten Torbogen, der gerade weit genug war, um die Kutsche durchzulassen. Jenseits der Brücke warteten in geringer Entfernung die Kavallerievorposten der Armee, um die Flüchtlinge in Empfang zu nehmen. Beim Pferdewechsel in der letzten Poststation vor Varennes hatte der Sohn des Posthalters, Drouet mit Namen, jedoch die Insassen der Reisekutsche erkannt. Er warf sich auf ein Pferd, nahm einen Abkürzungsweg durch den Wald und erreichte Varennes wenige Augenblicke, bevor die Kutsche mit dem König und der Königin eintrafen. Er konnte sie heranrollen hören, als er in die schlafende kleine Ortschaft ritt. Schnell zog er einen Karren aus einem benachbarten Schuppen und stieß ihn in die Durchfahrt, um die Straße zu sperren. Dies zwang den Kutscher, als er das Tor erreichte, die Pferde zu zügeln und anzuhalten. Fragen wurden gestellt, die Einwohner wurden geweckt, und das Königspaar, das seine Identität nicht länger verbergen konnte, wurde in Gewahrsam genommen, bis Abgesandte der Nationalversammlung eintrafen, um es nach Paris zurückzubringen. Das alles bewirkte Drouet mit sei-

nem Karren! Durch ihn brach die Monarchie zusammen, die Revolution überlebte und bereitete den Weg für die moderne Zeit, ihre technische Entwicklung und die soziale Entwurzelung.

Im folgenden untersucht der Autor, welche möglichen Auswirkungen es gehabt hätte, wenn der Karren angekettet gewesen wäre und Drouet in der Dunkelheit vergeblich daran gezogen hätte.

Wenn Drouets Karren steckengeblieben wäre

von HILAIRE BELLOC

I

Aus einem Essay des Historikers Clarke, der am 3. Oktober 1867 in der ›Weekly Critic‹ erschien

... Drouet unterstützte sein ausgepumptes, schäumendes Pferd so gut er konnte, als es in jener stockfinsteren Juninacht den unebenen, steilen und schlüpfrigen Weg aus dem Wald hinabschlitterte. Die Dächer von Varennes verschmolzen mit den Baumkronen und hoben sich in ihrer vollkommenen Schwärze kaum vom Nachthimmel ab. Kein Laut war zu vernehmen. Alles schlief. Dann, als er auf den Platz kam und sich schon dem Ortsausgang mit dem Torbogen und der Brücke über den kleinen Fluß näherte – dem Torbogen, durch den die Flüchtlinge passieren mußten (oder passiert waren?), hörte er ein Rumpeln, das von eisenbereiften Rädern auf der Straße von Paris herrühren konnte. Er war Soldat gewesen und wußte, wie man solche Geräusche beurteilt: er saß ab und legte das Ohr an das Pflaster. Das Geräusch war unverkennbar. Ein schweres Fahrzeug war auf der Straße. Wie er so lauschte, das Ohr auf den Pflastersteinen, konnte er das Klappern der Pferdehufe ebenso hören wie das Knirschen und Rattern der Räder. Er kauerte lange genug vornübergebeugt, das Ohr am Boden und den Zügel in der hochgereckten

Rechten, bis er sich vergewissert hatte, daß das Geräusch rasch näherkam. Sie waren da.

Er richtete sich auf: er führte sein Pferd zum Torbogen und band es an eine eiserne Klammer, die er dort in einer Wand wußte. Sein Entschluß war gefaßt. Er mußte den Ortsausgang blockieren. Er mußte eine Verzögerung verursachen, die ihm Zeit geben würde, die Einwohner auf die Beine zu bringen. Das Rumpeln wurde lauter. die große Reisekutsche hatte den Ort erreicht; schon waren die hellen Hufschläge auf dem Steinpflaster deutlich vom Rattern der Räder zu unterscheiden.

Jenseits der Brücke standen die Kavalleristen abgesessen neben ihren Pferden und warteten auf das Königspaar, um die Eskorte zu übernehmen. Auch sie hörten die nahende Kutsche.

Womit konnte man die Durchfahrt sperren? dachte Drouet.

In der Finsternis tastete er sich durch einen benachbarten Schuppen. Zu seiner grimmigen Freude und Erleichterung stieß er gegen die Deichselstangen eines Karrens. Ein Mann kann einen Lastkarren ziehen, wenn er nicht zu schwer beladen ist und nicht bergauf gezogen werden muß.

Der kräftige junge Mann legte die Unterarme bis zu den Ellbogen auf die Deichselstangen, faßte mit kräftigen Händen zu, senkte den Kopf und beugte die Schultern. Das Rattern der Räder und die Hufschläge wurden lauter. Der schwere Bauernkarren setzte sich ächzend in Bewegung, rollte vielleicht zwei Schritte vorwärts und kam dann plötzlich zum Stillstand. So sehr Drouet sich auch mühte und zog, er konnte das Gefährt nicht einen Zoll weiterbewegen – und dort vor ihm lag der Torbogen in verlockender Nähe, und nun bog das große, schwerfällige Fahrzeug um eine Ecke und rollte über den Platz, keine hundert Schritte mehr entfernt. Seine großen Laternen stachen blendend durch die Dunkelheit, die Kutscher trieben die Zugpferde an, und das auf dem Dach festgeschnallte schwere Gepäck ließ die Kutsche von einer Seite zur anderen schwanken.

Was die Karrenräder blockiert hatte, konnte Drouet in der Finsternis nicht ausmachen. Er hatte keine Zeit mehr, um nach der Ursache zu forschen. Mit einer verzweifelten Anstrengung packte er die Deichselstangen und warf sich ein letztes Mal nach vorn, doch ohne Erfolg. Das Ding rührte sich nicht vom Fleck. Drouet hielt einen Augenblick inne, um zu verschnaufen. Da kam schon die Berline mit dem König und der Königin, dem Prinzen und der Prinzessin und der Zukunft Frankreichs und Europas schwankend und mit Geratter und Hufgetrappel auf den Torbogen zu.

Drouet ließ die Deichselstangen los und sprang wie ein Verrückter auf die Straße, um die Leitpferde am Zaumzeug zu fassen und aufzuhalten, bis er mit Warnrufen und Geschrei die Nachbarschaft aus dem Schlaf gerissen hätte. Es war ein impulsives Vorspringen, nicht viel mehr als ein bloßer Reflex und führte zu nichts. Der Postillon, der das rechte Leitpferd ritt, zog ihm die Peitsche über die Hände und schlug ihm den Peitschenstock ins Gesicht. Drouet taumelte zurück, und ehe er sich gefangen hatte, war das mächtige Fahrzeug vorübergerollt. Es war bereits auf der Brücke, die Kavallerieeskorte saß auf, Befehle wurden in die Nacht gerufen. Augenblicke später hatten sich die Reiter hinter der Kutsche formiert und trabten in die Nacht davon. Der enttäuschte junge Mann hörte, wie sich das Getrappel auf der Straße nach Montmédy entfernte. Sie waren entkommen.

Wie Drouet laut rufend durch die Straßen lief, an Türen schlug und die Einwohner aufforderte, aufzuwachen und das Vaterland zu retten, kommt unserer Vorstellung von einem so lebhaften und unerschrockenen

Mann entgegen, der einen nächtlichen Gewaltritt durch stockfinsteren Wald nicht gescheut hatte, braucht uns aber hier nicht zu beschäftigen. Sein Versuch war gescheitert und sollte keinen Platz in der Geschichte einnehmen. Von den zahlreichen Historikern und Schriftstellern, die sich mit den Ereignissen dieser berühmt gewordenen Nacht beschäftigten, erwähnt nur einer, M. Carton, den glücklosen Drouet. Und auch er nennt ihn nur als einen der fünf oder sechs Menschen, die den König auf seiner Flucht sahen und erkannten, und erwähnt eine verwirrte lokale Überlieferung.

Ich aber habe immer gedacht, daß die ganze Geschichte Europas einen anderen Verlauf hätte nehmen können, wenn es Drouet gelungen wäre, den Karren rechtzeitig herauszuziehen, die Durchfahrt zu sperren und den Bürgermeister von Varennes zu wecken. Dieser Gedanke ließ mir keine Ruhe, und schließlich nahm ich die – von manchen als übertrieben empfundene – Mühe auf mich, allen Einzelheiten nachzugehen. Ich muß zugeben, daß mein erstes Interesse an der Angelegenheit von der Fußnote in Cartons Buch geweckt wurde. Seitdem aber habe ich mir den Gegenstand gründlich zu eigen gemacht und darf ohne falsche Bescheidenheit sagen, daß ich die Einzelheiten genauso wiedergegeben habe, wie sie nach so vielen Jahren rekonstruiert werden können.

II

Aus dem ›Bath News Sheet‹ vom 25. September 1792

In den frühen Morgenstunden des gestrigen Tages wurde in London bekannt, daß die Streitkräfte des französischen Königs zwischen der Stadt Châlons-sur-Marne und dem Argonnerwald nahe dem Weiler

Valmy einen vollständigen Sieg über die Rebellen errungen haben. Die Niederlage der revolutionären Haufen war vollständig, und die siegreiche königliche Armee befindet sich auf dem Marsch nach Paris. Nach dieser Entscheidungsschlacht scheinen die Rebellen über keine Streitmacht mehr zu verfügen, die stark genug wäre, den Vormarsch Seiner Majestät Ludwig XVI. auf die Hauptstadt aufzuhalten. Wie wir erfahren, hat unser geliebter Monarch einen eigenhändig geschriebenen Brief Seiner Allerchristlichsten Majestät erhalten, in welchem die Nachricht vom Sieg enthalten ist, der darin dem besonderen Schutz der Göttlichen Vorsehung zugeschrieben wird. Es scheint daher, daß die britische Expeditionsstreitmacht, die La Rochelle und die Insel Ré besetzt hält, keinen Anlaß zu weiteren Aktionen haben wird, aber wir können nicht daran zweifeln, daß die Entscheidung, sie zur Bekämpfung der Rebellion und zur Unterstützung der Loyalisten nach Frankreich zu entsenden, weise gewesen ist.

Die britische Streitmacht, welche mit gleicher Absicht in Cherbourg gelandet ist und diese Stadt nun besetzt hält, wird gemäß derselben Nachricht aus London im Einverständnis mit der französischen Regierung dort verbleiben, bis in allen Bezirken des Nordwestens völlige Ruhe und sichere Verhältnisse wiederhergestellt sein werden.

Alle loyalen Herzen werden über den Zusammenbruch der Rebellion frohlocken, denn es besteht kein Zweifel, daß ihr Schicksal jetzt besiegelt ist. In den Städten, die noch von den Rebellen beherrscht werden, stehen nur unausgebildete, zusammengewürfelte Milizen. Die regulären Streitkräfte werden diese undisziplinierten Haufen innerhalb kurzer Zeit auseinanderjagen und dem Spuk ein Ende machen. Alle ehrlichen Menschen fühlen, daß sie endlich wieder aufatmen können.

III

Aus einem Artikel Sir Arthur Biggs', des königlichen Professors für Geschichte an der Universität Cambridge, in welchem er Mr. Ernest Penwiddles ›Lafayette‹ in der ›Edinburgh Review‹ vom Dezember 1873 bespricht.

Es finden sich immer Männer, die bereit sind, den Verbrecher zu entschuldigen und den Helden zu entthronen. Daher dürfen wir uns nicht wundern, wenn ein Angehöriger unserer jüngeren Generation, der sich ein wenig mit Geschichte beschäftigt hat und sich in einem Alter befindet, da das Paradoxon noch attraktiv ist, dieses sehr unzulängliche Buch geschrieben hat, um den begründeten militärischen Ruhm des Marschalls Lafayette nach Kräften zu schmälern. Dieser Abenteuerroman (einen würdigeren Titel kann ich ihm nicht geben) ist nicht viel mehr als ein Mischmasch von Belanglosigkeiten und altbekannten Anekdoten, die wiederzubeleben ein erfahrener Historiker sich schämen würde. Damit nicht genug, ist vieles davon eine unreflektierte Übernahme aus der bekannten amerikanischen Sammlung *Tagebücher und Journale aus dem Unabhängigkeitskrieg.* Diesen fügt Mr. Penwiddle allerlei Klatsch hinzu, zitiert aus Privatbriefen von Feinden oder Rivalen aus der Zeit, bevor dieser erstaunliche Genius jene Gelegenheit erhielt – und ergriff –, die seinen Namen für alle Zeit mit Ruhm bedecken sollte.

Es gefällt Mr. Penwiddle, uns zu erzählen, daß das Gefecht von Valmy, das die französische Krone rettete, eine ausgemachte Sache gewesen sei, weil die von den Rebellen hastig zusammengekratzten, unerfahrenen Milizen keine Chance gehabt hätten. Er wiederholt die wohlbekannten Zahlen, mit denen die Disparität in der Artillerie beider Seiten oft genug dargelegt worden ist, und führt eine Menge überflüssiger Beweise an, um zu zeigen, daß alle militärische Ausbildung und Erfahrung auf Seiten der siegreichen regulären Truppen war. Man muß ihm zugute halten, daß er die Zahlen kritisch untersucht hat; aber dies ist schließlich nicht mehr als eine Wiederholung von Barteaus Schlußfolgerungen, die zeigen, daß auch die zahlenmäßige Überlegenheit der Streitkräfte gegenüber den Rebellen 40–55 Prozent betragen haben muß.

Was Mr. Penwiddle jedoch nicht begreift (und das beweist, daß ihm der Sinn für richtige Proportion fehlt – das Schlimmste, was man über einen Amateurhistoriker sagen kann), ist, daß der Marschall nicht nur eine Schlacht lenkte, sondern einen Feldzug. Es war die Schnelligkeit, mit der er seine Streitkräfte konzentrierte und anschließend durch den Argonnerwald vorstoßen ließ, die seinen Erfolg ausmachte; es war das präzise Zusammenspiel seiner Truppenbewegungen, das ihm die örtliche Überlegenheit an Menschen und Material verschaffte. Daß die Meinungen aller Militärs darin übereinstimmen, sollte wirklich genügen.

Ferner ist Mr. Penwiddle so töricht, über das Verstreichen eines Jahres zwischen der Flucht des Königs und der Schlacht von Valmy zu spotten. Würdigt er – natürlich tut er es nicht – die diplomatische Situation? Weiß er nicht, daß die rein logistischen Schwierigkeiten der Heranführung entfernterer alliierter Truppenkontingente einen Feldzug vor dem Jahr 1792 unmöglich machte, und daß die Verhandlungen mit Preußen (das damals eine bedeutende Militärmacht war) sowie die heimliche Feindschaft des Reiches (damals noch immer ein Staatsgebilde und de facto auf das Habsburgische Herrschaftsgebiet beschränkt) jede Operation verhinderte, bis der Sommer schon weit fortgeschritten war?

Nochmals! Mr. Penwiddle sagt uns (auf S. 378) »Diese Verzögerung von fünfzehn Monaten hätte den Revolutionären Zeit geben sollen, Soldaten auszubilden und Kriegsmaterial zusammenzutragen, so daß sie wirksamen Widerstand hätten leisten können. So hätte es ihnen sogar gelingen können, diese entscheidende Schlacht zu gewinnen und den Gang der Geschichte zu verändern!«

In der Tat! Kann man solche Träumereien als nüchterne Geschichtsschreibung hinnehmen?

Aber damit gibt sich Mr. Penwiddle nicht zufrieden. Er läßt sich zu einem Höhenflug der Phantasie – oder vielmehr der Faselei – hinreißen, um zu schildern, was dann ›hätte‹ geschehen können: Frankreich eine große Militärmacht, die Revolutionäre Herren Europas, eine ›neue Ära‹ – und was für Unsinn ihm sonst noch durch den Kopf geht. Er ist sogar so unedel, die gegenwärtige Lage einer befreundeten, wenn auch machtlosen Nation damit zu vergleichen, was sie in einem solchen Fall hätte sein können: »Frankreich«, phantasiert er, »könnte heute sein, was es in der Vergangenheit gewesen ist.« Womit er vermutlich meint, daß das Frankreich unseres ausgehenden 19. Jahrhunderts eine Großmacht mit einer eindrucksvollen Armee, zahlreichen neuen Kolonien etc. sein könnte.

Das ist nicht die Frage. Alle Nationen erleiden, wenn die Zeit ihrer geschichtlichen Größe abgelaufen ist, einen Niedergang ihrer Macht und ihres Einflusses, und es war unvermeidlich, daß Frankreich, nachdem es sich von den Errungenschaften der Reformation ausgeschlossen und sich überdies während des 18. Jahrhunderts in den kriegerischen Verwicklungen mit England erschöpft hatte, in eine weniger bedeutende (Mr. Penwiddle nennt es in unberechtigter Brutalität eine ›beschützte‹) Position zurücksank. Wäre aber die Monarchie nicht siegreich gewesen, so würde es heute überhaupt kein Frankreich mehr geben. Anarchie ist bloße Zerstörung.

Damit wollen wir diese groteske Darstellung verlassen, deren Titel ›Die gescheiterte Republik‹ für sich schon ein bezeichnendes Licht auf die Mentalität des Verfassers wirft.

Dennoch sollen einige Punkte zu Mr. Penwiddles Gunsten erwähnt werden.

Es trifft vielleicht zu, daß der Tod des Marschalls Lafayette durch eine Verletzung, die er während der Schlacht von Valmy erlitt, eine Tendenz zur Verherrlichung seines Andenkens und zur Schaffung einer Legende um seine Person zur Folge hatte; aber daß er ein großer Soldat und ein hochbedeutender Feldherr war, und daß wir seinem militärischen Genius eine der entscheidenden Schlachten der Weltgeschichte zuzuschreiben haben, kann nicht bestritten werden.

Man kann über das riesige Monument, das die dankbare französische Regierung gegenüber den Tuilerien auf den Champs Elysées errichtet hat, geteilter Meinung sein, vor allem im Hinblick auf die künstlerische Qualität der vier gigantischen Allegorien des Sieges, der Legitimität, der Gerechtigkeit und des Friedens. Der Geschmack unterliegt dem Wandel, und man muß zugeben, daß der gewaltige ›Lafayette-Triumphbogen‹ mit seinem Skulpturenschmuck nicht recht in unsere Zeit passen will. Überdies verhüllt der Gegensatz zwischen der gegenwärtigen Stärke Frankreichs und derjenigen in der Zeit unmittelbar nach Lafayettes großem Sieg die hohe Qualität seiner Leistung. Trotz allem wird die Schlacht von Valmy in ihren vorbereitenden Phasen immer ein strategisches und in ihrer Kampfführung ein taktisches Modell bleiben, und wenn Frankreich heute keinen Lafayette besitzt und nach menschlicher Voraussicht niemals wieder einen Mann von seinen Fähigkeiten und seiner Größe hervorbringen wird, so macht dies seine einzigartige Position am Ende einer langen Ahnenreihe ruhmvoller Soldaten und Heerführer um so bemerkenswerter.

IV

Von William Hobson, Attaché in Paris, an Lady Mira Gosste. Geschrieben in Paris, am 22. Mai 1820

Ich wünschte, ich hätte mehr Neuigkeiten für Dich, Mira – denn ich kann Dich nicht weiterhin Lady M. nennen –, aber es gibt kaum welche. Die Franzosen, Gott mit ihnen, beklagen sich wie gewöhnlich. Sie scheinen nicht zu verstehen, daß sie sich ohne unsere Unterstützung bei ihrem Galopp bergab das Genick brechen würden.

Übrigens traf ich gestern den französischen Militärattaché, der in unserer Botschaft speiste. Er ist für ein paar Tage aus London gekommen, ein alter Artillerist, der sich M. de Gensac nennt und den Rang eines Obersten hat – aber ich glaube nicht, daß er jemals aktiv gedient hat. Gensac ist in Wirklichkeit Gensaco, ein schmutziges kleines Dorf in Korsika, wo seine Familie angeblich ein Stück Land besitzt. Sein Familienname ist rein italienisch, und der Botschafter sprach ihn in der italienischen Art aus: »Buonoparti«, oder »patta«. Ich konnte die Schlußsilben nicht genau verstehen. Aber du weißt selbst, wie gern diese Ausländer ihre Herkunft verbergen, und mit welcher Manie die fremdländischen Anhängsel der Franzosen sich noch immer französischer als die Pariser zu geben versuchen. Ich glaube, der Botschafter wollte ihn brüskieren. Einer der Anwesenden erkundigte sich in familiärer Art nach der Gesundheit von Mgr. Buonoparti (oder patta), einem klerikalen Verwandten, wie ich annahm. Dieser ältliche ›Soldat d'Antichambre‹ (der fünfzig ist und wie sechzig aussieht) ist wirklich ein Original – was die alte Tante Emily einen komischen Kauz nennen würde. Er ist überaus klein, ziemlich dick, redet unaufhörlich und ist selbstherrlich in einer Weise, die empörend sein würde, wenn sie nicht so komisch wäre. Man hatte mich schon vor ihm gewarnt, ehe ich ihn kennenlernte. Es gibt nichts, wozu er keine eigenen Ideen hätte, und alle sind lächerlich. Unter anderem hat er angeblich eine Methode ersonnen, Kanonen am falschen Ende zu laden, und Dr. Bolton sagte er ins Gesicht, daß er, Bolton, nichts von Mathematik verstehe!

V

Auszug aus einem Leitartikel in der ›Times‹ vom 6. Mai 1830

Mit der Plötzlichkeit, die diesen Manifestationen eigen ist, hat sich wieder einer jener Tumulte erhoben, von denen sich freizumachen das französische Volk offenbar unfähig ist. Die bourbonische Monarchie sieht sich wieder in das gewohnte Chaos gestürzt; eine weitere Revolution scheint im vollen Gang. Wie wir gestern von höchster Stelle erfuhren, ist Seiner Majestät Regierung entschlossen, ein Wiederaufleben der Anarchie jenseits des Kanals nach besten Kräften zu verhindern, da solche Zustände eine große Gefahr für alle zivilisierten Nationen darstellen. Seiner Majestät Regierung hat die unverzügliche Aufstellung und Entsendung eines Expeditionskorps angeordnet, und die Flotte ist bereits unter versiegeltem Befehl mit unbekanntem Ziel ausgelaufen.

Dieselbe, 11. September 1830

Die Unterzeichnung des sogenannten Interimsabkommens muß eine große Erleichterung für viele Menschen gewesen sein, nicht nur für die hohen Würdenträger der Regierungen Seiner Majestät und des Allerchristlichsten Königs, die das Abkommen im königlichen Palast von Compiègne aushandelten. Die Bedingungen, auf die man sich einigte, sind zugleich gerecht, praktisch und notwendig, wie schon die oberflächlichste Prüfung zeigen wird. Die zur Unterstützung der Rechte des Königs von Frankreich gegen seine rebellischen Untertanen besetzten französischen Häfen werden für einen Zeitraum von fünf Jahren mit Garnisonen unserer Truppen versehen bleiben und selbstverständlich an unseren Kriegsschiffen aufnehmen, was wir für notwendig halten; während die Sperrfestungen und Forts der betreffenden Häfen unter dem Befehl unserer jeweiligen Garnisonskommandeure stehen werden. Gleichzeitig soll eine Entschädigung für geleistete Hilfe, deren Höchstbetrag späteren Verhandlungen überlassen bleiben, die aber nicht unter die Grenze von zwei Millionen Pfund Stirling per annum sinken soll, in vierteljährlichen Raten in die neue Zweigstelle der Bank von England eingezahlt werden, die in beiderseitigem Einvernehmen zum Zweck der Entgegennahme von Entschädigungszahlungen in Paris eingerichtet worden ist und die Überweisung dieser Beträge an die britische Regierung vornehmen wird. Wie wir erfuhren, wird die neue Zweigstelle der Bank von England in einem interessanten alten Palais untergebracht sein, dem Stadthaus der Grafen Montmorency, einem vornehmen und geräumigen Gebäude mit angeschlossenem Garten, unweit von der britischen Botschaft.

Das Abkommen sieht ferner vor, daß alle Korrespondenz zwischen dieser Zweigstelle und der Bank von England in London von der Zensur befreit unter diplomatischer Garantie stehen und durch die üblichen diplomatischen Kanäle abgesandt und empfangen werden soll.

VI

Anfang eines Briefes von Ethelgista, Lady Corncratton, in Paris, an ihre Busenfreundin Mrs. Gable-Gable, geschrieben am 5. Mai 1850

MEINE LIEBE MIRIAM,

Du wärest wirklich entzückt gewesen, wenn Du heute im Carrousel die Parade gesehen hättest, und die Garde, und vor allem das Königshaus. Ich fühlte wirklich mit Dir, Liebste, als ich hörte, daß Du im letzten Augenblick verhindert warst, aber Du mußt versuchen, es durch meine Augen zu sehen. Ich weiß, was die Leute von der französischen Armee reden, daß sie nämlich unbedeutend und ihre Ausrüstung veraltet sei, und natürlich verstehe ich von alledem nichts, aber wenn Uniformen und Drill etwas zählen, dann müßte es wirklich die beste Streitmacht der Welt sein. Es war eine hübsche Idee des jungen Königs, zu veranlassen, daß jede der an der Parade teilnehmenden Kompanien mit Ausnahme der Garde in einer anderen historischen Uniform der Vergangenheit aufmarschierte; und wirklich köstlich war, daß die Regimentskapellen jeweils Militärmusik des betreffenden Jahrhunderts spielten, zu dem die Uniformen gehörten! Das Wetter war herrlich, die Bevölkerung war begeistert, und nie habe ich so viel Hochrufe und Jubel gehört wie in dem Augenblick, als der junge König in Küraß und Helm aus den Tagen Ludwigs XIII. auf den Balkon der Tuilerien trat, um die Parade abzunehmen. Alles in allem war es die Reise wert und entschädigte einen sogar für die Mühe, sich durch die überfüllten engen Straßen dieser ungepflegtesten aller Hauptstädte zu arbeiten. Es ist gut und schön, wenn eine Stadt malerisch ist, aber es gibt Grenzen! Sobald du die großen Boulevards und die weiten Plätze verläßt, gerätst du in ein solch dunkles und schmutziges Labyrinth, wie man es in keiner anderen Großstadt Europas dulden würde. Aber wie ich sagte, es lohnte sich schon um der Parade und der allgemeinen Begeisterung für Ludwig XIX. willen…

VII

Aus einem durch Kurier von Rom nach England beförderten Brief George Willings, eines verschrobenen Millionärs und Europareisenden, an seinen Freund Mr. Gainsborough, Herausgeber der Zeitung ›Sentinel‹, geschrieben am 8. Juni 1855

In vielleicht der Hälfte aller Zeitungen hier ist soeben an versteckter Stelle und in kleiner Schrift eine Nachricht veröffentlicht worden, die, des bin ich sicher, von größter Bedeutung ist. Es ist nur ein Gerücht, aber jene, die gehört haben, was hinter den Kulissen vor sich geht, wissen, welche weitreichenden Folgen sich daraus ergeben werden. Der Reichstag kann (besagt das Kommuniqué) demnächst nach Trient einberufen werden. Für ›kann‹ dürfen Sie, lieber Freund, getrost ›muß‹ lesen. Nun glauben Sie mir bitte *dieses Mal;* das bedeutet, daß noch vor dem Zusammentreten des Reichstages – ich kann getrost prophezeien, daß die Sitzungsperiode keine vierzehn Tage dauern wird – der Anschluß halb Europas an das Reich bewerkstelligt sein wird. Man wird es nicht eine Nation nennen, aber glauben Sie mir, innerhalb von zehn Jahren wird es praktisch einen Staat von der Ostsee bis Sizilien und von Königsberg bis Ostende geben, und Wien wird die Hauptstadt dieses Staates sein.

Aber es gab eine weitere Nachricht, die noch weniger hervorgehoben wurde und nur in der Zeitung erschien, die sich für die Interessen des Reiches im Westen einsetzt. Ich habe davon auch aus Privatbriefen erfahren. Weylant (der zuerst als der Verfechter eines Großflandern lächerlich gemacht wurde und nun halb vergessen ist) befindet sich in Wien; und in seiner Begleitung ist der ebenso lächerlich gemachte, aber etwas frischer in Erinnerung gebliebene Verfechter eines von Frankreich wieder losgelösten Herzogtums Oberlothringen. Savoyen ist natürlich schon geködert, und ich glaube, was die Zukunft des Jura-Gebietes betrifft, so gibt es darüber kaum noch Zweifel. Denken Sie an meine Worte: auch der Kirchenstaat und das Papsttum selbst werden sich in den Schutz des Reiches begeben, was über kurz oder lang auf eine Eingliederung hinauslaufen muß. Ich prophezeie mit aller Zuversicht einen deutschen Papst, der beim nächsten Konklave von Wien nominiert werden wird, etc., etc … Innozenz ist sechsundachtzig Jahre alt.

Ihr H.G.

VIII

Mr. Gainsboroughs Antwort an Mr. Willing, datiert vom 18. Juni 1855

MEIN LIEBER HARRY,

Ihr Brief gelangte wohlbehalten in meine Hände. Er war nicht lange unterwegs, nur zehn Tage. Ich weiß nicht, was Sie von mir erwarten. Sicherlich können Sie nicht verlangen, daß ich auf Grund dieser Zeilen eine Nachricht abdrucke, und Sie wissen so gut wie ich, daß ich mit Ihren seltsamen Ansichten über die zukünftige Entwicklung nicht übereinstimme – und das gleiche gilt, um es unumwunden zu sagen, für jeden Beobachter der politischen Szenerie, dessen Meinung in der Öffentlichkeit Gewicht hat. Wenn Sie meinen, daß es zwischen der neuen Föderation der italienischen Staaten und dem Reich zu einer Art Zusammenschluß oder Allianz kommen wird, nun, so mag das der Fall sein, obwohl ich daran zweifle. Was hingegen die Föderationspläne entlang der westlichen Reichsgrenzen betrifft, so sind sie der abenteuerlichste Unsinn. Ich unterschätze die Macht des Reiches nicht, aber auch ich habe meine – zuverlässigen! – Quellen und erhalte täglich ausführliche Information aus Wien.

IX

Aus einem Leitartikel im Londoner ›Sentinel‹ vom 3. März 1856, verfaßt (aber nicht signiert) vom Herausgeber, Mr. Gainsborough

Nach unserer Auffassung war die Reichsregierung gut beraten, daß sie den ungewöhnlichen und bedeutsamen Schritt unternahm, zur Papstwahl einen so würdigen und fähigen Mann wie Dr. Bauer, den Kardinal und Erzbischof von Köln, zu nominieren, der seit bald dreißig Jahren den vom gegenwärtigen Kaiser gegründeten Lehrstuhl für Historische Theologie an der Universität Wien innehat. Kardinal Bauer ist unter den Törichten berüchtigt und unter den Einsichtigen berühmt wegen seiner Ansichten, die man als ›liberal‹ zu bezeichnen pflegte. In einer Zeit, da sogar die wichtigsten Glaubenssätze der Christenheit in den westlichen Ländern, die bisher als römisch-katholisch galten, weithin zerfallen und dahingeschwunden sind, hat die Reichsregierung Einsicht und Weitblick bewiesen, indem sie die Bande zwischen der alten Kirche und den riesigen, von Ostende bis Königsberg und von Sizilien bis an die Ostsee sich erstreckenden Territorien unter ihrer Verwaltung nachhaltig zu stärken entschlossen ist. Obwohl wir uns keine Einmischung in die Angelegenheiten einer anderen Gemeinschaft anmaßen können, sei es uns vielleicht erlaubt, den kaiserlichen Urheber dieses kühnen Schrittes zu beglückwünschen, der nach so vielen Jahren, während denen der Heilige Stuhl von den Italienern kraft eines durch Brauch gefestigten Gewohnheitsrechtes beansprucht wurde, einen Mann von deutscher Geburt zur Wahl stellt.

X

Auszug aus einem im Anschluß an die Papstwahl von 1856 am 4. März des selben Jahres in der Mailänder Tageszeitung ›Treuer Untertan‹ erschienenen Artikel

Das Ergebnis der Papstwahl wird vielleicht jenen überraschend erscheinen, die nicht alt genug sind, um aus Erfahrung gelernt zu haben, daß jede Wahl für den Stuhl Petri eine Überraschung ist. In diesem Fall aber ist es eine Überraschung neuer Art. Es ist die Überraschung, festzustellen, daß derjenige, dem jedermann die besten Aussichten, gewählt zu werden, eingeräumt hatte, tatsächlich gewählt worden ist. So etwas ist seit Menschengedenken nicht vorgekommen. Des weiteren ist es vielleicht keine Überraschung, aber auf jeden Fall eine Neuheit, daß die Wahl nach so vielen Generationen – ja, sogar Jahrhunderten, überhaupt keine Wahl gewesen ist, sondern eine Ernennung. Der Vorgang führt uns die Zeiten vor Augen, in denen wir leben; aber es gibt einige unter uns, die alt genug sind, sich einer Zeit zu erinnern, da so etwas unmöglich gewesen wäre, und wo selbst ein heimlicher und schüchterner Einspruch Wiens gegen eine Wahl ungewöhnlich und gewagt gewesen wäre. Wir sprechen offen und nur um es zu Protokoll zu geben. Es ist nicht Sache des Untertanen, gegen die Handlungen des Souveräns zu protestieren. Überdies wird niemand die hohe moralische Autorität und das administrative Talent des Kardinals und Erzbischofs von Köln bestreiten. Wir wollen hoffen, und als gute geistliche Untertanen wollen wir sogar dafür beten, daß eine so beträchtliche Neuerung nicht nur dem Reich zum Vorteil gereichen möge, sondern auch, und das ist vielleicht noch wichtiger, dem geistigen Leben der Christenheit.

XI

Aus der in Wien erscheinenden Tageszeitung ›Reichswahrer‹ vom 7. März 1856

Die letzte Samstagsausgabe der in Mailand erscheinenden Tageszeitung *Treuer Untertan* ist auf der ganzen Apenninhalbinsel beschlagnahmt worden, und alle Exemplare, die durch Postversand über die Alpen gelangt sind, müssen bei den Behörden des Empfangsortes abgeliefert werden. Ein im regierungsamtlichen *Reichsanzeiger* veröffentlichtes Dekret untersagt das Erscheinen der erwähnten Mailänder Zeitung bis auf weiteres, und wir gehen wohl nicht fehl in der Annahme, daß sie in Zukunft überhaupt nicht mehr erscheinen wird. Der Herausgeber und Chefredakteur, dessen Verhaftung wir in unserer letzten Ausgabe meldeten, soll sich bereits unter strenger Bewachung auf dem Weg nach Norden befinden. Abgesehen von dem hier anhängigen Strafverfahren hat die Justizbehörde sich damit begnügt, den Eigentümern der Zeitung (den Gebrüdern Ratti) die Zahlung eines exemplarischen Bußgeldes aufzuerlegen. Es wird allgemein eingeräumt, daß der Verlust ihres Vermögens durch die Unterbrechung und wahrscheinliche Einstellung ihrer Zeitung eine ausreichende Strafe und Warnung für andere ist.

XII

Aus einem Brief des Abbé Pancrace (bürgerl. Armand Rogeant) anläßlich der Einsetzung des Henri de Bresson als Erzbischof von Paris am 10. August 1860

... aber ich bekenne, meine liebe Mutter, daß unter all diesem Prunk etwas verborgen liegt, was mich ängstigt. Oft hören wir, daß bei allem Mißgeschick, unter dem das Land leidet, wenigstens die Kirche noch unerschüttert steht. Gewiß ist, daß die alte Feindseligkeit gegen sie geschwunden ist, und niemand könnte sich eine großartigere Feier oder ein besseres Zeugnis augenscheinlicher Macht wünschen, als die prachtvolle Zeremonie, die ich gerade miterlebt habe. Aber ich kann nicht umhin, mir die Frage vorzulegen, wieviel Realität hinter alledem verbleibt. Wir haben die Bevölkerung im ganzen verloren. Die Leute müssen sich kirchlich trauen lassen, und im allgemeinen ziehen sie es auch vor. Und viele von ihnen bringen noch immer ihre Kinder zur Taufe, wenn auch nur der Form halber. Aber weißt Du, wie viele Kommunikanten es im Pfarrbezirk dieser großen Stadt gibt? Wir zählen zwölfhundert Herdstellen. Nun, letzte Ostern betrug die Zahl der Kommunikanten, abgesehen von den religiösen Orden und dem Waisenhaus, genau zwölf Personen, von diesen waren nur zwei Männer.

Ich weiß nicht, ob ich über Monseigneur schreiben soll oder nicht. Es heißt, daß heutzutage alle Briefe geöffnet werden, und wie wir alle wissen, wächst die Macht der Spitzel und der Geheimpolizei, wenn ein Staatswesen im Niedergang begriffen ist. Jedenfalls ist es die Wahrheit, und sie sollte gesagt sein, aber nur im privaten Kreis, um einen Skandal zu verhüten. Aber diese Sorge mag überflüssig sein, ist es doch längst überall bekannt. Noch handelt es sich um einen Ausnahmefall. Reims ist ein warnendes Beispiel, von Lyon zu schweigen. In Toulouse ist ein Roman, der die wirklichen Namen der Beteiligten kaum maskiert, irgendwie durch die Zensur geschlüpft, und der Kardinal Annunzio ließ sich über das Bistum Straßburg in Wendungen aus, die sicherlich zutreffend waren, aber so kraftvoll ausgedrückt, daß ich nicht wage, sie zu wiederholen. Der ländliche Klerus ist größtenteils noch frei von diesen Erscheinungen, aber es fehlt an Gemeindemitgliedern: und meiner Meinung nach sind viele Geistliche skandalös überbezahlt, während andere Hunger leiden müssen. In der Hauptstadt ist, wie jedermann weiß, der Titel eines Abbé im öffentlichen Ansehen noch tiefer gesunken als er es vor hundert Jahren war. Ich weiß nicht, wohin all dies führen wird.

Man sagt, in Spanien sei es annähernd genauso schlimm, in Italien hingegen besser. Im Reich scheinen die Menschen noch mit der alten Frömmigkeit am Glauben festzuhalten. Vielleicht verhält es sich so, weil alle, die von Wien regiert werden, mögen sie Slawen, Deutsche oder Italiener sein, sich als Angehörige eines siegreichen Staates fühlen. Auch die Polen und die Iren sollen unerschütterlich im Glauben zur Kirche stehen, wenn auch aus anderen Gründen. Aber ich bange um die Zukunft der Kirche in Frankreich. Unser Niedergang hat sie zu der bei weitem wohlhabendsten Körperschaft im Königreich gemacht. Sie ist in jeder Weise auffällig – und sie beruht auf nichts! Eine religiöse Leere!

XIII

Aus dem Leitartikel der ›Times‹ vom 4. Juli 1861

Ein geringfügiges, aber ärgerliches Mißverständnis scheint zwischen der Regierung Seiner Allerchristlichsten Majestät Ludwigs XIX. und derjenigen des Vereinigten Königreichs in der Frage der Evakuierung der zusätzlichen Häfen (neben Cherbourg, etc.) entstanden zu sein, die wir seit den kritischen Tagen des Jahres 1830 mit weltfremder Großzügigkeit und weitgehend auf eigene Kosten in Verteidigung der bourbonischen Monarchie gehalten haben. Die umstrittene Formulierung ist allen unseren Lesern im Französisch des Originals vertraut. Sie lautet in der Übertragung: »Nach Ablauf von fünf Jahren oder einer solchen anderen, geringeren Periode, wie die Umstände es erlauben.« Die ganze Diskussion dreht sich darum, ob das Wort ›anderen‹ in Apposition zu ›geringeren‹ ist, oder ob es ›größeren‹ bedeutet. Nach der Beweisführung der höchsten gesetzlichen Autoritäten dieses Landes, und insbesondere einer so universal anerkannten Autorität des internationalen Rechts wie Sir Arthur Gough würde das Wort ›anderen‹ natürlich als ›größeren‹ zu verstehen sein, so daß der Satz dergestalt zu interpretieren wäre, daß er eine längere Periode als fünf Jahre meint. Gewisse französische Rechtsberater haben eine abenteuerliche Theorie entwickelt, nach der »ein Dokument gemäß der wissenschaftlichen Definition seiner Begriffe interpretiert werden sollte«. Was darauf hinausliefe, daß überhaupt keine diplomatischen Mittel herangezogen werden könnten! Es gibt keinen Zweifel, auf welche Interpretation die letzte Entscheidung fallen wird, und wir dürfen hinzufügen, daß, wenn wir den Charakter des französischen Volkes nicht ernstlich mißdeuten, Seine Allerchristlichste Majestät binnen kurzem der erste sein werden, den Augenblick zu segnen, da die Entscheidung getroffen wurde, diese Garantien für Ordnung und Gesetzlichkeit zu ergreifen.

XIV

Brief des reichen Müßiggängers Henry Bolton
an den Literaten Charles Wigfield
White's Club, Mittwoch, 10. April 1862

MEIN LIEBER TUBBY,

gerade habe ich Deinen Brief erhalten, worin Du mir Vorwürfe machst, daß ich wieder verreise. Es tut mir leid, aber ich kann meine Pläne jetzt nicht mehr ändern. Ich habe alles arrangiert, und mein Diener ist vorausgefahren, um die Zimmer in Calais zu mieten, wo ich mich morgen mit ihm treffen muß. Ich kenne dort ein gutes kleines Hotel, *Die Sieben Bürger* genannt, und ich habe eine große Vorliebe für Madame Leroi, die mir ein Abendessen mit vorzüglicher Muschelsuppe vorsetzen wird.

Du tadelst mich, daß ich in der malerischen Normandie und im lieben, altmodischen, übelriechenden Paris herumbummle. Du fragst mich, warum ich nicht die fortschrittlichen, aktiven Länder aufsuche, insbesondere die Stadt Wien und ihre Ableger, München und Mailand und wie sie alle heißen. Aber Du bist eben vernarrt in das, was man heutzutage ›Fortschritt‹ nennt.

Davon hatte ich reichlich, ehe ich – lang ist's her – vor Cherbourg gegen diese letzten albernen Revolutionäre diente und mir meine Verwundung holte. Ich meine, ich habe genug von Aktivität und ›dem großen Erbe der Philosophen‹ und all dem anderen: ich lasse die Finger davon. Wien mag alles bisher Bekannte in den Schatten stellen, soweit es mich betrifft, ich aber ziehe es vor, in den Ländern zu weilen, die der alte Powke vom Magdalen College in Oxford den ›Sonnenuntergang des Westens‹ zu nennen pflegte. Für mich gibt es nur Spanien oder Frankreich. Gib mir ein Land, das im Stillstand verharrt und keinen Ehrgeiz hat, sich zu verändern!

Unter den Gefangenen, die wir damals vor Cherbourg machten, war eine Art von Ehrenmann (ich glaube, ich muß ihn so nennen), jedenfalls ein gebildeter Mann, dessen Vater als junger Bursche ein Revolutionär in der verkehrten Welt der Pariser Tumulte gegen Ludwig XVI. gewesen war. Ich habe nie wieder einen Mann kennengelernt, der so viele Flausen im Kopf hatte, nichts als Windbeuteleien und Abstraktionen über Freiheit und Gott weiß was noch.

Das alles ist, Gott sei Dank, längst mausetot, aber mir mißfällt genauso das neumodische Gerede über ›Göttliche Autorität‹, ›Geordnete Abhängigkeit‹, das ›Heilige Römische Reich‹ und was es da sonst noch gibt. Es paßt zu diesen neumodischen Schrecken wie Dampfmaschinen, die mittels Seiltrommeln Reisekutschen bergauf ziehen. Es paßt zu Frauen, die ihre Einkäufe ohne Bedienten erledigen und sogar halb durchsichtige Schleier tragen. (Offen gesagt, diese neue Mode macht mich einfach krank. Ich erinnere mich, wie meine Mutter die anständige christliche Mode völliger Verschleierung lobte, als sie sich nach den Absurditäten des letzten Jahrhunderts durchsetzte. Meine Mutter konnte sich noch an die Zeit erinnern, als man überhaupt keine Schleier trug! Englische Damen aus gutem Haus zeigten ihre Gesichter wie Fischweiber und saßen Seite an Seite mit den Männern in der Kirche.) Nun, ich mache mich dorthin auf, wo die Leute vernünftig sind. Wie ich hörte, sollen einige dieser neumodischen Dinge in grenznahen Städten wie Lille und

Metz in Erscheinung getreten sein, aber bisher nur in sehr begrenztem Maße. Und in allen französischen Städten werde ich beinahe so behaglich und unbesorgt leben wie in Spanien.

Es gefällt mir, in die großen leeren Kathedralen zu gehen, wo ungefähr fünfzig herausgeputzte Priester (mit etwas Glück ist auch ein Kardinal darunter) vor dem Altar plärren, und keine Seele im Kirchenschiff – außer mir. Es gefällt mir, mit einem Landpfarrer Bekanntschaft zu schließen und seine Klagen über den Verfall der Religion anzuhören und wie er das letzte Mal vor soundsovielen Jahren eine Erstkommunion gespendet hat – für drei Knirpse aus der Gemeinde und einen ausländischen Konvertiten. Ich schätze den Luxus dieser französischen Pfarrhäuser, wo dem Gast ein Gang nach dem anderen aufgetischt wird. Nirgendwo sonst findet man heute noch eine so reichhaltige Küche. Sie waren klug, die Pfarreien ohne eigenes Einkommen zu schließen, denn es ging ohnedies niemand zur Kirche. Ich liebe die krummen engen Gassen von Paris, die unendliche Vielfalt lokaler Bräuche und die ehrlichen Leute, die sich nicht den Anschein geben, zu lesen oder zu schreiben. Schließlich ist es die beste Art zu leben! Was ich dagegen wirklich bedaure, ist die Vernachlässigung vieler alter Bauwerke; sie denken nicht daran, ihre großartigen Ruinen wiederherzustellen. Das liegt natürlich am Geiz des höheren Klerus, soweit es die Kathedralen betrifft. Amiens ist die meiste Zeit geschlossen; man hat das eingestürzte Deckengewölbe des nördlichen Querschiffes noch nicht ausgebessert. Und in Rouen sieht es genauso schlimm aus. Du wirst dich an die große Aufregung erinnern, als letztes Jahr die Tour de Beurre einstürzte. Die Schlösser werden im allgemeinen großartig instand gehalten und mit gutem Geschmack renoviert. Nicht, daß ich hineingehen werde, obwohl Tommy mir viele Empfehlungsbriefe mitgegeben hat. Wenn ich wollte, könnte ich sogar in Versailles Einlaß finden. Aber genug davon. Ich werde zurückkommen, wenn es dort gegen den Juli zu heiß wird, und Du wirst wieder von mir hören. Ich denke, vor der Überfahrt werde ich bei Guy Johnson Station machen, der in Cherbourg Garnisonskommandant ist. Er wird mir eine Passage an Bord eines Kriegsschiffes verschaffen, was besser ist als sich auf einem Passagierschiff zu langweilen, sei es im Sturm oder bei ruhiger See; ist es nämlich ruhig, hat man gute Gesellschaft und guten Wein, und gibt es einen Sturm, hat man gute Unterbringung.

Dein ergebener HARRY

XV

Memorandum des Unterstaatssekretärs
Sir Charles Harbledown, K.C.M.G., vom 10. Juli 1914

Nach meiner Ansicht bedeutet die Note des Reiches Krieg. Es steht fest, daß Vorbereitungen für die Zusammenziehung von Truppen getroffen worden sind. Das allein würde nicht ausreichen, um ein Urteil zu begründen. Es ist vielmehr der Ton, in dem die Note gehalten ist, der mich zu meiner Schlußfolgerung führt; und ich kann nur sagen, daß meine persönliche Kenntnis und der Charakter und Geisteszustand der drei Männer, von denen die Entscheidungen abhängen, das eigentliche Fundament meiner Überzeugung sind. Im Bewußtsein von mehr als nur einem Mitglied des Kabinetts ist, wenn ich so sagen darf, der allgemeine Eindruck entstanden, daß die Arroganz der Note und ihre extremen Bedingungen nicht auf die Absicht hindeuten, den Worten Taten folgen zu lassen. Und tatsächlich nahm man nicht nur hierzulande, sondern auch in den Tuilerien und im Escorial allgemein als selbstverständlich an, daß keine ernstlichen Folgen resultieren würden. Die vom Reich gestellten materiellen Forderungen würden befriedigt (denn die Regierung des Allerchristlichsten Königs ist nicht in der Lage, sie zurückzuweisen), aber die verletzenderen Forderungen würden aufgegeben.

Ich bin im Gegenteil überzeugt, daß die Dinge bis zur Entscheidung vorangetrieben werden. Die Politik des Reiches ist seit bald einem Menschenalter konsequent darauf angelegt, die faktische Hegemonie über den Rest Europas in offene Vorherrschaft umzuwandeln, mit dem Ziel, einen Staat von den Grenzen Rußlands bis zum Atlantik und dem Mittelmeer zu errichten. Die Führer des Reiches glauben, daß die Zeit reif sei für den Vollzug des letzten Schrittes in diesem Plan. Mit dessen Verwirklichung (die so gut wie unaufhaltsam ist, wenn wir abseits stehen) aber wird es nicht getan sein. In wenigen Jahren wird ein Anspruch auf die Beherrschung des östlichen Marktes und die Teilhabe an dem Protektorat folgen, das wir seit langem über das Chinesische Kaiserreich ausüben. Darin wird das Reich sicherlich die Unterstützung Rußlands finden. Ich würde der Regierung Seiner Majestät einen schlechten Dienst erweisen, wenn ich in diesem kritischen Augenblick nicht die Stimme erhöbe und mit allem Nachdruck auf die zwingende Notwendigkeit hinwiese, daß dieses Land der Herausforderung begegnen muß. Ich unterschätze die Schwierigkeiten nicht, denen wir uns gegenübersehen werden. Die vier amerikanischen Republiken werden neutral bleiben; die beiden östlichen halten einander die Waage, keine wird sich hervorwagen; die im Westen betrachtet europäische Angelegenheiten mit Gleichgültigkeit und die im Norden ist bevölkerungsschwach und militärisch unbedeutend. Es steht außer Zweifel, daß die

Gebiete unserer Verbündeten überrannt werden. Aber die vollständige Überlegenheit Britanniens zur See ist dergestalt, daß wir zumindest einen unentschiedenen Kampf erzwingen können, mag das Ringen auch lang und erbittert sein. Unsere Seeverbindungen sichern die Versorgung der Bevölkerung, während die italienischen Provinzen des Reiches in ihrer Existenz von Weizenlieferungen aus Afrika abhängen. Wir sind durchaus stark genug, um die Blockade der Ostsee, der Elbe und natürlich der südlichen Häfen unbefristet aufrechtzuerhalten; und der Feind, wie ich ihn gegenwärtig einschätze, wird nicht in der Lage sein, einen vergleichbaren Druck auf uns auszuüben.

Ich brauche abschließend kaum darauf hinzuweisen, daß die Alternative der sichere Verlust unserer asiatischen Besitzungen, der Protektorate sowie unserer finanziellen und kommerziellen Position sein wird. Ein von Wien regiertes geeintes Europa würde innerhalb weniger Jahre eine Machtposition errichten, gegen die wir nicht bestehen könnten.

Die Politik, die ich empfehle, birgt ernste Gefahren, aber Ihre Alternative ist der sichere Untergang.

XVI

Gespräch zwischen den Ministern
Lord Philip Grimson und Mr. Thomas Cole im
Green Gate Club am 30. Juli 1914, 1:30 Uhr

LORD PHILIP *(gähnend):* Nun, Gott befohlen, ich gehe zu Bett.

MR. COLE *(gähnt gleichfalls):* Ich auch. Wir können nichts tun. Sie hatten ganz recht, nicht zurückzutreten. Der alte Herr hat seinen Entschluß gefaßt, und nun wird er die anderen wie Schafe treiben.

LORD PHILIP: Wann ist es?

MR. COLE: Morgen, in der Downing Street. Ziemlich früh – elf Uhr.

LORD PHILIP: Das hat sich nicht der alte Herr ausgedacht, sondern Harbledown – der fette, aufgeblasene Dummkopf. Haben Sie jemals etwas von ihm gelesen? Zehn Wörter, wo ein anderer mit einem auskommt. Aber er kriegt sie alle herum. Seit Grayson gestorben ist, hat er jeden Außenminister bei der Nase herumgeführt. Ich finde, es war einfältig vom alten Herrn, das Außenministerium zu übernehmen. Premierminister sollten niemals noch Außenminister sein.

MR. COLE *(steht auf und reckt sich)*: Also, ich kann die Augen nicht länger offenhalten. Ist sowieso nicht wichtig. Wir gewinnen immer.

LORD PHILIP: Ja, wir gewinnen immer. Aber zu welchem Preis?

(Sie leeren ihre Gläser und wanken hinaus zu den Droschken.)

XVII

Leitartikel aus der ›Times‹ vom 5. August 1914

Nachdem man uns gezwungen hat, das Schwert zu ziehen, werden wir es nicht eher wieder in die Scheide stecken, als bis die unserem französischen Verbündeten zugefügten Kränkungen gerächt und von der skrupellosen Macht in Wien, welche unverschämt die letzten Freiheiten Europas bedroht, Genugtuung geleistet sein wird. Nie wieder könnte ein Engländer sich auf dem Kontinent zeigen, wenn er eine stolze und tapfere Nation, mit der uns so enge Bande verbinden, in einer Frage von Leben und Tod im Stich ließe. Wir vertrauen darauf, daß unter der schweren Verantwortung des

Augenblicks jene törichten Proteste verstummen werden, welche seitens der weniger verantwortungsbewußten gallischen Journalisten von Zeit zu Zeit gegen unsere nützliche und fruchtbringende Besetzung der Kanalhäfen und der Balearen geäußert worden sind. Regelungen, die in der Vergangenheit aus gefühlsmäßigen Gründen Anlaß zu Einwänden gegeben haben mögen und vor allem mit den Namen Cherbourg, Brest und Toulon verbunden sind, erweisen sich heute als vorausschauende Sicherungsmaßnahmen von lebenswichtiger Bedeutung.

Soeben erreicht uns die Nachricht, daß Seine Allerchristlichste Majestät den Vorschlag gemacht hat, mit dem Premierminister zusammenzutreffen. Die Konferenz soll in Guise stattfinden, knapp außerhalb unserer Linien bei Calais. Wir begrüßen auf das Wärmste diese Geste der Freundschaft und der Verbundenheit. Sie wird Vorbote und Unterpfand eines sicheren Sieges sein.

XVIII

Aus einem am 6. August 1914 veröffentlichten Artikel von Henry Clayhead, dessen Kritik an den Aktionen der Flotte während der ersten Kriegstage ihm bereits Autorität verliehen hat

... Eine stolze Beigabe zu der majestätischen Streitmacht, die gestern mit ablaufender Ebbe unter den Hochrufen der Bevölkerung und Mannschaften den Hafen von Portsmouth verließ, sind die Landstreitkräfte Seiner Majestät in denjenigen Hafenstädten, die wir auf Grund verschiedener Verträge und Kapitulationen seit nun schon so vielen Jahren entlang den Westküsten des Kontinents verwaltet haben. Das 125. Infanterieregiment in Calais, die zwei Bataillone des 41. Infanterieregiments in Cherbourg, das 82. in Brest, sowie die vergleichsweise kleine, aber kampfkräftige Truppe, die sich unter der einheimischen Bevölkerung von Toulon solch besonderer Beliebtheit erfreut und unter dem Befehl Sir Henry Hawkes steht, dieses großen Soldaten, sind der Aufgaben, die sie erwarten, mehr als gewachsen. Ihre einzige Enttäuschung ist, daß sie und die Pioniere und die Artilleristen, die diese Häfen zu halten helfen, nicht Teil der großartigen Expeditionsstreitmacht sein dürfen, die sich in diesen Tagen anschickt, unter dem größten unserer Soldaten, dem Grafen Rowley, den Kanal zu überqueren. Aber sie brauchen um den Erfolg des Unternehmens nicht zu fürchten. Auf dem Papier mag es den Anschein haben, und durch bloße zahlenmäßige Berechnung mögen jene, die unsere Militärgeschichte nicht kennen, zu dem Schluß gelangen, daß diese Streitmacht unzureichend sei. *Keine Landstreitmacht ist unzureichend, wenn sie von See her unterstützt wird.* Mit einem Wort, wir halten alle Trümpfe in der Hand. Der Ausgang dieses Krieges wird nicht lange zweifelhaft bleiben, und wir dürfen mit Zuversicht voraussagen, daß die vielgerühmten Armeen des Reiches, ehe noch der Sommer um ist, durch die Ebenen Italiens, die Wälder Thüringens und die Wiesenauen der Donau getrieben werden.

Allzulang ist es Mode gewesen, die Krone und das Volk Seiner Allerchristlichsten Majestät zu bemitleiden oder sogar lächerlich zu machen, als sei nur noch ein Gegenstand fürs Museum, was so lange ein glanzvoller Thron gewesen ist. Wir können nicht daran zweifeln, daß der alte Ruhm, unterstützt von britischen Waffen, von neuem aufstrahlen wird, und daß, wenn in der stolzen Hauptstadt des Feindes der Friede besiegelt wird, Ludwig XX. unter den am höchsten geehrten Gästen sein und mit den Königen von Spanien und Portugal an demselben Beratungstisch sitzen wird, über den der Premierminister unseres eigenen geliebten Souveräns präsidieren wird.

XIX

Aus einer am 23. April 1918 in Portsmouth gehaltenen Ansprache des stellvertretenden Außenministers Mr. Cole

... furchtbar wird Englands Flagge noch triumphieren! Der Feind mag sich an den Stellungen von Brest blutige Köpfe holen, wie er es vor Toulon getan hat. Sein unglückseliger Erfolg gegen Calais hat sein Urteilsvermögen dermaßen beeinträchtigt, daß er meint, alles sei ihm möglich. Spanien hat den Allerchristlichsten König Ludwig XX., wie der unglückliche Mann sich noch immer nennt, eher als einen Gefangenen denn einen Gast in Madrid aufgenommen; aber wir halten die See und werden dies auch fernerhin tun. Nicht eine Tonne Handelsware soll die Häfen des Feindes erreichen, bis er die Unbesiegbarkeit unseres Volkes anerkennt...

XX

Aus einem am 10. September 1918 erschienen Artikel des bekannten Kolumnisten Henry Clayhead, dessen kritische Betrachtungen der Seekriegsstrategie ihm seit langen den Ruf einer unbestrittenen Autorität verschafft haben

... Das Herannahen des fünften Kriegswinters sollte die Bewohner dieser Inseln mit Zuversicht erfüllen. Das Unmögliche ist erreicht worden, und Flotten von der zehnfachen Stärke dessen, was man in der Vergangenheit jemals für möglich gehalten hätte, wahren unangefochten unsere Macht auf allen Meeren. Seit achtzehn Monaten befindet sich der Feind im Würgegriff einer lückenlosen Seeblockade, nachdem wir seine Seeverbindungen schon während der ersten zweieinhalb Kriegsjahre mehr und mehr abgeschnürt hatten. Wir haben eine völlige seemännische Überlegenheit gezeigt, obwohl wir unsere Marine um einen sehr viel größeren Koeffizienten verstärken mußten, als dies bei anderen Ländern der Fall gewesen ist. Vielleicht noch bemerkenswerter aber ist die Tatsache, daß wir ein Korps neuer Marineoffiziere ausgebildet haben, das dieser gewaltigen Aufgabe gewachsen ist und seine Würdigkeit der ihm anvertrauten Mission in reichem Maße bewiesen hat. Blutjunge Kadetten und alte Seebären werden heute von fähigen und entschiedenen Männern kommandiert, die bei Kriegsausbruch nicht mehr als junge Burschen waren. Es ist nicht ohne tiefere Bedeutung, daß die *Inexhaustible,* das größte unserer Kriegsschiffe und Flaggschiff der Adriatischen Flotte, den Wimpel eines Mannes führt, der in früheren Zeiten mit seinen jungen Jahren kaum über den Rang eines Oberleutnants hinausgekommen wäre.

Wir haben die Seemacht des Reiches, dem Europa zu Füßen liegt, übertroffen, ausmanövriert und überflügelt. In den ersten Jahren des Krieges gab es kein Seegefecht, in welchem unsere Schiffe, wenn es Gelegenheit zu manövrieren gab, nicht ein paar Strich härter am Wind segeln konnten als jedes Schiff unserer Gegner. In dem berühmten Duell zwischen der *Terrible* und der *Kaiserin* in den allerersten Tagen des Krieges wurde der Unterschied am deutlichsten sichtbar. So lange der Wind anhielt, umkreiste die *Terrible* das Schiff aus Venedig, und nur weil gegen Sonnenuntergang eine Flaute einsetzte, entging das feindliche Schiff der Vernichtung und konnte sich im Schutz der Dunkelheit schwer beschädigt nach Triest retten, um zu bezeugen, welches Schicksal andere Schiffe künftig erwartete, die den Versuch wagen sollten, durch die Blockade zu schlüpfen. Seit jenem Tag ist die Flagge des Feindes, sind seine Handels- und Kriegsschiffe nach und nach aus den Meeren verschwunden. Ihre mit Entenmuscheln besetzten Rümpfe verrotten in den Häfen von Brest und Toulon und Genua, und die Seemacht, diese wichtigste aller Voraussetzungen für den Sieg, ist allein in unseren Händen und nirgends sonst.

Es trifft zu, daß der Feind im Zuge des Landkrieges Häfen besetzt hat, die sich für ihn als nutzlos erwiesen haben. Denn wie kann er sie verlassen? Wir waren niemals eine Landmacht, und meine Leser werden mir die Gerechtigkeit angedeihen lassen, sich zu erinnern, wie energisch ich gegen die selbstmörderische Politik protestierte, ein Expeditionskorps von der Größe zu entsenden, wie es vom unglücklichen Lord Rowley geführt wurde. Ihr einziges Ergebnis ist gewesen, daß er und seine Offiziere sich als bedingt auf Ehrenwort Freigelassene durch die elenden Jahre schleppen, verstreut über die Städte Europas, die wir von der See her belagern. Ihr Schicksal wird geteilt von ihren ehemaligen Kameraden aus den Garnisonen von Brest, Cherbourg, Calais und Toulon. Kein vernünftiger Mensch hätte an diesem Ausgang zweifeln dürfen.

Es wäre unsere wohlverstandene Pflicht als Seemacht gewesen, jeden Mann und jedes Geschütz aus den annektierten, den besetzten und den unter Protektoratsverwaltung stehenden Gebieten zurückzuziehen und nach Hause zu bringen. Das hätte unserem unglücklichen Verbündeten, dem König von Frankreich, eine kurzlebige Befriedigung verschafft, hätte er doch während der kurzen Wochen bis zur Niederlage und Besetzung seines Landes das Lilienbanner über den Zitadellen jener Häfen aufziehen lassen und sich der Illusion hingeben können, er habe zurückgewonnen, was seine rhetorischen Untertanen allzuoft als ihre geheiligten Rechte auf einen unverletzlichen Boden beschworen ...

Nun, das ist jetzt alles vorbei und abgetan. Und es bleibt das triumphale Faktum, daß wir die See halten und für alle Zeit halten können.

XXI

Aus dem Leitartikel der ›Times‹ vom 11. November 1928

Zehn Jahre sind ins Land gegangen, seit der furchtbarste Konflikt, in den christliche Völker sich jemals haben hineinziehen lassen, zu einem guten Ende gebracht worden ist. Blicken wir aus dieser zeitlichen Distanz zurück, nun, da die erhitzten Fehlurteile der Leidenschaft sich wie schädlicher Dunst aufgelöst haben, können wir die Gewinne und Verluste abwägen, welche auf diese unsterbliche Verteidigung unserer noch immer unversehrten Provinz der Europäischen Gemeinschaft folgten. Die törichten Worte, über die unsere weniger verantwortlichen Kollegen heute erröten, die Beleidigungen, mit denen der ehrwürdige Kaiser von Europa mutwillig überschüttet wurde, sind, so wollen wir hoffen, in Wien vergessen, wie sie in Westminster ganz gewiß aufrichtig und von Herzen vergessen sind. Noch brauchen wir die Tiefe unserer unverbrüchlichen Freundschaft eigens zu betonen; es mag genügen, auf die vor kurzem stattgefundene glückverheißende eheliche Verbindung zwischen dem britischen Thron und dem Kaiserhaus hinzuweisen. Der dritte Sohn des Erzherzogs Karl ist mit der Nichte unseres gnädigsten Landesherrn den Bund der Ehe eingegangen. Der vielleicht erfreulichste Aspekt dieser Ehe ist, daß die absurden Vorurteile gegen die Verbindung unterschiedlicher Bekenntniszugehörigkeiten unbeachtet blieben und die junge Braut wie der Bräutigam Gott weiterhin nach den Regeln ihres jeweiligen Glaubens dienen.*

Wie günstig hat sich die Politik und Verwaltung unseres früheren ritterlichen Gegners ausgewirkt! Welch eine vorausschauende Weisheit ist darin zu erkennen! Die politischen Traditionen der einzelnen Mitgliedstaaten sind abgeschafft, und um den Kaiserlichen Thron scharen sich im Reichsrat in rührender Harmonie die Bourbonen, die Braganza, das Haus Savoyen, der junge spanische Thronfolger und unser Premierminister zusammen mit den Königen von Bayern, Dänemark, Belgien und Polen, den Präsidenten von Irland und der Schweiz, den Königen von Preußen, Württemberg, Neapel etc., etc., etc., während Seine Heiligkeit der Papst ein häufiger Besucher ist, der mit prächtigem Gefolge aus der Ewigen Stadt anreist, wo er unter dem gütigen Schutz des Kaisers jene Provinzen des früheren Kirchenstaates regiert, die ihre Ursprünge auf den Grundbesitz des ehrwürdigen *Patrimonium Petri* aus dem 6. Jahrhundert zurückführen können. Ohne Übertreibung (doch in bescheidener Anerkennung der göttlichen Vorsehung) dürfen wir uns rühmen, daß das Christentum endlich wieder in ein goldenes Zeitalter eingetreten ist. Nicht der letzte unter den unzähligen Vorzügen ist die feste und, hoffen wir, unzerstörbare Interessengemeinschaft zwischen der Kaiserlichen und der britischen Krone, die zusammen mit den Beziehun-

---

* Prinzessin Maria besucht täglich die Messe in der anglikanischen Kapelle der britischen Botschaft. Ihr Beichtvater und geistlicher Berater ist Dr. Bowker, der frühere Bischof von Peterborough, doch nun schon seit einigen Jahren auf eigenen Wunsch Seelsorger der britischen Gemeinde in der kaiserlichen Hauptstadt. Die Leser werden sich erinnern, daß ihre königliche Tante anglikanische Äbtissin von St. Ethelgeburga in Oxford ist.

gen zwischen Wien, Brüssel und Kopenhagen und nach diesem Modell durch den Vertrag von Antwerpen bekräftigt wurde. Die Verpflichtungen, die damit unserem Land auferlegt sind, nehmen wir freudig auf uns, sind sie doch von einer Art, die zu akzeptieren keine Nation zu stolz sein sollte. Wir schämen uns nicht, die Klausel zu begrüßen, wonach Britannien in Zukunft der unheilvollen Torheit jeglicher Seerüstung entsagt. Wir hoffen, daß mit der völligen Abschaffung dieses Anachronismus die uneingeschränkte Freiheit der Weltmeere unter kaiserlichem Schutz nicht später als bis zum Jahr 1930 verwirklicht sein wird, genau ein Jahrhundert nach jenem anfänglichen Irrtum der Besetzung von Cherbourg und Brest, für den wir so teuer bezahlt haben. Zwei Hauptarsenale für die kaiserliche Schiffahrtskontrolle, eines in Kiel, das andere in Triest, sind hinreichend, um die Erhaltung des Weltfriedens zu sichern, in welchem alle Menschen heute die Erfüllung unserer gemeinsamen Zivilisation sehen.

Wenn Napoleon nach Amerika entkommen wäre

Einen Monat nach Napoleons erster Abdankung und seinem Rückzug nach Elba mußte Simon Bolivar vor den weit überlegenen Streitkräften des spanischen Generals Morillo fliehen und fand Zuflucht in der britischen Kolonie Jamaika. Von hier aus bereiste er die spanischen Inseln Westindiens, warb Truppen an und sammelte Geld für seinen nächsten und entscheidenden Versuch zur Befreiung Südamerikas von der spanischen Herrschaft. Beinahe zwei Jahre vergingen, ehe er in der Lage war, den Kampf wieder aufzunehmen.

Inzwischen war Napoleon für die hundert Tage seiner zweiten Herrschaft nach Frankreich zurückgekehrt, hatte die Schlacht von Waterloo verloren, endgültig abgedankt und war zum sofortigen Verlassen Frankreichs aufgefordert worden. In dieser Lage wandten sich seine Gedanken dem Westen zu. Welche Karriere mochte ihn dort noch erwarten? Er war erst sechsundvierzig, die Vereinigten Staaten standen seinem unerbittlichen Feind England nach dem soeben zu Ende gegangenen erbitterten Krieg in Haß und Mißtrauen gegenüber, und ganz Südamerika brodelte in Aufruhr und Rebellion gegen die Spanier. Er bemühte sich verzweifelt um einen Paß für Amerika, der ihm von Wellington jedoch brüsk verweigert wurde. Er reiste unerkannt durch Frankreich nach Rochefort, wo er der britischen Blockade ein Schnippchen zu schlagen hoffte, fand dies aber unmöglich und ergab sich Kapitän Maitland vom H.M.S. Bellerophon.

Die Hypothese lautet, daß Napoleon, statt sich den Engländern auszuliefern, in La Rochelle ein dänisches Schiff bestieg und nach Amerika entkam.

Wenn Napoleon nach Amerika entkommen wäre

von RT. HON. H. A. L. FISHER*

Nie im Leben werde ich jenen Augustabend vergessen. Die Studenten von Harvard hatten sich für die Ferien in ihre Heimatorte begeben, und hätte ich nicht eine Kiste mit Büchern aus Frankreich erwartet, so wäre auch ich weit entfernt von der drückenden Hitze Bostons auf dem Lande gewesen und hätte nicht müßig eine ausländische Fregatte (eine dänische, wie es hieß) beobachtet, die sich langsam flußaufwärts an die Kaimauer heranschob. Nach der sengenden Hitze des Tages empfand ich die kühlende Abendbrise an den Ufern des Charles-River als angenehme Erfrischung, also blieb ich stehen und sah dem Anlegemanöver zu. Dabei kam mir der Gedanke, ob meine Bücher im Laderaum dieses Schiffes sein mochten, denn ich sollte im Herbst über zeitgenössische französische Literatur lesen und erwartete mit einiger Ungeduld die letzte Neuerscheinung von Chateaubriand.

Plötzlich sah ich ihn. Seine Gestalt war unverwechselbar, wie er dort an der Reling stand, den Zweispitz auf dem Kopf und die Arme auf der Brust verschränkt,

* Herbert Albert Laurens Fisher (1865–1940), britischer Historiker und Politiker, war 1916 Mitglied des Unterhauses und wirkte als Präsident des Board of Education maßgeblich an dem Erziehungsgesetz von 1918 mit. Von 1926 an war er Leiter des New College in Oxford und lehrte vor allem auf dem Gebiet der kontinental-europäischen Geschichte des 19. Jh.s.

wie ich ihn von den Bildern her kannte, nur ein wenig fetter und bleicher als ich ihn mir vorgestellt hatte. Ich verneigte mich tief, und er erwiderte meinen Gruß mit einem Kopfnicken. Dann, als er über die Laufplanken an Land kam, trat ich vor und begrüßte ihn auf französisch.

Die Kraft und Würde seiner Eröffnungsworte trafen mich mit der Gewalt einer Offenbarung: »Napoleon, der Märtyrer der Freiheit, der Feind von Päpsten und Königen, beansprucht die Gastfreundschaft Ihrer protestantischen Republik!« Ich antwortete auf französisch, daß wir Amerikaner gerade einen Krieg mit den Engländern hinter uns hätten, die unsere Hauptstadt grausam bombardiert hätten, und daß man ihm ein warmes Willkommen entbieten werde. Darauf lächelte er, um mich gleich darauf mit einer Salve von Fragen nach meinem Elternhaus, meiner Religion, meinem Vermögen, meinem Beruf und vielen anderen Einzelheiten meines Lebens zu überschütten, die ich nach bestem Vermögen beantwortete. Unterdessen war eine kleine Gruppe französischer Damen und Herren von Bord gegangen, die sich erfreut zeigten, jemanden zu finden, der ihre Muttersprache beherrschte. Sie schüttelten mir die Hand und baten mich, ihnen bei der Suche nach einer Unterkunft für den Kaiser und sein Gefolge behilflich zu sein.

Wie jedermann weiß, verbrachte Napoleon die erste Nacht auf amerikanischem Boden in dem schönen neuen Ziegelhaus meines Onkels George am Tontine Crescent, Franklin Place.

Da der nächste Tag ein Sonntag war, mußte der Kaiser notgedrungen die Familie zum alten Versammlungshaus begleiten. Dennoch ließ er es sich nicht nehmen, ostentativ meines Onkels Bibel zu tragen, und während des Gottesdienstes gab er sogar vor, darin zu lesen. Auf dem Heimweg fragte er mich, welche Religion in Boston am meisten verbreitet sei. Ich sagte, der Kongregationalismus. »*Espèce de Jésuite?*« fragte er. Als ich ihm erklärte, daß die Kongregationalisten überzeugte Protestanten und Calvinisten seien, die in ihrer Kirche keine Bischöfe duldeten, nickte er und meinte, das sei klug gehandelt, denn Bischöfe müsse man ›im Zaum‹ halten, und im übrigen sei es ein Glück für Boston, daß die Stadt nicht unter dem Einfluß des Papstes stehe.

Während seines Aufenthaltes in Boston machte der Kaiser es sich zur Pflicht, die Gottesdienste zu besuchen. »*L'Amerique vaut bien une messe*«, pflegte er zu sagen: da es ihm jedoch nie gelang, soviel Englisch zu lernen, um zu verstehen, was gesagt wurde, oder auch nur das Wort Massachusetts auszusprechen »*Massachusse*«, sagte er dazu –, kann der geistige Gewinn dieser Kirchenbesuche nicht groß gewesen sein. Was ihn tatsächlich viel stärker zu interessieren schien, war nicht Religion, sondern die Geschichte des Krieges gegen die Briten in Kanada, der gerade zu Ende gegangen war. Durch mich suchte er Verbindung zu angesehenen Bürgern, die zur See oder auf dem Lande an den Kampfhandlungen teilgenommen hatten, und befragte sie eingehend über ihre Erfahrungen. Als er von den Deserteuren der britischen Fregatten hörte, die gegen König Georg gekämpft hatten, blitzten seine Augen vergnügt. »Die englische Seemacht verfällt«, sagte er. »Im nächsten Krieg werden die Insulaner im Seekrieg besiegt werden.«

Wie sich denken läßt, ging die Nachricht vom Aufenthalt des Kaisers in Boston wie ein Lauffeuer durch das Land. Aus allen Gegenden kamen Menschen, um ihn zu sehen. Eine zusätzliche Postkutschenlinie nach New York und Philadelphia wurde eingerichtet. Zeitungsreporter warteten dicht gedrängt vor den Räumen, die der Staat ihm zur Verfügung gestellt hatte, und wann immer er das Haus verließ, folgten sie ihm mit ihren Notizbüchern und Bleistiften. Einige der berühmtesten Persönlichkeiten unserer Zeit, Mr. Cabot, Richter Parsons, Mr. Webster und Mr. Mason betrachteten es als eine Auszeichnung, von ihm empfangen zu werden und seine Ansichten über die amerikanische Verfassung zu hören.

Am großen Tag seines öffentlichen Empfangs im Regierungsgebäude des Staates Massachusetts fand sich eine ungeheure Menschenmenge ein, die alle benachbarten Straßen und Plätze erfüllte. Zu dieser Stunde schien es uns, als erstrahle er als unser neuester amerikanischer Bürger im doppelten Glanz, blieb er doch zugleich der unsterbliche Kaiser der Franzosen. Weil dies mein erstes öffentliches Auftreten in meiner Eigenschaft als Dolmetscher war, hat sich jedes Wort seiner Ansprache meinem Gedächtnis eingeprägt. »Bürger«, sagte er, »ich bin Republikaner. Und ich bin gekommen, um den Republikanern der Vereinigten Staaten meinen Tribut zu zollen, die mutig und entschlossen das despotische Joch des perfiden Albion abgeworfen haben. Dieselbe Tyrannei, der ihr in einem Teil der Neuen Welt ein Ende gemacht habt, habe ich in der Alten Welt zu zerstören versucht. Das Schicksal, das mir übel mitgespielt hat, ist euch gnädig gewesen. Ich habe einen Rückschlag erlitten, ihr habt einen Sieg errungen. Aber denkt nicht, daß ich am Ende meines Weges angelangt sei, oder daß eure Freiheit für alle Zeiten gesichert wäre. Große Aufgaben liegen vor uns, große Eroberungen sind zu machen, und große Reiche in Kanada, in Südamerika und jenseits des Pazifik warten darauf, umgestürzt zu werden. Ich bin gekommen, meine Brüder, um euch mein Gehirn, mein Herz und mein Schwert anzubieten.«

Hier hielt er inne, um mir Zeit für die Übersetzung zu geben, und als die Worte das Publikum erreichten, schluchzten die Frauen vor Ergriffenheit, die Männer brachen in Hochrufe aus, bis sie heiser waren, und alle winkten volle fünf Minuten lang mit den Taschentüchern.

Darauf ergriff er mit einer leidenschaftlichen Eindringlichkeit, die alle Anwesenden in seinen Bann schlug, wieder das Wort.

»Ich vergesse nicht, daß ihr Protestanten seid. Habe ich nicht eure Bibel gelesen? Schätze ich sie nicht so sehr, daß ich sie immer bei mir habe?« (Hier zog er eine Bibel aus der Rocktasche und zeigte sie seinem Publikum.) »Aber, Bürger, die Bibel hat einen Gegner, wachsam, gefährlich und stets auf seinen Vorteil bedacht. Dieser Gegner ist der Papst. Glaubt nicht, seine Macht in der Neuen Welt sei gebrochen, weil in Boston die Protestanten herrschen. Blickt nach Kanada, nach Mexiko, betrachtet den ungeheuer großen Kontinent Südamerika. Überall seht ihr den Vatikan am Werk, wie er die Seelen versklavt und das Leben der Menschen beherrscht. Mit einem Wort, Bürger, eure Arbeit hat gerade erst begonnen. Die Neue Welt wartet auf einen Befreier.

Habe ich nicht einen Papst eingekerkert? Habe ich den Übermut der Bischöfe nicht gezügelt? Habe ich den Protestanten und Andersgläubigen Religionsfreiheit gewährt? Männer von Neuengland, ich fordere euch auf, mir zu folgen. Ein großes Schicksal erwartet uns. Im Norden zwingen die Briten leidende und gequälte Menschen unter ihr Joch, im Süden sind es die Bourbonen. Euch aber, die ihr durch Mut und Entschlossenheit eure Freiheit errungen habt, hat die Vorsehung die Pflicht auferlegt, der Freiheit überall auf dem amerikanischen Kontinent zum Sieg zu verhelfen. In euch erblicke ich die Vorhut der Menschheit.

Vor zweihundert Jahren kehrten eure Vorväter dem alten Europa den Rücken. Sie konnten die Luft der Tyrannei nicht atmen. Die Schlacht von Waterloo ist für die Freiheit Europas so fatal gewesen, wie die Schlacht von Philippi für die Freiheit Roms. Überall triumphiert die Reaktion, in England, in Frankreich, in Italien, in Spanien. Die Blumen der Freiheit, die ich in ganz Europa aussäte, sind niedergetrampelt worden. Die Verfassungen sind in Fetzen gerissen, die Göttin der Freiheit verhüllt ihr Antlitz. Europa ist nicht länger der Ort für einen freien Mann. Ich kehre Europa den Rücken. Ich komme zu euch als ein Missionar der Freiheit. Wenn die letzte Kette, die Amerika an Europa bindet, zerbrochen ist, wird der Ruf der Demokratie über die Wasser des Ozeans nach Osten dringen, und wieder werden die Throne erzittern.«

Die unmittelbare Wirkung der Ansprache, obschon verringert durch die Notwendigkeit der Übersetzung, war stärker, als ich mir hätte träumen lassen. Alles drängte vorwärts, um dem Kaiser zuzujubeln, seinen Rock zu berühren, ihm die Hände zu schütteln. Das Gedränge wurde so gefährlich, daß mehrere Frauen ohnmächtig wurden und Napoleon von seinen Begleitern hinausgeleitet werden mußte, um den aufgewühlten Gemütern Gelegenheit zu geben, sich zu beruhigen.

Am nächsten Tag waren die Emotionen abgekühlt, und die allgemeine Begeisterung begann einer nüchterneren Betrachtungsweise zu weichen. Der Friedensschluß mit England war gerade erst besiegelt, und niemand war in der Stimmung, die Auseinandersetzungen von neuem zu beginnen. Nun hieß es auf einmal, daß Andrew Jackson ein besserer General sei als Bonaparte, denn er habe die Briten bei New Orleans besiegt, während Bonaparte bei Waterloo von den gleichen Leuten eine schwere Niederlage habe einstecken müssen. Als ich dem Kaiser davon berichtete, denn es gehörte zu meinen Obliegenheiten, die Gerüchte und

Stimmungen der Stadt anzufangen und ihm mitzuteilen, runzelte er die Stirn, zügelte aufwallenden Zorn und knurrte nur: *»Bêtise incroyable!«*

Mein bis dahin ruhiges Leben schlug in anstrengende Betriebsamkeit um. Jeden Tag erledigte ich Botengänge für den Kaiser, besorgte Bücher und Landkarten (besonders solche, die Kanada und Lateinamerika zum Gegenstand hatten) und arrangierte Besuchstermine für wichtige Persönlichkeiten. Zu diesen gehörten wohlhabende Geschäftsleute aus New York, Abgesandte der Bundesregierung, Indianerführer und katholische Priester aus Quebec. In diesen Tagen verließ Napoleon sein Quartier nur selten und beschäftigte sich mit den Büchern, seinen politischen Gesprächen und seiner Korrespondenz, die er seinem französischen Sekretär diktierte. Obwohl er alles andere als mitteilsam war und nur wenige an seinen Überlegungen und Gedankengängen teilhatten, war mir fast von Anfang an klar, daß er sich vor allem mit Plänen beschäftigte, die Briten aus Kanada zu vertreiben. Mitte Oktober schickte er mich eines Abends fort, um drei Plätze in der Postkutsche nach New York reservieren zu lassen. Weder General Bertrand noch ich, die an der Reise teilnehmen sollten, hatten eine Vorstellung von seinen Plänen. Ich bemerkte nur, daß er den schweren Wintermantel trug, der bei Nacht über sein Bett gebreitet war, obwohl das Wetter schön und mild war, und warm wie der Juni im nördlichen Europa. Während der dreitägigen Reise war er oft schläfrig, von Zeit zu Zeit aber ermunterte er sich und stellte seinen Mitreisenden Fragen, vor allem denen, die Kanada und das Grenzgebiet kannten. Doch erst am zweiten Tag nach unserer Ankunft erfuhr ich das wahre Geheimnis des Besuches und des dicken Wintermantels. In New York lebte ein holländischer Juwelier, der in Geschäftsverbindung mit den Amsterdamer Diamantenhändlern stand. Wie der Kaiser von ihm erfahren hatte, weiß ich nicht; ich vermute aber, daß sein gutes Gedächtnis den Namen und die Adresse viele Jahre zuvor gespeichert hatte, als er durch Holland kam, oder daß er sie von seinem Bruder Louis hatte. Jedenfalls schien Van Byl, wie der Mann hieß, ihn bereits zu erwarten und gab keine Überraschung zu erkennen, als der Kaiser das Futter seines Mantels aufriß, fünfzig Brillanten von bester Qualität herausnahm und sie auf den Ladentisch legte. Es hat viele Spekulationen darüber gegeben, auf welche Weise Napoleon den Lebensunterhalt für sich und sein Gefolge finanzierte; ich kann wahrheitsgemäß sagen, daß, obwohl viele seiner amerikanischen Bewunderer mit Geldspenden zu seinem Unterhalt beitrugen und er nach seinem Besuch bei Mr. Jefferson für die Dauer seines Aufenthalts im Lande einen Ehrensold erhielt, der Grundstock seiner nicht unbeträchtlichen Mittel aus dem Verkauf dieser Steine stammte.

Von New York fuhren wir mit dem Schiff den Hudson aufwärts nach Albany. Unvergeßlich bleibt mir der Zauber dieser Reise, das Rot und Gold der Ahornbäume, die ruhig dahinziehende Wasserfläche des Flusses, die anmutigen Umrisse der Hügel unter dem klaren Oktoberhimmel, die Stille der herbstlichen Natur. Alles lud ein zu Ruhe und besinnlicher Betrachtung, und sogar der Kaiser überließ sich bisweilen der sanften Stimmung dieses Oktobertages und erging sich in träumerischen Monologen über die Seele, die Unsterblichkeit und die Geschicke des Universums, wenn er seine Umgebung nicht mit Gespenstergeschichten oder Erzählungen eigener Abenteuer unterhielt. Nur einmal sprach er offen über Politik. Wir näherten uns Albany, wo wir von Bord gehen wollten, um mit den französischen Insurgenten und den indianischen Führern zu verhandeln, die sich bereit erklärt hatten, an einer für den nächsten Sommer geplanten Expedition gegen Quebec teilzunehmen. Unser kleines Dampfschiff machte an der Anlegebrücke fest. Die Mannschaft begab sich zur Ruhe, aber wir saßen noch auf dem Deck, obwohl die Abendkühle sich bemerkbar machte. Der Mond schien so hell, daß man ohne Mühe die Landkarte lesen konnte, die der Kaiser auf den Knien ausgebreitet hatte.

»Haben Sie jemals Vorahnungen?« fragte er General Bertrand.

»Nein, Sire.«

»Sehen Sie sich diese Karte an! Hier sind die Briten in Kanada, hier sind die Franzosen. Sie, Bertrand, werden bei M. Lemoine in Albany mit dem Jesuitenpater zusammentreffen. Er wird Sie nach Quebec geleiten und mit den französischen Notabeln der Provinz bekannt machen. Diese Franzosen in Kanada sind fromme Katholiken, also werden Sie nicht versäumen, auf meine Verdienste um die Kirche hinzuweisen. Sie werden ihnen erzählen, daß ich die Kirchen wiederherstellen ließ, das Konkordat abschloß, daß der Papst nach Paris kam, um mich zum Kaiser zu krönen. Und Sie werden ihnen erzählen, daß ich zur Stelle bin, um eine Nation französischer Katholiken vom tyrannischen Joch der ausländischen Protestanten zu befreien. Alles das werden Sie ihnen erzählen, *mon cher.* Sie werden mit ihnen konspirieren, überallhin reisen und die Vorbereitungen zu einer umfassenden Rebellion treffen: und im kommenden Frühjahr werden Sie zu mir zurückkehren, und wenn die Nachrichten günstig sind, werden wir marschieren. Werden wir Erfolg haben? Werden wir die Trikolore auf der Zitadelle von Quebec hissen? Hier, meine Freunde, muß ich zugeben, daß ich eine Vorahnung kommenden Mißgeschicks verspüre. Der Schnee ist meinem Genius feindlich gesinnt. Ach, dieser furchtbare Schnee in Rußland!« Er zog den Mantel enger um die Schultern und erschauerte. »Die Briten sind nichts, aber der Schnee!

Wir dürfen uns nicht vom kanadischen Schnee fangen lassen. Manchmal frage ich mich, ob Kanada überhaupt der Mühe wert ist. Moskau, der Kreml, der Weg nach Indien! Dort gab es Ruhm zu gewinnen. Aber ein kleines *bicocque* wie Quebec, von einem schlechten französischen General durch eine einzige Salve gewonnen, ist kaum den Aufwand wert. Worin liegt der Ruhm, eine gefrorene Einöde ohne Monumente oder Geschichte zu erobern, leer wie der Mond dort oben, aber ohne seine Schönheit? Nein, *mes amis*, lassen wir die Engländer in der Wildnis frieren und hungern. Nichtsdestoweniger werden wir es nicht bedauern, wenn unser guter Bertrand ihr Unbehagen und ihre Beschwerden mehren kann, nicht wahr?«

Die meiste Zeit seines Aufenthalts in Albany verbrachte der Kaiser in Geheimverhandlungen mit Frankokanadiern und Indianerhäuptlingen, und da ein guter Jesuit als Dolmetscher zur Verfügung stand, wurde ich ausgesandt, um in Albany und Umgebung zu hören, wie man die Aussichten eines neuen Krieges mit England beurteilte. Als ich wieder zum Kaiser befohlen wurde, war er allein. Wenige Stunden zuvor war der General, als Jesuitenpater verkleidet, zu seiner Reise aufgebrochen, beladen mit Briefen und Aufrufen an die Frankokanadier. »Unser guter Bertrand ist kein Theologe«, bemerkte der Kaiser mit einem Lächeln. »Ich habe ihn erst das Vaterunser lehren müssen.«

Es trifft nicht zu, daß die Gefangennahme General Bertrands durch eine kanadische Patrouille, gefolgt von der Veröffentlichung der geheimen Korrespondenz des Kaisers mit den frankokanadischen Insurgenten, der bestimmende Anlaß zu unserem Umzug nach Philadelphia war, wie dies von manchen behauptet wurde. Ich bin überzeugt, daß Napoleon in jedem Fall entschlossen war, die Wintermonate in der ersten Stadt der Republik zu verbringen, wo er die führenden

Männer des Staates antreffen und sich einer liberaleren Atmosphäre als derjenigen des puritanischen Boston erfreuen konnte. Ich glaube ferner, er wurde in diesem Entschluß durch die Erkenntnis bestärkt, daß in den Kreisen der führenden Amerikaner eine starke Aversion gegen eine Erneuerung des Krieges mit Großbritannien bestand. Wie dem auch sei, die Menschenmengen, die an jenem dritten Freitag im November in Philadelphia die Ankunft der Postkutsche aus New York erwarteten, waren trotz des Skandals um die kurz zuvor veröffentlichten Dokumente sehr eindrucksvoll. Man konnte kaum glauben, daß eine Bevölkerung, in der die Quäker ein so wichtiges Element bildeten, die jüngsten Bekenntnisse des Kaisers zur römisch-katholischen Kirche so rasch vergessen haben sollten. Aber die Neugierde ist mächtiger als die Religion. Ein von einem triumphalen Feldzug zurückkehrender General hätte keinen begeisterteren Empfang bekommen können. Männer und Frauen umdrängten die Kutsche und ließen sich durch einige zum Schutz des Besuchers aufgebotene Polizisten nicht daran hindern, dem Kaiser nach dessen Aussteigen die Hand zu schütteln, auf die Schultern zu klopfen und ihn gutmütig wegen Bertrands Mißgeschick zu hänseln. Der Kaiser nahm diese schlichten Freundschaftsbekundungen nicht gut auf. Von Anfang an schien er einen Groll gegen die Bewohner Philadelphias zu hegen, der von zwei widrigen Umständen noch genährt wurde: ihrer Bewunderung für Lafayette, und die Lobpreisungen, mit denen sie bei jeder Gelegenheit General Andrew Jackson bedachten. »Unser Andrew wird mit jedem Gegner fertig«, pflegten sie zu sagen, worauf Napoleon auf dem Absatz kehrt machte, *»Imbéciles«* zischte und sich angesichts eines so beklagenswerten Mangels an Urteilsvermögen in verdrießliches Schweigen hüllte.

Zu einer sehr schmerzlichen Szene kam es anläßlich

seines Empfangs in der Unabhängigkeitshalle (wie wir das Regierungsgebäude jetzt nennen müssen), als er in Anwesenheit von Mr. und Mrs. Madison, Mr. Calhoun und anderen hervorragenden Persönlichkeiten die Beherrschung verlor, nachdem er sich eine lange Reihe von Ansprachen angehört hatte, die nominell ihm zu Ehren gehalten wurden, sich in der Hauptsache jedoch mit der Unübertrefflichkeit amerikanischer Einrichtungen und nicht zuletzt mit der brillanten Strategie des volkstümlichen Generals beschäftigten, der vor kurzem die Briten bei New Orleans geschlagen hatte. »Sie vergleichen Ihren Jackson mit Napoleon«, rief er aufgebracht. »Sie wissen nicht, was Krieg ist! Ich übertreibe nicht, wenn ich Ihnen sage, daß in meinem kleinen Finger mehr Genie steckt als in dem ganzen Körper Ihres Generals Jackson. Ich sage Ihnen, Jackson ist ein mittelmäßiger General. Hätte er tausend Mann, und ich hätte fünfzig, ich versichere Ihnen, daß ich Jackson in zehn von elf Malen schlagen würde.« Ich war natürlich zu taktvoll, um diese Passage wortgetreu zu übersetzen, und da General Jacksons besondere Freunde und Anhänger des Französischen nicht mächtig waren, verlief der Zwischenfall glücklicherweise ohne ernste Konsequenzen.

In der Folgezeit bemerkte ich, daß Napoleons Gedanken und Pläne sich mehr und mehr nach Süden und Westen hin orientierten.

Das Winterklima von Philadelphia, das kälter war als er erwartet hatte, mag damit zu tun gehabt haben, aber der tiefere Anlaß war wohl seine Antipathie gegen die Wesensart der Nordamerikaner. Er pflegte zu sagen, daß die Amerikaner alle Fehler der Engländer hätten, und keine von ihren Vorzügen. Er beklagte sich über die Sprache, undeutlich und bar allen Wohlklangs, wie sie ihm schien; über die engstirnige Borniertheit der Religion; über die puritanische Heuchelei, die ihm nicht einmal erlaubte, mit Madame Walewska (die am 29. November unerwartet eingetroffen war) spazieren zu gehen; über das Fehlen eines Hofes und einer Aristokratie gebildeter Menschen; über die plump-vertrauliche Art unseres Umgangs, über den Whiskey und die schreckliche Küche; über die verbreitete Sitte des Ausspuckens und den rüden Ton der unteren Bevölkerungsschichten; und über unsere unebenen, holperigen Straßen, die ihm das Reisen zur Qual machten.

Wahrscheinlich spürte er, daß er in einer Gesellschaft, in der Herkunft nichts und Besitz alles bedeutete und die eine Sprache redete, in welcher er sich kaum zu verständigen vermochte, keine große Rolle spielen konnte. »Sie machen mir plumpe Komplimente und bestaunen mich, als ob ich ein Gott wäre«, klagte er, »aber sie glauben dabei, mich wie ihresgleichen behandeln zu können. Sie sehen nicht einmal den Unterschied zwischen dem Sieger von Marengo und Austerlitz und einem eitlen Stutzer wie Lafayette, der nicht einmal die Pariser Canaille unter Kontrolle halten konnte.«

Er beschäftigte sich mit Plänen, in Louisiana, wo Französisch gesprochen wurde, die Macht an sich zu reißen und vielleicht ein Königreich zu gründen, das ihm als Basis für die Befreiung Südamerikas dienen könnte. »Es war ein Fehler, Louisiana an die Amerikaner zu verkaufen«, sagte er mehr als einmal. »Und das zu einem so lächerlichen Preis! Aber das ist nicht wichtig, die Menschen dort werden in mir die Verkörperung Frankreichs und seiner Größe sehen. Wer wird noch an den elenden Jackson denken, wenn ein Napoleon auftritt, um die Gefolgschaft eines französischen Volkes zu fordern?« In dieser Zeit schrieb er einen Brief an seinen Bruder Joseph und ersuchte ihn, im nächsten Frühjahr mit soviel Geld, Hilfsmitteln und Anhängern, wie er würde auftreiben können, nach New Orleans zu kommen.

Der Besuch der beiden Spanier, der einen so gewaltigen Einfluß auf die Weltgeschichte haben sollte, wurde streng geheimgehalten. Selbst den Zeitungen in Philadelphia blieb verborgen, daß die Abgesandten Bolivars während der letzten Novemberwoche jeden Abend mit dem Kaiser konferierten. Ich wurde zu diesen Besprechungen nicht zugelassen, gewann aber aus den Büchern und Karten, die zu kaufen ich beauftragt wurde, eine ziemlich klare Vorstellung von den Entwicklungen. Hätte es noch weiterer Hinweise bedurft, so waren sie in der Art und Weise zu finden, wie die Gedanken des Kaisers sich von nun an beinahe ausschließlich mit den Verhältnissen in Südamerika beschäftigten.

Es ist nicht zu leugnen, daß die Ankunft Madame Walewskas und ihres kleinen Kindes den Kaiser und sein Gefolge in Verlegenheit brachte, hätte sie doch zu keinem ungünstigeren Zeitpunkt geschehen können. In einem Augenblick, da sich wichtige Entscheidungen anbahnten und die ungeteilte Aufmerksamkeit des Kaisers beanspruchten, kam diese schöne Frau, der er sich tief verbunden fühlte, um ihn mit ihrer leidenschaftlichen Zuwendung abzulenken. In Philadelphia, wo beinahe alles sofort bekannt ist, konnte ihre Ankunft nicht verborgen bleiben. Die Zeitungen waren voll von Geschichten über die polnische Geliebte des Exkaisers. Eine Abordnung der Quäker protestierte bei den Behörden. Nur die Schneider waren erfreut, und viele Jahre lang kleideten sie die Damen Philadelphias nach dem modischen Geschmack der polnischen Schönheit. Glücklicherweise regelt die Zeit alles. Als Mrs. Madison in ihrem blauen Samtkleid und dem federbesetzten Hut ihre Aufwartung in der Spruce Street gemacht hatte, und nachdem Abbé Correa, die geistvolle Autorität auf dem Gebiet des guten Tones, ihrem

Beispiel gefolgt war, legte sich der Sturm der Kritik, und die Abenteurerin von gestern wurde zu einer vortrefflichen kleinen Frau erklärt und von vielen Damen der Gesellschaft ebenso beneidet wie gelästert.

Keine zwei Wochen später folgte ein Besuch, der so überraschend und seltsam war, daß jede Einzelheit noch aus dieser weiten zeitlichen Distanz meinem Gedächtnis eingeprägt ist. Ich sehe den Kaiser noch heute vor mir, wie er wegen der Hitze des Ofens in Hemdsärmeln dasaß und von einer spanischen Zeitung aufblickte, als ich eintrat, um die Ankunft zweier englischer Besucher zu melden.

Ich erinnere mich seines ersten stirnrunzelnden Argwohns, der sehr rasch von aufleuchtender Hoffnung abgelöst wurde, als ich ihm versichert hatte, daß unsere Besucher niemand anderer seien als die berühmte Lady Holland und ihr Sekretär Dr. Allen. Er legte die Zeitung aus der Hand und sprang auf. »Lady Holland hier! Das könnte die Wende unseres Glückes sein. Sagen Sie ihr, sie möge ein paar Augenblicke warten, und kommen Sie zu mir zurück.«

Der Kaiser hatte beschlossen, die berühmte Dame in großer Gala zu empfangen. Während er sich ankleidete, redete er aufgeregt auf mich ein.

»Ich erinnere mich an Lady Holland. Sie besuchte mich während des Friedens in Malmaison. Sieht sie noch gut aus? Sie muß inzwischen fünfzig sein. Ist es möglich, daß man sich mit Lady Holland amüsiert? Nein? Sie ist eine prachtvolle Seele, das glaube ich gern. Sollte ich Lady Holland heiraten, würden die englischen Liberalen sich hinter mich stellen, und ich könnte Georg entthronen. Sie sagen, daß ihr Mann noch lebt, aber der ist ohne Zweifel alt wie die Gicht. Pah! Was macht es schon? Eine Frau, die den Atlantik überquert, um einem Mann die Aufwartung zu machen, ist im voraus sein!«

Ich sagte, ich dächte nicht, daß Lady Holland sich von einem Mann würde scheiden lassen, dem sie so lange verbunden gewesen war.

»Sie verstehen die Lady Holland nicht«, erwiderte er mit Wärme. »Sie ist eine große Seele. Wir werden einander verstehen. In der Neuen Welt sollte Polygamie geduldet sein. Hätte ich länger regiert, ich glaube, ich hätte den Papst überredet, auf den Antillen die Polygamie zu dulden. Lady Holland wird diesen Gesichtspunkt verstehen, sie wird meine Dolmetscherin sein, meine Verbündete, vielleicht sogar meine Frau, wer weiß?« Er reckte sich und fügte hinzu, während er den letzten Knopf seiner Uniform schloß: »Lady Holland wird ihrem Stern folgen. Sie wird ihren Namen als Gefährtin Napoleons in die Annalen der Geschichte einschreiben.«

Ich wandte ein, daß Lady Holland den Kaiser zwar als Staatsmann und Schlachtenlenker bewundere, es in Anbetracht ihres Alters aber unwahrscheinlich sei, daß sie sich verlieben werde. Die Engländerinnen seien immer kalt. »Sie werden sehen«, erwiderte der Kaiser mit erhobenem Finger. »Lady Holland wird die Ausnahme von der Regel sein.«

Damit wies er mich an, Lady Holland hereinzuführen, aber unter keinen Umständen den englischen Sekretär. »Gehen Sie mit Dr. Allen hinunter!« sagte er. »Fragen Sie ihn aus! Bringen Sie in Erfahrung, wie groß das Gesamtvermögen von Lord Holland ist, wieviel davon in Grundbesitz, wieviel in Häusern, wieviel in Wertpapieren und Anteilen, und versuchen Sie herauszubekommen, wieviel Lady Holland mitgebracht hat! Stellen Sie die gleichen Fragen im Hinblick auf Allens Besitz! Es ist nicht so, daß nur die englischen Lords reich wären. Fox war kein Lord, aber er konnte eine Menge Geld ausgeben. Vielleicht war es nicht sein eigenes. Das ist wahrscheinlich.« Er hielt sinnend inne;

dann, als ich hinausging, fügte er hinzu: »Vergessen Sie nicht, nachzuforschen, ob die beiden reiche Amerikaner kennen!«

Ich muß bekennen, daß es mir unmöglich war, diese Instruktionen im einzelnen auszuführen. Dr. Allen, der ein gebildeter Mann zu sein schien, sprach von den historischen Bauten aus der Frühzeit der Kolonie in Massachusetts und stellte in diesem Zusammenhang viele Fragen, die ich nicht beantworten konnte. Daher empfand ich es als eine Erleichterung, als Napoleon etwa eine Stunde später läutete. Als ich sein Arbeitszimmer betrat, machte Lady Holland gerade einen Hofknicks vor ihm. »Madame, wir werden gemeinsam die Welt erneuern«, sagte der Kaiser, als sie ihm die Hand küßte.

Überwältigt von Gemütsbewegung, kam die Lady zu ihrem Sekretär zurück und fuhr davon.

»Was haben Sie vom Sekretär erfahren?« fragte der Kaiser. Ich sagte, daß Dr. Allen ein gebildeter Mann sei, der in Spanien gereist sei und sich für Altertümer interessiere.

»Na, das ist besser als nichts. Wir werden Altertumskenner gebrauchen. Ich habe welche mit mir nach Ägypten genommen. Sie sollen mich auch nach Südamerika begleiten. Allen kann bei den prachtvollen Bauwerken der Azteken und Inkas bessere Beschäftigung finden als bei den moderigen Relikten auf seiner feuchten kleinen Insel. Ich kenne die Geschichte Englands. Sie ist nicht der Rede wert. Aber Südamerika! Ein ungeheurer Kontinent, noch unberührt vom Spaten der Archäologen, reich an den glänzenden Resten untergegangener Kulturen! Welch ein Arbeitsgebiet für den Gelehrten! Unsere Expedition wird Südamerika neues Leben einhauchen. Und sie wird noch etwas tun: sie wird Allen erneuern und verjüngen!« Er schüttelte sich vor Lachen. »Und passen Sie auf, es gibt noch eine

Verwendung für diesen Allen. Wir werden ihn zum Lord machen. Dann kann er eine von diesen reichen Damen aus Boston heiraten. Lord Allen, das hört sich sehr gut an. Sie sehen, *mon cher*«, sagte er, sich die Hände reibend, »überall öffnet das Glück neue Wege. Was macht es dem Universum aus, wenn Allen ein Lord ist? Es ist nur ein Name, doch wenn der uns die Mitgift seiner häßlichen amerikanischen Frau einbringt, dann ist es schon der Mühe wert, denke ich.

Was die Lady betrifft, so hat sie keine Ähnlichkeit mit der Walewska. Die beiden würden nicht miteinander harmonieren. Sorgen Sie dafür, daß diese Damen einander nicht begegnen! Lady Holland ist ein *esprit fort*. Sie denkt und argumentiert wie ein Mann. Ich nenne sie eine englische Madame de Stael, aber besser aussehend und nicht so unvernünftig. Ja, Lady Holland ist entschieden intelligenter als Madame de Stael. Aber, pah! Wie lächerlich sind intelligente Frauen.

Gleichwohl müssen wir auf Lady Holland Rücksicht nehmen. In Philadelphia, wo die Engländer nicht beliebt sind, wird sie suspekt sein; aber man kann nie wissen. Lady Holland ist eine *grande dame*. Wir werden sie einsetzen, um die reichen Quäker um einige ihrer Überflüssigkeiten zu erleichtern.«

Lady Hollands Ankunft war so hilfreich, wie das Erscheinen der Madame Walewska peinlich gewesen war. Denn es schien, als ob diese stolze und schöne englische Dame, so sehr sie die Nordamerikaner verabscheute, genauso begierig wäre wie der Kaiser selbst, für die Befreiung Südamerikas englisches Blut zu vergießen, und daß sie anläßlich seines Besuches in London sogar mit Miranda zusammengekommen war. Napoleon war hoch erfreut über die Entdeckung, daß die führenden Liberalen in England allesamt für die Selbständigkeit der spanischen Kolonien waren. Die nächsten beiden Wochen verbrachte er nahezu ausschließlich mit Überlegungen, welche Hilfe von den englischen Liberalen zur Förderung seiner großen Pläne mobilisiert werden könne. Eines Tages erschien er sogar mit den Bandschleifen, die das äußere Erkennungszeichen der Whigs waren, zum Frühstück. »Sehen Sie, daß ich ein Whig bin, Milady? Nicht einmal Fox könnte ein überzeugterer Whig sein als ich.« Ich hatte ihn nie fröhlicher gesehen als an diesem Tag. Er rechnete sich aus, daß es mit Hilfe der Lady Holland und der Liberalen möglich sein würde, alle ausgemusterten englischen Soldaten und Seeleute, die seit dem Friedensschluß noch keine neue Existenz gefunden hatten, zur Teilnahme an dem großen Abenteuer Südamerikas zu verlocken. In einem an einen prominenten Quäker aus Philadelphia gerichteten Brief sprach er von der Macht der Spanier in Südamerika als dem großen Hindernis, das einem gesamtamerikanischen Frieden im Weg stehe, aber zu Lady Holland sagte er, ohne zu scherzen: »Ihr Engländer seid ein Volk von Banditen. Sie dürfen die Tradition Ihres Landes nicht vergessen, Milady. Und betrachten Sie mich als einen Mann, der die Qualitäten eines Raleigh und eines Fox in sich vereinigt.«

Wie wir erfuhren, war die Lage in Südamerika zu jener Zeit äußerst kritisch. Die republikanische Revolte gegen die spanische Kolonialherrschaft, die während der vergangenen vier Jahre überall auf dem Kontinent aufgeflackert war, schien mit Ausnahme der La Plata-Provinz allenthalben niedergeschlagen. Die royalistischen Streitkräfte des tüchtigen spanischen Generals Morillo hatten den Aufstand in Venezuela und Neu-Granada unter ihren Stiefeln zertreten. Bolivar war auf der Flucht. Und eine blutdürstige Reaktion trieb ihre Gegner auf dem ganzen Kontinent zu Paaren.

Am Abend vor Lady Hollands Abreise nach Europa skizzierte Napoleon in meinem Beisein seine Pläne in groben Umrissen. Zuerst wollte er nach Washington reisen, um die Regierung zur Eroberung des spanischen Florida zu drängen. »Jackson ist ein schlechter General, aber fähig, die Armee in Florida zu kommandieren!« Darauf wollte er nach New Orleans weiterreisen, wo er bereits eine Verabredung mit Sucre und Bolivar getroffen hatte, den beiden großen Führern der südamerikanischen Freiheitsbewegung.

»In New Orleans«, bemerkte er, »werde ich mich zu Hause fühlen. Dort werde ich meine Landsleute um mich haben. Und von dort aus werde ich die Eroberung Südamerikas organisieren.«

»Sire«, erwiderte Las Casas, »das ist ein ungeheures Projekt, größer und schwieriger als die Eroberung Rußlands. Man sagte mir, das Gelbfieber sei in den Sümpfen und Urwäldern Venezuelas noch weitaus schlimmer als es in San Domingo war.«

»Sie verstehen den Krieg der Zukunft nicht. Wie zähmt man ein Land, reicher als alle Träume, aber bewohnt von einer dünnen Schicht halbverhungerter, abergläubischer und streitsüchtiger Kreolen? Sie meinen, ich verstünde die Natur der Kreolen nicht?« Er hielt inne und blickte von einem zum anderen, und wir erinnerten uns, daß die Kaiserin Josephine eine Kreolin war. »Ich sage ihnen, die Kreolen sind nicht wie Preußen. Man regiert sie nicht mit Strenge und Disziplin, sondern mit Gold und Verführung. Übrigens nimmt die Kriegskunst in dieser neuen Welt einen weiteren Aspekt an. Waffen allein genügen nicht. Länder werden durch Propaganda und Gold gewonnen, von Abenteurern und Architekten und Weisen. Byron wird Oden schreiben, die wir ins Spanische übersetzen und überall verbreiten werden, in Caracas, in Bogota, in Lima. In New Orleans werden wir ein großes Büro für Literatur errichten, das den Kontinent mit Gedrucktem überschwemmen wird. Die Quäker-Mission ist organisiert und wird uns dabei helfen. Lady Hollands verrückter Admiral hat geschworen, uns zu unterstützen. Ein junger französischer Offizier namens de Vigny wirbt unter meinen Kriegsveteranen eine Legion an. Die englischen Abenteurer, Liberalen, Briganten, Kriegsveteranen und Seeleute werden zu meinen Fahnen strömen. Das Zusammentreffen ist vorbereitet. Es wird auf Margarita stattfinden, einer kleinen Insel in der Karibischen See. Wir werden Morillo unsere Engländer entgegenwerfen. *Mon Dieu!* Aber täuschen wir uns nicht. Das Gelbfieber wird die Engländer nicht ungeschoren lassen, ebenso wie die Royalisten.«

Der Kaiser, der seine Schnupftabaksdose geleert hatte, ergriff ohne ein Wort der Entschuldigung die meinige, nahm eine Prise und steckte die Dose ein.

»Wir werden das Geld der Quäker nehmen, *bien entendu,* aber wir werden sie nicht betrügen, denn wir werden Südamerika einen dauerhaften Frieden bescheren.«

Die Geschichte von Napoleons Besuch bei Mr. Jefferson in dessen Landsitz Monticello ist wohlbekannt. Sie hat viele Maler inspiriert, die Szene der Begegnung mehr oder weniger phantasievoll auszuschmücken (alle Welt kennt Sullys von der amerikanischen Regierung für fünfzigtausend Dollar angekauftes Gemälde), und die Zahl der beschreibenden Essays ist wahrscheinlich nicht geringer. Nach diesem Besuch verstummten die Kritiker, die Napoleon als den Attila seines Zeitalters, den blutdürstigen Tyrannen und Feind der menschlichen Rasse hingestellt hatten. Den Bürgern des Landes genügte es, daß der berühmte und gefeierte Mr. Jefferson, Verfasser der Unabhängigkeitserklärung, ihn in seinem schönen Heim empfangen hatte, ihm die Bibliothek, den Garten, die Mühlen von Monticello gezeigt und ihn sechs Tage lang als einen geehrten Gast bei sich beherbergt hatte. In dieser Zeit diskutierte und beriet Napoleon viele Stunden lang mit dem ehrwürdigen und berühmten Freund der menschlichen Freiheit, sprach von weitreichenden Plänen zur Neugestaltung Europas, die bei Waterloo zunichte geworden waren, von seinen freundschaftlichen Beziehungen zu den englischen Liberalen und seinem Wunsch, Südamerika durch die gemeinsamen Anstrengungen der Fürsprecher der Freiheit in Großbritannien, Frankreich und den Vereinigten Staaten befreit zu sehen. Ich glaube, daß Mr. Jefferson, der zu dieser Zeit bestrebt war, das Verhältnis zu England im Interesse des beiderseitigen Handels zu verbessern, ursprünglich durch die Nachricht von Lady Hollands Besuch bewogen worden war, Napoleon entgegenzukommen, und daß unsere Einladung nach Monticello auf diesen Anlaß zurückzuführen war. Ob diese Deutung zutrifft oder nicht, es gibt keinen Zweifel daran, daß Mr. Jefferson von der faszinierenden Persönlichkeit seines Gastes beeindruckt war. In späteren Jahren sprach er oft mit Begeisterung über seine Gespräche mit Napoleon, den er einen Freund der Freiheit und der Gelehrsamkeit nannte, in welchem alle großzügigen und tugendhaften Neigungen der Angelsachsen einen Förderer und eine Stütze finden könnten.

Es ist größtenteils Mr. Jeffersons Einfluß auf die Regierung zuzuschreiben, daß Napoleon trotz energischer Vorstellungen der Botschafter Großbritanniens und Frankreichs die Erlaubnis erhielt, in New Orleans ein Zentrum politischer Aktivität einzurichten, dessen Wirken bald die Geschicke eines Kontinents bestimmen sollte. Niemals zuvor, ausgenommen vielleicht während der ersten Jahre des Konsulats, waren seine Energien so glücklich inspiriert. Freilich gab es Tage, da die Anstrengungen seiner rastlosen Tätigkeit sich durch Abgespanntheit und Müdigkeit bemerkbar machten; doch folgte solchem Absinken regelmäßig eine jähe Erholung der Nervenkraft, die ihn befähigte, an einem Tag zu leisten, was ein gewöhnlicher Sterblicher kaum in einer Woche zu bewältigen vermochte.

Wenn ich daran denke, was in diesen arbeitsreichen achtzehn Monaten bewerkstelligt wurde – die Aufstellung der Armeen Venezuelas und Neu-Granadas, die Anwerbung eines afrikanischen Freiwilligenkorps aus den Plantagen der Südstaaten, die Niederlage des spanischen Heeres unter Morillo vor den vereinigten Aufgeboten Bolivars und Sucres nach einem Schlachtplan, den der Kaiser in Port-au-Prince entwickelt hatte, die großangelegte Bestechung Perus, die großen Werkstätten republikanischer Propaganda, die in Bogota und Lima errichtet wurden – wenn ich alles das bedenke, bin ich immer wieder verblüfft, daß so vieles in so kurzer Zeit erreicht werden konnte. Es ist keine Übertreibung zu sagen, daß in diesen achtzehn Monaten die Fundamente der Südamerikanischen Republik gelegt wurden.

Ich sehe ihn noch vor mir, wie er unter seinem breiten Panamahut die Parade der schwarzen Truppen abnahm, die er auf seinen riesigen Plantagen angeworben hatte. Dies war möglich, nachdem ihn ein wahrer Sturzbach von Schenkungen plötzlich zum größten Sklavenhalter der Südstaaten gemacht hatte. Ich sehe ihn mit Madame Walewska in einer jener warmen, süßduftenden südlichen Nächte, wenn das Licht des Mondes und der Sterne den gelben Lampenschein zu überstrahlen scheint, den Kotilion anführen, er mit ernster, verschlossener Miene, sie strahlend und temperamentvoll. Ich sehe ihn in seinem Arbeitszimmer im Cabildo (das ihm von der Stadt zur Verfügung gestellt worden war) in seiner schnellen, sprunghaften Art drei Sekretären zugleich diktieren, oder Stecknadeln in Landkarten stecken, oder in den wenigen Stunden der Entspannung in seinem Arbeitszimmer auf und ab stapfen und uns temperamentvoll gestikulierend mit Anekdoten und Erinnerungen unterhalten. Ich erinnere mich des Tages, als er die Nachricht erhielt, daß der Papst (beeinflußt, wie es hieß, von einem polnischen Kardinal) seine Ehe mit Marie Louise für ungültig erklärt hatte. Alles das liegt weit zurück, aber ich erinnere mich daran, als sei es gestern gewesen, die düstere Schwermut des Kaisers, dessen geliebter Sohn nun für illegitim erklärt wurde, die triumphierende Freude seiner polnischen Geliebten, und die eifrigen Vorbereitungen, die überall in der Stadt für eine große Hochzeit getroffen wurden.

Wie wir alle wissen, nahm das Schicksal eine andere Wendung. Als der Kaiser am letzten Augusttag des Jahres 1817 zu seiner großen Expedition aufbrach, blieb Madame Walewska, die sich noch nicht von der Geburt ihres zweiten Sohnes erholt hatte, in New Orleans zurück. Die Seefahrt und die Beschwerlichkeiten der anschließenden langwierigen Reise auf dem Maultierrücken durch Sümpfe und Wälder und über die hohen Pässe der Anden waren nichts für eine zarte Frau. Daraus sollte man jedoch nicht folgern, daß Napoleon herzlos gewesen sei. Der Abschied bereitete ihm aufrichtigen Kummer, und erst nachdem er Lima erreicht hatte, die alte Hauptstadt des Eroberers Pizarro, und dort entdeckte, wie vornehm und unnahbar stolz die reiche spanische Kolonialaristokratie war, beschloß er, um die Hand der Tochter des Grafen Montemira anzuhalten, um in diesen Kreisen Aufnahme zu finden.

Diese auf politische Berechnung gegründete Verbindung sollte ihm indes wenig Glück bringen, denn die junge Frau war kalt wie Eis und steif wie Stärke, dazu von übertriebener Frömmigkeit, und ihr Vater, der Graf, war ein mumienhaft vertrockneter alter Mann, der an nichts anderes dachte als an seine Abstammung von Francisco de Toledo, dem spanischen Vizekönig von Peru. Die bedeutenden Schriftsteller Bancroft und Preston haben Schilderungen von Napoleons berühmtem Heerzug von Caracas nach Lima hinterlassen. Bei ihnen findet der Leser anschauliche Darstellungen des schier endlosen Zuges von Packmaultieren, Sänften, Fuhrwerken und Karren, der prächtigen afrikanischen Leibwache, der leichten Reiterei, der spanischen, amerikanischen, englischen und französischen Söldner (letztere in geringer Zahl), der ausgewählten Wissenschaftler und Architekten, des Korps französischer Kriegsveteranen, der dreihundert Deserteure von englischen Schiffen, der drei Theatergesellschaften, einer englischen, einer französischen und einer spanischen, der Musiker, der Druckpressen, die auf Fuhrwerken in das Land geschafft wurden, das von den Armeen Bolivars und Sucres bereits von spanischen Truppen gesäubert war. Einen solch bunten und gewaltigen Triumphzug hatte Südamerika noch nicht gesehen. Lange vor seiner Ankunft in Lima hatte Napoleon die Herzen der Südamerikaner gewonnen.

in Peru fand er dann jenen Geist der Ehrerbietung und sozialen Unterwerfung, dessen Fehlen ihn im Norden so schmerzlich berührt hatte; gleichwohl fühlte er sich unglücklich und von Unrast geplagt. Die Landschaft hatte etwas Riesenhaftes und Unirdisches, das ihn bedrückte. »Dies«, sagte er, »ist ein Land gewaltiger Berge und kleiner Geister. In einem Dorf der Provence gibt es mehr Leben als in der ganzen Provinz Peru.« So überraschend und eindrucksvoll sein Triumph gewesen war – denn wer hatte erwartet, daß ihm binnen so kurzer Zeit die Schaffung einer föderativen Republik von Südamerika gelingen würde? –, ihn vermochte er nicht zufriedenzustellen. Die Herrschaft über eine Kolonialgesellschaft aus wenigen auf ihre Privilegien bedachten Aristokraten und einer unwissenden, unter primitiven

Bedingungen lebenden Masse aus Mestizen und Indios schien ihm ein unwürdiger Abschluß einer großen Karriere.

In seiner Schilderung der Arbeit Napoleons in Südamerika zögert Bancroft nicht, die Leistungen des Korsen mit denen George Washingtons und Alexander Hamiltons zu vergleichen, dem Helden des Unabhängigkeitskrieges und dem Architekten der amerikanischen Verfassung. Aber ich habe gehört, daß der große und gute Mr. Jefferson im letzten Jahr seines Lebens der Enttäuschung vieler nachdenklicher Menschen über Napoleon Ausdruck verlieh. Die südamerikanische Föderation, sagte er, sei zwar dem Namen nach eine Republik, in Wahrheit aber wenig mehr als eine Tyrannei des Militärs, die sich von der spanischen Kolonialherrschaft nur durch ihre größere Härte unterscheide, und daß die Gouverneure der Provinzen, Bolivar, Sucre, San Martin und alle übrigen, keine Freunde der demokratischen Freiheiten seien, sondern von Prätorianergarden gestützte despotische Herren im Dienst der alten Oligarchien, die nur nach der Unabhängigkeit gestrebt hätten, um die Steuern an die spanische Krone einzusparen. Die Wahrheitsliebe zwingt mich zuzugeben, daß der ehrwürdige Staatsmann mit seinem gewohnten Scharfblick eine Wahrheit erkannt und ausgesprochen hat, die der Bevölkerung der Vereinigten Staaten lange entgangen war.

Tatsächlich brachte der Kaiser den edlen Institutionen unserer Verfassung niemals die ihnen gebührende Wertschätzung entgegen. »Die Clermont, dieses kleine Dampfschiff auf dem Hudson«, sagte er mir einmal, »ist mehr wert als all eure Jeffersons und Madisons. Mit Dampf werdet ihr Amerikaner die Welt revolutionieren und die Entfernungen bezwingen. Wer weiß, ob nicht eines Tages große amerikanische Armeen über den atlantischen Ozean befördert werden, um in die Geschicke Europas einzugreifen? Aber eure Verfassung! Es ist die schlimmste der Welt, das Erzeugnis von Ideologen, die in einem Utopia bukolischer Träume leben. Welches große Unternehmen kann wohl euer Präsident in nur vier Jahren Amtszeit ausführen?«

Ich erinnerte ihn daran, daß er Frankreich in weniger als vier Jahren neu organisiert hatte.

»Richtig!« versetzte er. »Aber ich ließ mich von Politikern nicht behindern. Alles in Frankreich, die Armee, die Außenpolitik, die Polizei, das Erziehungswesen, die Steuern, war in meiner Hand. Euer Präsident kann ohne den Senat keinen Vertrag schließen und ohne das Repräsentantenhaus keinen Dollar für seine Pläne aufbringen. In England mögen solche Institutionen Erfolg haben, denn England wird von einer erfahrenen Aristokratie regiert; aber in diesem Land, wo ein Mann so gut ist wie der andere, muß es eine überragende Gestalt geben, welche die Bewunderung des Volkes anregen und das Rad der Geschichte in Bewegung halten kann.«

Am Abend nach seiner Ankunft auf den Plantagen, die ihm von der schönen Gräfin de Morainville testamentarisch übereignet worden waren, kam er wieder auf das Schicksal Nordamerikas zurück und meinte, daß er nun zwar ein wohlhabender Grundbesitzer in Louisiana mit Sklaven und Zuckerrohrfeldern sei, nicht zu reden von einem feinen Weinkeller mit gutem alten Madeira, das Leben eines Pflanzers aber niemals ertragen würde. Wir saßen auf der überdachten Veranda und tranken Limonensaft aus Gläsern, in denen Eisstücke klimperten. Der breite lehmgelbe Strom zog hinter den Orangenhainen vorüber. Es war die köstliche Stunde vor dem raschen Hereinbrechen einer südlichen Nacht. Monsieur de Vigny, ein junger Offizier und Mann von Bildung, der vor kurzem mit General Foy aus Frankreich eingetroffen war, sprach mit poetischer Bezauberung von der Schönheit des mächtigen Stromes und dem Abendhimmel und von den Freuden, die ein in dieser ruhigen und sanften Umgebung verbrachtes Leben bieten müsse.

Napoleon machte sich nichts aus solch romantischen Betrachtungen. »Ah, unser junger Freund ist ein Poet. Aber nicht durch Poesie ernten die Amerikaner Zuckerrohr und Baumwolle, sondern durch die rohlederne Peitsche auf den Rücken ihrer Negersklaven. Jefferson ist ein Idealist, aber ich bemerkte, daß er weder in seinem Haus noch auf seinen Ländereien auf die Dienste dieser nützlichen Kreaturen verzichtet hat. Was mich betrifft, ich bin kein Idealist wie Jefferson, aber Reichtum interessiert mich nicht als Ziel. Welches ist der Wert des Besitzes? Die Bequemlichkeit und Sicherheit des kleinen Geistes. Aber Macht, Ruhm, die Gründung von Institutionen – das ist der Ehrgeiz einer Seele, die nach Höherem strebt. Sie werden aber sehen, daß aller Reichtum, zu dem ich in diesem Land gekommen bin, zu Gunsten großer Ziele verwendet werden wird.«

General Foy fragte, ob die weiten Räume Nordamerikas nicht große Aussichten für den ehrgeizigen Eroberer böten.

»Für den Reisenden, den Entdecker, den Goldsucher und alle anderen, die auf Reichtümer aus sind, ja. Nicht aber für den Staatsmann oder den Feldherrn. Amerika ist kein Staat, sondern eine Gesellschaft zur Ausbeutung von Naturschätzen. So wird dieser Kontinent zum Tummelplatz von Individualisten, denen Begriffe wie Staat und Nation im Grunde herzlich gleichgültig sind. Die Funktion des Staatsmannes ist es, mit Massen umzugehen, sie für seine Ziele zu begeistern. Ich sage ihnen, daß der Nordamerikaner Politik nicht versteht und kein Bedürfnis dafür hat. Er will reich werden, und er hat recht. Sein Schicksal ist die

Entwicklung der Ressourcen dieses Kontinents durch Landwirtschaft, Bergbau und Industrie, aber das ist kein Schicksal, das zu teilen ich wünsche.«

Die Welt hat niemals aufgehört, sich zu fragen, warum er auf dem Höhepunkt des Ruhmes und der Macht, als er im vizeköniglichen Palast zu Lima residierte und nicht nur unbestrittener Herr eines Kontinents war, sondern auch Urheber ungezählter Pläne und Gesetze zu seiner gesellschaftlichen, intellektuellen und wirtschaftlichen Förderung (gerade war die Residenz Pizarros um einen schönen neuen Stadtteil erweitert worden, der hauptsächlich der Unterbringung französischer Künstler, Gelehrter und Veteranen diente), den erstaunlichen Entschluß faßte, der zu seinem Ende führte. Hätte er sich wie Karl V. in ein Kloster zurückgezogen, es wäre seinen spanisch sprechenden Untertanen verständlicher gewesen als der Weg, den er einschlug. Über Dr. Springmanns Theorie, daß es ein Fall von Lebensüberdruß gewesen sei, kann ich hinweggehen. Noch stimme ich jenen französischen Historikern zu, welche die Schuld seiner hochgeborenen spanischen Gemahlin geben, denn um die Wahrheit zu sagen, hätte er sich unter den Kurtisanen und Abenteurerinnen, die sein Hof anlockte wie das Kerzenlicht die Motten, für die Fadheit seiner frommen Ehehälfte reichlich schadlos halten können, wenn ihn danach verlangt hätte. Meine Theorie ist, daß er nie aufgehört hatte, auf Vergeltung für die in Europa erlittene Niederlage zu sinnen, und daß, als ihn im Herbst 1818 die Nachricht von einem Aufstand indischer Völkerschaften gegen die Engländer und ein Hilfeersuchen der bedrängten Marathenführer gerade zu der Zeit erreichte, da er seine Erinnerungen an den ägyptischen Feldzug diktierte, seine Phantasie sofort entflammt war. Diese Flamme wuchs und wuchs, bis sie sich durch jedes Hindernis gebrannt hatte.

Einige Bemerkungen, die er eines Abends im Garten des Palastes machte, bestärkten mich in dieser Meinung. »Große Männer«, sagte er, »sprechen in Prophezeiungen. Kolumbus hatte recht: Der Weg nach Indien führt nach Westen.« Darauf nahm er mich beim Arm und fuhr fort: »Wissen Sie, daß Wellington seine ersten Feldzüge in Indien führte? Vielleicht ist es vom Schicksal bestimmt, daß ich enden soll, wo Wellington begann. Wer weiß? Ich sage Ihnen, Indien ist die Achillesferse der britischen Macht. Schon zittern die stolzen Insulaner um ihren Plunder. Die Inder haben sich gegen sie erhoben. Sie brauchen einen Feldherrn. Etwas flüstert mir zu, daß die Schlacht von Waterloo in den Ebenen von Bengalen vergolten werden soll.«

Inzwischen steht zweifelsfrei fest, daß die *Galvanino* in einem Taifun vor der Küste Javas mit Mann und Maus unterging. Von der Reise selbst ist nichts bekannt, und auch die Vorbereitungen blieben mir verborgen. Das geheime Vorhaben wurde so geschickt getarnt, daß nicht einmal ich, der Vertraute, Sekretär und Dolmetscher des Kaisers, den Anlaß von Admiral Blancos abendlichen Besuchen im Palast erfuhr. Ich weiß nur, daß am Morgen des 23. September festgestellt wurde, daß Napoleon an Bord der chilenischen Galeone *Galvanino* von Callao mit unbekanntem Ziel in See gestochen war, begleitet von fünfzehn seiner alten Waffengefährten und einer Mannschaft aus Deserteuren der englischen Kriegsmarine. Durch Dekret hatte er vor seiner Abreise verfügt, daß der Exkönig Joseph die Republik an seiner Statt regieren solle.

Der amerikanische Historiker Prescott nannte Napoleon wegen dessen Regierungsstil »einen südamerikanischen Karl den Großen«, doch sollte man diesen mehr rhetorisch wirksamen als historisch zutreffenden Vergleich nicht allzu sehr strapazieren. Es trifft zu, daß Napoleons reisende Aufsichtsbehörde (abgesehen von dem Umstand, daß sie überall von einer Dragonerabteilung und leichter Artillerie begleitet wurde) dem Vorbild der *Missi dominici,* den ›Königsboten‹ des fränkischen Reiches, nachempfunden war; aber die ›Freunde der Freiheit‹, eine straff organisierte Fraktion der südamerikanischen Anhänger des Kaisers, die als einzige Zivilisten Waffen tragen durften und allein privilegiert waren, an Wahlen teilzunehmen, erinnerten an die Anhänger der Adelsparteien im mittelalterlichen Italien; während andere Merkmale der südamerikanischen Verfassung, wie die Einteilung der besiedelten Bezirke in Departements und die Beschränkung der Sitzungsdauer der Legislative auf eine Periode von vierzehn Tagen, vom kaiserlichen Frankreich hergeleitet waren.

Jeffersons Einwand, daß solche Institutionen undemokratisch seien und zum Geist und der Absicht seiner Unabhängigkeitserklärung im Widerspruch stünden, war sicherlich gerechtfertigt, doch gab es in Südamerika andere Voraussetzungen. Zwar waren der Unabhängigkeit auch hier fünf erschöpfende Jahre des Bürgerkriegs vorausgegangen, entscheidend aber war, daß die Unabhängigkeitsbewegung nicht in der Bevölkerung verankert war, sondern von den Oligarchien der reichen Grundbesitzer getragen wurde, die kein Interesse an demokratischen Verhältnissen hatten.

Ich glaube, daß Napoleon die Südamerikaner insgesamt verachtete. Mit Ausnahme der Generäle Sucre und San Martin vertraute er keinem der Führer der Unabhängigkeitsbewegung. In Bolivar erkannte er die Flamme des Genies, die er jedoch allzu oft von dem übelriechenden Dunst animalischer Leidenschaft verdunkelt fand. »Eines Tages«, pflegte er zu sagen, »werde ich gezwungen sein, diese Kreatur hinzurichten. Andernfalls wird er mit seinen Greueltaten und Gelüsten die ganze Weit vor den Kopf stoßen.« Er war sich mit den herrschenden Oligarchien darin einig, daß Südamerika nicht reif für die Freiheit sei und im Chaos versinken würde, wenn nicht starke staatliche Institutionen für Ordnung sorgten. Dies war jedoch nicht die Sprache, die er in der Öffentlichkeit gebrauchte. Dort sprach er von ›unseren provisorischen Institutionen‹ und deutete an, daß Vorbereitungen für ein goldenes Zeitalter der Freiheit getroffen würden. Es widerstrebt mir zu glauben, daß der Kaiser in diesem Punkt unaufrichtig war, aber ich muß einräumen, daß Bancrofts und Prescotts gründliche Recherchen im Staatsarchiv von Lima keine Spur von diesen Vorbereitungen zutage gebracht haben.

Von den achtundzwanzig falschen Napoleons, die während der Amtszeit des Präsidenten Monroe in den Vereinigten Staaten auftraten, waren drei Frauen, die behaupteten, mit dem Kaiser die Seelen getauscht zu haben. Von diesen Frauen war Eilen Jane Mason aus Roxbury, Massachusetts, die erfolgreichste, denn trotz des Scheiterns ihrer kostspieligen Prozesse zur Erlangung der Plantagen in Louisiana hinterließ sie ein Vermögen von einhunderttausend Dollar, das sie durch diese Täuschung erworben hatte.

Wenn Byron König von Griechenland geworden wäre

Lord Byron, der sich 1815 von seiner Frau trennte, war durch den mit dieser Trennung verbundenen Skandal gezwungen, England zu verlassen. Er ging nach Belgien und schließlich in die Schweiz, wo er den Dichter Shelley traf. Danach lebte er eine Weile in Venedig und ging schließlich eine Verbindung mit der Gräfin Guiccioli ein, mit der er bei Shelley in Pisa und später in Genua lebte.

Im Jahre 1821 erhoben sich die Griechen in einem Aufstand gegen die türkische Herrschaft und waren anfangs sehr erfolgreich. Dann aber brachen unter ihnen innere Streitigkeiten aus, und Anfang 1823 hatten die Türken gute Aussichten, den Aufstand niederzuschlagen. Die Griechen erhielten viel Unterstützung von den Philhellenen in Europa und konnten sich insbesondere auf eine Anleihe stützen, die von Sympathisanten in England aufgelegt wurde. Lord Byron wurde gebeten, als Vertreter des englischen Komitees, das die Anleihe aufzubringen suchte, nach Griechenland zu reisen.

Er verließ Genua im Sommer 1823 und segelte zuerst nach Kephallonia, einer der ionischen Inseln, die damals unter britischer Verwaltung standen. Er blieb mehrere Wochen in Kephallonia, bevor er sich nach Missolunghi (Mesolongion) auf dem griechischen Festland übersetzen ließ. Er befand sich in Begleitung von Trelawny und Pietro Gamba, dem Bruder der Teresa Guiccioli. Das englische Griechenlandkomitee hatte ihm zu seiner Unterstützung einige Geschütze und Kanoniere unter dem Befehl eines trunksüchtigen Artilleristen namens Parry mitgegeben. Mit dieser Unterstützung plante Byron einen Angriff auf die türkische Fe-

stung von Lepanto. Bevor er diesen Plan ausführen konnte, erkrankte er jedoch an Malaria und starb im April 1824 in Missolunghi.

Auch Pietro Gamba starb einige Jahre später in griechischen Diensten. Die Griechen, die nach wechselvollen Kämpfen 1829 das Ringen so gut wie aufgegeben hatten, wurden durch die Seeschlacht von Navarino gerettet, und nach viel diplomatischem Tauziehen wurde Otto von Wittelsbach zum ersten König von Griechenland erwählt.

Die vorliegende Studie beschäftigt sich mit der Frage, was hätte geschehen können, wenn Byron nicht gestorben wäre, und wenn Pietro Gamba ihn dazu gebracht hätte, König von Griechenland zu werden. Der Hintergrund der Handlung ist im Unterschied zur Entwicklung dieser Skizze historisch korrekt. Allerdings scheint es in der Darstellung des Berichterstatters zu einiger Verwirrung zwischen Byrons erster und zweiter Reise nach Griechenland gekommen zu sein. Diese Ungenauigkeiten (z.B. sein Hinweis auf das ›Mädchen von Athen‹) wurden nicht berichtigt.

H. N.

Wenn Byron König von Griechenland geworden wäre

Die Gamba-Papiere*

von HAROLD NICOLSON

1

Der Verlag Durini Fratelli in Bologna war so freundlich, mir ein Vorausexemplar von den Memoiren Pietro Gambas, des Herzogs von Negroponte, zur Verfügung zu stellen. Diese Memoiren, die sieben große Bände füllen, werden im kommenden Herbst erscheinen. Die lange Verzögerung ihrer Veröffentlichung ist einer Folge merkwürdiger Umstände zuzuschreiben. Der Herzog selbst vermachte die Papiere vor seinem Tod im Jahre 1877 dem Bürgermeister von Ravenna mit der Maßgabe, daß sie zu Lebzeiten des Königs Euphorion, des Sohnes und Nachfolgers von Georg, Lord Byron, dem ersten König von Griechenland, nicht veröffentlicht werden sollten. Der Tod des über achtzigjährigen Königs Euphorion im November 1921 hob dieses Verbot auf, doch die Weigerung der Prinzessin Logotheti, dem einzigen überlebenden Mitglied des jüngeren Zweiges der Familie Gamba, die Dokumente zu veröffentlichen, so lange in Italien die faschistische Regierung an der Macht bliebe, verursachte weitere Verzögerung. Länger als zwei Jahrzehnte gelang es der be-

* Angeblich handelt es sich um eine Übersicht, die ein englischer Geistlicher von den Memoiren Pietro Gambas, des Herzogs von Negroponte, angefertigt hat.

tagten Prinzessin kraft eines Codizills im Testament ihres Großvaters von ihrem Verbannungsort auf den Liparischen Inseln die Rechtsgültigkeit dieses Vetos zu verteidigen. Die Prinzessin starb in Februar vergangenen Jahres, und die wichtigen Lebenserinnerungen des Herzogs von Negroponte sind jetzt, mehr als fünfzig Jahre nach seinem Tode, zur Veröffentlichung freigegeben.

Diese Memoiren werden sich nicht nur von unschätzbarem Wert für alle Studenten der neueren griechischen Geschichte erweisen, sondern sie werden auch auf die besondere Zustimmung all jener unter uns stoßen, die sich seit langem für die zwiespältige und etwas mitleiderregende Gestalt des ersten Königs von Griechenland interessieren. Die ersten Bände der Memoiren Gambas werfen tatsächlich ein ganz neues Licht auf den Zeitabschnitt vor 1831 – das heißt, die Periode, als König Georg noch Lord Byron war. Der Name Lord Byron ist Studenten der Literaturgeschichte natürlich wohlbekannt als ein bedeutender Dichter der englischen Romantik, der im ersten Viertel des neunzehnten Jahrhunderts in ganz Europa zu Ruhm gelangte. Einem weiteren Kreis ist er auch als der Held eines der besten epischen Gedichte aus den Altersjahren Goethes, nämlich ›Sieg von Lepanto‹ von 1826 bekannt. Aber es ist seltsam, daß vergleichsweise wenige Aufzeichnungen über König Georgs Leben vor seiner Thronbesteigung existieren, und daß seine zwei Biographen (M. Luriottis und Professor Andreades) die Zeit seiner Jugend und des frühen Mannesalters so oberflächlich abhandelten. Wir selbst neigen dazu, für selbstverständlich zu halten, daß der Gründer der Dynastie Veeron nicht viel mehr als ein liebenswürdiger, aber etwas nebulöser alter Herr war, der eine erstaunliche Ähnlichkeit mit König Louis Philippe von Frankreich hatte. So charakterisierte ihn mein eigener

Großvater, der König Georg einmal begegnete, als dieser inkognito die Pariser Weltausstellung von 1851 besuchte. Mein Großvater schilderte Seine Majestät als einen fettleibigen kleinen Mann, der mit seinem Holzbein die Stufen des Kristallpalastes herabstieg, sich dabei auf den berühmten Schirm stützte und in der anderen Hand ein riesiges rotes Taschentuch hielt. Es scheint jedoch, daß König Georg vor seinem unglücklichen Unfall bei Lepanto ein Mann von überzeugender und sogar stattlicher Erscheinung war; daß er häufig als ›le beau Lord Byron‹ bezeichnet wurde; und daß die liebenswürdige Gelassenheit, die seine späteren Jahre kennzeichnete, in der Zeit vor seiner Thronbesteigung keineswegs ein auffallender Wesenszug von ihm war.

Tatsächlich ist es merkwürdig, in den frühen Teilen der Memoiren des Herzogs von Negroponte Hinweise auf die Bewunderung, man möchte beinahe sagen, die Ehrfurcht zu finden, mit der er den Mann betrachtete, den er in späteren Jahren rücksichtslos dominierte und verlachte. Zu den wertvollsten und erkenntnisreichsten Teilen der Aufzeichnungen Gambas gehören jene, in denen er von seiner frühen Bekanntschaft mit Lord Byron berichtet und bemerkenswert freimütig die Stadien schildert, die diesen widerstrebenden aber gutmütigen Mann dazu brachten, das Werkzeug des ehrgeizigen Herzogs und der Königin Annabella zu werden. Die lange Regierungszeit König Georgs, die von 1831 bis 1854 dauerte, ist uns bereits vertraut, und die Gamba-Papiere fügen den bekannten Tatsachen wenig Neues hinzu. Der große Wert dieser Memoiren liegt vielmehr in dem Licht, das sie auf die Zeit zwischen den Jahren 1824 und 1830 werfen, und darum möchte ich mich auf diesen Zeitabschnitt konzentrieren.

2

Der Herzog von Negroponte (damals noch Graf Pietro Gamba) begegnete seinem künftigen Souverän zuerst während eines der nicht seltenen Besuche des letzteren in Italien. Im Sommer 1818 scheint Lord Byron mehrere Wochen in Ravenna zugebracht zu haben, wo er zu einem regelmäßigen Gast im Palazzo Guiccioli wurde. Dort hatte Pietros Schwester, eine gewisse Gräfin Guiccioli (besser bekannt unter ihrem ehelichen Namen Marquise de Boissy) einen interessanten politischen und literarischen Zirkel um sich versammelt. Während einer späteren Italienreise im Jahre 1823 besuchte Lord Byron abermals die Familie Gamba, und bei dieser Gelegenheit brachte er den zukünftigen Herzog von Negroponte dazu, ihn auf einer Reise nach Griechenland zu begleiten.

Nach kurzem Aufenthalt in Attika (der Lord Byron zu einigen bezaubernden und unvergessenen Versen unter dem Titel ›Das Mädchen von Athen‹ inspirierte) zogen die beiden Reisenden nach Westgriechenland weiter, und während er sich in Missolunghi aufhielt, zog Seine Lordschaft sich eine schwere Erkältung zu, die sich rasch zu Malaria entwickelte. Der örtliche griechische Arzt griff zu dem drastischen Mittel, seinen Patienten zur Ader zu lassen, worauf Lord Byron in ein tiefes Koma fiel, aus dem irrtümlich sein Tod gefolgert wurde. Inzwischen aber war aus Zante ein englischer Arzt, ein gewisser Dr. Muir, eingetroffen, und seine sachkundige Behandlung führte zur Genesung des adligen Patienten. Diese unglücklichen Umstände hielten ihn jedoch mehrere Wochen in Missolunghi fest, und so geschah es beinahe durch Zufall, daß er in den griechischen Unabhängigkeitskrieg im allgemeinen und in die berühmte, wie ich fürchte, aber etwas legendenhafte Belagerung und

Eroberung von Lepanto im besonderen verwickelt wurde.

Es ist irritierend, in den Memoiren Gambas den wahren Hergang dieser historischen Belagerung zu lesen. Wie der Herzog von Negroponte schreibt, war die aus Albanern bestehende Garnison der Festung im voraus von Lord Byron bestochen worden, und der berühmte nächtliche Sturm auf die Festung, der Goethe den Stoff zu den letzten, aber nicht weniger erinnernswerten Versen seines epischen Gedichtes lieferte, war tatsächlich überhaupt keine Erstürmung. Wir haben in diesem schönen deutschen Gedicht alle gelesen, wie Lord Byron unter Anrufung des Namens Leonidas, des unsterblichen spartanischen Helden und Verteidigers der Thermopylen, als erster die türkische Bastion erstürmte; und wie er, nachdem ihm von einer türkischen Kanonenkugel ein Bein abgeschossen wurde, seine Gefährten weiter zum Erstürmen der Wälle anfeuerte. Wir können gut verstehen, warum der Herzog von Negroponte vorschrieb, daß seine Memoiren erst nach dem Tod König Euphorions veröffentlicht werden sollten; seine verstorbene Majestät war bekannt dafür, die Erinnerung an seinen Vater mit einer beinahe romantischen Verehrung zu umgeben, und es wäre außerordentlich schmerzlich für ihn gewesen, den wahren Bericht über den zweiten Sieg bei Lepanto zu lesen und die wahren Umstände zu erfahren, unter denen sein Vater das Bein verloren hatte.

Wir sind solchen sentimentalen Rücksichten nicht unterworfen, und darum will ich die entsprechende Passage aus Gambas Aufzeichnungen im vollen Wortlaut und in eigener Übersetzung wiedergeben. Die Schilderung wurde im Juni 1824 niedergeschrieben und lautet folgendermaßen:

»Mit der albanischen Garnison der Festung war vereinbart worden, daß sie für die Summe von 20000

Piastern auf ein gegebenes Signal hin ihre türkischen Offiziere überwältigen und fesseln und die Tore der Festung öffnen würden. Der für den Handstreich vorgesehene Tag war der 15. Mai, und die Uhrzeit sollte der Augenblick sein, wenn der Mond über den Hügeln hinter Korinth erscheinen würde. Wir hatten etwa 500 Sulioten mitgebracht, die Milord unter dem Kommando von Djavellas wieder in seinen Dienst genommen hatte. Das Signal sollte durch den Abschuß einer Congreve-Rakete gegeben werden, die von Mr. Parry, dem sogenannten Artilleriesachverständigen, vorbereitet worden war. Ich hatte Lord Byron mehr als einmal vor diesem Trunkenbold gewarnt, aber Milord war gleichgültig gegen alle entsprechenden Warnungen und behandelte Parry mit unangemessener Vertraulichkeit und als eine Quelle beiläufiger Erheiterung (›per di lui passatempo‹.) Ich habe mir seither oft Selbstvorwürfe gemacht, daß ich der wohlwollenden Schwäche Lord Byrons in allen derartigen Angelegenheiten keine entschiedenere Opposition entgegengestellt habe. Aber er pflegte über meine Einwände zu lächeln und beschuldigte mich des ›entusiasmo‹. Am festgesetzten Tag ritten wir frühmorgens still von Missolunghi fort und hatten bei Dunkelwerden bereits in einem kleinen Tal ungefähr eine halbe Meile von der türkischen Festung Position bezogen. Milord war ungeduldig und nervös und bestand darauf, vom Pferd zu steigen und den steinigen Höhenzug zu ersteigen, von dem sich ein freier Blick auf die Festung und den Golf jenseits davon bot. Als der Mond im Begriff war, über den Höhenzügen östlich von Lepanto zu erscheinen, eilte Milord sehr unbesonnen zu uns herab, die unter ihm im Tal waren, und rief: ›Jetzt, Parry – fate fuco! Feuer frei!‹ Mr. Parry stand wie gewöhnlich unter dem Einfluß starker Spirituosen. Er war unfähig, den Zunder zu finden, und Milord hatte sich bereits zu unserer Gruppe gesellt, kaute auf den Nägeln, wie er es gewöhnlich tat, wenn er nervös war, und schalt Parry. In diesem Augenblick, während ich links neben Milord stand, kam es zur Explosion. Die nächsten Augenblicke beobachtete ich nur die Rakete, die nach kurzem Aufstieg schnell in der Luft rotierte, in Flammen aufging und rauchend ins benachbarte Gebüsch fiel. Im Aufflammen des Lichtes sah ich, daß Milord seitwärts gefallen war und beugte mich über ihn. Er blutete und war bewußtlos. Sogleich sah ich, daß sein linkes Bein unter dem Knie schrecklich verbrannt und zerfleischt war. Ich rief nach Wasser, und Milord kam zu sich. Er erholte sich hinreichend, um Parry zu befehlen, daß er eine zweite Rakete abschießen solle. Parry, den der Unfall ernüchtert hatte, war diesmal erfolgreicher, und das Signal wurde gegeben. Eine gute halbe Stunde später kam ein Meldereiter und berichtete uns, die Festung habe sich ergeben. Wir trugen Milord hinauf und zu einer der oberen Bastionen. Dr. Bruno, der uns begleitet hatte, bestand auf sofortiger Amputation. Das Bein wurde unter dem Knie abgenommen, während Milord weinte und von seiner Schwester, seiner Tochter und von Lady Byron sprach. Sechs Tage später konnten wir ihn an Bord einer britischen Fregatte zum Krankenhaus nach Zante transportieren.«

Diese Passage, die Authentizität erkennen läßt, erledigt für immer die Legende von der türkischen Kanonenkugel. Die ›Heldentat‹ von Goethes berühmtem Gedicht reduziert sich selbst zu den Proportionen unbeholfenen Hantierens eines betrunkenen Artillerieoffiziers. Die blutige Dramatik des Vorfalles wird weiter relativiert durch eine merkwürdige Eintragung, die

Graf Gamba einige Monate später in sein Tagebuch machte und aus der hervorgeht, daß Lord Byron tatsächlich von Geburt an unter einem verkrüppelten linken Fuß gelitten habe, der seinem Gang ein lahmendes Hinken aufzwang, und daß die glorreiche und heroische Entfernung sich schließlich doch noch als ein Segen erwies. Im September war Graf Gamba nach Zante hinübergefahren und hatte den Rekonvaleszenten in Dr. Muirs Villa am Rande der kleinen Hafenstadt besucht.

»Er machte mir gegenüber keinen Hehl daraus«, schreibt der spätere Herzog von Negroponte, »daß er nun, da die körperlichen Schmerzen der Wunde weniger akut seien, froh über diesen Unfall sei. ›Wenn dies früher geschehen wäre‹, sagte er, ›wäre mein Leben anders verlaufen. Dieses Bein gereicht mir nicht mehr zur Schande, sondern zum Ruhm.‹ Er lächelte und ergriff meine Hand in einer kindischen Art (›con un gesto infantile‹), bevor er hinzufügte: ›Denken Sie immer daran, Pietro, daß ich mein Bein in der Schlacht von Lepanto verlor.‹ Ich habe oft gedacht, daß dieser Unfall Lord Byrons Charakter stark beeinflußte; er wurde danach ausgeglichener und sanfter, und die alten krampfartigen Anfälle von Jähzorn und hochfahrendem Stolz hörten allmählich auf. Sein cholerisches Temperament schlief danach ein. Aber auch das Feuer seiner Energie verließ ihn.«

Diese Passage lädt ein zu interessanten Überlegungen. War die ausgeprägte Sanftmut, die etwas rückgratlose Schwäche von König Georgs Charakter direkt dem Schock zuzuschreiben, der ihn mit dem Verlust seines Beines von Lepanto getroffen hatte? In einer späteren Passage spricht Gamba von »diesem Ansporn körperlicher Scham über seine Verunstaltung, die seine von Haus aus zur Trägheit neigende Natur ehrgeizig machte und zu Ausbrüchen von Energie anstachelte«. Diese Deutung ist sicherlich übertrieben und scheint überdies nicht ganz schlüssig, aber sie besagt im Grunde nur, daß Lord Byrons frühere körperliche Behinderung als ein Stimulans auf ihn gewirkt hatte, während die ruhmreiche Verwundung vor Lepanto als ein Beruhigungsmittel wirkte. Es ist jedenfalls sicher, daß König Georg in seinem späteren Leben dazu neigte, allzu zuversichtlich auf den Lorbeeren von Lepanto auszuruhen, und daß er, wenn er die Wachparade abnahm oder in der Universität den Gedenkfeuern zur Unabhängigkeit präsidierte, vielleicht allzu oft darauf Bezug nahm, was er »meine ehrenvolle Verstümmelung von 1824« nannte.

3

Die Gespräche, die er in Zante mit dem genesenden Lord Byron führte, beschließen den ersten Band von Graf Gambas Memoiren. Der feurige junge Italiener trat nach Lord Byrons Rückkehr nach England in den Dienst der griechischen Revolutionsregierung, und die nächsten zwei Bände behandeln die Feinheiten der griechischen Politik während der Jahre 1825 bis 1827. Es gibt endlose Hinweise auf Miaoulis und Colocotrones, auf die Besetzung Moreas durch ägyptische Truppen, auf Kapitän Hastings und sein Paddelboot, auf die Hilfe des Flottillenadmirals Rovan Hamilton und auf die Belagerung und den Fall von Missolunghi. Pietro Gamba diente während dieser wirren Jahre in Nauplia, und immer wieder geht aus seinen Bemerkungen hervor, daß er sich danach sehnte, die Sache aufzugeben und Griechenland den Rücken zu kehren. Er druckt einen ziemlich zynischen Brief ab, den er im Dezember 1826 von Lord Byron erhielt, der damals in der Gesellschaft der berüchtigten Mrs. Meldrum in Bognor lebte. Seine Lordschaft spricht von Gambas ›entusiasmo‹, von dem Riesengewinn, den Cochrane aus dem griechischen Freiheitskampf gezogen habe, von den hohen Provisionen, die alle Mitglieder des Griechenlandkomitees von der zweiten griechischen Anleihe eingesteckt hätten, Sir John Hobhouse nicht ausgenommen, von der Tatsache, daß der griechische Unabhängigkeitskrieg mit einer vollständigen Niederlage geendet habe, was zu diesem Zeitpunkt tatsächlich der Fall war. »Per lei«, schreibt er – denn Lord Byrons Italienisch, obschon fließend, war fehlerhaft – »per lei persista il romanticismo di 1821. Ma per me non rimane niente se non questa gamba di legno e gli scherzi di Loukas.« (»Sie bewahren noch Ihre Romantik von 1821. Aber mir ist nichts geblieben als dieses Holzbein und die Witzeleien von Loukas.«) Denn Loukas war ein griechischer Flüchtling, den Lord Byron als seinen Leibdiener nach England mitgenommen hatte.

Über Lord Byrons Leben in England zwischen den Jahren 1825 und 1830 ist wenig bekannt. Häufig wird festgestellt, daß das Einvernehmen zwischen ihm und seiner Frau zwischen 1816 und 1832 nicht eben das beste war, und es ist sogar behauptet worden (unter anderem von Lady Airlie), daß nach dem ersten Ehejahr ein Scheidungsvertrag ausgefertigt wurde. Auch spielte Lord Byron keine Rolle in der hauptstädtischen Gesellschaft; mit seinen Freunden Sir John Hobhouse und dem ehrenwerten D. Kinnaird war er wegen der Provisionen, die sie für die Ausgabe der zweiten Griechenlandanleihe genommen hatten, heillos zerstritten; und nach den zwei aufrührerischen Reden, die er im Oberhaus anläßlich der Ludditenunruhen gehalten hatte und die als umstürzlerisch empfunden wurden, waren praktisch alle Brücken zur Londoner Gesellschaft und den Regierungsstellen abgebrochen. Seine Beliebtheit als Dichter hatte sich vollständig verflüchtigt; er verbrachte seine Tage mit der Übersetzung und Bearbeitung des Alten Testaments aus dem ursprünglichen Hebräischen. An den Abenden scheint er häufig mit Mrs. Meldrum Cribbage gespielt zu haben; und nach außen hin erschien er nur als ein pensionierter Schiffskapitän, der in einer Seemannsjacke die Uferpromenade von Bognor entlangstapfte und die kleinen Segelboote durch einen seltsam geformten Feldstecher beobachtete. Die Einheimischen nannten ihn in unfeiner Anspielung auf seine Holzprothese »Lord Hinkebein«. Sie konnten sich kaum vorstellen, daß dieser gedrungene und bereits angejahrte Adlige innerhalb von wenigen Jahren einen europäischen Thron besteigen würde.

4

Nach der Schlacht von Navarino im Oktober 1827 kehrte Graf Pietro Gamba (der spätere Herzog von Negroponte) nach Italien zurück. Wegen seiner damals liberalen Ansichten gestatteten ihm die Behörden nicht, in Ravenna zu bleiben oder sich in der Toskana niederzulassen. Er ging nach Nizza im liberaleren Königreich Piemont. In Nizza machte er die Bekanntschaft einer vornehmen Engländerin, die etwas älter als er war und die er später heiratete. Diese Dame, deren Name abwechselnd als Mrs. Jane und Mrs. Claire Clairmont angegeben wird, behauptete eine Verwandte von Sir Percy Shelley zu sein, dem Begründer der Abstinenzlerbewegung in England. Die Ehe scheint jedenfalls nicht glücklich gewesen zu sein, und 1830 verließ Graf Pietro Gamba seine Frau und zwei Kinder und kehrte nach Griechenland zurück.

Dort fand er, daß dieses unglückliche Land seit seiner Abreise drei Jahre zuvor drei einander bekämpfenden Fraktionen in die Hände gefallen war. In Morea gab es die französische Fraktion, die unter dem Schutz der französischen Truppen, welche zum damaligen Zeitpunkt die Halbinsel besetzt hatten, ein Feudalsystem aufrechterhalten wollten. Dann gab es die russische Fraktion in Rumelien, die ein vage theokratisches System unter dem persönlichen Schutz des Zaren einzuführen hoffte. Und es gab die englische Fraktion, die nicht nur von den sogenannten ›konstitutionellen‹ Politikern wie Mavrocordato repräsentiert wurde, sondern auch von den Inselgriechen unter der Führung von Admiral Miaulis. Dieser Fraktion schwebte die Schaffung eines unabhängigen und fortschrittlichen Staates unter dem Schutz der britischen Flotte vor, gesegnet mit monarchischen und repräsentativen Institutionen nach dem englischen Modell. Zum Zeitpunkt von Graf Gambas Ankunft im Januar 1830 hatte diese britische Fraktion stark an Prestige verloren. Der Herzog von Wellington hatte mit der philhellenischen Politik seines Vorgängers Canning gebrochen und die Schlacht von Navareno sogar als ein ›unglückliches Ereignis‹ bezeichnet. Die französischen Truppen unter dem Befehl des tüchtigen Generals Maison waren hingegen fest im Besitz des vom Krieg verwüsteten Morea. Und die Russen, die gerade zu diesem Zeitpunkt damit beschäftigt waren, in die Donaufürstentümer der Türken einzudringen, hatten die Versammlung der griechischen Notabeln in Damala gezwungen, den Grafen Capo d'Istria zu ihrem Präsidenten zu wählen, einem ehemaligen Minister des Zaren und treu ergebenen Vollstrecker der Politik von St. Petersburg.

Pietro Gamba warf sich mit feinem Gespür für die realen Machtverhältnisse in die Arme der ›englischen‹ Fraktion, und trotz der Diskretion der veröffentlichten Teile seines Tagebuches ist klar ersichtlich, daß es durch seine Anstrengungen gelang, nach dem Rückzug der französischen Truppen 1830 eine Allianz zwischen dieser Fraktion, die sich die ›Konstitutionalisten‹ nannten, und den Fürsten von Morea unter dem alten Petro Bey Mavromichaelis zu bilden. So war es Gamba, der mit Petro Bey den ›Pakt von Maina‹ unterzeichnete, und als bevollmächtigter Vertreter Mavrocordatos segelte er wenig später in geheimer Mission nach England zu Lord Byron.

Im Februar 1831 traf er in Bognor ein und schickte eine Benachrichtigung zum Beach House, wo Lord Byron damals residierte. Er hatte Seine Lordschaft seit dem Gespräch in Zante im September 1824 nicht gesehen, und aus den Eintragungen in seinem Tagebuch geht klar hervor, daß er über die Veränderung in Charakter und äußerer Erscheinung seines Helden zutiefst betrübt war. Lord Byron war zu dieser Zeit erst dreiundvierzig Jahre alt, aber die sitzende Lebensweise, die er geführt hatte, und die Neigung zur Korpulenz, die er von seiner Mutter geerbt zu haben scheint, hatten ihn vorzeitig altern lassen. Gamba schreibt von seiner ›pinguedine affligente‹, seiner unseligen ›Fettleibigkeit‹. Er spricht auch von Lord Byrons ›zucca spelata coi pizzi grigi e tarlati‹ – seinem ›kahlen Scheitel mit dem grauen und mottenzerfressenen Schnurrbart‹, und er bezieht sich bereits auf jenen unglückseligen Regenschirm, der die athenischen Pamphletisten und Karikaturisten späterhin mit so reichem Material versehen sollte und König Georg den Spitznamen ›König Regenschirm‹ eintragen sollte. So enttäuschend die äußere Erscheinung dessen war, den Gamba als die schönste Blüte der Romantik betrachtet hatte, die Veränderung in Lord Byrons Charakter war noch offensichtlicher. Graf Gambas Tagebuch macht deutlich (die Eintragung betrifft den 26. Februar 1831), daß Lord

Byron am ersten Abend ihres Zusammentreffens seine geringe Sympathie für die Sache der griechischen Emanzipation, geschweige denn für die Errichtung einer verfassungsmäßigen Regierung in Griechenland vor seinem jungen Freund nicht zu verbergen suchte. Seine Lordschaft saß im Wintergarten von Beach House, stieß ungeduldig mit seinem Stock auf den Boden, wenn ihm ein Wort oder eine Redewendung nicht einfiel (denn er hatte viel von seinem Italienisch vergessen und bestand doch darauf, es zu sprechen) und sprach nur in Begriffen von ›Legitimität‹, ›Ordnung‹, dem ›Status quo‹, und der ›Integrität des ottomanischen Reiches‹.

»Was die Griechen wollen«, erklärte er, »ist eine starke Hand, die sie regiert, und ich bin keineswegs sicher, daß der Türke mit seiner Kenntnis der Verhältnisse dafür nicht am besten geeignet ist.« Gamba schließt diese Eintragung mit der Bemerkung, daß Lord Byron ihm beim Verlassen des Hauses gesagt habe: »Ich vertraue darauf, daß ich das Vergnügen haben werde, Sie noch einmal zu sehen, bevor Sie England verlassen.« Gamba war im Zweifel, ob er nach solch einem Abschied noch einmal wagen konnte, im Beach House vorstellig zu werden.

Seine Ungewißheit wurde von Lord Byron selbst gelindert, der wahrscheinlich erkannt hatte, daß er es seinem einstigen Gefährten gegenüber an Höflichkeit hatte fehlen lassen. Früh am nächsten Morgen stapfte er zu Gambas Hotel. Bei der zweiten Zusammenkunft scheint Seine Lordschaft in einer aufgeschlosseneren Stimmung gewesen zu sein. Er erkundigte sich höflich nach Madame de Boissy, Gambas Schwester, die er in Ravenna gekannt hatte. Er war interessiert, von Gambas unglücklicher Ehe zu hören und stellte fest, daß er die Dame selbst kennengelernt hatte, als er mit Sir Percy und Lady Shelley in Genf gewesen sei. Er bat ihn, Mavrocordato seine freundlichen Grüße auszurichten. Er erkundigte sich nach Einzelheiten der zweiten Belagerung von Missolunghi und schien bekümmert, von der Zerstörung des Hauses zu hören, in dem er während seiner Krankheit gewohnt hatte. Er vernahm mit Interesse, daß sein früherer Diener Loukas, den er vor zwei Jahren wegen der Maßlosigkeit seiner Sprache hatte entlassen müssen, jetzt ein Mitglied in der Ratsversammlung der Notablen war. Und er ließ sich des langen und breiten (›sproporzionatamente dettagliatamente‹) über seine Studien des Hebräischen und die Übersetzung von Ekklesiastes aus, mit der er gerade beschäftigt war. »Und wer«, fragte er plötzlich, »soll König von Griechenland werden?« – »Die Entscheidung«, erwiderte Gamba, »liegt allein bei Eurer Lordschaft.« Das Tagebuch hält fest, daß Lord Byron über diese Antwort sehr verwirrt war, sein Gesicht abwandte und hinter einem großen roten Taschentuch verbarg. Dann stand er auf, um zu gehen. Gamba sagte ihm, daß er Bognor am Nachmittag verlassen und nach London reisen wolle, wo er in Reddish's Hotel absteigen würde. Lord Byron zögerte ein paar Augenblicke, dann schrieb er eine Adresse auf das Notizpapier des Hotels. Es war eine Anschrift in Hastings. »Ich möchte Sie bitten«, sagte er in offensichtlicher Verlegenheit, »Lady Byron zu besuchen, bevor Sie England verlassen. Hier ist ihre Adresse.« Und damit tappte Lord Byron die Stufen des Hotels hinunter, und Gamba sah ihn langsam davonhinken.

5

Bei der Wiedergabe dieses merkwürdigen Gesprächs habe ich sorgfältig darauf geachtet, mich an den Buchstaben von Gambas Darstellung zu halten. Sie widerspricht vollkommen der Behauptung von Historikern wie dem jüngeren Tricoupis (die bedauerlicherweise von einem so unvoreingenommenen Gelehrten wie Mr. Alison Phillips gestützt wurde), daß König Georg schon seit 1825 in enger Verbindung mit Mavrocordato gestanden und mit ihm sogar gegen Capo d'Istria intrigiert habe. Ich denke, nach Graf Gambas Bericht ist es klar, daß Lord Byron im Februar 1831 längst aufgehört hatte, sich für griechische Politik zu interessieren, und ich frage mich, ob er die Trägheit seines Temperaments und seine zunehmende Schüchternheit jemals überwunden hätte, wäre nicht die Grausamkeit gewesen, mit der er von Mrs. Meldrum behandelt wurde, und wäre nicht die gleichzeitige Verbesserung seiner Beziehungen zu Lady Byron gewesen, die größtenteils der taktvollen Vermittlung Lord Broughams zu verdanken war. Meine Ansicht wird bestätigt durch eine Auskunft des verstorbenen Sir Gerald Hodgson, Enkel des Reverend Francis Hodgson, eines der wenigen Freunde aus Lord Byrons Jugendzeit, die während seines Aufenthalts in Bognor freundschaftliche Beziehungen mit ihm unterhielten. Mr. Francis Hodgson hinterließ autobiographische Aufzeichnungen, die mir von seinem Enkel gezeigt wurden. Darin spricht er von Mrs. Meldrum als einer »rohen, gemeinen und habgierigen alten Vettel, die einen so beherrschenden Einfluß auf meinen armen Freund Byron erlangte, daß sie ihn in erniedrigendem Zustand von Untertänigkeit und materieller Not hielt«. Mrs. Meldrum bestand angeblich sogar darauf, daß die Bediensteten im Beach House sie als ›Milady‹ anredeten, und daß sie im selben Jahr 1831 ihre Schwester und ihren Schwager (einen ehemaligen Kneipenwirt namens Jenkins) aufnahm, damit sie mit ihr die Bequemlichkeiten von Lord Byrons Herrenhaus teilen konnten. In den beiden Biographien gibt es so zahlreiche Hinweise auf König Georgs ›verschüchterten, aber zornigen Blick‹ –

dieses gebeugten, kahlen Kopfes und der unter den Brauen aufblickenden zornigen Augen –, daß die Überlegung gerechtfertigt scheint, ob dieser so charakteristische Ausdruck nicht, wie einige vermuten, auf die beherrschende Disziplin zurückzuführen war, die in späteren Jahren von Königin Annabella dem Hof auferlegt wurde, sondern zutreffender auf die Periode der Demütigungen und Erniedrigungen von seiten der Familie Jenkins und Mrs. Meldrum zurückgeführt werden kann. Es ist keineswegs eine weit hergeholte Annahme, daß Lord Byrons Rückkehr nach Griechenland im September 1831 nicht so sehr einem bestimmten monarchischen Ehrgeiz entsprang, als vielmehr dem Wunsch, der rücksichtslosen Ausbeutung zu entkommen, der er im Beach House unterworfen war.

Die Passagen in Gambas Aufzeichnungen, die seinen Besuch in London behandeln, sind aufschlußreich. Er besuchte Sir Charles Hobhouse, der ihm allerdings nicht erlaubte, Lord Byrons Namen auch nur zu erwähnen. Er besuchte eine Schwester Lord Byrons, die ehrenwerte Mrs. Leigh, die kein Interesse an den Angelegenheiten ihres Bruders zeigte, sich aber in einer exzentrischen Art und Weise bemühte, von Gamba eine Summe von fünfzig Guineen zu borgen. Er besuchte das Griechenlandkomitee und insbesondere Sir John Bowring, der sich große Mühe gab, zu erklären, warum sie angesichts der unübersichtlichen inneren Angelegenheiten Griechenlands gezwungen gewesen waren, die dritte Griechenlandanleihe zu einem so hohen Zinssatz aufzunehmen. Und schließlich reiste er nach Hastings, um mit Lady Byron zu sprechen. Der spätere Herzog von Negroponte scheint von Anfang an erkannt zu haben, daß Lady Byron, die künftige Königin Annabella, einen stärkeren Charakter als ihr Mann besaß, und als er an ihre Verpflichtung sowohl gegenüber Lord Byron als auch zur Unterstützung der

Sache Griechenlands appellierte, schlug er die einzige Saite an, für die dieses verengte und verhärtete Herz empfänglich war. Er sagte nichts über den Thron Griechenlands, und seine Aufzeichnungen lassen nicht erkennen, daß er die Zustände in Beach House erwähnte oder daß er auch nur von ihnen wußte. Er erklärte lediglich, daß Lord Byron ihn gebeten habe, sie zu besuchen; daß die Fortschrittspartei in Griechenland Lord Byrons Anwesenheit und Rat wünsche; und daß er denke, es sei die Pflicht seiner Lordschaft, dieser Bitte nachzukommen, und die Pflicht seiner Gemahlin, ihn in dieser Entscheidung zu bestärken.

Gamba berichtet, daß Lady Byron erregt in ihrem kleinen Saloon in Hastings auf und ab gegangen sei und ein Spitzentaschentuch in den Händen gedrückt und zusammengedreht habe. Dann wandte sie sich plötzlich ›mit einer mehr präzisen als impulsiven Gebärde‹ Gamba zu und versprach ihm ihre rückhaltlose Unterstützung. Sie versprach ihm, daß sie ihrem Mann schreiben und ein Gespräch mit ihm in London vereinbaren würde. Graf Gamba möge Lord Byron mitteilen, daß er Ende März mit seiner Frau und Tochter in der Great Stanhope Street zusammentreffen möge. »Ich muß an das Glück meiner lieben Tochter denken«, bekräftigte Lady Byron. Aber ihr Benehmen, vermerkt Gamba, war nervös ›und wie benommen‹.

Wahrscheinlich bedingt durch seine Schwierigkeiten mit Mrs. Meldrum, antwortete Lord Byron nicht auf die Einladung zum Zusammentreffen mit seiner Familie. Er scheint Lady Byron jedoch in Brighton getroffen und am selben Abend an Gamba geschrieben zu haben, daß er bereit sei, ›einen dreiwöchigen Besuch‹ in Griechenland zu machen.

»Ich werde als einfacher Reisender gehen«, schrieb er, »ohne Absichten und ohne weitere Aussichten als die, ein Land aufzusuchen, wo ich viele Monate meiner Jugend verbrachte und dessen Geschicken ich nicht gleichgültig gegenüberstehen kann. Es ist aber notwendig, daß strikteste Geheimhaltung gewahrt bleibt, und daß der Konstitutionellen Partei kein Anlaß zu der Vermutung gegeben wird, mein Besuch sei mehr als eine private Erholungsreise, oder daß mein Vermögen und meine Person ihr in irgendeiner Weise zur Verfügung stünden. Ich habe gewisse häusliche Angelegenheiten zu regeln, bevor ich die Reise antreten kann, und sollte nicht imstande sein, vor dem Monat Juli England zu verlassen. In diesem Monat aber könnte ich Sie im französischen Hafen Marseille treffen. Ich habe keinerlei Verlangen, Italien einen neuerlichen Besuch abzustatten.«

Zwei Wochen später schrieb Lord Byron wieder an Gamba, bereute sein Versprechen und behauptete, seine Gesundheit sei nicht robust genug, um den Schwierigkeiten und Entbehrungen solch einer Reise zu widerstehen. Gamba, der sich zu der Zeit in Baden Baden aufhielt, leitete diesen Brief an Lady Byron weiter.

»Es wäre unklug«, antwortete sie ihm, »den Versuch zu machen, Lord B. in seiner Unentschlossenheit durch beharrliches Überreden umzustimmen. Ich werde mich lieber innerhalb der Grenzen meiner Möglichkeiten bemühen, ihn durch gewichtige Argumente zu gewinnen, nicht so sehr im Bereich der Vernunft (gegen die er, wie ich aus langer Erfahrung weiß, unempfindlich ist), sondern in jenem der höheren Gefühle, die ich ihm (obwohl meine Hypothese allzu häufig umgestürzt worden ist) zugute halten muß.«

So kam es, daß Lord Byron in der ersten Augustwoche 1830 heimlich aus dem Beach House entkam und nach Fréjus reiste, wo Gamba ihn mit einer privaten Fregatte erwartete. Am 19. August segelten sie von Fréjus ab.

6

Man kann sich des Eindrucks nicht erwehren, daß das Tagebuch und die sonstigen Aufzeichnungen des Herzogs von Negroponte in diesem Stadium ein wenig naiv werden. Sie langten am 8. September in Nauplia an. Am folgenden Tag, bevor sie die Quarantäne passiert oder von Bord der Fregatte gegangen waren, wurde Capo d'Istria beim Betreten der Kirche San Spiridion ermordet. Der Herzog von Negroponte kommentiert ausführlich die erschreckende Koinzidenz. Wir mögen unsere eigenen Schlußfolgerungen ziehen. Eines allein ist sicher, nämlich, daß König Georg (oder Lord Byron, wie wir ihn noch nennen müssen) in völliger Unkenntnis dessen war, was man geplant hatte.

Es gibt eine Passage im Tagebuch des Herzogs, die diesen englischen Edelmann für alle, die den Wert eines Beweises zu würdigen wissen, von jeder Komplizenschaft mit den Plänen der Konstitutionalistischen Partei freispricht.

> »Am folgenden Morgen«, erinnert sich der Herzog von Negroponte, »bevor wir von der Ermordung des Diktators gehört hatten und bevor wir in Kommunikation mit dem Ufer getreten waren, kamen Fürst Mavrocordato und Petro Bey Mavromichaelis (der gerade erst aus dem Gefängnis befreit worden war) an Bord, um Milord ihre Aufwartung zu machen. Der letztere war in den Salon hinuntergegangen und trank seinen Kakao, gekleidet in einen einfachen

Anzug aus zitronengelbem Kambrik. Mavrocordato kniete vor ihm nieder und informierte ihn, daß er vom Volk der Hellenen einmütig zum Fürstpräsidenten von Griechenland gewählt sei. Milord schien verlegen und bestürzt. Mavrocordato und Mavromichaelis ergriffen seine Hände und küßten sie. Milord blickte mit gebeugtem Kopf und einem Ausdruck von Vorwurf (›Rimprovero‹) unter den Augenbrauen zu mir her. In diesem Augenblick feuerten die Batterien von Nauplia den Salut. Wir geleiteten Milord an Land. Er war still und verlegen und ging wie hypnotisiert (›siccome en una catalessia‹). Sein Empfang war begeistert. Wir gingen zum Präsidentenpalast, wo er den Eid auf die Verfassung leistete. Im Gehen sagte er zu mir: ›*Retro me, Satanas*‹, und seine Augen waren traurig und zornig. Ich sandte sofort eine Depesche an Lady Byron.«

Am nächsten Morgen, während der Leichnam Capo d'Istrias noch in dem oberen Raum auf seine Beerdigung wartete, versammelten sich Mavromichaelis, Mavrocordato und Gamba in der Halle des Konak und konstituierten sich zum ›Regentschaftsrat‹ des Hellenischen Königreiches. Nach zweistündiger Beratung entschieden sie, daß der Fürstpräsident (der in diesem Augenblick seine Pistolen auf eine Zielscheibe im Garten abfeuerte) zum König von Griechenland ausgerufen werden sollte. Sie beschlossen auch, daß Petro Bey zum Vizekönig von Morea mit allen Machtbefugnissen ernannt werden sollte; daß Mavrocordato den Titel und die Funktionen des Ministerpräsidenten annehmen sollte; und daß Pietro Gamba zum Oberkommandierenden der Streitkräfte des Hellenischen Königreiches ernannt werden sollte. Eine entsprechende Bekanntmachung wurde unverzüglich auf einer der regierungseigenen Druckpressen, die durch die Großzügigkeit eines englischen Philhellenen (eines gewissen Oberst Stanhope) zur Verfügung gestellt worden waren, in Druck gegeben, und danach begab sich der Regentschaftsrat geschlossen in den Hof, um dem Fürstpräsidenten bekannt zu geben, daß er jetzt König von Griechenland sei.

Aus Gambas Memoiren geht hervor, daß sich daraufhin eine schwierige Situation ergab. Lord Byron ›entro in una furia quasi bestiale‹ – ›geriet in eine rasende Wut‹, wenn wir dem Tagebuch Glauben schenken dürfen. Man war genötigt, Loukas Chalandritzanos herbeizurufen, einen früheren Diener und Sekretär Lord Byrons, der nach wie vor einen gewissen Einfluß auf seinen Herrn ausübte. Lord Byron bekam Brandy und beruhigte sich. Dann wurde er auf den Balkon hinausgeleitet, wo ihm von einer großen Menschenmenge gehuldigt wurde. Am nächsten Morgen reisten sie alle nach Athen ab.

Anscheinend hatte man arrangiert, daß König Georg (denn als solcher war er ausgerufen worden) im Palast des türkischen Gouverneurs wohnen sollte. Er bestand jedoch darauf, im Franziskanerkloster Quartier zu nehmen, in denselben Räumen, die er 1824 bewohnt hatte. Eine ganze Woche lang weigerte er sich, seine Räume zu verlassen und benahm sich, um Gambas bittere Worte zu gebrauchen, ›come una vacca caparbia‹ – ›wie eine störrische Kuh‹. Nur mit großen Schwierigkeiten konnten sie ihn dazu bewegen, an der Zeremonie seiner eigenen Krönung teilzunehmen, und während des Gottesdienstes anläßlich seiner Aufnahme in die Griechisch-Orthodoxe Kirche benahm er sich in einer äußerst übelgelaunten Art und Weise, – ›bisbetico assai‹. Erst als ihm die bevorstehende Ankunft von Lady Byron und Miss Byron gemeldet wurde, raffte er sich auf und fand aus der Stimmung verdrießlicher Lethargie, in die er gesunken war.

7

Nachdem sie Gambas Brief erhalten hatte, war Lady Byron sogleich nach London gereist und hatte den Premierminister gesprochen. Mit der Offenheit, welche die Liberale Partei Englands von jeher auszeichnet, hatte Lord Grey ihr gegenüber eingeräumt, in welche Verlegenheit die britische Regierung durch die Ermordung Capo d'Istrias und die beinah gleichzeitige Berufung Lord Byrons zum König von Griechenland gebracht worden sei. Er hatte aber auch angedeutet, daß die britische Regierung diese Berufung zwar nicht billigen könne, der einhellige Wunsch einer gerade erst befreiten Nation aber wohl oder übel zu respektieren sei und von seinem liberalen Kabinett nicht aktiv bekämpft werde. Lord Grey wollte mit Lady Byron nichts mehr zu tun haben, wünschte ihr jedoch Glück. Solcher Art ermutigt, erwählte sie Mrs. Faunce de Laune (eine Schwester von Florence Nightingale) als ihre königliche Hofdame, reiste nach Marseille und ging dort an Bord eines Dampfschiffes.

Bevor es den Peloponnes umrundete, legte das Schiff in Patras an, und Königin Annabella wurde dort von M. Praides empfangen, dem Demogeronten des Golfs von Korinth. M. Praides begleitete Ihre Majestät auf der viertägigen Reise nach Athen. Diese Zeit nutzte er, um Königin Annabella zu versichern, wie gründlich er mit ihr hinsichtlich des entwürdigenden Zustandes der Frauen im griechischen Königreich übereinstimme und wie sehr ihm daran liege, gemeinsam mit ihr nicht nur das Genossenschaftswesen, sondern auch das lancastrische System in Hellas einzuführen. Eine der ersten Handlungen Königin Annabellas nach ihrer Ankunft in Athen war die Ernennung von M. Praides zum Staatssekretär für Innere Angelegenheiten. Zwei Tage später wurde er auf der Straße nach Cephisia von zwei Albanern ermordet.

Königin Annabella erkannte rasch, daß der Gesundheitszustand ihres Gemahls ihm nicht erlauben würde, sich unmittelbar mit der Führung der Staatsgeschäfte zu befassen. Daher ermutigte sie ihn, seine Energien der Baukunst zu widmen und die Leitung der politischen Angelegenheiten ihr selbst und Mavrocordato zu überlassen. König Georg engagierte einen klugen jungen bayerischen Architekten und beauftragte ihn, die Trümmer vom Felsplateau der Akropolis zu räumen und an ihrer Stelle eine maßstabsgetreue Nachbildung der Newstead Abbey zu errichten. Unterdessen war auch Königin Annabella gezwungen, die Regierungsgeschäfte vorübergehend ruhen zu lassen, und im Oktober 1832 gebar Ihre Majestät den Prinzen Euphorion – der in ihren Briefen an Mrs. Villiers ständig der ›Kronprinz Eustace‹ genannt wird. Damit war der Fortbestand der Dynastie Veeron gesichert.

Nach der Wiederaufnahme ihres normalen Lebens scheint Königin Annabella ihre Energien zunächst dem Los der griechischen Frauen und seiner Verbesserung zugewandt zu haben und gründete die lancastrische Mädchenschule, deren neugotische Gebäude bis zum heutigen Tag an den Hängen des Lycabettos zu sehen sind. Gleichzeitig organisierte sie Nähkurse für die älteren Damen und kam auf diese Weise in direkten Kontakt mit dem häuslichen Leben der Athener. Ihre Weigerung, sich der Griechisch-Orthodoxen Kirche anzuschließen und ihr Beharren auf der Einhaltung des englischen Sonntags war nicht geeignet, ihre Beliebtheit bei den leichtlebigen Athenern zu steigern, und von diesen frühen Tagen an wurde sie unter einem Spitznamen bekannt, der sich am besten als ›Königin Holzapfel‹ übersetzen läßt.

Es ist interessant, in Gambas Memoiren zu verfolgen, wie seine anfängliche Abhängigkeit von Königin Annabellas Einfluß auf ihren Gemahl nach und nach von wachsendem Mißtrauen gegen ihren dominierenden und zunehmend autokratischen Charakter verdrängt wird. Im Juli 1833 findet sich ein Hinweis auf eine Meinungsverschiedenheit, die zwischen ihm und der Königin über die Uniformen der Palastwache entstand. Als Oberkommandierender der Streitkräfte hatte Gamba diese Prätorianer in den albanischen und kutzo-walachischen Dörfern Attikas angeworben und in die traditionelle Fustanella einkleiden lassen, die griechische Nationaltracht mit gefälteltem weißem Baumwollrock. Königin Annabella betrachtete diese Uniform als unmännlich und befahl Gamba, die Palastwachen in die Uniform der berittenen Miliz von Nottinghamshire einzukleiden – ein Regiment, in welchem König Georg einst gedient hatte. Gamba weigerte sich mit dem Hinweis, daß er allein für die Streitkräfte Griechenlands verantwortlich sei. Darauf wandte Königin Annabella sich an Premierminister Mavrocordato, der sich seinerseits an König Georg wandte. Dieser unterstützte seinen Premierminister und den Oberkommandierenden mit ungewohnter Initiative und Energie. Daraufhin zog die Königin sich in die Mädchenschule nach Kephisia zurück, wo ständig drei Räume für sie bereitgehalten wurden. Von dort bestellte sie König Georg zu einer Konferenz und überredete ihn zur Unterzeichnung eines Edikts, das Mavrocordatos Entlassung und die Ernennung eines gewissen Nicolas Rasis, bis dahin Privatsekretär Ihrer Majestät, zum Ministerpräsidenten verfügte. Rasis regelte den Uniformstreit durch einen Kompromiß, nach dem die Königliche Garde den Fustanella behalten und eine neu aufzustellende Wachabteilung, die ›Leibgarde der Königin‹, eine Uniform nach dem eigenen Entwurf der Königin erhalten sollte.

Darauf kehrte Ihre Majestät nach Athen zurück und begann nach der Version des Herzogs von Negroponte sofort mit Rasis zu intrigieren, um alle Macht im Staat in ihren eigenen Händen zu konzentrieren.

8

Man muß sich vergegenwärtigen, daß die sogenannte Zentralregierung in Athen bis zu den Feldzügen von 1840 und 1843, in denen der Herzog von Negroponte Westgriechenland und Morea unterwarf, außerhalb Attikas wenig Autorität genoß. Die Peleponnes war gänzlich in den Händen Georg Mavromichaelis', der nach dem Tod seines Vaters Petro Bey das Vizekönigtum geerbt hatte. Seine Ehe mit Prinzessin Ada war weder im politischen noch im häuslichen Sinne erfolgreich, und bald darauf zog die Prinzessin sich in ihre Villa am Comer See zurück. Unterdessen wurden ganz Ätolien und Akarnanien von Mavrocordato gehalten, der nach seiner Entlassung eine Gegenregierung gebildet hatte, die sich ›Konstitutionelle Regierung von Westgriechenland‹ nannte.

Die Partei der Königin erfuhr 1836 eine Stärkung durch die Eheschließung Nicolas Rasis' mit der verwitweten Mrs. Faunce de Laune, Königin Annabellas Hofdame. Rasis wurde 1837 beinahe an derselben Stelle ermordet, wo M. Praides fünf Jahre vor ihm zu Tode gekommen war. Königin Annabella scheint in diesem Fall sehr rasch und entschlossen gehandelt zu haben. Sie veranlaßte ihren Gemahl, die Verhaftung Gambas anzuordnen und einen gewissen Alexander Colettis, bis dahin Befehlshaber der Leibgarde der Königin, zum ›Generalkapitän des Königreiches‹ zu ernennen. Gamba wurde im Kloster Hagios Stephanos in Meteora inhaftiert, wo er zwei Jahre blieb. Erst im September 1839 gelang ihm die Flucht.

Es ist bekannt, daß König Georg selbst an der Verschwörung teilnahm, die zur Rückkehr Gambas aus Meteora und dem Staatsstreich vom 1. Oktober 1839 führte, welcher die Verbannung Königin Annabellas zum Ziel hatte. Gambas Memoiren erwähnen nicht ausdrücklich die Rolle seiner Majestät, aber die Implikationen sind hinreichend klar.

»Ungefähr zu dieser Zeit«, schreibt Gamba, »gelang es der sogenannten Königspartei in Athen, die den König gegen die von Königin Annabella und ihren Günstlingen errichtete Autokratie unterstützte, den Archimandriten von Hagios Stephanos mit Hilfe von Geldern aus einer russischen Quelle zu bewegen, daß er mich insgeheim freiließ, und ich wurde mit einer Brigg nach Phaleron gebracht. Seine Majestät war selbst heimlich nach Phaleron geritten, um mich in Empfang zu nehmen, und fiel mir bitterlich weinend um den Hals. Ich war sehr gerührt. Oberst Chalandritzanos, der Seine Majestät begleitete, informierte mich, daß die Pläne ein Losschlagen in der folgenden Nacht vorsahen. Seine Majestät sollte die Hauptstadt im Laufe des Vormittags verlassen und sein Landgut in Tatoi aufsuchen, da die Verschwörer sich auf seine Entschlossenheit und Diskretion nicht verlassen zu können glaubten. Er sollte ein Dekret zurücklassen, das die Entlassung der Offiziere der Königlichen Garde und der Leibwache der Königin beinhaltete und Chalandritzanos zum Kommandanten des Palastes ernannte. Die Königin und Colettis sollten sofort festgenommen werden, und ich würde die Freiheit haben, nach Athen zurückzukehren und meine Funktionen als Oberkommandierender der Streitkräfte wiederaufzunehmen.«

Alles verlief planmäßig. Bei ihrer Festnahme verlangte die Königin vor Seine Majestät gebracht zu werden, aber man erklärte ihr, daß er in Tatoi sei. Sie wurde in Haft gehalten, bis sie mit ihren Damen an Bord des französischen Dampfers nach Marseille gehen konnte. Colettis wurde am nächsten Morgen auf dem Platz der Verfassung hingerichtet. Und eine Woche später hielt König Georg seinen ersten unabhängigen Einzug in die Hauptstadt, umjubelt vom Volk. Er ernannte Gamba noch am selben Tag zum Generalkapitän von Griechenland und verlieh ihm den Titel des Herzogs von Negroponte.

9

Es ist etwas schmerzlich zu verfolgen, wie die Persönlichkeit König Georgs von da an beinahe ganz aus Gambas Aufzeichnungen verschwindet. Wir wissen, daß er weitere vierzehn Jahre regierte, aber der Herzog von Negroponte ist so stark auf die Darstellung seiner eigenen Entscheidungen und Leistungen konzentriert, daß er den liebenswürdigen Souverän, der sich mit so viel Loyalität und Patriotismus in die Diktatur seines selbstherrlichen Untergebenen schickte, nur selten erwähnt. Wo sich Hinweise finden, wirken sie etwas gönnerhaft und herablassend. »Ich war genötigt«, finden wir unter dem Datum des 12. Juli 1843, »die Ständeversammlung persönlich zu eröffnen, da mein erlauchter Souverän sich wieder nach Sunion zurückgezogen und erklärt hat, daß sein Gesundheitszustand ihm kein öffentliches Auftreten erlauben würde. Ich konnte dem nur zustimmen, denn in dem Zustand, auf den er sich damals heruntergebracht hatte, war es ratsam für ihn, das Kloster nicht zu verlassen.« Eine weitere Eintragung stammt aus dem September 1847. Gamba war nach Sunion hinausgefahren, um Seiner Majestät Unterschrift für ein Dekret zu erwirken, welches das Recht auf Versammlungsfreiheit unterdrückte. »Ich fand meinen Souverän«, schreibt er, »wie er mit den jüngeren Mönchen Ouzo trank.«

Wenn wir ein Portrait König Georgs im letzten Jahr seiner Regierung gewinnen wollen, müssen wir uns daher anderen Quellen als Gambas Memoiren zuwenden. Dem unerklärlichen Vorurteil, das Königin Victoria gegen ihn hegte, muß der Umstand zugeschrieben werden, daß er niemals nach Osborne House, dem Alterssitz der Königin auf der Insel Wight, eingeladen wurde, und daß die letzte Bitte des Sterbenden, daß er in Westminster Abbey begraben werden möge, von Dekan und Domkapitel abgelehnt wurde. Jedes Jahr reiste er inkognito als Graf von Korinth nach Vichy oder Baden Baden, mischte sich aber nur selten unter die vornehme Gesellschaft und zog es vor, in der Hotelsuite mit seinen Dienern stundenlang Cribbage zu spielen. Seine glücklichsten Tage dürfte er in dem Kloster verbracht haben, das er an der Stelle des Poseidontempels am Kap Sunion errichtet hatte. Er selbst unterwies die Novizen in ihren religiösen Pflichten, und es kam nur selten vor, daß er sein meerumgürtetes Vorgebirge mit dem Staub und dem Zeremoniell der Hauptstadt vertauschte.

Dort in Sunion besuchte ihn 1852 Lord Harton (damals Mr. Richard Monckton Milnes). Er fand Seine Majestät damit beschäftigt, ein Modell der St. Paul's Kathedrale aus kleingeschnittenen Strohhalmen zu konstruieren, die geschickt auf ein Rahmenwerk aus Karton geklebt wurden. »Sein Gedächtnis«, schreibt Lord Harton, »versagte bereits, und als ich mit meinen Fragen beharrlich in ihn drang, fand ich, daß er glaubte, Keats sei Lehrer in Eton gewesen. Er zeigte wenig

Interesse an englischen Angelegenheiten und blickte kaum auf das Exemplar von *In Memoriam*, das ich ihm mitgebracht hatte und in welches mein Freund Mr. Tennyson eine schmeichelhafte Widmung geschrieben hatte. Er bot mir Ouzo an (der angeblich aus den Früchten des Erdbeerbaumes hergestellt wird, tatsächlich aber eine Art Absinth oder Anisschnaps ist) und nannte mich ›Mr. Musters‹. Er schien geistesabwesend und verlegen. Anerkennend erwähnte er Goethe und er scheint eine Vorliebe für die Predigten des Dr. Roberston zu haben. Ich sprach von seiner Tochter, die ich in Como besucht hatte, aber er wechselte nervös das Thema. Ich verließ ihn mit Traurigkeit im Herzen. Ich hatte einen gebrochenen Mann angetroffen. Die Rückreise verzögerte sich durch einen Schaden an der Kutsche, und ich verbrachte eine unbequeme Nacht in Laurion.«

Dies ist die letzte noch bekannte Nachricht über eine Begegnung mit Georg, Lord Byron, dem ersten König von Griechenland. Er starb im Herbst 1854 in Sunion, und König Euphorion trat seine Nachfolge an. Euphorion, der von den Schriften Mills und Bagehot stark beeinflußt worden war, verkündete kurz danach die Verfassung von Ägina. Der Herzog von Negroponte wurde später mit dem Erlöserorden in Brillanten ausgezeichnet und erhielt eine Pension von 100000 Drachmen. Er zog sich nach Ravenna zurück und widmete den Rest seines Lebens der Landwirtschaft auf seinem Gut und der Abfassung seiner Memoiren. Er starb im Jahre 1877.

Wenn Lee die Schlacht von Gettysburg nicht gewonnen hätte

Am 1. Juli 1863 hatte General Lees Vormarsch nach Norden mehrere Abteilungen seiner Armee in die Nachbarschaft von Gettysburg im Süden Pennsylvaniens gebracht, wo sie sich sammelten. Der Kommandeur der Unionstruppen, Meade, hielt die Stadt mit geringen Streitkräften zur Abschirmung größerer Truppenbewegungen im Hinterland. Aus Scharmützeln der Vorhuten mit den Sicherungskräften der Verteidiger entwickelte sich eine allgemeine Schlacht, die drei Tage lang tobte. Nach mehreren Rückschlägen beschloß Lee am dritten Tag, den rechten Flügel der inzwischen verstärkten Unionsarmee zu umfassen, während seine frischen Reserven unter General Pickett im Frontalangriff die Mitte der feindlichen Stellungen am Cemetery Hill durchstoßen sollten. Die erstgenannte Operation brach zusammen, aber die letztere gelang nach erbitterten Kämpfen: die Stellungen des Nordens wurden durchbrochen, und nur das Fehlen weiterer Reserven hinderte Lee daran, Picketts Durchbruch mit der Vernichtung der Unionsarmee abzuschließen. Da es nicht gelang, den Feind einzuschließen oder zurückzuwerfen, mußte Lee seine Truppen nach Virginia zurücknehmen, und in der Folge kam es nicht mehr zu einer Invasion des Nordens. Die Schlacht von Gettysburg, zusammen mit der am nächsten Tag erfolgten Einnahme von Vicksburg am unteren Mississippi durch den Unionsgeneral Grant, wird als der Wendepunkt des Krieges betrachtet. Von da an war der endgültige Sieg der an Menschen und Material weit überlegenen Union nicht mehr aufzuhalten. Hätte Lee bei Gettysburg gesiegt, so wären ihm sehr wahrscheinlich bald darauf Washington und größere Gebiete der Nordstaaten in die Hände gefallen.

Wenn Lee die Schlacht von Gettysburg nicht gewonnen hätte

von WINSTON S. CHURCHILL

Der wunderliche Einfall, sich auszumalen, was geschehen wäre, wenn irgendein wichtiges oder unwichtiges Ereignis sich anders zugetragen hätte, ist so in Mode gekommen, daß ich ermutigt bin, mich auf eine absurde Spekulation einzulassen. Was wäre geschehen, wenn Lee die Schlacht von Gettysburg nicht gewonnen hätte? Sobald ein großer Sieg errungen ist, beherrscht er nicht nur die Zukunft, sondern auch die Vergangenheit. Alle Folgerungsreihen klinken aus, als sollte es kein Halten mehr geben. Die zerbrochenen Hoffnungen, die erstickten Leidenschaften, die vergeblichen Opfer – alles wird aus dem Reich der Realität gefegt. Dennoch mag es in müßiger Stunde unterhalten und vielleicht als ein Mittel gegen unangebrachte Selbstzufriedenheit dienen, wenn wir in diesem Augenblick des zwanzigsten Jahrhunderts – so reich an Sicherheit und Gedeihen, so friedlich und heiter – ein wenig über die Dankesschuld nachdenken, die uns jenen konföderierten Soldaten verpflichtet, welche durch eine unsterbliche Waffentat die Front der Unionstruppen bei Gettysburg durchbrachen und der Welt den Weg in eine lichte Zukunft öffneten.

Historiker und Philosophen haben immer ihren Spaß daran, die kleinen Dinge herauszuheben, die geschliffenen Achathütchen, auf denen sich die schwerfällige Magnetnadel des Schicksals dreht; und die Einzelheiten des berühmten Sieges der Konföderierten bei

Gettysburg liefern zweifellos ein fruchtbares Thema. Es kann nach den heutigen Erkenntnissen kein Zweifel daran bestehen, daß Picketts Angriff abgewehrt worden wäre, wenn Stuart mit seiner Kavallerie nicht nach geglücktem Einkreisungsmanöver im richtigen Augenblick im Rücken der Unionstruppen erschienen wäre. Und er hätte in seiner entscheidenden Umfassungsoperation aufgehalten werden können, wenn nur einer von zwanzig ganz gewöhnlichen Umständen eingetreten wäre. Wenn, zum Beispiel, General Meade seine Verbindungslinien mit Sicherungsposten gegen Überfälle versehen hätte, oder wenn er seine Kavallerie zur Flankensicherung eingesetzt hätte, wäre er nicht ohne eine rechtzeitige Warnung geblieben. Hätte General Warren daran gedacht, ein Bataillon zum Little Round Top zu entsenden, um diese strategisch wichtige Anhöhe zu halten, wäre das rasche Vorstoßen der massierten konföderierten Kavallerie nicht unentdeckt geblieben. Und wenn Präsident Davis' Brief an General Lee, der vom Unionshauptmann Dahlgren erbeutet wurde und die Pläne der Konföderierten enthüllte, Meade ein paar Stunden eher erreicht hätte, so hätte er sich vielleicht Lees Zugriff entziehen können.

Wir wiederholen, jeder beliebige Zwischenfall hätte Lees großartige Kombinationen in ihrem synchronen Ablauf stören und damit zunichte machen können, und in diesem Fall wäre Picketts Scheitern gewiß gewesen. Gettysburg wäre ein glanzvoller Sieg der Nordstaaten geworden. Es hätte leicht ein endgültiger Sieg sein können. Lee, der unbestritten genialste militärische Führer des Sezessionskrieges, hätte seine geschlagenen Truppen wahrscheinlich mit Erfolg gesammelt und zurückgeführt. Die Konföderation mit ihren geschickten Generälen und draufgängerischen Armeen hätte möglicherweise ein weiteres Jahr oder auch zwei standhalten können, aber nach einer entscheidenden

Niederlage bei Gettysburg wäre ihr Untergang unausweichlich geworden. Der Fall von Vicksburg, der sich nur zwei Tage nach Lees unsterblichem Triumph ereignete, hätte schon dadurch, daß er den Mississippi für die Flußkanonenboote der Union öffnete, die Südstaaten beinahe entzweigeschnitten. Ohne dogmatisch erscheinen zu wollen, glauben wir mit gutem Grund sagen zu können, daß die Südstaaten den Verlust einer großen Schlacht in Pennsylvanien und die beinahe gleichzeitige Öffnung des Mississippi für den Gegner nicht hätten überleben können.

Alles ging jedoch gut. Wieder erbrachten militärischer Genius und soldatische Tapferkeit unter dem Druck knapper Mittel und einer schwierigen strategischen Lage ein vollkommenes Ergebnis. Die Panik, die den gesamten linken Flügel von Meades starker Armee erfaßte, ist den Yankeetruppen niemals zum Vorwurf gemacht worden. Jeder weiß, daß diese anfangs unerfahrenen Männer in drei Kriegsjahren zu ordentlichen Soldaten geworden waren. Aber Niederlage ist Niederlage, und Flucht ist Untergang. Nur drei Tage nachdem bei Gettysburg der Kanonendonner verhallt war, schlug General Lee sein Hauptquartier in Washington auf. Wir brauchen hier nicht ausführlich die lächerlichen Züge der überstürzten Flucht all der Politiker, Postenjäger, Regierungslieferanten, Lobbyisten und ihrem Gefolge zu behandeln; es ist angenehmer, sich zu erinnern, wie Lincoln, der sein politisches Schicksal mit dem des geschlagenen Staates verband, die Haltung und Würde einer Nation bewahrte. Niemals leistete sein äußerlich rauhbeiniger und doch von vollendeter Einfühlung geprägter gesunder Menschenverstand seinen Landsleuten einen besseren Dienst. Er war niemals größer als in der Stunde der vollständigen Niederlage.

Natürlich gibt es keinen Zweifel, daß der bloße militärische Sieg, den Lee bei Gettysburg errang, für sich genommen die Weltgeschichte nicht verändert haben würde. Der Verlust Washingtons hätte das enorme numerische Übergewicht der Unionsstaaten nicht beeinträchtigt. Der Fall ihrer geographisch exponierten Hauptstadt hätte einen ernsten Rückschlag bedeutet, vor allem in psychologischer Hinsicht, und würde ohne Zweifel eine erhebliche Verlängerung des Krieges zur Folge gehabt haben; aber für sich genommen, hätte diese militärische Episode, so blendend sie sich ausnehmen mag, den Endsieg des Nordens nicht verhindern können. Wir müssen uns im politischen Bereich umsehen, wenn wir die Erklärung der Triumphe finden wollen, die auf dem Schlachtfeld ihren Anfang nahmen.

General Lee bietet das beinahe einzigartige Beispiel eines regulären Berufsoffiziers, der es sowohl als Feldherr wie auch als Staatsmann zu höchster Vollkommenheit brachte. Im Gefolge seines Sieges bei Gettysburg nahm seine Beliebtheit in den gesamten Konföderierten Staaten in einem Maße zu, daß sie Jefferson Davis und seine Zivilregierung ebenso unbewußt wie unvermeidlich in den Schatten stellte. Der überaus beliebte und siegreiche Feldherr fand bei seinem Einzug in die Hauptstadt des mächtigen Gegners die Eigentumsurkunden, die ihn zur Verkündung des großen Friedensdekrets befähigten. So ergab es sich, daß die Kanonen von Gettysburg tatsächlich die letzten Schüsse im amerikanischen Sezessionskrieg abfeuerten.

Der Gang der Ereignisse verlagerte sich darauf zur anderen Seite des Atlantischen Ozeans. England – mit welchem Namen das Britische Weltreich damals allgemein bezeichnet wurde – war durch das Drama des amerikanischen Bruderkrieges moralisch und politisch gespalten. Wir haben immer die Standhaftigkeit bewundert, mit der die Baumwollarbeiter der Spinnereien von Lancashire, wenngleich durch die Seeblockade der Nordstaaten um Arbeit und Brot gebracht – unsere blühendste Grafschaft, zur Armut verurteilt, wurde beinahe abhängig von der Mildtätigkeit des übrigen England – nichtsdestoweniger zur Sache des Nordens hielt. Im Ganzen beurteilte die britische Arbeiterklasse den Krieg durch die Augen Disraelis und stand fest auf der Seite der Sklavenbefreier. Und tatsächlich hätten alle noble Eloquenz und demokratische Witterung seines liberalen Gegenspielers Gladstone versagt, wenn sie versucht hätten, England aus politischen und wirtschaftlichen Rücksichten auf die Seite der Konföderierten zu ziehen. Wäre Lee nach seinem triumphalen Einzug in Washington bloß der Soldat gewesen, so hätten seine Leistungen auf dem Schlachtfeld ein Ende gehabt. Es war seine erhabene Erklärung, daß die siegreiche Konföderation keine Politik gegenüber den afrikanischen Negern verfolgen werde, die nicht mit den moralischen Vorstellungen Westeuropas in Einklang stehe, welche den glückverheißenden Weg freimachte, auf dem wir heute so gedeihlich einherschreiten.

Doch selbst diese großzügige Geste hätte vergebens gewesen sein können, wäre sie nicht vom praktischen Genius und der parlamentarischen Geschicklichkeit Gladstones aufgegriffen und in Wirkung gesetzt worden. Es ist heute so gut wie unbestritten, daß das grundlegende Prinzip, nach dem die Rassenfrage in den Südstaaten so glücklich geregelt werden konnte, seinen Ursprung hauptsächlich dem Einfallsreichtum Gladstones und der langen staatsmännischen Erfahrung britischer Politiker im Umgang mit fremden und primitiven Bevölkerungen verdankte. Es war nicht mit der Notwendigkeit getan, die fundamental neue Beziehung zwischen Herrn und Diener festzulegen, sondern es mußten für die befreiten Sklaven Institutionen geschaffen werden, die ihrer kulturellen Entwicklungsstufe angepaßt und fähig waren, ihnen einen besonderen, jedoch ehrenhaften Status in Gemeinwesen und Staatsverband zu bieten.

Man denke nur, was geschehen wäre, hätte die Sklavenbefreiung irgendeine idiotische Behauptung oder Erklärung rassischer Gleichheit zur Folge gehabt, oder etwa Bemühungen, der einfachen, folgsamen, begabten afrikanischen Rasse, die einem viel früheren Kapitel der Menschheitsgeschichte angehört, weiße demokratische Institutionen aufzupfropfen. Wir hätten vielleicht erleben müssen, daß die Südstaaten von Banden konkurrierender Wahlagitatoren überschwemmt worden wären, welche die Stimmen der unwissenden und unaufgeklärten Farbigen gegen die weißen Einwohner ausgebeutet und die traditionsreichen Formen der parlamentarischen Regierung in unverdienten Mißkredit gebracht hätten. Wir hätten vielleicht sogar die jämmerliche Farce schwarzer Gesetzgeber gesehen, die sich bemühten, ihre vormaligen Herren zu regieren. Als Gegenwirkung darauf wäre es unzweifelhaft zu einem starken Wiederaufleben lokaler weißer Vorherrschaft gekommen. Durch dieses oder jenes Mittel wären den Farbigen die ihnen zuerkannten Rechte nach und nach wieder genommen worden. Die verfassungsmäßigen Prinzipien der Republik wären proklamiert worden, nur um anschließend in ihr Gegenteil verkehrt oder umgangen zu werden; und mancher warmherzige Menschenfreund hätte seine Reise in den Süden als ›unnützen Gang‹ empfunden.

Aber wir müssen zu unserem eigentlichen Thema und den Ereignissen zurückkehren, die auf die Niederlage des Nordens bei Gettysburg und die Einnahme von Washington durch die Konföderierten folgten. Lees Erklärung zur Abschaffung der Sklaverei, verbunden mit dem unbeugsamen Entschluß, die Abtrennung von der Amerikanischen Union aufrechtzuerhalten, machte den Weg frei für die britische Intervention.

Innerhalb eines Monats war der formelle Beistandspakt zwischen dem Britischen Weltreich und der Konföderation unterzeichnet. Da die Bedingungen dieses Beistandspaktes sowohl offensiver als auch defensiver Art waren, ergab sich eine völlig veränderte wirtschaftliche und militärische Situation zu Lande und zur See. Die Seeblockade der Nordstaaten konnte angesichts der gewaltigen Seemacht Großbritanniens nicht länger aufrechterhalten werden. Die Öffnung der südlichen Häfen ermöglichte die Ausfuhr der angesammelten Baumwollvorräte, stellte die Finanzkraft der Konföderation wieder her und ergänzte ihr Waffenarsenal. Die Unionsstreitkräfte in New Orleans wurden ihrerseits abgeschnitten und zur Kapitulation gezwungen. Es bestand kein Zweifel an dem Vermögen der neuen Alliierten, den Mississippi auf der gesamten Länge seines Laufes durch die Konföderierten Staaten von Unionsfahrzeugen leerzufegen. Die Vorbereitungen zur Verschiffung einer beträchtlichen britischen Armee nach Kanada bedrohten die Union mit einer neuen militärischen Front.

Aber keines dieser bedrohlichen Ereignisse auf militärischem Gebiet hätte Präsident Lincolns Entschlossenheit wankend machen oder die Zuversicht der Unionsstaaten und ihrer Armeen schwächen können. Es war Lees Erklärung zur Abschaffung der Sklaverei, die durch einen einzigen Meisterstreich der Konföderation einen mächtigen Verbündeten gewann und eine moralische Lähmung durch die Reihen ihrer Feinde verbreitete. Der Norden führte Krieg gegen die Sezession, doch im Fortgang des Ringens hatte die moralische Streitfrage der Sklaverei das politische Zerwürfnis getragen und dann beherrscht. Nun, da diese moralische

Streitfrage vom Tisch war und das edle Ziel, das die Unionsarmeen und die Regierung hinter ihnen angefeuert hatte, erreicht war, blieb nichts als ein Rückeroberungskrieg, der unter sehr viel schwierigeren und bedenklicheren Umständen als jener geführt werden mußte, der bereits zu so vielen Niederlagen und so viel Enttäuschung geführt hatte. Hier stand der siegreiche Süden, von neuem gestärkt und gekräftigt und machte aus freien Stücken das Angebot einer vollständigeren Abschaffung des Sklavenstatus auf dem nordamerikanischen Kontinent, als selbst Lincoln zu fordern für richtig gehalten hatte. Sollte der Krieg gegen einen bedenklich erstarkenden Feind weitergeführt werden, nur um die Herrschaft eines Brudervolkes über das andere durchzusetzen? Sollte auf unbegrenzte Zeit immer mehr Blut vergossen werden, um den Nationalstolz oder einen martialischen Vergeltungsdrang zu befriedigen?

Dieser Entzug des moralischen Fundaments war es, der die Verstocktheit der Unionsstaaten unterminierte. Lincoln sah ein, daß er das Unabhängigkeitsverlangen des Südens nicht länger zurückweisen konnte. »Wenn«, erklärte er in seiner berühmten Rede im Madison Square Garden in New York, »unsere Brüder im Süden aufrichtig gewillt sind, diesen Kontinent von Sklaverei zu reinigen, und wenn sie in nachbarlichem gutem Willen als eine unabhängige aber freundliche Nation neben uns leben wollen, dann wäre es nicht recht, das Gemetzel allein wegen der Frage der Souveränität zu verlängern.«

So kam der Friede rascher, als der Krieg gekommen war. Das Abkommen von Harper's Ferry zwischen der Union und den Konföderierten Staaten, das am 6. September 1863 unterzeichnet wurde, bestätigte die zwei Hauptpunkte, nämlich die Unabhängigkeit der Südstaaten und die Freilassung der Sklaven. Hätte der

Geist des alten John Brown* den von der Schlacht gezeichneten Ort wieder besucht, der Schauplatz seines Lebens und Sterbens gewesen war, so würde er den Sieg seiner Sache gesehen haben; aber zu einem furchtbar hohen Preis für die Vereinigten Staaten. Abgesehen von den Verlusten an Menschenleben und materiellen Werten, war die Amerikanische Union gespalten. In Zukunft würde es auf dem alten Staatsgebiet zwei Amerikas geben. Eines von ihnen würde in einer modernen und zeitgerechten Form seine alten Bande der Verwandtschaft und Anschließung an das Mutterland jenseits des Ozeans erneuern. Es war offensichtlich, daß, mochte auch Friede geschlossen und die Fahnen eingerollt worden sein, tiefe Gegensätze gesellschaftlicher, wirtschaftlicher und militärischer Art das Leben der englisch sprechenden Welt prägten. Doch immerhin war die Sklaverei abgeschafft. Wie ein Zeitgenosse sagte: »Als endlich der Rauch vom Schlachtfeld abgezogen war, da war auch die häßliche Gestalt, die ihren Schatten über den ganzen Kontinent geworfen hatte, verschwunden und für immer fort.«

In unserer heutigen Zeit, wo alles so einfach und klar scheint, bringt man kaum die Geduld auf, um die bitteren und beklagenswerten Entwicklungen zu verzeichnen, welche die beiden nachfolgenden Generationen beschäftigten.

Zuvor aber wollen wir in unserer Spekulation abschweifen, um zu sehen, wie seltsam die politischen Karrieren Gladstones und Disraelis verlaufen wären, wenn Lee die Schlacht bei Gettysburg nicht gewonnen

---

* John Brown, 1800–1859, amerikanischer Abolitionist, bekämpfte Sklavenhalter mit Gewaltakten und Morden und wurde nach einem Überfall auf das Arsenal in Harper's Ferry hingerichtet. – *Anm. d. Übers.*

hätte. Gladstones Drohung mit dem Rücktritt von seinem Ministeramt in Lord Palmerstons Kabinett am Tag nach General Lees Erklärung zur Abschaffung der Sklaverei stürzte England in eine äußerst schwere politische Krise. Alte Freundschaften gingen in die Brüche, alte Erbitterungen waren vergessen, und neue Freundschaften und Abneigungen nahmen ihren Platz ein. Lord Palmerston sah sich an einer Wegscheide. Gezwungen, zwischen Gladstone und Lord John Russel zu wählen, zögerte er nicht lange. Eine Koalitionsregierung wurde gebildet, in welcher Lord Robert Cecil (später der bedeutende Lord Salisbury) Außenminister wurde, deren treibende Kraft von nun an aber Gladstone war. Wir erinnern uns, was er am 7. Oktober 1862 in Newcastle gesagt hatte: »Wir wissen recht gut, daß die Bevölkerung der Nordstaaten noch nicht von dem Kelch getrunken hat – und sie wird keine Mühe scheuen, um ihn weit von ihren Lippen zu halten –, von dem sie, wie alle Welt weiß, nichtsdestoweniger trinken muß. Wir mögen unsere eigenen Vorstellungen über Sklaverei haben; wir mögen für den Süden sein, oder gegen ihn; aber es ist nicht zu leugnen, daß Jefferson Davis und die anderen Soldaten des Südens eine Armee geschaffen haben; sie schaffen, wie es scheint, eine Kriegsmarine; und sie haben geschaffen, was mehr ist als beides, sie haben eine Nation geschaffen.« Nun war das Hindernis der Sklaverei aus dem Weg geräumt und unter der Ägide seines betagten Premierministers Lord Palmerston, der nach Gladstones Worten »die Trennung (von Nord und Süd) als Verringerung einer gefährlichen Machtzusammenballung« wünschte, und unterstützt durch die gemäßigte Eindringlichkeit Lord Robert Cecils, erreichte Gladstone nicht bloß die Anerkennung, sondern ein dauerhaftes Bündnis zwischen Großbritannien und den Südstaaten. Im Ganzen gehörten die Freunde der Konföderation in England der wohlhabenden Aristokratie und dem konservativen Bürgertum der Nation an. Die demokratischen Kräfte, bis dahin fast ausnahmslos ohne Wahlrecht, sowie die meisten der liberalen Elemente sympathisierten mit dem Norden. Lord Palmerstons Regierung trat im September 1863 zusammen, und obwohl sie nominell eine Koalition war, verkörperte sie beinahe ausschließlich die Elemente konservativer Stärke und Inspiration. Niemand kann sagen, daß Gladstones Wiedervereinigung mit den Konservativen ohne Gettysburg und Lees Washingtoner Erklärung möglich geworden wäre.

Wie auch immer, sie kam zustande. Und hinfort wurde das Bündnis zwischen Gladstone und Lord Cecil in allen Fragen der Kirche, des Staates und der überseeischen Besitzungen zu einer vollendeten und fruchtbringenden Tatsache. Wieder war die ›aufsteigende Hoffnung der strengen und unbeugsamen Tories‹ zu den alten Freunden zurückgekehrt, und diese erstaunlich erfolgreiche Kombination regierte unbestritten für ein Jahrzehnt.

Betrachtet man William Gladstones Karriere, so fällt einem auf, wie leicht er in radikale und demokratische Bahnen hätte treiben können. Wie leicht etwa hätte er sich selbst überreden können, daß er, ein Tory und autoritärer Anhänger des Obrigkeitsstaates, dazu gemacht sei, den populären und sogar populistischen Führer der arbeitenden Klasse abzugeben. In diesem Fall hätte nichts für ihn gesprochen als sentimentaler Brei, kleinmütige Preisgaben britischer Interessen und das gewandte, zwanglose Weltbürgertum, das ihn zum Freund jedes anderen Landes als seines eigenen gemacht hätte. Aber die Säbel von Jeb Stuarts Kavallerie und die Bajonette von Picketts Division vor Gettysburg hatten ihn für immer einer neubelebten Konservativen Partei einverleibt. So wurde seine Karriere eine Harmonie statt eines Mißklanges; und er behauptet seinen Platz in der Reihe der großen Staatsmänner, denen die größere Synthese der Welt zu danken ist.

Der genau gegenteilige Effekt wirkte auf Benjamin Disraeli. Was hatte er mit der Tory-Aristokratie zu schaffen? In seinen früheren Jahren war er als Jude durch Rassenzugehörigkeit in ihren Augen diskreditiert gewesen. Tatsächlich war er dem Stigma des Ausschlusses vom öffentlichen Leben nur durch den Umstand entgangen, daß er als Säugling getauft worden war. Ursprünglich war er als Radikaler im Parlament aufgetreten. Sein natürlicher Platz war auf der Seite der Außenseiter, der Kaufleute des Nordens, dem vom Stimmrecht ausgeschlossenen Proletariat. Vielleicht hätte er seinen Platz nie gefunden, wenn Lee die Schlacht von Gettysburg nicht gewonnen hätte. Abgesehen davon hätte er weiterhin die Konservative Partei führen, sie gegen ihren Willen erziehen und in alle möglichen sozialpolitischen Experimente wie die Ausweitung des Stimmrechts ziehen können, von denen sie nichts wissen wollte. Stets unentbehrlich, stets beargwöhnt, hätte er sein politisches Leben ohne Lee und Gettysburg womöglich im Oberhaus mit dem Ausruf beenden können: »Die Macht ist mir zu spät zugefallen!«

Sobald er aber durch die erstaunlichen Ereignisse von 1863 mit den demokratischen und radikalen Kräften der Nation vereint war, wurde die wahre Kraft dieses Mannes erkennbar. Er war in seinem Element. Er hatte immer die Sache des Nordens verfochten; und was er als »die selbstsüchtige und schändliche Intrige (der Palmerston-Gladstone-Regierung) zur Spaltung der Amerikanischen Union und zur Wiedererrichtung des untergegangenen Kolonialreiches König Georgs III. aus dem Elend einer tapferen Nation« darzustellen beliebte, weckte in England Leidenschaften, die stark genug waren, um ihn ein für allemal aus sämtlichen konservativen Kreisen zu verbannen. Er ging, wohin sein Instinkt und seine Natur ihn führten, zu den radikalen Massen, die von Jahr zu Jahr an Stärke gewannen. Dieser Entwicklung danken wir seinen unschätzbaren Beitrag zu unserem System sozialer Wohlfahrt. Hätte Disraeli sich nicht der Konservativen Partei entfremdet, wäre die Gesamtheit der großen Vorhaben der Sozialversicherung und Arbeitslosenfürsorge, die für immer mit seinem Namen verbunden sind und so logisch aus seinen Reden folgten – »Gesundheit und Gesundheitsgesetze«, »sanitas sanitatum omnia sanitas« – im 19. Jahrhundert vielleicht niemals Gesetz geworden. Sie wären ohne Zweifel im 20. verwirklicht worden. Vielleicht wäre es einem Sproß der neuen Demokratie oder irgendeinem Emporkömmling aus Schottland, Irland oder sogar Wales überlassen geblieben, England zu geben, was sein letzter sozialistischer Premierminister »unsere unvergleichlichen sozialen Einrichtungen« genannt hat. Aber ›Dizzy‹, der ›Volks-Dizzy‹, hätte diese Triumphe der Menschenfreundlichkeit niemals zu seinen Verdiensten zählen dürfen.

Wir müssen zum Thema zurückkehren. Es mag jedoch festgestellt werden, daß, wenn Lee die Schlacht von Gettysburg nicht gewonnen hätte, Gladstone nicht der größte unter den konservativen Erbauern des britischen Weltreiches und Disraeli nicht zum Idol der arbeitenden Massen geworden wäre. So spielt das Schicksal.

Aber wir können uns nicht zu lange mit den Geschicken von Individuen beschäftigen. Während der restlichen Jahrzehnte des 19. Jahrhunderts wuchsen die Vereinigten Staaten von Amerika, wie die verstümmelte Union sich auch weiterhin nannte, an Reichtum und Bevölkerung. Eine eiserne Entschlossenheit schien das gesamte Volk erfaßt zu haben. In den achtziger

Jahren waren sie bereits frei von ihrer Kriegsschuld, und alle Spuren des Krieges, außer in den Herzen der Menschen, waren vollständig ausgelöscht. Aber die Herzen der Menschen sind seltsame Gebilde, und die Herzen von Nationen sind noch seltsamer. Niemals konnte die Amerikanische Union sich mit der schrecklichen Amputation abfinden, die ihr aufgezwungen worden war. Geradeso wie Frankreich nach 1871 länger als vierzig Jahre seine Revancheträume hegte, konzentrierten die sich rasch vermehrenden Bewohner der Amerikanischen Union ihre Gedanken auf einen weiteren Waffengang.

Und um die Wahrheit zu sagen, war das Verhalten der unabhängigen Konföderation kaum geeignet, den unaufhörlich gärenden Zorn zu besänftigen. Die Konföderierten Staaten sahen sich im Besitz einer bewährten, im Kampf gegen drückende Übermacht erfolgreichen Armee, befehligt von Generälen, deren militärischen Fähigkeiten die Geschichte bereits ihren Tribut gezollt hatte. Die Erhaltung der Kampfkraft und, was noch wichtiger war, die Beschäftigung dieser Armee, wurde zu einem besonderen Problem der Staatsführung. Im Süden der Konföderation lag Mexiko in ständigem Wechsel zwischen Anarchie und Diktatur. Lees frühere Erfahrungen im Mexikanischen Krieg der vierziger Jahre hatten ihn mit den militärischen Aspekten des Landes und seinen Problemen vertraut gemacht, und wir müssen zugeben, daß sein Wunsch, die Bajonette der Armee von Virginia gegen dieses schlecht verteidigte El Dorado zu wenden, eine natürliche Regung war. Trotz der frommen Proteste Mr. Disraelis liberaler und pazifistischer Regierung von 1884 besiegten, unterjochten und reorganisierten die Konföderierten Staaten nach dreijährigen blutigen Guerillakämpfen die weiten Territorien Mexikos. Diese Vorgänge machten ein ständiges Anwachsen der Streitkräfte des

Südens notwendig. Am Ende des Mexikanischen Krieges standen 700 000 ausgebildete und erprobte Soldaten unter der Fahne, die vom Norden noch immer die ›Rebellenflagge‹ genannt wurde. Wer kann den Nordstaaten verdenken, daß sie angesichts dieser potentiell bedrohlichen Rüstung Vorkehrungen trafen! Wer kann sie der Provokation beschuldigen, weil sie die allgemeine Wehrpflicht einführten? Und als diese südlich der Grenze mit ähnlichen Maßnahmen beantwortet wurde, kann es nicht überraschen, daß sie die Militärdienstzeit von einem Jahr auf zwei verlängerten und ihre zahlreiche Miliz damit zu der Kadertruppe einer Armee machten, die ›keiner anderen nachstand‹. Die Südstaaten, die sich auf ihr Bündnis mit der überlegenen Seemacht Großbritannien verließen, verzichteten aus finanziellen Rücksichten auf den Bau einer größeren Kriegsflotte; dagegen bauten sie zur Sicherung des Mississippi mehrere Flottillen gepanzerter Kanonenboote. Insgesamt aber dauerte der Prozeß von Rüstung und Gegenrüstung zu Lande und zu Wasser auf dem ganzen nordamerikanischen Kontinent an. Ausgedehnte Festungsanlagen schützten die Grenzen auf beiden Seiten und versuchten die Vormarschwege des jeweiligen Gegners zu kanalisieren. Der Reichtum der Vereinigten Staaten befähigte sie unter enormen finanziellen Opfern, sowohl ihre südliche Grenze zu befestigen als auch eine starke Flotte zu unterhalten und die befestigten Häfen an den großen Seen gegenüber der kanadischen Grenze mit starken Garnisonen zu belegen. In den neunziger Jahren starrte Nordamerika von Waffen jeglicher Art, und in Anbetracht der unaufhaltsam wachsenden Stärke der konföderierten Armee – in welcher die ausgesöhnte Negerbevölkerung nun ein wichtiges Element bildete – sowie der sehr großen Streitkräfte, die England und Kanada im Norden unterhielten, wurde berechnet, daß nicht weniger als zwei Millionen Soldaten mit ausgebildeten Reserven von sechs Millionen benötigt wurden, um den unsicheren Frieden durch Abschreckung auf dem nordamerikanischen Kontinent zu erhalten. Ein solcher Prozeß konnte nicht andauern, ohne zum Höhepunkt einer neuen Tragödie oder einer Umkehr zu führen. Der Höhepunkt, der 1905 eintrat, war vielleicht ausgelöst durch die Agitation kriegerischer Erregung, die aus dem russisch-japanischen Krieg erwuchs. Der Kanonendonner in Ostasien wurde in allen Teilen der Welt vernommen und stieß überall auf enorm ausgebaute militärische Organisationen, deren Empfänglichkeit für diese Art von Musik groß war. Niemals war die Atmosphäre der Welt so explosiv aufgeladen. Europa und Nordamerika waren waffenstarrende Militärlager, und in der Mandschurei tobte bereits ein Krieg von erster Größenordnung. Wie der Zwischenfall bei der Dogger-Bank gezeigt hatte, bestand die Gefahr, daß Großbritannien in einen Krieg mit Rußland verwickelt wurde. Tatsächlich waren wir nur noch eine Haaresbreite vom Kriegsausbruch entfernt. Und abgesehen von solchen Zufällen waren die Verpflichtungen, die Großbritannien aus seinen Verträgen mit Japan erwuchsen, geeignet, das Land automatisch in den Krieg zu ziehen. Schon hatte der einflußreiche Generalstab der Vereinigten Staaten den Präsidenten darauf hingewiesen, daß der Eintritt Großbritanniens in einen solchen Krieg eine in jeder Weise günstige Gelegenheit bieten würde, mit den ›Rebellen‹ im Süden ein für allemal aufzuräumen. Dieser Sachverhalt war auch den meisten anderen Menschen offensichtlich. So wurden in ganz Europa und Amerika gleichzeitig auf dem Lande und zur See aktiv Vorkehrungen getroffen; allenthalben wurden Flotten und Armeen zusammengezogen, und in den Rüstungsfabriken und Arsenalen herrschte bei Tag und Nacht lärmende Geschäftigkeit.

Nun, da diese schrecklichen Gefahren endlich abgewendet sind, scheint es uns fast unbegreiflich, daß sie existiert haben konnten. Nichtsdestoweniger bleibt es eine alptraumhafte Vorstellung, daß vor kaum einem Vierteljahrhundert englisch sprechende Völker einander waffenstarrend und in stets wachem Mißtrauen gegenüberstanden. Ende 1905 waren die Spannungen soweit angewachsen, daß nichts einen Bruderkrieg von gigantischen Ausmaßen hätte abwenden können, es sei denn eine große Erweichung der Herzen, eine Welle von Inspiration, die den stumpfen, tödlichen Antagonismus der Stunde auf eine so hohe Ebene erheben würde, daß er gleich einer mathematischen Quantität, die durch den Unendlichkeitsfaktor ihr Vorzeichen ändert, in Friedenswillen und Verständigungsbereitschaft umschlagen würde.

Wir dürfen die Stärke der Kräfte nicht unterschätzen, die auf beiden Seiten des atlantischen Ozeans und auf beiden Seiten der amerikanischen Kontinentalgrenzen getreu und unerschrocken wirkten, um das Verhängnis abzuwenden, in das zu stürzen sich verwandte Völker entschlossen schienen. Aber diese untergründigen Strömungen der Vernunft und des guten Willens hätten nicht wirksam werden können, wenn sich im entscheidenden Augenblick nicht in England wie in den Vereinigten Staaten Führerpersönlichkeiten gefunden hätten, die unangefochten auf den Gipfeln nationaler Macht standen und groß genug waren, den Gang der Ereignisse zu beherrschen. In Präsident Theodore Roosevelt und Arthur Balfour, dem britischen Premierminister, vereinigten sich alle Qualitäten, die gleichermaßen für gründliche Verhandlungen wie für mutige Entscheidungen notwendig waren.

Wie sich zeigte, war die Verständigung leichter zu erreichen, als jedermann erwartet hatte; und es schien fast so, als hätte es nicht anders kommen können.

Wenn wir heute darauf zurückblicken, sehen wir sie als so selbstverständlich an, daß wir kaum noch verstehen können, wie leicht statt des wohltätigsten Vertrags, dessen Zeuge die Menschheitsgeschichte ist, der furchtbarste Konflikt und eine Welttragödie hätten eintreten können.

Die Balfour-Roosevelt-Verhandlungen waren bereits ein gutes Stück vorangekommen, ehe Präsident Wilson, das aufgeklärte, aus Virginia gebürtige Oberhaupt der Konföderierten Staaten, an ihnen beteiligt wurde. Was immer man von Gladstones kaltblütigem Coup des Jahres 1863 halten mag, es sollte darüber nicht vergessen werden, daß die aufeinanderfolgenden britischen Regierungen stets eine Politik der Vermittlung und des Ausgleichs zwischen Norden und Süden verfolgt hatten. In jedem Stadium waren die Briten bemüht, guten Willen und normale Bedingungen zwischen ihrem südlichen Verbündeten und der starken nördlichen Industriemacht zu fördern, mit welcher sie so viel gemeinsam hatten. So bot Großbritannien im spanisch-amerikanischen Krieg von 1895 allen Einfluß auf und ging ernste Risiken ein, um den Konflikt zu begrenzen und die Vereinigten Staaten gegen jede ausländische Bedrohung abzuschirmen. Der mäßigende Einfluß Englands hatte in diesem Fall zur Folge, daß die Konföderierten Staaten eine wohlwollende Neutralität wahrten. Tatsächlich wurden in diesem Krieg erstmals Sympathien für das Brudervolk im Norden spürbar, die in einzelnen Fällen die Form aktiver Unterstützung annahmen, wenn beispielsweise ehemalige Offiziere der Konföderierten Armee als Freiwillige in den Streitkräften der Union dienten. Ein Verständnis der späteren Entwicklung ist nur möglich, wenn man erkennt, daß schon hier, parallel zu dem Anhäufen von Waffen und dem Schüren der alten Feindschaften eine starke unterschwellige Strömung beiderseitiger Sympathie und Achtung existierte. Es macht den Ruhm dieses erhabenen Triumvirats aus Balfour, Roosevelt und Wilson aus, daß es die Stärke dieser Strömung erkannte und sie so zu lenken vermochte, daß sie alle entgegenstehenden Umstände und Elemente fortreißen konnte.

Am Weihnachtstag des Jahres 1905 wurde der Vertrag der Englisch sprechenden Assoziation unterzeichnet. Kern dieser außerordentlichen Maßnahme war die Doktrin einer gemeinsamen Staatsbürgerschaft für die Bürger der drei beteiligten Nationen. Die bestehenden staatlichen und gesellschaftlichen Ordnungen der beteiligten Länder blieben dabei unangetastet. Die einzige Folge war, daß die Bevölkerungen Großbritanniens und der ›Wiedervereinigten Staaten‹, wie sie damals von enthusiastischen Journalisten nicht ganz zutreffend betitelt wurden, sich in Zukunft mehr und mehr als Glieder eines Körpers und Erben eines Besitzes verstanden. Die Flexibilität des Planes, der keine nationale Souveränität beschnitt, alle partikularen Interessen gänzlich unangefochten ließ, keine Institutionen veränderte und keine komplizierte Verwaltungsmaschinerie benötigte, war sein Erfolg. Der Vertrag war in Wahrheit eine moralische und psychologische, und erst in zweiter Linie eine politische Reaktion auf die drohende Gefahr des Bruderkrieges. Hunderte von Millionen Menschen sahen sich durch diese Entwicklung genötigt, eine neue Einstellung und ein neues Selbstverständnis zu finden. Ohne bestehenden Loyalitäten und Zugehörigkeitsgefühlen Gewalt antun zu wissen, entwickelten sie in sich selbst eine neue höhere Loyalität und ein erweitertes Zugehörigkeitsgefühl. Der Herbst 1905 hatte die Englisch sprechende Welt am Rand der Katastrophe gesehen. Doch ehe das Jahr um war, hatte der Vertrag die Spannung entschärft und mit der Assoziation das Fundament für die Erhaltung des Friedens unter den Bruderstaaten, für die Verhütung von Kriegen zwischen auswärtigen Mächten und für die wirtschaftliche Entwicklung ihrer unermeßlichen natürlichen Reichtümer gelegt.

Die Assoziation war noch nicht ein Jahrzehnt alt, als sie sich einer Kriegsgefahr gegenübersah, welche nicht weniger ernst war als jene, der sie ihre Existenz verdankte. Jedermann erinnert sich der europäischen Krise vom August 1914. Die Ermordung des Erzherzogs in Sarajewo, der allmähliche Zerfall oder die Zersetzung der Donaumonarchie und des Ottomanischen Reiches, der alte Streit zwischen Deutschland und Frankreich, und die wachsenden Rüstungsanstrengungen Rußlands – zusammen erzeugte dies die gefährlichste Situation, die Europa je gekannt hatte. Sobald in Rußland, Österreich, Deutschland und Frankreich die Befehle zur allgemeinen Mobilmachung ergangen waren und zwölf Millionen Soldaten zu den Grenzen ihrer jeweiligen Heimatländer aufschlossen, schien es, als könne nichts einen Krieg abwenden, der ungekannten Schrecken über die Welt zu bringen drohte.

Welches der Verlauf und die Folgen eines solchen Krieges gewesen wären, sind Fragen, über die wir nur spekulieren können. In seinem 1909 erschienenen Buch kam M. Bloch zu dem Schluß, daß ein solcher Krieg, mit modernen Waffen ausgefochten, nicht von kurzer Dauer sein würde. Er prophezeite, daß die Feldzüge bald in langen, befestigten Frontlinien erstarren würden, um die ein erbitterter, vielleicht über Jahre sich hinziehender Grabenkrieg entbrennen könnte. Wir wissen, daß seine Ansichten von den führenden militärischen Sachverständigen der meisten Länder nicht geteilt werden. Aber wir können jedenfalls nicht daran zweifeln, daß ein Krieg, in den vier oder fünf europäische Großmächte verstrickt wären, mit großer Wahrscheinlichkeit zum Verlust vieler Millionen von Menschenleben und zur Vernichtung von Werten geführt haben würde, die zwanzig Jahre der Mühsal, der Entbehrungen und der Sparsamkeit nicht hätten ersetzen können. Es ist keine Übertreibung zu sagen, daß wir heute in England eine Einkommenssteuer von vier oder fünf Schillingen auf das Pfund und zweieinhalb Millionen Arbeitslose haben könnten, wenn auf die allgemeine Mobilmachung vom August 1914 Krieg gefolgt wäre. Selbst die Vereinigten Staaten hätten gegen alle Traditionen in einen rein europäischen Konflikt hineingezogen werden können.

Aber in letzter Minute griffen entschlossene Hände zu, um Europa vom Rand des Abgrundes zurückzureißen. Es war dem Vertrag der Englisch sprechenden Assoziation inhärent, daß das Ideal allseitiger Abrüstung auf den niedrigsten mit der gemeinsamen Sicherheit zu vereinbarenden Stand von den Signatarstaaten übernommen werden sollte. Es war ferner darin bestimmt, daß jedes dritte Jahr eine Konferenz der gesamten Assoziation an einem geeigneten Ort stattfinden sollte. Der Zufall wollte es, daß die dritte Abrüstungskonferenz der Englisch sprechenden Assoziation – der E. S. A., wie sie zur Abkürzung genannt wird – im Juli 1914 tagte. Die Assoziation hatte sich in der eigenen Abrüstungspolitik durch die immensen Rüstungsanstrengungen der europäischen Staaten behindert gesehen, und ihre Bevollmächtigten waren zusammengekommen, um über dieses Problem zu beraten, als sie von der ernsten Zuspitzung der Lage überrascht wurden. Nun trafen auch die Regierungschefs zusammen und handelten wie Männer, die es gewohnt sind, angesichts ernster Entwicklungen und großer Ereignisse Verantwortung zu übernehmen; so sicher fühlten sie sich ihrer Sache, daß sie es auf sich nehmen konnten, Risiken für andere einzugehen. Am 1. August, als die deutschen Armeen bereits zur belgischen

Grenze aufschlossen, als die österreichischen Armeen mit der Beschießung Belgrads begonnen hatten, und als überall entlang den russischen und französischen Grenzen Vorpostengefechte ausgebrochen waren, bot die E. S. A. allen beteiligten Mächten ihre Vermittlungsdienste an und riet ihnen, ihre Truppen fünfzehn Kilometer vor den eigenen Grenzen haltmachen zu lassen und eine Lösung der Streitfragen durch Verhandlungen zu suchen. Das denkwürdige Dokument fügte hinzu: »daß, sollte eine friedliche Beilegung der Differenzen nicht möglich sein, die Assoziation sich ipso facto als im Kriegszustand mit jeder Macht betrachten werde, welcher Seite sie auch angehören möge, deren Streitkräfte auf fremdes Territorium vorstießen.«

Obwohl diese ebenso verbindliche wie bedrohliche Note manchenorts mit Empörung aufgenommen wurde, sicherte sie Europa die so dringend benötigte Atempause. Die Franzosen hielten ihre Truppen fünfzehn Kilometer vor der deutschen Grenze zurück und die Deutschen antworteten darauf mit der gleichen Maßnahme. Der Zar ergriff begierig die ihm gebotene Gelegenheit. Die geheimen Wünsche des deutschen Kaisers und seine Empfindungen an diesem Wendepunkt sind verständlicherweise Gegenstand zahlreicher Spekulationen und Diskussionen gewesen. Manche Zeitgenossen behaupten, daß er, mitgerissen von der Erregung der Mobilmachung und dem ruhmverheißenden Aufmarsch seiner ›schimmernden Wehr‹, nicht geneigt gewesen sei, seine bereits an der Grenze des Großherzogtums Luxemburg stehenden Truppen anzuhalten. Andere beteuern, er habe die Note mit einem Freudenschrei aufgenommen und sei mit dem Ausruf: »Gerettet! Gerettet! Gerettet!« in einen Sessel gefallen. Von welcher Art die kaiserliche Reaktion auch gewesen sein mag, wir wissen nur, daß Deutschlands Einverständnis die Assoziation als letztes erreichte. Mit seinem Eingang, so darf man sagen, war die Gefahr eines europäischen Krieges gebannt, obgleich noch viele Wochen schwieriger Verhandlungen folgten.

Die enorme Zunahme des Wohlstandes, der wirtschaftlichen und wissenschaftlichen Entwicklung und der territorialen Ausbeutung, welche die Englisch sprechende Welt seit 1905 kennzeichnen, haben alle, die dieser Wohlstandssphäre angehören, derart in ihren Bann geschlagen, daß die europäischen Angelegenheiten in ein Zwielicht von Desinteresse rückten. Sobald die Gefahren von 1914 erfolgreich abgewendet waren und die Abrüstung Europas mit derjenigen in Einklang gebracht worden war, die die E. S. A.-Staaten bereits eingeleitet hatten, mußte die Idee eines ähnlichen Staatenbundes in Europa wachsende Verbreitung finden. Das glanzvolle Schauspiel des großen Englisch sprechenden Staatenbundes, seine garantierte Sicherheit, seine fast grenzenlose Macht, die Schnelligkeit, mit der innerhalb seiner Grenzen Wohlstand geschaffen und weit verteilt worden war, das Gefühl unbekümmerter Hoffnung, das die gesamten Bevölkerungen zu durchdringen schien – alles das enthielt für die Europäer eine Moral, die nur die Dümmsten ignorieren konnten. Ob es Kaiser Wilhelm II. gelingen wird, das Projekt der europäischen Einheit bei der bevorstehenden paneuropäischen Konferenz 1932 in Berlin um einen weiteren wichtigen Schritt voranzubringen, ist noch eine Frage der Prophezeiung. Sollte er sein Ziel erreichen, wird er einen Gipfelpunkt des Ruhmes und der Ehre erreicht haben, und niemand wird mehr erfreut sein als die Mitglieder der E. S. A., wenn sie Zeugen der allmählichen Bildung einer weiteren großen Zone des Friedens und der Zusammenarbeit sein dürfen. Sollten die Bemühungen Seiner Kaiserlichen Majestät von Erfolg gekrönt sein, so mag er vielleicht bedenken, wie leicht seine Herrschaft 1914 durch den

Ausbruch eines Krieges hätte zerstört werden können, der ihn womöglich den Thron gekostet und sein Land in den Staub getreten hätte. Und wenn er heute im hohen Alter die führende Stellung in Europa einnimmt, möge er sich bewußt sein, daß er bei unglücklichem Ausgang leicht das bittere Brot des Exils hätte verzehren müssen, ein entthronter Souverän und ein gebrochener Mann, geächtet und überhäuft mit Vorwürfen. Und dies, wiederholen wir, hätte leicht sein Schicksal sein können, wenn Lee die Schlacht von Gettysburg nicht gewonnen hätte.

Wenn Booth Präsident Lincoln verfehlt hätte

Am Abend des 14. April 1865, fünf Tage nachdem Lees Kapitulation den Sezessionskrieg praktisch beendet hatte, wurde Abraham Lincoln von John Wilkes Booth, einem jungen Schauspieler, in seiner Theaterloge in Washington angeschossen und starb am folgenden Morgen. Der Mordanschlag war Teil einer Verschwörung, die gegen die Spitzen der Regierung gerichtet war, aber nur der Außenminister Seward teilte das Schicksal seines Präsidenten. Er wurde in seinem Bett von Dolchstichen durchbohrt, kam aber mit dem Leben davon. Booth konnte nach dem Attentat fliehen, wurde von einer Kavallerieabteilung verfolgt und in einer brennenden Scheune erschossen. Seine Mitverschwörer wurden hingerichtet oder eingekerkert.

In der letzten Zeit vor seinem Tod war Lincolns Popularität, obschon noch sehr groß bei der Bevölkerung, die ihn im vorausgegangenen November mit einer beispiellosen Mehrheit wiedergewählt hatte, innerhalb seiner eigenen Partei und ihrer Fraktion im Repräsentantenhaus rasch dahingeschwunden. Der Endsieg über den Süden war nach Grants Erfolgen in Virginia und Shermans Vorstoß nach Georgia bereits gewiß, und die Politiker der Republikanischen Partei begannen den Wiederaufbau des Südens ins Auge zu fassen. Ihre Ideen wichen dabei entscheidend von denen des Präsidenten ab. In seiner zweiten Antrittsrede, gehalten am 4. März 1865, hatte er die Leitlinien einer Politik festgelegt, die auf eine rasche und friedliche Wiedereingliederung der Konföderierten Staaten in die Union abzielte. Seine als die Radikalen bekannten Gegner, verbittert durch die Kosten des furchtbaren vierjährigen Ringens, für welches sie den Süden allein verantwortlich machten, waren entschlossen, den ›Rebellen‹ eine drastische Lektion zu erteilen, strenge Vergeltung zu üben und aus der Nachkriegsbesiedlung nebenbei politischen und finanziellen Profit zu schlagen. Ihre Politik verlangte umfangreiche Beschlagnahmungen von Ländereien in den Südstaaten, Entzug des Stimmrechts von Teilnehmern an der ›Rebellion‹ auf unbestimmte Zeit, und die Verleihung des Stimmrechts an die soeben befreiten Neger, was die Weißen des Südens politisch auf Gedeih oder Verderb den Schwarzen ausgeliefert hätte. Lincoln hatte bereits öffentlich die Grundzüge einer Amnestie erläutert; diese bekämpften sie – und den Rest seiner Politik – voll Erbitterung in einem wütenden Dokument, das als das ›Wade-Davis-Manifest‹ bekannt geworden ist. Einer der Autoren, Benjamin Wade, war der Führer der Radikalen im Senat. Lincoln wurde durch seinen jähen Tod aus einer prekären Situation gerissen; sein Tod führte zu seiner Heiligsprechung als Märtyrer und zu seiner Etablierung in der Wertschätzung seiner Landsleute, die ihn von nun an als den größten Mann betrachteten, den amerikanische Erde je hervorgebracht hatte. Selbst seine Feinde, die seinen Sturz betrieben hatten, schlossen sich der einhelligen Meinung an und sparten ihren Haß für seinen Nachfolger auf, Vizepräsident Johnson, der mit weniger Fähigkeit, Geduld und Scharfsinn versuchte, die Politik seines Vorgängers weiterzuführen.

Wenn Booth Präsident Lincoln verfehlt hätte

VON MILTON WALDMAN

Seit unvordenklichen Zeiten sind Theologen und Reformatoren an der unheilbar bösen Natur des Menschen verzweifelt. Moderne Biographen scheinen diese Einstellung jedoch als allzu düster anzusehen – niemand, so erklären sie fröhlich, war so schlecht, wie die Geschichte ihn ausgemalt hat, und so machen sie sich hoffnungsvoll ans Werk und versuchen in den weniger anziehenden Porträts der historischen Galerie Merkmale des Guten und Schönen zu entdecken. Innerhalb eines Jahres sind wir mit einem Nero bekannt gemacht worden, der den Lebensgenuß einer leidenschaftlich künstlerischen Natur der Aufgabe opferte, einen dekadenten Staat umzugestalten – einer Art von römischem Paderewski, wenn man es recht betrachtet; einem Karl II., dessen bemerkenswert zeugungsfreudige Instinkte lediglich Ausdruck einer tiefen Sorge um das Wohl seines Volkes war; einem Casanova, der im Leben jene Gefühle zu verwirklichen suchte, die man bis dahin als ausschließlich in der Poesie existierend betrachtet hatte. Nun kommt Mr. Jameson* und will uns überzeugen, daß der sechzehnte Präsident der Vereinigten Staaten nicht der verhinderte Autokrat und der erfinderische Phrasendrescher gewesen sei, als den wir gelernt haben, ihn zu betrachten, sondern ein Staatsmann von seltener intellektueller und geistiger Größe.

* L. F. Jameson: *Lincoln – eine Rechtfertigung.* Tallman Brown.

Mr. Jameson bedient sich der nicht unvertrauten Methode, eine persönliche Sympathie für seinen Gegenstand zu erzeugen, und in ihrem Schutz diskret über jene strittigen Fragen hinwegzugehen, in denen die Nachwelt gegen ihn entschieden hat. Seine wichtigsten Autoritäten neben den Staatspapieren und zeitgenössischen Zeitungen scheinen Herndons Erinnerungen (ein charakteristisches Beispiel für eine frömmelnde viktorianische Biographie, verfaßt von Lincolns Sozius), die gleichfalls veröffentlichten Erinnerungen von Nicolay und Hay, Lincolns Sekretären, und das unveröffentlichte Tagebuch von H. C. Purdy zu sein, der Hay nachfolgte, als dieser der Gesandtschaft in Paris zugeteilt wurde.

Der interessanteste Teil von Jamesons Buch ist der Anfang, worin er die Niedrigkeit und Armut beschreibt, in welcher der zukünftige Präsident geboren wurde und aufwuchs, sein Ringen um Ausbildung und Studium und eine Laufbahn als Rechtsanwalt, die ersten schwierigen Schritte auf der politischen Leiter. Es ist eine bewegende Geschichte, und der Autor hat recht, wenn er sie für eine Generation, die das meiste davon vergessen hat, wieder auferstehen läßt. Gleichzeitig darf nicht vergessen werden, daß der Aufstieg aus kleinen Anfängen zu einer herausragenden Position besonders unter Politikern auch in den amerikanischen Annalen nicht einzigartig ist, und daß die Bemühung des Autodidakten nicht notwendig der konventionellen Ausbildung an höheren Schulen und Universitäten überlegen ist. Noch ist es möglich, die Bewunderung des Autors für die Gedankenkraft und Sprachgewalt seines Helden in den Debatten mit Douglas zu teilen: es bleibt die Tatsache, daß sein mit schwieligen Händen applaudierendes Publikum den Senatorensitz seinem Gegner zuerkannte, und zwar aus dem sehr wahrscheinlichen Grund, daß die Leute Douglas' konkrete Politik Lincolns wortgewandten Beschönigungen für Kompromisse den Vorzug gaben. Es mag sein, daß der Eindruck, den Lincoln in diesen Debatten machte, ihm später die Nominierung für die Präsidentschaft sicherte, aber man kann nicht umhin zu argwöhnen, daß die mit kreischenden Strolchen vollgestopften Ränge die Überlegungen des Wahlkonvents in einem gewissen Maße beeinflußten – und dies um so mehr, als die politischen Verhältnisse in Chicago waren, wie sie waren (und, wie es heißt, noch sind).

Die Kühnheit der unorthodoxen Theorien des Autors im Hinblick auf den Bürgerkrieg muß uns Bewunderung abnötigen – man bedauert beinahe, daß sie keine Zustimmung gewinnen können, sind sie doch weitaus malerischer und sogar poetischer als die traurige prosaische Wahrheit. Der Kriegstreiber, den er schildert, ist eine prometheische Gestalt aus einer Shakespeare-Tragödie – ein Mann, der mit Festigkeit und Nachsicht, Stärke und Milde und mit einer geistigen Kraft, die fähig war, über das ursprüngliche Handikap der Unerfahrenheit zu triumphieren, an eine hoffnungslose Aufgabe heranging. »Mit Geduld, Mut und Weisheit (selbst mit List, wenn es nötig war) besänftigte und koordinierte er die auseinanderstrebenden, aufbegehrenden Fraktionen, Abolitionisten und Defätisten, die Starrköpfe und die Furchtsamen, und führte sie durch vier qualvolle Jahre zum Sieg über einen entschlossenen und kriegerischen Feind.« Wieviel verlockender sind die Weiden der Geschichte, gesehen durch die Augen unseres romantischen Historikers, als durch diejenigen des unparteiischen Untersuchungsausschusses, der 1866 vom Kongreß eingesetzt wurde, um Maßnahmen der Kriegsführung zu überprüfen:

»... sind wir wider Willen zu der Folgerung gezwungen, daß die Mißerfolge, die während der ersten

Hälfte des Ringens unsere Kriegsanstrengungen begleiteten, in hohem Maße auf die fehlerhafte Auswahl der Befehlshaber durch den Präsidenten zurückzuführen war, sowie auf die häufig von ihm vorgenommenen Umbesetzungen ohne triftigen Anlaß, bevor die betroffenen Kommandeure sich mit der strategischen Situation in ihrem Kampfgebiet vertraut machen konnten, und schließlich auf seine ungerechtfertigte und mutwillige Einmischung in ihre Feldzugspläne. Des weiteren sind wir zu dem Schluß gelangt, daß die Schlachten, die zum Endergebnis führten, von den politischen Befürchtungen des Präsidenten veranlaßt waren, und daß die daraus erwachsenen, erschreckend hohen Blutopfer unserer Unionstruppen zur Erreichung militärischer Ziele unnötig waren.«*

Der Autor behauptet, daß unsere irrige Betrachtungsweise von Lincoln als Kriegstreiber ganz und gar auf Verdrehungen von Parteigängern in der Nachkriegsepoche zurückgehe, und daß seine Zeitgenossen ihn mit einer Verehrung betrachteten, die nicht mehr weit von Götzenanbetung entfernt gewesen sei, wie seine Wiederwahl zur Präsidentschaft mit einer noch nie dagewesenen Mehrheit beweise. Was dies beweist, ist schwierig zu sagen, außer vielleicht einen naiven Glauben an die Demokratie auf seiten des Autors, der in diesen skeptischen Zeiten erfrischend ist. Es ist auch erlaubt, zu spekulieren, ob Lincoln sich zur Zeit der Wahl solch hoher Wertschätzung erfreut hätte, wenn Sherman nicht unaufhaltsam durch Georgia zur Küste vorgestoßen wäre. Jedenfalls war er nach Lees Kapitulation und dem Zusammenbruch der Konföderation

* *Bericht des Parlamentarischen Untersuchungsausschusses*, veröffentlicht mit Genehmigung des Kongresses, Washington, Oktober 1866.

eine Zeitlang das Idol der Masse, und seine Popularität wurde noch mehr vermehrt durch einen seltsamen, heute fast vergessenen Zwischenfall.

Es scheint, daß er einige Tage nach Lees Kapitulation mit seiner Frau und einigen Freunden ins Theater ging. Ein junger Schauspieler namens Booth, ein Bruder des berühmten Edwin Booth, versuchte ihn in seiner Loge zu ermorden, aber der Pistolenschuß ging fehl, und Booth wurde festgenommen. In dem anschließenden Kriegsgerichtsverfahren wurde festgestellt, daß er fanatischer Anhänger des Südens war und seit langem mit dem Plan umgegangen war, den Präsidenten zu töten. Er wurde zum Tode verurteilt, doch Lincoln, der ihn für geisteskrank hielt, wandelte das Urteil auf dem Gnadenwege in eine Haftstrafe um und ließ ihn in ein Asyl einweisen. Es war ein Akt der Nachsicht, der, das gestehen wir gerne zu, nicht uncharakteristisch für ihn war.

Mr. Jameson behauptet, daß, »wenn Booths Kugel ihr Ziel gefunden hätte, das Opfer als einer der großen Männer der Welt in die Geschichte eingegangen wäre«. Es erscheint im Gegenteil höchst wahrscheinlich, daß dieser mißlungene Mordversuch, obgleich er ihn momentan in der Gunst der Öffentlichkeit emporhob, bereits die Keimzelle seines Sturzes war. Vielen Freunden hatte er seine Überzeugung anvertraut, daß er das Ringen, welches seine gesamte erste Amtsperiode überschattete, nicht überleben werde, und vier Jahre lang lebte er in der Erwartung eines gewaltsamen Todes. Booths Attentatsversuch scheint ihm die Wahrheit dieser Vorahnung bestätigt und sein Mißlingen das Ende der Todesgefahr signalisiert zu haben. Es hat den Anschein, daß er sich von da an als einen Mann sah, der von der Vorsehung verschont worden sei, weil sie ihn ausersehen habe, Großes zu leisten. Seine Gegner aber, die dies nicht anerkennen wollten, müßten demnach Ignoranten oder vorsätzliche Agenten des Bösen sein, ausgesandt, ihn zu Fall zu bringen. Das war eine angenehme Seelenmedizin, welche bald die Ausmaße einer Besessenheit annahm und die Unfähigkeit dieses erfahrenen Politikers, den Trend der öffentlichen Meinung in der darauffolgenden Krise richtig zu lesen, einleuchtend erklärt.

Hätten Mr. Jamesons Bemühungen zur Ehrenrettung mit dem Ende des Sezessionskrieges aufgehört, so hätte er vielleicht einige Konvertiten gewinnen können; er ist wenigstens imstande, seine Behauptung mit plumpen pragmatischen Begründungen abzustützen. Lincoln war Präsident geworden; der Norden hatte unter seiner Führung den Krieg gewonnen. Nachdem er in seinen Augen soviel Boden zurückgewonnen hatte, hätte Mr. Jameson es genug sein lassen sollen. Statt dessen scheint er von einer Abart desselben Wahnes besessen zu sein, der den Gegenstand seiner Bemühungen peinigte, und geht kurzerhand zum Angriff auf eine unmögliche Position über. Lincoln, sagt er, sei »als Friedensstifter noch größer denn als Kriegsführer«, und mit diesem verblüffenden Ausspruch nimmt seine Argumentation endgültig Abschied von den Tatsachen und betritt den Bereich der Phantasie.

Anscheinend verriet ihm ein Instinkt, daß es sich so verhielt, denn zu Beginn dieses Abschnittes seines Buches läßt er die Idee genauer Beweisführung fahren und versucht wie ein guter Anwalt in einer schlechten Sache durch Tränen einen Freispruch herauszuwringen:

> Diese vier Jahre hatten ihn um seine Jugend gebracht; als er sich daran machte, das gespaltene Land zu einigen und den Wiederaufbau in die Wege zu leiten, war er ein verbrauchter und kranker alter Mann. Seine beinahe legendären Körperkräfte waren von ihm gewichen; es war eine Anstrengung für ihn, sich von

einem Stuhl zu erheben, und die Müdigkeit war von seinem Gesicht jetzt so deutlich abzulesen wie seine charakteristische Traurigkeit. Sein krauses schwarzes Haar war ergraut; tiefe Furchen durchzogen die edle hohe Stirn, und die unter schweren Lidern hervorblickenden grauen Augen waren stumpf und blutunterlaufen; häufig fielen sie ihm zu, selbst mitten in wichtigen Konferenzen. Seine lederige, gebräunte Gesichtshaut hatte eine ungesunde graue Farbe angenommen, und die Wangen waren so eingefallen, daß die große, scharf gemeißelte Nase mit erschreckender Augenfälligkeit herausragte. Nur der breite, gefühlvolle Mund war seit heitereren Tagen unverändert geblieben und schien noch immer widerhallender Beredsamkeit oder einer witzigen Bemerkung fähig.

Die verantwortungsvolle Arbeit jener vier Jahre aber war gemäßigt im Vergleich mit den Anforderungen, die nun an ihn gestellt wurden. Damals stand er an der Spitze eines vom ganzen Volk unterstützten Feldzuges, und fähige Männer standen bereit, ihm einen Teil seiner Bürde abzunehmen. Haß und Gegnerschaft schwelten weiter, wagten sich aber nicht hervor – so stark war das Vertrauen des Volkes in ihn, daß ein widerstrebender Kongreß gezwungen war, ihm praktisch autokratische Machtvollkommenheit einzuräumen, damit er in der großen, vor ihm liegenden Aufgabe nicht durch kleinlich-nörglerische Obstruktion behindert würde. Nun verließen oder verrieten ihn die Helfer, und seine Feinde beherrschten den Kongreß, begierig, ihm selbst die fundamentalen Machtbefugnisse seines Amtes zu entreißen, mit denen die Verfassung es ausgestattet hatte. Es gab nicht mehr ein Ziel, sondern viele; beinahe allein mußte er vorangehen und »die Wunden der Nation verbinden« im Geiste des »Groll gegen niemand, Wohltätigkeit gegen alle«, auf den er sich mit den unsterblichen

Worten seiner Ansprache zur zweiten Amtseinsetzung verpflichtet hatte.

»Die Gebete aller konnten nicht erhört werden. Niemandes Hoffnungen sind ganz erfüllt worden.« Der Norden sah sein Industriesystem desorganisiert und die Reihen der Arbeitslosen durch die Rückkehr einer halben Million erwartungsvoller Soldaten angeschwollen; er mißtraute der finanziellen Stabilität der Regierung und war unzufrieden mit den Früchten seines kostspieligen Sieges. Der Süden überblickte die Ruinen seines Wirtschaftssystems in verwüsteten Plantagen und niedergebrannten Farmen, in Städten, die überfüllt waren von kriegsversehrten und kranken Veteranen, für die dringend Hilfe oder Beschäftigung gefunden werden mußte, und von müßigen und aufrührerischen Negern, die in die durch ihre Befreiung geschaffene neue Ordnung eingefügt werden mußten. Es war die übermenschliche Aufgabe des Präsidenten, die Rückkehr zu normalen Verhältnissen und dem Wohlstand des Friedens zu sichern und die ergrimmten Sieger daran zu hindern, daß sie in der Vergeltung an den unglücklichen Besiegten eine vergebliche Heilung ihrer Übel suchten. Er allein stand dem kurzsichtigen Verlangen seiner Partei im Weg, den Grundbesitz im Süden zu enteignen und eine dauerhafte Vorherrschaft der Republikanischen Partei zu sichern, indem man den Weißen des Südens das Wahlrecht entzog und es den ungebildeten und verwirrten Schwarzen zubilligte.

Seine Arbeit war mit diesen Angelegenheiten der Politik und den ungezählten damit zusammenhängenden Einzelheiten nicht beendet. Vom frühen Morgen bis nach Mitternacht schob sich Tag für Tag ein endloser Strom von Bittstellern durch das Weiße Haus – alte Frauen baten um die Begnadigung ihrer Söhne, die von Kriegsgerichten wegen Verstößen gegen das

Militärrecht verurteilt worden waren; Südstaatler beklagten sich über die ungerechte Behandlung durch Besatzungstruppen, die ihre Häuser beschlagnahmt hatten; Politiker kamen, um Vorschläge zu machen, ihren Rat anzubieten oder Gefälligkeiten zu erbitten. Die kalten Korridore des Weißen Hauses stanken nach Whisky, Schweiß und Tabak. Wäre der Präsident in der vollen Kraft seiner Jugendjahre gewesen, diese unaufhörlichen Ansprüche auf seine Zeit und sein Mitgefühl hätten seine Vitalität binnen kurzem unterminiert. So aber sank er oft halb betäubt von Erschöpfung und Müdigkeit in sich zusammen, wenn der letzte Besucher gegangen war, und mußte von einem seiner Sekretäre zu Bett gebracht werden, wenn nicht, was häufig genug vorkam, weitere unaufschiebbare Entscheidungen getroffen und Schriftstücke unterzeichnet werden mußten. Doch selbst in dieser Zeit verließen ihn seine warme Menschlichkeit und sein Humor nicht ganz. Er schenkte den Bedrückten und Verlassenen unter seinen Bittstellern dieselbe sorgfältige Aufmerksamkeit wie bisher; und einmal bemerkte er, nachdem eine Delegation feindseliger Politiker mit Drohungen auf den Lippen gegangen war: »Krieg führen verhält sich zu Frieden stiften wie die Arbeit des Preisrichters einer Hundeausstellung zu der des Schiedsrichters bei einem Hundekampf.«

Dies ist ein geschicktes Gnadengesuch unter der Tarnkappe der Forderung nach Gerechtigkeit. Mr. Jameson geht von der naiven Annahme aus, daß die zu Beginn der zweiten Amtsperiode von Lincoln gehaltene Rede als Grundlage einer Wiederaufbaupolitik gedacht gewesen sei; es ist zweifelhaft, ob der Redner selbst mehr darin sah oder beabsichtigte, als jene Art konventioneller Absichtserklärung, mit der Politiker seit jeher die lästige Neugierde ihrer Wähler besänftigt haben: die honigsüßen, pseudobiblischen Phrasen klangen dem Redner wie seinen Hörern gleich lieblich in den Ohren und verpflichteten niemand zu etwas. Die Annahme, daß die Rede bindend für die Partei gewesen sei, deren Sprecher Lincoln zu dieser Zeit nicht mehr war, ist eine Neuheit in kontroverser Beweisführung.

Ferner setzt der Autor unbefangen voraus, daß der Bruch zwischen dem Präsidenten und seiner Partei einzig und allein die Schuld der letzteren gewesen sei – vermutlich wurden die republikanischen Kongreßabgeordneten nur gewählt, daß sie nach seiner Pfeife tanzten! Unglücklicherweise war die Melodie, die er wählte, eine Hymne des Vergebens, die nicht recht mit den martialischen Weisen harmonieren wollte, deren Klänge noch das Land erfüllten. Er war berauscht von der Musik, die er selbst erzeugte, während die Volksvertreter nüchtern einen Weg zu suchen hatten, um den Willen des Volkes zu vollstrecken – und dieser verlangte unter anderem, daß strenges Gericht über die Verantwortlichen der jüngsten Katastrophe gehalten werde, ferner eine Belohnung für die Neger in Form des Stimmrechts, weil sie in Beantwortung der Proklamation zur Abschaffung der Sklaverei für den Norden zu den Waffen gegriffen hatten. Das nachträglich vorgebrachte Argument des langdauernden Chaos, zu welchem die vorschnelle Gewährung des aktiven und passiven Wahlrechts für die farbige Bevölkerung geführt hat, trägt wenig zur Sache bei. Mr. Jameson sieht in allen Streitfragen den Präsidenten als Vorkämpfer der Vergebung und des Mitleids, Lincolns Gegner hingegen ausschließlich als rachsüchtig und beseelt von schnödem Gewinnstreben: »... während sie frömmlerisch von gerechter Vergeltung plapperten, juckte es ihnen in den Fingern, um sich selbst und ihre Anhänger mit Grundbesitz im Süden zu bereichern und ihre eigene Partei durch die Verweigerung des weißen und die Gewährung des schwarzen Stimmrechts für alle Zeit zu etablieren.« Es gibt jedoch eine weitere Interpretation für Lincolns Schonung der Rebellen: daß er nämlich hoffte, mit ihrer Unterstützung eine Ausdehnung der eigenen Macht zu erlangen, die keinem Präsidenten jemals gewährt wurde und auch in Zukunft nicht gewährt werden wird – eine dritte Amtsperiode.

Schlechte Gesundheit, Untreue, die Schlechtigkeit der Opposition, diese Umstände allein waren für den Niedergang seines Ansehens verantwortlich, wenn man Mr. Jameson Glauben schenken will; nirgendwo auch nur die leiseste Andeutung, daß Lincolns eigene Unzulänglichkeit, seine Taktlosigkeit, sein autokratischer Stil zu dieser Entwicklung beitrugen. Aber der skeptische Leser wird sich fragen, ob die Krankheit durch Überarbeitung nicht hätte abgewendet werden können, wenn der Präsident die Weitherzigkeit besessen hätte, Verantwortung zu delegieren, und ob sogenannte Untreue nicht die Folge seiner Weigerung war, die Gleichheit des Intellekts seiner Parteifreunde und Mitarbeiter anzuerkennen, indem er ihren Rat suchte. Dieselbe Vereinsamung, von der ein so mitleiderregendes Bild gezeichnet wird, lag zum großen Teil an Lincolns Unfähigkeit, jene verletzenden Bemerkungen zu unterdrücken, die vom Autor so genußvoll wiederholt werden.

Wäre diese unglückselige Neigung nicht gewesen, hätte er sich beispielsweise Charles Sumners guten Willen erhalten können, selbst nachdem Sumner sich der radikalen Opposition angeschlossen hatte. Einmal, als Lincoln sich anschickte, zu einer der freudlosen und von immer mehr Menschen gemiedenen Repräsentationsveranstaltungen hinunterzugehen, welche die schwerste Enttäuschung in der Karriere seiner Frau als erste Dame des Landes waren, hielt sie ihn zurück, um eine gründliche und wenig schmeichelhafte Inventur seiner äußeren Erscheinung zu machen. Er betrachtete sich in einem großen Drehspiegel. Ihre tadelnden Bemerkungen waren zweifellos gerechtfertigt. Das schwarze wollene Tuch seines Anzugs fiel ihm sackartig und faltig von den gebeugten, knochigen Schultern; in der Wahl seiner Schneider war er nicht wählerischer als in der Wahl seiner Generäle. Seine einzige Bemerkung war jedoch: »Wird schon gehen; ich finde, ich sehe so elegant aus wie Charlie Sumner, bis auf die Gamaschen, und die brauche ich nicht, weil ich nicht so schnell kalte Füße kriege wie er« – ein Bonmot, das im Handumdrehen über die Hintertreppe war und prompt dem ehrwürdigen Senator von Massachusetts zu Ohren kam.

Das Jahr 1866 sah eine monotone Wiederholung der gleichen Taktiken: der Kongreß verabschiedete Gesetzesvorlagen, die der Präsident durch sein Veto zu Fall brachte und unbesonnen oder in Usurpation seiner eigenen Autorität an das Abgeordnetenhaus zurückverwies. In diesem wie im Senat hatte sich eine disziplinierte Zweidrittelmehrheit gegen den Präsidenten gebildet, die schließlich imstande war, jedes Veto des Präsidenten zu überstimmen; und Lincoln, ein anerkannter Meister in der Kunst der Protektion, setzte sich durch die Armee der Amtsinhaber, die von ihm abhingen, über das neue Recht hinweg. In dieser Art und Weise wurde eine Gesetzesvorlage nach der anderen hin- und hergestoßen und zu guter Letzt durch das, was Mr. Jameson die ›Festigkeit des Präsidenten‹ nennt und für das andere einen weniger schmeichelhaften Namen haben, ungültig gemacht. Unterdessen breiteten sich im ganzen Land Unruhe und Unzufriedenheit aus – überall herrschten Armut, Müßiggang, Bankrott und offener Aufruhr. Washington selbst wurde eine Stadt der Landstreicher, Trunkenbolde und Prostituierten. Auf den Straßen, in den Wirtshäusern und Bordellen fielen demobilisierte Soldaten und flüchtige Neger übereinander her, während andere sich auf den Galerien von Repräsentantenhaus und Senat drängten, um mit Getrampel und Gebrüll für oder gegen Maßnahmen einzutreten, die sich auf sie auswirkten. Nichts war zu erreichen, solange Legislative und Exekutive einander blockierten.

Eine seltsame Ironie wollte es, daß der tote Punkt überwunden und das Schicksal des Präsidenten ausgerechnet durch eine Kontroverse besiegelt wurde, in der man ihm – mit Einschränkungen – recht geben muß. Das Werkzeug war der Kriegsminister, Edwin M. Stanton, ein Mann, der während des Krieges ungewöhnliche organisatorische Fähigkeiten bewiesen hatte, seit Kriegsende jedoch durch gewisse Symptome der Selbstüberschätzung aufgefallen war – einem Leiden, das er sich womöglich durch die enge Verbindung mit seinem Vorgesetzten zugezogen hatte.

General Sherman, der den westlichen Militärbezirk befehligte, hatte Beschwerden erhalten, daß ein gewisser Oberst mit guten Beziehungen zu hohen Stellen, dem die Liquidation überschüssiger Bestände von Armeematerial im Mississippigebiet oblag, die als Wahlagitatoren unter den Negern auftretenden unternehmenden Abenteurer aus dem Norden ungerechtfertigt begünstige, und daß die eingesessenen Händler infolgedessen ruiniert würden. Nachdem eine Untersuchung ergeben hatte, daß die Klagen begründet waren, hatte Sherman an das Kriegsministerium geschrieben und um die Versetzung des betreffenden Offiziers nachgesucht. Stanton antwortete, ohne den Präsidenten zu konsultieren, doch in solch einer Weise, daß der Eindruck entstand, er habe die Billigung des letzteren, und in einem so subtil beleidigenden Ton, daß der General keine andere Möglichkeit sah, als seinen Rücktritt anzubieten; wie Mr. Jameson andeutet, ist es nicht unwahrscheinlich, daß es genau dies war, was der Minister bezweckt hatte.

Sobald Lincoln von dem Vorgang erfuhr, schrieb er Stanton und verlangte eine zufriedenstellende Erklärung oder, andernfalls, seine Demission. Stanton antwortete nicht direkt; statt dessen erhielt der Präsident ein nicht formelles Ersuchen von Thaddeus Stevens und Ben Wade, den Sprechern des Repräsentantenhauses und des Senats, um einen Gesprächstermin am selben Abend.

Mr. Jameson hat seine Version dieser berühmten nächtlichen Zusammenkunft niedergeschrieben; dazu bediente er sich eingestandenermaßen der Tagebuchaufzeichnungen des Privatsekretärs Purdy, und wenn wir seine Voreingenommenheit in Rechnung stellen, dürfen wir den hier wiedergegebenen Bericht als im wesentlichen zutreffend akzeptieren:

> Der Präsident empfing sie in seinem kleinen Arbeitszimmer, einem Raum, den Mrs. Lincoln nach ihrem Einzug für ihn möbliert hatte; die Eichenregale, die nahezu die gesamte verfügbare Wandfläche bedeckten, waren angefüllt mit seinen Büchern, von denen viele noch aus den Tagen stammten, als er eine Blockhütte bewohnt hatte. Im übrigen bestand das Mobiliar aus einem großen Mahagonischreibtisch, der vor den zugezogenen grünen Samtvorhängen des einzigen Fensters stand, und mehreren niedrigen, mit grünem Samt bezogenen Mahagonisesseln, die um den offenen Kamin gruppiert waren. Er bot seinen Besuchern zwei von diesen an und setzte sich ihnen gegenüber.
>
> Nach ein paar oberflächlichen Begrüßungsworten trat ein momentanes Stillschweigen ein. Selbst diese beiden Männer, die seine unerbittlichsten Feinde

waren, mußten von dem müde gebeugten Kopf des Präsidenten, der Blässe seines Gesichts, dem ominösen Zucken der riesigen Hände und den langen, übereinandergeschlagenen Beine betroffen gewesen sein, aber keiner von ihnen erkundigte sich auch nur formell nach seiner Gesundheit. Stevens saß zurückgelehnt in seinem Sessel, die Hände um die Armlehnen gelegt, als benötige sein mächtiger Körper eine Stütze, um das Gleichgewicht zu halten. Seinen Klumpfuß hatte er ungeniert von sich gestreckt. Das durch den gläsernen Schirm der Tischlampe dringende grüne Licht fiel auf seine schimmernde schwarze Perücke und die düster blickenden Augen und verlieh ihm ein finster-unheilvolles Aussehen; mit der Adlernase und der grimmig vorgeschobenen Unterlippe ähnelte er einem späten römischen Konsul, einem wilderen und grausameren Marius. Wade saß vorgebeugt, die Ellbogen auf den Knien, das grobgeschnittene, dreiste Gesicht dem Präsidenten entgegengereckt. Er brach als erster das Schweigen.

»Wir sind gekommen, um zu erfahren, was Sie in der Sache Stanton zu tun beabsichtigen«, verkündete er brüsk.

Der Präsident hob den Blick zum Sprecher. »Ist er bei Ihnen gewesen, um Hilfe und Tröstung zu suchen, wie? Die wird er bekommen haben, denke ich.«

»Er wird sie bekommen, bei Gott ...«

Stevens harte, klare Stimme unterbrach den Ausbruch seines Kollegen. »In erster Linie sind wir gekommen, um zu erfahren, was Sie gegen ihn haben.«

»Hat er es Ihnen nicht gesagt?« fragte Lincoln.

»Wir wissen von diesem einfältigen Gezänk draußen in St. Louis. Warum mußte Sherman sich einmischen?«

»Weil er genau wie ich der Meinung ist, daß die

überschüssigen Armeebestände nicht dazu gebraucht werden sollten, daß kleine Ladenbesitzer ruiniert und eine Menge Aasgeier gemästet werden – selbst wenn sie zufällig mit Senatoren der Vereinigten Staaten verwandt sein sollten«, fügte der Präsident mit Nachdruck hinzu.

»Heult noch immer auf, wenn jemand einem Rebellen einen Maiskolben zertritt«, höhnte Stevens. Seine Stimme troff von Verachtung, die noch stärker war als der Haß, den der Führer der Republikaner gegen den Mann vor sich hegte. »Ist das alles, was Sie gegen Stanton haben?«

»Mehr ist es nicht«, versetzte der Präsident ruhig. »Ich verlangte nur eine Erklärung, als er sich meine Autorität anmaßte und ich dadurch beinahe einen meiner besten Generäle verloren hätte. Nun wird er zurücktreten müssen.«

»Weil er ein Freund von uns ist, nehme ich an«, schnaufte Wade kriegerisch.

»Nein, Senator, weil er die Gewohnheit hat, aus der Schule zu plaudern; man könnte ein übriges tun und ihn ungetreu nennen.«

»Das ist ein Wort, das vielleicht passender auf andere angewendet werden könnte«, warf Stevens ein. »Zum Beispiel auf einen Mann, der mit seiner Partei bricht und die Leiter umstößt, mit deren Hilfe er aufgestiegen ist …«

»Und das klare Wort des Herrn mißachtet, daß Verräter und Rebellen und ihre Saat zu bestrafen sind!« platzte Wade heraus.

»Einstweilen tut es die Partei, Ben«, unterbrach Stevens ihn ironisch. »Für sie können wir sprechen, aber vom Allmächtigen haben wir nicht die gleiche Beglaubigung.« Lincoln blickte ihn mit einem leisen Lächeln humorvollen Verstehens an, aber er hätte genausogut in Augen aus Granit sehen können.

Wade knurrte wie ein unvollkommen gezähmter Bär und ließ sich in den Sessel zurückfallen, und Stevens wandte sich wieder zu Lincoln. »Es ist unnütz, noch einmal die alten Differenzen ans Licht zu zerren. Unsere Meinungen sind inzwischen so unverrückbar fest, daß wohl nur Bens Chef im Himmel sie ändern könnte. Wir sind bloß gekommen, um Ihnen zu sagen, daß wir nicht ruhig zusehen werden, wie Stanton hinausgeworfen wird.«

»Er wird nicht hinausgeworfen; er wird zurücktreten«, sagte der Präsident.

»Es läuft auf das gleiche hinaus«, erwiderte der Pennsylvanier gereizt. »Er paßt uns im Kriegsministerium, und wir werden dafür sorgen, daß er dort bleibt.«

»Es trifft sich, daß er für mich arbeitet«, entgegnete Lincoln sanft, »und ich bin nie dafür gewesen, ein Pferd zu behalten, das einen jedesmal, wenn man es aus den Augen läßt, in den Hintern tritt.«

»Er arbeitet für das Volk der Vereinigten Staaten«, donnerte Wade.

»Und wir sind hier, um zu sehen, daß er auch weiterhin für das Volk und uns arbeitet«, ergänzte sein gefürchteter Kollege. »Wir sind es allmählich müde, Wiederaufbaugesetze zu beschließen, denen Sie keine Beachtung schenken. Wir verabschieden ein Enteignungsgesetz, und die Rebellen sitzen noch immer auf ihrem Land; wir verabschieden ein Gesetz über die militärische Verwaltung, und die Armee unten im Süden könnte genausogut einmarschiert sein, um ein Picknick zu veranstalten ...«

»Und was gedenken Sie gegen General Butlers Entschließungsantrag zu unternehmen, daß Davis und Lee vor Gericht gestellt werden?« warf Wade ein. »Dieser Davis lebt in Kanada wie ein Lord, und Lee erfreut sich des Lebens als Präsident einer Universität, dabei hätten beide schon vor einem Jahr aufgeknüpft gehört.«

Ein Lächeln zuckte um den Mundwinkel des Präsidenten. »Ben Butler wird mit jedem Tag blutdürstiger. Als er noch Truppen gegen die Rebellen kommandierte, schien er nachsichtiger mit ihnen umgegangen zu sein.«

Dieser Hinweis auf die ungebrochene Serie von Niederlagen, die dem glücklosen Butler von den Konföderierten beigebracht worden waren, erbrachte ein frostiges Lächeln von Stevens, aber von Wade nur einen finsteren Blick und die Frage: »Haben Sie die Absicht, diese Resolution auszuführen oder nicht?«

»Glauben Sie, Sie könnten die Union wieder aufbauen, indem Sie ein paar alte Männer hängen?« wandte der Präsident ein, um dann in scheinbarer Abschweifung vom Thema die Frage zu stellen: »Sie sind nie Farmer gewesen, nicht wahr?«

»Nein«, knurrte der Senator von Ohio.

»Also, ich bin Farmer gewesen, wie Sie wahrscheinlich gehört haben, und ich habe nie versucht, ein Feld von hundert Morgen mit dem Kot eines einzigen Spatzen zu düngen ...«

»Wenn nötig, werden wir mehr Spatzen herbeischaffen«, warf Stevens ein.

»Das zu verhindern, bin ich hier, Mr. Stevens«, sagte Lincoln freundlich.

»Ihre Vorstellung scheint zu sein, daß sie hier sind, um alles zu verhindern, was die Vertreter des Volkes wollen«, sagte Stevens sarkastisch. »Und wir sind gekommen, um Ihnen unter anderem zu sagen, daß das von nun an ein Ende haben wird. Wenn Sie in dieser Angelegenheit auf Stantons Rücktritt beharren, dann wird es in zwei Wochen ein Gesetz geben, daß es Ihnen unmöglich macht, Kabinettsmitglieder oder andere Amtsinhaber zu entlassen. Dann gehen

Sie auch, wenn Stanton geht.« Seine rechte Hand, die diese Erklärung mit unbeholfenen aber kraftvollen Gesten untermalt hatte, schlug dumpf auf die Armlehne des Sessels. Wade grunzte zustimmend.

Für eine kleine Weile trat Stille ein. Der Gesichtsausdruck des Präsidenten blieb unverändert, aber sein Zeigefinger streichelte die Warze an seiner rechten Wange, eine Lieblingsgewohnheit von ihm, wenn er nachdenklich oder verlegen war. Nur einmal zuvor war einem Präsidenten der Vereinigten Staaten mit der Absetzung gedroht worden, als nämlich John Tyler, ein vergleichsweise unbedeutender Mensch, der durch Harrisons Tod ins Amt gelangt war, die Führer seiner Partei beleidigt hatte; selbst in diesem Fall waren der Drohung keine Taten gefolgt... Lincoln wußte, daß dies keine leere Drohung war. Diese Männer haßten ihn und alles, was er zu tun versuchte, mit einer fast religiösen Inbrunst. Er hatte zweien der tiefsten menschlichen Instinkte in ihnen entgegengearbeitet – dem Verlangen nach Rache und dem Streben nach Gewinn. Wenn er in der Sache seines perfiden Kriegsministers nicht kapitulierte, würden sie ihre Drohung skrupellos wahrmachen, und seine Hoffnungen, dem zerrütteten Land Frieden und Versöhnung zu bringen, würden mit ihm im Abgrund verschwinden. Wenn er aber in diesem Punkt kapitulierte, würde es mit seiner Selbstachtung vorbei sein...

Er legte die Hände auf der Brust zusammen und betrachtete Stevens aufmerksam. »Das heißt, Sie werden meine Absetzung betreiben, falls ich in der Sache mit Stanton nicht nachgebe.«

Der furchterregende Veteran bejahte mit einem kurzen Schließen seiner faltigen Lider.

»Ich verstehe; nur zu, tun Sie es!« sagte der Präsident gleichmütig.

Es war offensichtlich, daß seine Entscheidung zumindest Wade überraschte. Er sprang auf, warf sich in die Brust und streckte den dicken Zeigefinger aus, als befände er sich vor Gericht, und rief: »Wir werden mehr tun, als Ihre Absetzung betreiben. Wir werden Sie aus der Partei ausstoßen; wir werden Sorge tragen, daß ihr Name in den Nasen der Leute stinkt wie …«

»Das haben Sie bereits versucht«, erinnerte ihn der Präsident gelassen. »Ihre Zeitungen haben mich bereits als Trunkenbold, Gotteslästerer und Verführer angeprangert. Was haben Sie darüber hinaus zu sagen, das Sie in Ihrer Herzensgüte zurückgehalten haben?«

Dem Senator aus Ohio wollte nichts einfallen. »Warten Sie's ab!« knurrte er und ließ sich wieder in den Sessel fallen.

Lincoln dachte nach. »Offensichtlich können Sie nicht erwarten, in diesem Kongreß mit einer öffentlichen Anklage durchzukommen.« Er nickte zu Wade hin. »Nicht einmal unser feuerfressender Freund hier rechnet damit, daß er in diesem Fall seine Zweidrittelmehrheit im Senat zusammenhalten kann.«

»Ein Drittel des Senats wird nach dem 4. März neu sein«, erwiderte Stevens geringschätzig.

»Ich kann mir nicht denken, daß das viel an der Sache ändern wird«, meinte der Präsident, als dächte er laut nach. »Sie können kaum darauf zählen, daß Ihre eigenen Leute alle gewählt werden.«

»Es wird eine Veränderung geben – und den Rest besorgen wir.«

Der Zynismus der Bemerkung entging Lincoln nicht; er wußte, wie die herrschende Gruppe, indem sie die Aufnahme ordnungsgemäß gewählter Kandidaten der Minderheitspartei unter Vorwänden verweigerte oder verzögerte, die notwendige Zweidrittelmehrheit bisher immer hatte zusammenhalten können. Er machte eine überschlägige Berechnung der möglichen Gewinne oder Verluste im Senat und kam zu einer raschen Entscheidung.

»Dann werde ich es mir zur persönlichen Aufgabe machen, dafür zu sorgen, daß die Zusammensetzung sich nicht so sehr verändert, wie Sie hoffen.« Er lächelte vor sich hin, als habe ihn die Aussicht auf diesen letzten entscheidenden Kampf, zu dem er die beiden herausforderte, plötzlich aufgemuntert. »Ich habe noch immer Zutrauen in den gesunden Menschenverstand der Leute.«

»Das hat auch die Republikanische Partei«, entgegnete Stevens, stand auf und stapfte, gefolgt von Wade, mit einer Beweglichkeit, die seine vierundsiebzig Jahre Lügen straften, aus dem Raum.

Eine Stunde später fand Purdy, der in einem benachbarten Zimmer gearbeitet hat, Lincoln schlafend in seinem Sessel. Auf dem Boden neben ihm lag ein Papier, auf dem er versucht hatte, in groben Zügen das Ergebnis der nächsten Wahlen vorauszusagen. Im Licht der späteren Ereignisse ist dies ein interessantes und sehr merkwürdiges Dokument.*

Nur sechs Wochen blieben bis zu den Wahlen, und die drei letzten dieser Wochen mußten für eine Wahlkampfreise durch das Land freigehalten werden. In den verbleibenden drei Wochen mußte der Präsident neben der bereits erdrückenden regulären Arbeitslast seines Amtes für die Vernachlässigung der öffentlichen Angelegenheiten während seiner Abwesenheit vorsorgen und die Wahlreden vorbereiten, mit denen er die Wähler für sich zu gewinnen hoffte. Seine Aufgabe wurde nicht einfacher, als mehrere Kabinettsmitglieder

* Es ist reproduziert in Mr. Jamesons Buch, S. 472

seiner Regierung auf die Nachricht von seinem offenen Bruch mit der Partei ihren Rücktritt erklärten; nur drei Minister, die ihn während des Krieges unterstützt hatten, blieben noch im Amt, und einer von diesen war Stanton, der sich weigerte, die Schlüssel zum Kriegsministerium zu übergeben. Die unverwüstliche Mrs. Lincoln wählte diese Periode, um einen entschlossenen Versuch zur Wiederbelebung des dahinsiechenden gesellschaftlichen Lebens der Hauptstadt zu unternehmen, und verfiel in schrille Reizbarkeit, als ihre Salons sich mit whiskyschweren Politikern und ihren verdrießlichen Frauen füllten, statt mit der aristokratischen Gesellschaft, über die sie in Springfield, Illinois, zu lesen pflegte. Sie neigte zu dem Argwohn, daß der Radikale Block die erwünschten Gäste von ihren Empfängen fernhielt und lamentierte über den Entschluß ihres Mannes, Washington zu verlassen, während das Schicksal ihrer gesellschaftlichen Ambitionen in der Schwebe hing.

Andere führten gewichtigere Gründe gegen seinen Entschluß an. Seine beiden Sekretäre haben die Bemühungen aufgezeichnet, mit denen sie ihn zu bewegen suchten, die Zeitungen zu lesen und eine Vorstellung davon zu bekommen, wie er im Land eingeschätzt wurde. Wenn sie ihm aber Auszüge aus den Leitartikeln der führenden Zeitungen vorlegten, die sie für ihn vorbereitet hatten, winkte Lincoln mit der Bemerkung ab, daß »diese Burschen glauben, sie bilden die öffentliche Meinung, wenn sie nur ihre eigene verkaufen«. Er schien unfähig zu glauben, daß die Wähler sich weigern könnten, seine eigene Version des Konflikts zwischen Gut und Böse zu akzeptieren, obwohl unparteiische Beobachter zu der Annahme neigten, daß es so kommen könnte. Und er hatte noch immer unbegrenztes Vertrauen in die Macht seines Wortes.

Während der ersten Woche der Wahlkampagne hatte

es den Anschein, daß sein Selbstvertrauen gerechtfertigt war. Gewiß, in Harrisburg war sein Erscheinen auf der Rednertribüne das Signal zu höhnischen Zurufen und Pfiffen, deren Zahl und Lautstärke im Verlauf seiner Ansprache zunahmen. Einmal versagte ihm die Stimme, die nie sehr stark gewesen war, vollständig, und er goß sich ein Glas Wasser ein, worauf ein Zwischenrufer brüllte: »Ich wette, er merkt gar nicht, was er trinkt« – ein Einfall, der mit Gelächter und Geschrei quittiert wurde. Doch je weiter nach Westen er kam, desto herzlicher wurde der Empfang der Bevölkerung, bis die Begeisterung in Illinois und Indiana ein solches Ausmaß annahm, daß sie seine rednerischen Bemühungen beinahe ebensosehr behinderte wie die unfreundlichen Demonstrationen im Osten es getan haben. Diese Begeisterung hatte jedoch nur wenig mit Urteilsfähigkeit zu tun – die Hochrufe galten dem ›rechtschaffenen Abe‹, dem Holzspalter, dem Sohn der Heimat, der es in der großen Welt weit gebracht hatte. Seine Zuhörer schrien sich die Lungen aus dem Leib für »eine bleibende Versöhnung mit unseren schwer betroffenen Brüdern im Süden« – und wanderten täglich zu Dutzenden ab, um sich am Unglück dieser ›verdammten konföderierten Rebellen‹ zu bereichern. Der unkritischen persönlichen Zuneigung dieser ungestümen Weststaatler haftete etwas ziemlich Unheimliches an: man vernahm Gemurmel von Aufstand und weiterem Bürgerkrieg, wenn die Drohung mit der Amtsenthebung wahrgemacht wurde. In Peoria wurde diese kämpferische Stimmung besonders deutlich; dort kamen mehr als tausend Bewaffnete zu der Wahlkundgebung und schwuren, auf Washington zu marschieren, sollten die Radikalen versuchen, den Präsidenten aus dem Weißen Haus zu werfen. Lincoln ermahnte sie ernst und warnte sie davor, noch einmal den Frieden des Landes zu bedrohen, aber Beobachtern entging nicht der unverkennbare Ausdruck von Genugtuung angesichts dieser gefährlichen Treuekundgebung.

Die Rückreise muß jedwede Illusion zerstört haben, die er während seiner triumphalen Fahrt durch seine heimatlichen Gebiete gehegt haben mochte. Östlich von Buffalo wurde die Haltung der Menschenmengen so bedrohlich, daß es den Behörden geraten schien, ihm militärischen Schutz zu gewähren. Er konnte kaum einen Satz zu Ende bringen, ohne unterbrochen zu werden. Gelegentlich wurden sogar Wurfgeschosse auf ihn geschleudert. Offen wurde er beschuldigt, sich gesellschaftlich bei Südstaatenpolitikern und Botschaftern fremder Nationen einzuschmeicheln, welche die Konföderation unterstützt hatten (eine beharrlich wiederkehrende Anschuldigung, die Mr. Jameson mit einer allzu hastigen Geringschätzung abtut); von Jefferson Davis' Flucht nach Kanada gewußt und sie, gegen ein Entgelt, zugelassen zu haben; den Oberbefehlshaber der Konföderation, General Lee, vor gerichtlicher Verfolgung zu schützen; und in Erwartung politischer und finanzieller Belohnung von interessierten Kreisen den Negern treulos das Wahlrecht vorzuenthalten. (Beiläufig darf man fragen, wie es ihm gelang, eine Besitzung im Wert von weit mehr als 100 000 Dollar zu hinterlassen, nachdem sein Einkommen als Anwalt niemals 3000 Dollar im Jahr überstieg, und er sich seines Präsidentengehaltes von 25 000 Dollar weniger als sechs Jahre lang erfreute.)

In Albany war er nicht in der Lage, seine Rede zu Ende zu bringen, und die Wahlversammlung löste sich in einem Tumult auf, in dessen Verlauf mehrere Angehörige seines Gefolges verletzt wurden. Er wurde unter Bedeckung zu einem Hotel gebracht und lag zwei Tage krank, während eine Anzahl Versammlungen und Treffen abgesagt wurden. Es zeigte sich jetzt immer deutlicher, daß sein ›Kreuzzug‹, wie seine

Anhänger es nannten, zum Scheitern verurteilt war, und es schien sogar zweifelhaft, ob er ihn würde vollenden können. Aber er hörte nicht auf den Rat seiner Ärzte und reiste nach New York ab, um dort die entscheidende Probe des gesamten Wahlfeldzuges zu bestehen.

Versammlungsort war das Cooper-Institut, wo er weniger als sieben Jahre zuvor zum ersten Mal vor einem Ostküsten-Publikum aufgetreten war und damit in nicht geringem Maße zu seiner Nominierung für die Präsidentschaft beigetragen hatte. Doch obgleich Ort und Zuhörer die gleichen waren, hatten Zeit und Umstände völlig andere Bedingungen geschaffen. Es war nicht mehr möglich, auf dem Zaun zwischen Sklaverei und Sklavenbefreiung zu sitzen, in einem Atemzug John Brown als einen Märtyrer zu preisen und ihn im nächsten als einen Dummkopf zu verdammen, oder seinem Publikum mit Deklamationen wie: »Laßt uns vertrauen, daß Macht Recht schafft, und laßt uns in diesem Vertrauen wagen, unsere Pflicht, wie wir sie verstehen, bis zum Ende zu tun« die Köpfe zu vernebeln. Seit jenem Auftritt hatte sein Publikum vier Jahre des härtesten Krieges durchgemacht, den die Vereinigten Staaten je gekannt hatten, und es war der illusorischen Versprechungen, der aufgeschobenen Hoffnungen und der bedeutungslosen Beredsamkeit überdrüssig. Noch war er derselbe, der er damals gewesen; auch er hatte im Feuerofen des Krieges etwas verloren: seine Jugend, seine Kraft, alles bis auf dieses unglaubliche Vertrauen in seine eigene moralische Einsicht. Die mitfühlende *New York World* schrieb am nächsten Tag über seine Erscheinung: »Er war weit mehr abgehärmt und gealtert, als man uns hatte glauben machen wollen – er schien ein ganzes Menschenleben durchlebt zu haben, seit er das letzte Mal auf dieser Tribüne stand. Doch man begriff, bevor er noch den Mund öffnete, seine unerschütterte Überzeugung, daß sein Recht am Ende triumphieren müsse.«

Seine Zuhörer schenkten ihm höfliche wenn auch frostige Aufmerksamkeit, als er sich daranmachte, ausführlich die Streitfragen zwischen ihm und dem Kongreß darzulegen. Zwar gab es keinen Applaus, aber auch wenige offene Mißfallenskundgebungen. Erst als er, von seiner eigenen Rede mitgerissen, in Feuer geriet, machten sich Zeichen von Unruhe bemerkbar. Seine wenig schmeichelhaften Verweise auf seine Gegner, einschließlich Horace Greeley, den populärsten Zeitungsherausgeber in New York, brachten die vertrauten Pfiffe hervor. Und als er seine seltsam hohe, dünne Stimme zum Schluß in einer typisch Lincolnschen Phrase hob: »Die Vorsehung hat uns ausersehen, einen hohen Platz unter den Nationen einzunehmen«, da gingen Wellen ironischer Heiterkeit durch den Saal. Er mußte eine Pause machen, bis der Lärm und das Gelächter sich gelegt hatte. Man bemerkte, daß ihm der Kopf auf die Brust sank, und daß er sich mit der rechten Hand schwer auf das Rednerpult stützte. Seine Knie schienen nachzugeben, und ein sonderbares Zukken war um Mund und Augen sichtbar. Nach ein paar Minuten konnte er weitersprechen, aber seine Stimme war nun so leise, daß sie kaum über ein Murmeln hinauskam.

»Nicht nur um unsretwillen und für das Wohl unserer Kinder müssen die vom Krieg wachgerufenen bösen Leidenschaften bekämpft und völlig ausgetrieben und seine äußeren Wunden rasch und sanft zur Heilung gebracht werden. Der Tag ist nicht mehr fern, da diese Vereinigten Staaten nicht mehr von Meer und Gebirgen abgeschlossen sein werden, ein ferner und kühner Sohn der menschlichen Familie. Andere Stimmen werden uns aufrufen, den Mutternationen, die uns geboren haben, von unserer Jugend und Stärke zu geben, wenn für sie die Zeit der Qualen und der Verzweiflung kommen wird ...«

Plötzlich schwankte seine große Gestalt, und er streckte blindlings und wie haltsuchend die Hände aus. Mehrere Zuhörer in der vordersten Reihe sprangen auf, um ihn aufzufangen, denn es schien, daß er vornüber fallen würde, aber er beschrieb eine halbe Wendung und taumelte in die Arme des Sekretärs Welles, der hinter ihm saß. Das Publikum wartete, bis man ihn hinausgetragen hatte, und verließ dann stumm den Versammlungssaal.

Man brachte ihn nach Washington, und wochenlang hing sein Leben an einem seidenen Faden. Die Ärzte gelangten einhellig zu der Meinung, daß er den vollen Gebrauch seiner Fähigkeiten niemals wiedererlangen werde, selbst wenn er noch längere Zeit am Leben bliebe. Darauf stellte der Kongreß seine Amtsunfähigkeit fest, und Andrew Johnson, der Vizepräsident, übernahm für ihn die Amtsgeschäfte. Dieser Schritt wurde verschiedentlich kritisiert, aber es kann nicht ernstlich behauptet werden, der Kongreß habe durch diese Ausübung seines verfassungsmäßigen Rechtes nicht im öffentlichen Interesse gehandelt.

Die folgenden Monate verbrachte Lincoln in einem kleinen Haus am Rande der Hauptstadt, versorgt und gepflegt von seiner Frau, die nebenher ihre Nachfolgerin im Weißen Haus und Mrs. Grant befehdete. Er interessierte sich hinfort kaum noch für Politik, doch unterstützte er Präsident Johnsons Bemühungen, seine eigene fehlgeleitete und erfolglose Politik fortzuführen – eine Haltung, die ihn ohne Zweifel einen großen Teil des allgemeinen Mitgefühls kostete, das sein unglückliches Schicksal ihm eingetragen hatte. Sein bevorzugter Zeitvertreib war das Verfassen unglaublich schlechter Verse (die er tatsächlich zur Veröffentlichung ausersehen hatte!), eine Beschäftigung, der er sich in seinen frühen Mannesjahren schon einmal für kurze Zeit gewidmet hatte. Er war nicht zu stolz, sie seinen Freunden zur Begutachtung vorzulegen, und bei einem dieser Anlässe soll er bemerkt haben: »Ich denke, sie werden genauso lang überdauern wie die Taten der Politiker.«

Er starb am 4. März 1867, dem sechsten Jahrestag seiner Amtseinsetzung.

Ein eigenartiger Vorfall, der es wegen des Lichtes, das er auf die Gesinnung des Autors wirft, wert ist, wiederholt zu werden, ist am Ende des Buches aufgezeichnet. Die Szene ist das Wohnzimmer des Lincolnschen Hauses. Der Expräsident liegt auf dem Sterbebett und verschiedene Washingtoner Honoratioren sind unten im Wohnzimmer versammelt und sprechen mit gedämpften Stimmen, während sie auf die Nachricht vom Ende warten. Nicht lange, und man hörte einen der behandelnden Ärzte die Treppe herunterkommen; einen Augenblick später erscheint er in der Tür und verkündet, daß der Präsident gerade verschieden sei. Alle schweigen, nur Stanton neigt den Kopf und sagte in einem Ton tiefer Ehrfurcht:

»Nun gehört er der Ewigkeit.«

Daraus sollen wir mit Mr. Jameson folgern, dies sei ein aufrichtiges Eingeständnis des Irrtums von seiten des unbequemen Kriegsministers. Wer das glauben könnte, würde das Epitaph auf einem Grabstein als historische Wahrheit akzeptieren; aber vielleicht bedarf es eines solchen Gemüts, um einen Versuch zur Rechtfertigung des unglücklichen sechzehnten Präsidenten zu unternehmen.

Wenn Kaiser Friedrich III. nicht Krebs gehabt hätte

Friedrich III. war ein schwerkranker Mann, als sein Vater, Kaiser Wilhelm I., am 9. März 1888 starb, drei Wochen vor seinem einundneunzigsten Geburtstag. Friedrich folgte ihm auf den Thron, starb aber schon neunundneunzig Tage später an Kehlkopfkrebs. Seine Gemahlin Viktoria, Tochter der Königin Victoria von England, wurde durch ihren Sohn Wilhelm, der nun mit neunundzwanzig Jahren Kaiser wurde, vom Hof verbannt. Am 20. März 1890 entließ der junge Kaiser den Reichskanzler Bismarck, der achtundzwanzig Jahre lang im Amt gewesen war. Wenige Tage später lehnte Wilhelm II. die Erneuerung des Rückversicherungsvertrages mit Rußland ab. Trotz des langen Briefes, den Bismarck Ende 1887 an Lord Salisbury schrieb, ging sein Wunsch eines Bündnisses mit England nicht in Erfüllung. Als Lord Salisbury während des Burenkrieges und danach eine englisch-deutsche Allianz anstrebte, ließ Wilhelm II. die Verhandlungen scheitern, und den 1912 anberaumten Flottenverhandlungen zwischen Berlin (Kiderlen-Wächter) und London (Lord Haldane) erging es nicht anders. Die 2. Haager Konferenz von 1907, die auf weltweite Abrüstung zielte, blieb hauptsächlich wegen der kompromißlosen Haltung der deutschen Vertreter ohne Ergebnis. Während seiner gesamten dreißigjährigen Regierungszeit widerstand Wilhelm II. jeder Änderung des preußischen Dreiklassenwahlrechts und war immer ein entschiedener Gegner jeder rein parlamentarischen Verfassung.

Wenn Kaiser Friedrich III. nicht Krebs gehabt hätte

von EMIL LUDWIG

Der Königliche Palast in Potsdam am 21. Mai 1887. Kronprinz Friedrich lag in einem mächtigen Bett, das stattliche Haupt bleich und fiebrig auf dem Kissen, den langen blonden Vollbart von Grau durchzogen; er war sechsundfünfzig. Seit vier Monaten litt er unter Halsbeschwerden, die ihn weniger quälten als die Reihenfolge der Ärzte, die ihn abwechselnd beruhigten oder erschreckten. Ein kranker Thronfolger, der immer heiser war und manchmal ohne Stimme, war nicht sein eigener Herr: er erkannte klar, daß das deutsche Volk und ganz Europa die Entzündung in seiner Kehle beobachtete; schon war das unheilvolle Wort Krebs geflüstert worden. Gerade zwei Monate waren seit dem neunzigsten Geburtstag des Kaisers verstrichen: sein Enkel, Friedrichs Sohn, war achtundzwanzig. Mußte nicht jeder nachdenkliche Bürger einer Monarchie, die nur halb konstitutionell war, sich der Folgen bewußt sein, die entstehen konnten, wenn die Krone eine Generation übersprang? Was würde, oder könnte zumindest geschehen, wenn dieser Mann mittleren Alters, im Begriff, den Thron zu besteigen, plötzlich stürbe?

Das Reich, über das er zu herrschen hatte, war noch jung, aber der Kronprinz war alt für einen Thronfolger, denn eine enorme körperliche Vitalität hatte seinen Vater zwanzig Jahre über die zugemessene biblische Spanne hinausgetragen. Kein Wunder also, daß seit einer Generation die Augen aller Unzufriedenen – und an diesen herrschte in Deutschland kein Mangel – auf ihn gerichtet waren. Sechzehn Jahre waren seit der Errichtung des Reiches vergangen, und nichts deutete auf ein Schwinden seines Prestiges im Ausland: alles schien zu beweisen, daß Schicksal und Genius augenfällig zusammenwirkten, um ein außerordentliches Wunder hervorzubringen. Wer in der Lage war, Reichtum, Macht, Rang oder Einfluß zu erlangen, schien zufrieden zu sein und war es tatsächlich auch. Es schien, als habe die Energie, der Fleiß und die Disziplin des deutschen Charakters ihren vollständigen Ausdruck gefunden.

Eigentümlicherweise waren jedoch zwei Klassen vermessen genug, ihrer Unzufriedenheit mit dieser glänzenden Ära Ausdruck zu verleihen: Katholische Kirche und Arbeiterschaft verweigerten ihre Zustimmung. Der Klerus hielt sich fern von der herrschenden Kaste, dem Hof, dem Militär und dem Adel; die Arbeiterklasse stimmte regelmäßig gegen eine Gesellschaftsordnung, in der sie sich unterdrückt fühlte, und ihre Zahl wuchs mit der rasch fortschreitenden Industrialisierung in einem alarmierenden Ausmaß. Alle diejenigen, die der Idee einer autokratischen Herrschaft feindlich gegenüberstanden, setzten ihre Hoffnungen auf den Kronprinzen, der sich wiederholt und sogar öffentlich gegen dieses materialistische Regime ausgesprochen hatte, das sich nur mit denen zu befassen schien, die genug von den Gütern dieser Welt besaßen, oder mit den obrigkeitsfrommen Christenseelen, die sich abmühten und »Heil Dir im Siegerkranz« sangen.

Innerhalb dieser Gruppen kamen naturgemäß Spaltungen und Überlappungen vor: es gab eine kleine Zahl aufrechter Konservativer, die den überorganisierten Staat ablehnten, und auf der anderen Seite Millionen von liberalen Bürgern, die ihn akzeptierten, weil er ihnen ein leichtes und bequemes Leben ermöglichte, und weil Komfort ihnen mehr bedeutete als Einfluß oder Freiheit. Insgesamt jedoch standen Offizierskorps und Beamtentum sowie der Adel am Hof und im Lande loyal zu Thron und Kirche; während Professoren und Intellektuelle, insbesondere die fahrenden Gestalten, beiden den Rücken kehrten und sich auf diese Art der großen roten Armee des Sozialismus mehr annäherten, als beiden Seiten angenehm war.

Über alledem – gefürchtet, angebetet und gehaßt –, unsichtbar in eine Gewitterwolke gehüllt, von wo er jeden Augenblick einen warnenden Blitz schleudern konnte, war der Mann, der seit fünfundzwanzig Jahren mit eiserner Hand die Macht ausgeübt hatte und dessen Temperament ihm niemals erlauben würde, freiwillig von ihr zu lassen, solange Atem in seinem Körper war. Aber diese Wolke schwebte nicht hoch über dem deutschen Volk und seiner Politik; vielmehr zog sie tief daher und brachte Gewitterstürme und alle Arten von meteorologischen Erscheinungen, sank bisweilen fast bis zum Boden herab und verdunkelte die Sonne. Sein Charakter ließ nicht zu, daß er sich über die Parteiungen erhebe; er war unten in seinem Element, mitten im Schlachtgetümmel.

Mit wachsamem Blick und aufmerksamem Ohr suchte der zweiundsiebzigjährige Bismarck zu erfahren, was das Schicksal für seinen künftigen Herrn bereithielt; vielleicht sagte er sich mit Schiller, den er gründlich gelesen hatte: »Ich weiß nicht, was fürchten oder hoffen.« Der Kronprinz war seit Jahren sein Gegner gewesen, freilich ein ohnmächtiger Gegner, weil der alte Kaiser ihn immer als einen folgsamen Sohn behandelt und ihm weder Einfluß noch Initiative zugestanden hatte. Denn wie sehr Wilhelm I. sich in Staatsangelegenheiten mit den Jahren machtlos gegenüber seinem Kanzler sah, in seinem eigenen Haus gab er nie auch nur einen Zoll breit nach; es schien fast so, als räche er sich daheim für den widerwilligen Gehorsam, zu dem er durch Bismarcks Aufstieg gezwungen war. Zu Hause konnte er sich und anderen beweisen, daß Bismarck bloß der Berater war, der alle Entscheidungen ihm als König und Kaiser überließ; das Verhältnis zwischen beiden Männern war wie das zwischen einem König und einer Mätresse, die ihn vollständig beherrscht, aber klug genug ist, nach außen hin die Unterwürfigkeit aufrechtzuerhalten, die das königliche Amt des Mannes, der ihre Marionette war, verlangte.

Was wird geschehen, muß der alternde Bismarck sich hundert Mal gefragt haben, wenn der alte Mann, der im 18. Jahrhundert geboren wurde und 1815 in Paris einzog, von einem jüngeren Mann gefolgt wird, der wegen seiner eigensinnigen Neigungen, seiner Generation und, vor allem, wegen des Einflusses seiner Frau aufgeklärten und ultramodernen Ideen zugänglich ist? Wenn das Schicksal ihn plötzlich dahinraffte, wäre der begabte, aber schwankende und offensichtlich autokratische Charakter des Enkels nicht vielleicht dem des liberalen Sohnes vorzuziehen? Vielleicht waren die eigensinnigen Kapriolen eines Fohlens von einem erfahrenen Trainer weniger zu fürchten als der gesetzte und unveränderbare englische Trab eines gesetzteren Pferdes, das nur schwer von seiner Gangart abzubringen wäre. Natürlich, wenn der Kronprinz keine Frau gehabt hätte, oder jedenfalls nicht solch eine Frau …

Friedrich war schön (schon ein deutscher Kaiser mit Namen Friedrich war als Friedrich der Schöne in die Geschichte eingegangen); mit seiner hohen Gestalt, den blauen Augen und der feinmodellierten Nase verkörperte er, was seit einem halben Jahrhundert als der Idealtyp männlicher Schönheit galt, und nicht allein in Deutschland. Gleichwohl war er nicht auffallend männlich; vielmehr war er romantisch, leicht beeinflußbar und aus diesem Grund gefühlsmäßig stark an die herzliche und fruchtbare Beziehung gebunden, die seit dreißig Jahren zwischen ihm und der Kronprinzessin Viktoria bestand. Die Hochzeit hatte vor Bismarcks Aufstieg zur Macht stattgefunden; man konnte ihm kaum nachsagen, daß er sie gefördert hätte. Denn obwohl er sein Leben lang versucht hatte, sich Englands zu versichern, mußte dieser große Menschenkenner den Einfluß kalkulieren, welchen der starke Wille und der erfinderische Geist dieser Engländerin auf ihren Gemahl und damit auf die Krone ausüben würde.

Ehrgeizig und hochkultiviert, aufgezogen unter dem Einfluß eines berühmten Vaters, war diese Königstochter nicht bloß wie Isolde über das Meer gekommen, um einem Königssohn zu dienen und ihm Kinder zu schenken; sie begehrte nach Macht, und dies mit einer Intensität, die auf dem preußischen Thron bislang nicht gesehen worden war. Jahrelang hatte sie im Willen des regierenden Kanzlers mehr Hindernisse vorgefunden als in den Eltern ihres Gemahls, und wahres Glück fand sie nur in ihrem eigenen Heim, denn ihre Ehe war gut. Fritz, den sie beherrschte, hatte sie nie enttäuscht; aber ihr ältester Sohn, der seiner eigenen Wege ging – und kaum einen englischen, was das anging –, war ihr ein Quell des Kummers. Vor allem aber war ihr unbehaglich unter dem forschenden Blick des Kanzlers, dessen gesellschaftliches Weltbild ihr nicht bloß seltsam, sondern antiquiert erscheinen mußte.

Sie war sicherlich nicht beliebt. Wann immer die Leute, von denen drei Viertel nichts von Politik verstanden, von Meinungsverschiedenheiten mit dem Kanzler lasen, stellten sie sich immer auf die Seite ihres Landsmannes und gegen ›die Engländerin‹, und durch bestellte Artikel in der Presse, die er zuweilen selbst schrieb, verstand er die Gefahren darzulegen, die in einer vom Ausland beeinflußten Regierung lagen.

Statt diese Tochter des englischen Königshauses als ein Bindeglied zu ihrem Land zu gebrauchen, wies Bismarck sie aus Mißtrauen, Eifersucht und Argwohn als ein Mittel zu diesem Zweck zurück. Lieber nahm er alles auf sich, als daß er jemandem verpflichtet sein wollte. Und konnte er nicht den Augenblick näher und näher rücken sehen, da diese selbstbewußte Engländerin in der Lage sein würde, ihm ein Schnippchen zu schlagen? Anläßlich der Kaiserkrönung in Versailles Anfang 1871 hatte er sich vor Kaiser Wilhelm I. und dem Generalstab über die gefährliche Korrespondenz beklagt, die die Kronprinzessin mit ihrer Mutter unterhielt, und hatte in verschleierter Form von den Möglichkeiten des Hochverrats gesprochen, die in der Weitergabe geheimer Nachrichten an ein anderes Land lauerten. Später war es seine Innenpolitik, die er von der liberalen Atmosphäre im Umkreis des Kronprinzen gefährdet wähnte. Bismarcks erbittertster Gegner im Reichstag hatte diesem Kreis jahrelang angehört, und der Reichskanzler war in Wut über seine Machtlosigkeit, dies zu verhindern.

Darum waren seine Empfindungen notwendigerweise zwiespältig, als er den Thronfolger todkrank sah.

Die deutschen Ärzte hatten das Krankenzimmer verlassen: ihre Diagnose war ernst. Die Professoren Gerhardt und Bergmann befürchteten Krebs, wagten jedoch jetzt, im Mai, noch nicht offen davon zu sprechen. Die Ankunft des englischen Arztes Morell Mackenzie war tatsächlich ein Ergebnis ihrer Entscheidung, und Viktoria war in keiner Weise dafür verantwortlich, wie in Deutschland vor der Veröffentlichung ihrer Briefe geglaubt wurde. Morell Mackenzie ging unbeeinflußt und unvoreingenommen an das Problem heran, und Ende Mai 1887 wußte niemand mit Gewißheit, welche der beiden Gruppen von Medizinern recht hatte. Dann entnahm Mackenzie eine Gewebeprobe vom erkrankten Kehlkopf des Kronprinzen, um sie mikroskopisch zu untersuchen.

Der Bakteriologe war Rudolf Virchow, und es war bedeutsam, daß die wissenschaftliche Entscheidung darüber, was in Friedrichs Kehlkopf vorging, seiner Erklärung überlassen bleiben sollte. Seit vielen Jahren war er Bismarcks unerbittlicher Gegner gewesen, ein Führer der liberalen Linken im Reichstag und schon aus diesem Grund ein geschätztes Mitglied im Freundeskreis des Kronprinzen. Zu dieser Zeit war es in Deutschland noch ungewöhnlich, daß ein beruflich tätiger Mann, ein Chirurg obendrein, eine wichtige Position in der Politik innehatte. Fünfundzwanzig Jahre lang hatte er im preußischen Landtag einen Feldzug gegen den konservativen Despotismus des Herrn von Bismarck-Schönhausen geführt; und in dieser langen Zeit hatten weder die Heftigkeit noch die Ausdrucksweise, mit denen die Kontrahenten Virchow und Bismarck in der Öffentlichkeit gegeneinander kämpften, an Ungestüm nachgelassen. Auf der einen Seite war Stärke, Kühnheit, Kompromißlosigkeit, der echte Junkergeist; auf der anderen waren Aufklärung, gesellschaftliches und staatsbürgerliches Verantwortungsgefühl: der Gegensatz zwischen Royalismus und Republikanertum, zwischen dem Schwert und dem Geist, zwischen Potsdam und Weimar war in diesen beiden Männern klar verkörpert.

Und nun beugte Virchow sich über sein Mikroskop und entzifferte die Handschrift des Schicksals in dieser kleinen Gewebeprobe. Da saß er, die Symbolfigur des Wissenschaftlers, ganz Arzt, blind gegen die Herkunft dieses Gewebestückchens, verglich, analysierte und analysierte noch einmal und folgerte: »Hier liegt kein Krebs vor, aber die Probe ist zu klein, um es mit Gewißheit zu sagen.« Zwei Tage später wurde ein frischer Einschnitt gemacht und eine größere Gewebeprobe entnommen; und wieder war Virchows Ergebnis: »Kein Anzeichen von krebsartigem Wachstum.« Jetzt kam es zu Meinungsverschiedenheiten zwischen den deutschen Ärzten und ihrem englischen Kollegen, der sich nun entschieden gegen eine Operation aussprach, die immer schwierig war. Am 8. Juni wurde eine dritte Probe der Wucherung entnommen, und zum dritten Mal bestätigte Virchow: »Trotz der gründlichsten Untersuchung bin ich nicht imstande gewesen, irgendeine Spur nennenswerter pathologischer Veränderungen zu finden... Anhand der zur Untersuchung vorgelegten Proben kann nicht mit Gewißheit gesagt werden, ob eine solche Prognose im Hinblick auf den ganzen Verlauf der Krankheit gerechtfertigt ist. Aber jedenfalls ist hier nichts zu finden, was zu der Vermutung führen könnte, daß die Krankheit einen ernsteren Verlauf nehmen werde.«

Die Gegnerschaft der herrschenden Kreise gegenüber dem Patienten geht aus einem Brief hervor, den Prinzessin Viktoria im Herbst dieses Jahres aus San Remo an ihre Mutter schrieb: »Ich muß Dir sagen, daß der Hof, das Militär und die Regierung in Berlin so einfältig sind zu glauben, daß Fritzens Krankheit in einem weit fortgeschritteneren Stadium sei, als sie es wirklich ist. Ich kann sogar sagen, daß sie wünschen, es ginge ihm schlechter! Sie meinen, je eher alle Hoffnung für das Leben des Kronprinzen aufgegeben wird und ein anderer seinen Platz einnimmt, desto besser werde es für alle Beteiligten sein.«

Im November dann, inmitten dieses Parteien- und Gelehrtenstreites über die Natur und den wahrscheinlichen Verlauf der Krankheit, fand eine plötzliche Veränderung statt: die Schmerzen des Patienten ließen nach, die Entzündung ging allmählich zurück, und

Mackenzie, der bereits offen kritisiert worden war, weil er sich gegen eine Operation ausgesprochen hatte, erhielt wieder Erlaubnis, seinen Patienten zu besuchen: obwohl er keinen therapeutischen Dienst geleistet hatte, blieb die Tatsache bestehen, daß er im Vertrauen auf Virchows Meinung und seinen eigenen Optimismus gegen die von den deutschen Chirurgen verschriebene gefährliche Kehlkopfoperation eingetreten war. Das milde Rivieraklima, erneuerte Hoffnung, die hingebungsvolle Pflege durch seine Frau taten ein übriges, und als der Kronprinz im Februar 1888 nach Berlin zurückkehrte, sah er jünger und kräftiger aus und wurde von der Bevölkerung der Hauptstadt herzlich willkommen geheißen. In den Offizierskasinos und den exklusiven aristokratischen Zirkeln konnte man das Erstaunen über diese beispiellose Genesung kaum verbergen.

Als es mit dem alten Kaiser zu Ende ging, wurde der Kronprinz für einige Wochen Regent. Zum ersten Mal beriet er unter gleichen Bedingungen mit Bismarck, was nach dem möglichen Tod des Kaisers zu tun sei. Beide waren zuerst nervös und gespannt: Friedrich war ängstlich bemüht, keine unvorsichtige Frage fallen zu lassen, die seine Unwissenheit verraten und ihn in den Augen dieses unvergleichlichen Menschenkenners herabsetzen könnte. Bismarck unterdrückte seine Abneigung und bot alle Feinfühligkeit auf, deren er fähig war. Aber keiner von beiden war erleichtert und befriedigt, als sie sich trennten.

»Na, wie war er?« fragte Viktoria ihren Mann.

»Wie Granit«, sagte Friedrich, der ans Fenster getreten war.

Sie waren in den Königlichen Palast Unter den Linden gezogen, und als der Regent durch die Vorhänge auf die Straße hinuntersah, fiel ihm auf, daß viele Passanten besorgt zum Palast aufblickten. Denn wenn ein

König dreißig Jahre lang regiert hat, haben selbst seine Gegner sich an ihn als einen Teil der normalen Verhältnisse gewöhnt, und auf seine alten Tage hatte Wilhelm I. kaum noch einen Feind.

Als er am 9. März 1888 starb, standen Friedrich und Bismarck eine Weile allein am Totenbett. Der alte Mann hatte ihre Hände am Tag vorher aneinandergelegt, um den einzigen sicheren Weg anzuzeigen, den sein Sohn und sein Kanzler gehen sollten. Umgeben von seiner ganzen Familie, war er ruhig eingeschlafen. Nun, da die alte Kaiserin weggeführt worden war und nicht einmal die Enkel eingelassen wurden, kam Friedrich, nachdem er einige Minuten neben der eisernen Bettstatt gestanden hatte, auf der sein toter Vater lag, aus seiner Reserve heraus.

»Sie sahen die Geste meines Vaters, als wir gestern bei ihm waren«, sagte er mit einer leichten Unsicherheit in der Stimme. »Vereinigen wir unsere Kräfte! Ich war jung, als ich in Gegnerschaft zu Ihnen stand, und auch Sie waren damals jünger. Sie haben das Reich erbaut. Was könnte ich mehr wünschen, als es mit Ihnen zu erhalten?«

»Meine Kräfte«, sagte Bismarck mit fester Stimme, die Hand am Bettpfosten, »meine Kräfte sind im Dienst des Kaisers verbraucht worden. Was von ihnen übrig ist, gehört Eurer Majestät.« Er machte eine Pause, schien jedoch keine Antwort zu erwarten, denn nach der kleinen Unterbrechung fuhr er bedächtig fort:

»Es versteht sich von selbst, daß wir hier nur eine deutsche Politik treiben.« Das Wort ›deutsche‹ war nur wenig betont, aber gerade hinreichend, um Friedrich zu reizen. Ritterlich von Natur, war er immer wachsam, wenn es galt, seine Frau in Schutz zu nehmen, und dies um so mehr, als sie jetzt Kaiserin war. Darum wechselte er das Thema und sagte:

»Ihre Weisheit hat seit langem für Sicherheit in den

auswärtigen Beziehungen gesorgt. Wenn Sie das gleiche zu Hause erreichen können, dann können wir nachts ruhig schlafen.«

Bismarck richtete sich auf, ließ den Bettpfosten los, legte die Hände auf dem Rücken zusammen und ließ einen forschenden Blick seiner feuchten, von tiefen Ringen umgebenen Augen auf seinem neuen Herrn ruhen:

»Man kann niemals ruhig schlafen, Euer Majestät.«

Friedrich fühlte den prüfenden Blick auf sich: er suchte nach einem Ausweg, wies auf den Toten und sagte leise und ein wenig theatralisch:

»Sie haben recht. Auch er mußte für seinen letzten Schlaf hart arbeiten.«

Als Eigentümer des Rittergutes Bornsted hatte der neue Kaiser praktische Erfahrungen gesammelt und Einblick in die Klassenstruktur der Gesellschaft genommen. Er stand entschieden auf der Seite des einfachen Volkes, und obwohl er sich niemals anbiederte oder auch nur Vertraulichkeiten duldete – war er sich seines Ranges doch mehr bewußt als sein im wesentlichen einfacher Vater –, bemühte er sich nach Kräften, für das Volk zu tun, was er konnte. Darin hatte er die rückhaltlose und energische Unterstützung seiner Frau. Trotz ihres Rangbewußtseins und ihrer Neigung zur Prachtentfaltung war Viktoria zu fest verwurzelt in den liberalen Traditionen ihrer Kindheit, um Puritanismus, Mildtätigkeit und Toleranz nicht in typisch englischer Manier als das Fundament aller christlichen Tugenden anzusehen – von ihrem Wert für diplomatische Zwecke nicht zu reden. Früher einmal hatte ihr Land eine Kostprobe vom Bürgerkrieg bekommen (selbst wenn es zweihundert Jahre her war), und ein König war geköpft worden; man hatte sich die Warnung zu Herzen genommen, notgedrungen eine Herrschaft eingeführt, die auf Klugheit und Geduld beruhte und jede Neigung zur Selbstherrlichkeit mißbilligte.

Sie war tief beeindruckt von dem Umstand, daß sie nun Kaiserin war, und tatsächlich bedeutender als ihre Mutter, die sie ihr Leben lang mit Zuneigung, Ehrfurcht und tiefer Bewunderung betrachtet hatte. Aber weder ihr Gewissen noch ihr Ehrgeiz hätte ihr erlaubt, sich in den hochmütigen Purpur der Majestät zu hüllen. Es war ihre Mission, der Mutter zu zeigen, daß sie den englischen Geist in Preußen eingeführt hatte, da England selbstverständlich das führende Land der Welt war. Sich der guten Dinge nicht bloß zu erfreuen, sondern sie zu verdienen, und immer wieder aufs neue die Privilegien zu verdienen, die ihr mit der Geburt zugefallen waren, statt sie als ihr Recht in Anspruch zu nehmen: das war die Lehre, die ihr Vater Albert ihr mitgegeben hatte, und sie hatten diese Prinzipien – die von der Pflichtauffassung der preußischen Könige nicht weit entfernt waren – in langen Briefen behandelt.

Dem Thronfolgerpaar stand eine geschlossene Front von Landjunkern, Offizieren und hartgesottenen Konservativen gegenüber, die keine Zeichen von Bereitschaft zeigten, ihre Welt den Zeitläuften anzupassen. Diese Klassen haßten Bismarck, und er erwiderte ihren Haß; nichtsdestoweniger waren sie aufeinander angewiesen. Denn nur mit der Unterstützung der Offiziere – und das bedeutete, auch des Adels – konnte der alte Mann, selbst ein Konservativer, sich vor sozialistischen Unruhen sicher fühlen; und nur mit Bismarcks Hilfe konnte der alte Landadel die Privilegien erhalten, die er seit drei Jahrhunderten hartnäckig verteidigt hatte. Eine Million Soldaten unter absolut loyalen Offizieren: das hieß, eine Million Gegner des Sozialismus, selbst wenn die Sozialisten ihre eigenen Brüder waren.

Anfangs gingen Friedrich und Viktoria vorsichtig

zu Werk: sie mußten Bismarck gewähren lassen und die Nation gleichzeitig auf Reformen vorbereiten, die zu Verwirrung und Unruhe geführt hätten, wären sie alle auf einmal verwirklicht worden. Zur Erreichung des gesteckten Ziels war nach menschlicher Voraussicht ein Jahrzehnt erforderlich. Friedrich dachte nicht daran, den alten Reichskanzler über Bord zu werfen; niemals hätte er das enorme Prestige geopfert, das der Name Bismarck in ganz Europa genoß. Auch wußte er, daß der alte Mann ein unübertroffener Meister der Außenpolitik war, und daß der ganze Kontinent Deutschland um ihn beneidete. Darum machte Friedrich zur Richtschnur seines Handelns, daß Bismarck in allen auswärtigen Angelegenheiten freie Hand gelassen werden sollte, während im Inland eine behutsame Zurückdrängung seiner Macht in die Wege geleitet wurde.

Da Bismarck überdies mit der Unterstützung aller Parteien mit Ausnahme der Sozialdemokraten regiert hatte, und Friedrich seinerseits nicht daran dachte, gegenüber der Linken irgendwelche Verpflichtungen einzugehen, konnte der Reichskanzler es sich leisten, den Anschein gemäßigt liberaler Neigungen aufrechtzuerhalten, solange der konservative Einfluß im Reichstag unbeeinträchtigt blieb.

Bismarck wiederum änderte seine Taktik gegenüber der Engländerin. War er bisher mit aller Entschiedenheit gegen Vorschläge aufgetreten, sie in dieser oder jener Form an der Außenpolitik der Regierung zu beteiligen, so erkannte er jetzt, daß er seine Pläne für ein Bündnis mit England durch die Verwandten und Freunde seiner neuen Herrin vielleicht rascher verwirklichen könnte, als es ihm ohne ihre Vermittlung möglich wäre. Der lange Brief, den er 1887 an Lord Salisbury geschrieben hatte, war eine wohldurchdachte Vorbereitung für dieses Bündnis gewesen, wenn er auch nicht viel mehr als einen Austausch von Artigkeiten bewirkt hatte. Aber in der regelmäßigen Korrespondenz zwischen Mutter und Tochter, die nun auf einer Ebene der Gleichheit stattfand, wurde der Gedanke weitergesponnen; mit gemischten Gefühlen erkannte die Kaiserin, daß früher oder später eine Bedrohung ihren Schatten über das Heimatland werfen und Großbritannien veranlassen könnte, sich auf dieses Bündnis zu berufen.

Als im März 1890 der Vertrag mit Rußland zur Erneuerung anstand, zögerte Kaiser Friedrich keinen Augenblick, obwohl er kein Freund Rußlands war: er unterzeichnete die Verlängerung, und Bismarck frohlockte, daß eine Verlängerung um sechs statt der zunächst ins Auge gefaßten drei Jahre erreicht werden konnte, denn in seinen Augen war die Sicherheit des Reiches unabänderlich mit diesem Vertrag verbunden. Wer ihn erlöschen ließ, würde die Russen Hals über Kopf in die Arme der bereitwilligen Franzosen treiben und einen künftigen Zweifrontenkrieg nur zu wahrscheinlich machen. Tatsächlich trug die Unterlassung, diesen Freundschaftsvertrag zu erneuern, die Drohung eines Weltkrieges in sich; und selbst die deutsche Opposition gegenüber England, das Bismarck nicht allzu offen hofieren wollte, mußte durch die Erneuerung des Vertrages mit Rußland eine Stärkung erfahren.

Einig waren Kaiser und Reichskanzler auch in allen die Marine und die Kolonien betreffenden Fragen. Die Rüstungs- und Schiffsbauindustrie, die seit der Reichsgründung einen mächtigen Aufschwung genommen hatte, suchte vergeblich vom Kaiser zu erreichen, was der Reichskanzler die Achtziger Jahre hindurch standhaft verweigert oder zumindest aufgeschoben hatte. Bismarcks früherer Ausspruch, daß Deutschlands Zukunft nicht auf dem Wasser liege, sondern auf dem Land (da es sich zwischen zwei neidischen Feinden befinde, müsse es alle Kräfte zu Haus konzentrieren), fand in dem neuen Kaiser, der sich nun auf die Sechzig zubewegte, einen gelehrigen, wenn auch verschwiegenen Schüler. Zur gleichen Zeit war die Kaiserin besorgt, daß das Gewohnheitsrecht der britischen Vorherrschaft zur See nicht durch eine so nahe vor den eigenen Küsten heranwachsende neue Flotte gefährdet werde. Auf diese Weise wirkte englisches und wohlberatenes deutsches Interesse zusammen, und ob er nun dem neuen Herrscher zustimmte oder nicht, Bismarck fand es leicht, die Friedenspolitik voranzutreiben, die er seit mehr als zehn Jahren verfolgt hatte, denn Friedrichs Charakter und Viktorias Prinzipien ließen beiden nichts abwegiger erscheinen als eine Eroberungspolitik.

Friedrich III. war ein Erbe im besten Sinne des Wortes: er war weder von der Hybris des Kronprinzen beeinflußt, der Macht geerbt hat, ohne sie zu verdienen, noch von der Furcht, die Lorbeeren seiner Jugendzeit im Alter zu riskieren: sein einziges Ziel war die Berichtigung der Fehler, die während der Eile und des Durcheinanders zur Zeit der Reichsgründung unterlaufen waren. Die Umwandlung des Reichstages in eine Art Unterhaus war sein und seiner Frau Ideal, blieb aber undurchführbar, solange Bismarck an seinem Platz stand – er war der *Rocher de bronze* in ihrem Weg. Und diese zwei, die dreißig Jahre auf die Position gewartet hatten, die sie jetzt einnahmen, beschlossen, sich noch ein wenig länger zu gedulden und ihrem Majordomus inzwischen größtmögliche Macht in der Außenpolitik zu lassen, damit er leichter geneigt sein möchte, zu Hause auf die Stimme der Vernunft zu hören.

Das preußische Wahlsystem, das eine Unterteilung in drei Klassen auf rein plutokratischer Grundlage vorsah, so daß die Stimme eines reichen Mannes genausoviel zählte wie die Stimmen von tausend armen Männern, war von Bismarck selbst das schlechteste aller möglichen Systeme genannt worden. Solange es weder im Reich noch in Preußen eine parlamentarische Regierung gab, hatte Bismarck persönlich von einem modernen Wahlsystem in Preußen nichts zu fürchten, konnte er sich damit doch die Sympathien von Millionen Bürgern zurückkaufen, deren er sich vor Jahren entfremdet hatte. 1893 zeigte sich immer deutlicher, daß die Energie des achtundsiebzigjährigen Reichskanzlers nachließ; nur sein Machthunger war unvermindert stark, und je zahlreicher und dreister seine Feinde auf allen Seiten die Köpfe hoben, desto mehr festigte sich in dem mißtrauischen alten Mann die Erkenntnis, daß der nun im sechsten Jahr regierende Kaiser, mit dem er in der Vergangenheit so viele Kämpfe ausgefochten hatte, nun zu seiner sichersten Stütze geworden war; man mußte ihm nur von Zeit zu Zeit seinen Willen lassen. Als er älter wurde, suchte Bismarck mehr und mehr Zuflucht in einer immer tieferen und leidenschaftlicheren Hingabe an sein Lebenswerk, die Sicherung des Reiches, und er schien bereit, in seinen dreißigjährigen innenpolitischen Kämpfen ein wenig nachzugeben, vorausgesetzt, man ließ ihm freie Hand, die Zukunft durch sein System der Bündnispolitik zu sichern.

Das neue preußische Wahlrecht, ein Zugeständnis an die Liberalen, gewann Bismarck einige seiner alten Anhänger zurück, und die Schelte konservativer Professoren wie Treitschke und ihrer Anhänger in Armee und Kirche akzeptierten der Kaiser und er als den Preis, den sie zu zahlen hatten. Da es Virchow nun unmöglich geworden war, Bismarcks offizieller Feind zu bleiben, hielt er sich als Freund und Berater der Kaisers im Hintergrund; diese indirekte Aussöhnung mit seinem alten Gegenspieler war Bismarck nicht unangenehm. Unterdessen bahnte sich eine Entwicklung an, die kein

Gewalthaber hätte verhindern können: es kam zu einer Erneuerung humanistischer Gelehrsamkeit. Statt Krieg und militärisches Gepränge, Eroberungen, Flotten und den Erwerb von Kolonien zu preisen und Theorien zur Unterstützung einer aggressiven Außenpolitik zu ersinnen, wandelte die deutsche Wissenschaft wieder auf Humboldts Spuren. Selbst die Geschichte Preußens wurde kritisch erforscht, und da Friedrich III. sich seiner Toleranz zu rühmen pflegte, gingen einzelne Historiker im Laufe der Zeit so weit, die Geschichte dieser Dynastie umzuschreiben, die so vielen jungen Leuten die Köpfe verdreht und sie auf den Weg in den Nationalismus geführt hatte. Sogar an der Berliner Universität wurde es möglich, respektvolle Kritik an Friedrich dem Großen vorzubringen. Sie mißbilligten die Haltung des preußischen Königs gegenüber Napoleon; Freiherr von Stein war für sie ein Gegenstand rückhaltloser Bewunderung. Und dennoch wurde keiner von ihnen entlassen, suspendiert oder in irgendeiner Weise verfolgt. In seinen letzten Jahren las der alte Treitschke vor leeren Hörsälen, und seine Studenten taten gut daran, seine Lehren so bald wie möglich zu vergessen, wenn sie Karriere machen wollten.

In seinen Bemühungen zugunsten der arbeitenden Klassen durch Bismarck behindert, nahm Friedrich III. sich der Urbarmachung brachliegender Ländereien an. Er begann die dünn bevölkerten Bezirke Preußens, Mecklenburgs und Oldenburgs mit Bauernfamilien zu besiedeln, und Grundbesitz, der zum Verkauf kam, wurde vom Staat übernommen und zu günstigen Bedingungen kleinbäuerlichen Siedlern überlassen; auf diese Weise wurden fünf bis sechs Millionen Bauern gewonnen, denn Friedrich hatte gelernt, daß der arbeitende Mensch das größte Vermögen eines Landes ist. Tatkräftig förderte er Land- und Forstwirtschaft, die Besserung der Lebensverhältnisse auf dem Lande durch Hühner- und Milchviehhaltung, und propagierte den Anbau von Gemüse nach dem Vorbild Dänemarks und Hollands, statt vom Reichstag die Mittel zur Aufstellung neuer Kavallerieregimenter zu verlangen. Da Deutschland niemanden bedrohte, meinte er, werde es auch nicht von anderen bedroht. Während seiner letzten Lebensjahre schickte sich Bismarck widerwillig in diese landwirtschaftlichen Reformen, was ihm durch den Gedanken erleichtert wurde, daß auf diesem Weg die ländlich-konservative Schicht gestärkt wurde und ein Bollwerk gegen die rote Flut des Sozialismus bilden konnte, die mit der industriellen Entwicklung mehr und mehr anschwoll.

Wie in England und Holland war das Leben am Hof eher einfach und häuslich, da Viktoria sich zufrieden gab, die Pracht kaiserlicher Hofhaltung nur bei zeremoniellen Anlässen zu entfalten. Als die Jahre dahingingen und ihr Ehrgeiz zufriedengestellt war, wurde auch ihr Geschmack einfacher, und ihre Dankbarkeit für die Genesung ihres Mannes, der schon an der Schwelle des Todes gestanden hatte, ließ sie sanfter werden und ihre mehr männlich-vorwärtsdrängenden Eigenschaften in den Hintergrund treten. In den Augen des Kaiserpaares war es wichtiger, Männer wie Eugen Richter, den liberalen Führer der freisinnigen Volkspartei, in Potsdam zum Tee zu empfangen, als Truppenparaden abzunehmen und Denkmäler einzuweihen; wenn sie einen Mommsen in ihren anregenden und intellektuellen Kreis ziehen und mit dem Philosophen Richert, den Politikern Bamberger und Stauffenberg, und dem Kulturwissenschaftler Schrader über die Zukunft Europas diskutieren konnten, fühlten sie, daß sie etwas erreicht hatten; keiner von ihnen dachte je daran, sein oder ihr Wissen vor Professoren oder anderen Spezialisten auszubreiten, obwohl Viktorias Kenntnisse umfangreich genug waren, einen alten Gelehrten zu beeindrucken, der von daheim hausbackenere Kost gewohnt war. Kam dem Kaiser ein Fall von prahlerischem Chauvinismus in einem Offizierscasino zu Ohren, so erließ er als Oberster Kriegsherr unverzüglich strenge Beschränkungen. Wann immer er von schlechtem Benehmen in der Armee erfuhr, ging er selbst der Sache bis ins einzelne nach und zögerte nicht, dem Zorn alter Adelsfamilien zu trotzen und einen ihrer Sprößlinge, der des Tyrannisierens Untergebener sich schuldig gemacht hatte, zu einer öden Grenzgarnison zu versetzen.

Während dieser zehn Jahre hatte Kronprinz Wilhelm eine Personalpolitik verfolgt, die ständig ihren Schwerpunkt änderte, und anfangs pflegte Bismarck die wachsende Gegnerschaft zwischen Eltern und Sohn zu seinem Vorteil zu nutzen. Obwohl Friedrich die tödlich scheinende Krankheit überwunden hatte, unterlag er wie jeder Mensch der Gefahr eines plötzlichen Todes. Wo stand geschrieben, daß er den Reichskanzler überleben sollte, nur weil er sechzehn Jahre jünger war als dieser? Im allgemeinen hatten die Hohenzollern nie das Alter Wilhelms I. erreicht, aber die Bismarcks waren eine zählebige Sippe. Auch war der Kronprinz, wie sein Vater und die meisten Kronprinzen vor ihm, der natürliche Sammelpunkt für alle, die mit den gegenwärtigen Verhältnissen unzufrieden waren. Der Hofprediger Stöcker gewann ihn durch seinen Antisemitismus; die aristokratische Offizierskaste durch ihre Bankette und ihr militärisches Gepränge; Generäle wie Liebert, Keim und Bernhardi durch schmeichelhafte Vergleiche mit Friedrich dem Großen, dessen Genius von seinem Vater niemals anerkannt worden war; und elegante, extravagante Freunde vom Schlage des Fürsten Eulenburg ermutigten den idealistischen jungen Mann in seinen Träumen von Gralsrittertum, Nibelungentreue und nationaler Größe, ausgedrückt durch militärisches Zeremoniell und blinkende Harnische.

Bismarck bezeigte er eine beinahe übertriebene Ehrerbietung, die dem alten Fuchs in keiner Weise imponierte, welche er aber für seine eigenen Ziele einsetzte. Zeigte sich der Kaiser in wichtigen Fragen unzugänglich, pflegten die Bismarck nahestehenden Zeitungen das tiefe Verständnis des Kronprinzen für zeitgemäße Erfordernisse hervorzuheben. Oder Bismarck ließ irgendwo ein Denkmal enthüllen, nicht ohne sich zuvor zu versichern, daß der Kronprinz zur Einweihung erscheinen würde, um in dieselben Zeitungen ausführliche Berichte über den begeisterten Empfang zu lancieren, der dem stattlichen jungen Mann in jeder deutschen Stadt bereitet wurde. Darauf pflegte es Szenen mit beiden Eltern zu geben, die einander immer unterstützten, und wieder konnte Wilhelm sich als ein zweiter mißverstandener Friedrich der Große sehen.

Insgeheim jedoch wünschte Bismarck nichts sehnlicher als ein langes Leben für den Kaiser, da die ziellose Existenz des Kronprinzen auf zukünftige Konflikte hindeutete, und um seines eigenen Lebenswerkes willen mußte der alte Reichskanzler hoffen, daß die Zeit den jungen Mann würde reifen lassen, bevor er auf den Thron gelangte. Im letzten Jahr seines Lebens erschien Bismarck kaum noch an der Öffentlichkeit; in allen Funktionen ließ er sich durch seinen Sohn Herbert vertreten, und als er das Ende nahen fühlte, schrieb er eine erhabene Abschiedsbotschaft, in welcher er Friedrich III. und seine Nachfolger beschwor, niemals von den Prinzipien abzuweichen, auf denen er das Reich gegründet und erhalten hatte: Freundschaft mit Rußland und Österreich-Ungarn, eine Vermittlerrolle bei Streitigkeiten zwischen den beiden, keine übergroße Kriegsmarine, wenige Kolonien, ein starkes und modernes Heer zu Hause und Freundschaft –

wenn möglich, ein Bündnis – mit England. Als er am 30. Juli 1898 starb, mit der Menschheit verfeindet aber zufrieden mit seiner Arbeit und frei vom *cauchemar des coalitions,* hatte er mit Friedrich III. zehn Jahre zum Besten des Landes zusammengearbeitet und den Frieden in Europa durch viele Krisen bewahrt.

Gleichwohl wurde sein Tod nach sechsunddreißig Jahren ununterbrochener Machtausübung als eine Erleichterung empfunden: nicht einmal ein König konnte so lange regieren, ohne daß die Welt durch die beständige Wiederholung seiner Gesten, seines Stils und des immer gleichen Gesichts seiner bloßen Existenz überdrüssig wurde. Nun endlich rann das Stundenglas des Lebens und der Macht auch für Königin Victoria aus, die länger als sechzig Jahre regiert hatte, und nach dem Burenkrieg gelangte Eduard VII., der enge Freund seiner Schwester, in die Position, die Bismarck ihm seit zwanzig Jahren gewünscht hatte. Der Augenblick war gekommen, das Bündnis zu schließen: in diesem Dokument des Jahres 1903 wurde der wahre Friede Europas unterzeichnet. Es war eine besondere Befriedigung für Friedrich III., dessen goldene Hochzeit auf diese Weise seine politische Allianz im tiefsten Sinne zu bestätigen schien, und gleichzeitig ein Triumph für Viktoria, deren Schicksal sie unversehens zur Symbolfigur dieses Bündnisses erhob. Es mehrte auch den Ruhm Bismarcks, der seit einer Generation niemals eine unfreundliche Politik gegenüber England verfolgt, immer dieses Bündnis im Auge behalten und um seinetwillen das Reich vor dem Bau einer großen Kriegsflotte gewarnt hatte.

Aber Kaiser Friedrich III. sollte zwei weitere Pfähle einrammen, um ein dauerhaftes Fundament für den Frieden in Europa zu schaffen. Die Einladung des Zaren zur Gründung eines internationalen Gerichtshofes in Den Haag wurde vom Kaiser und seiner Gemahlin mit der wärmsten Zustimmung aufgenommen: ohne zu zögern und Bismarcks abwartende Vorsicht gänzlich außer acht lassend, befahl er den deutschen Delegierten, für einen Schlichtungszwang zu stimmen, welchen er mit Hilfe der russischen und britischen Stimmen durchbrachte. Mit dem neuen Jahrhundert schien eine neue Epoche angebrochen zu sein, und der Augenblick war günstig, um eine Versöhnung mit Frankreich anzustreben, das den Verlust Elsaß-Lothringens noch nicht verwunden hatte. Friedrich, der vierzig Jahre vorher dort gefochten hatte, war nun mit siebzig weise genug, um nach dem Tod des alten Kanzlers, der in Frankreich einer der bestgehaßten Männer gewesen war, eine großmütige Geste der Versöhnung zu wagen. Am 10. Mai 1901, dem dreißigsten Jahrestag des Friedens von Frankfurt, veröffentlichte er ein Manifest, das einen Teil Lothringens zur neutralen Zone erklärte. Zuvor hatte er bereits die als besonders reaktionär geltenden Verwaltungsbeamten in beiden Provinzen durch Männer aus Baden, Württemberg und dem Rheinland ersetzt, die den Elsässern wesensverwandter waren. Bald darauf besuchten Friedrich und Viktoria Paris und wurden als Freunde empfangen. Auch im Heimatland gab das von Natur friedliebende deutsche Volk seine Zustimmung zu einer Politik zu erkennen, die viel dazu beigetragen hatte, die in früheren Jahren durch hohe Rüstungsausgaben angewachsene Steuerlast zu erleichtern.

Nach Bismarcks Tod hatte dieser kaiserliche Reformer freie Bahn. Zuerst baute er mit Hilfe befreundeter Politiker eine Mehrheitspartei auf, die aus den christlichen Gewerkschaftern, Teilen der Mitte, Liberalen aller Schattierungen und einem erstarkenden konservativen Flügel bestand. Virchow wurde Minister für Bildung und Wissenschaft, ein Mann, der groß genug war, seinen eigenen Skeptizismus in den Hintergrund zu stellen und dafür zu sorgen, daß die Forschung von allen Resten kirchlicher Vormundschaft befreit wurde. Er machte der Diskriminierung jüdischer Gelehrter an den Universitäten ein Ende, pensionierte die aristokratischen Greise und lud französische und amerikanische Wissenschaftler ein, an deutschen Universitäten Vorlesungen zu halten. Auch er war nun ein alter Mann, und sein einstiger unerbittlicher Kampfgeist hatte längst einer gemäßigten Betrachtungsweise Platz gemacht.

Nachdem Friedrich seine neue Mehrheit vorsichtig erprobt hatte, um zu sehen, ob sie ihn stützen würde, machte er sich an sein großes Werk. Während des letzten, noch von Bismarck bestimmten Jahrzehnts war die parlamentarische Frage nie zur Ruhe gekommen, und nach dem Tod des Reichskanzlers wurde sie erneut Gegenstand hitziger Debatten. Es kostete den Kaiser weitere zehn Jahre, um einige der alten Anhänger von Monarchie und Kirche für sich zu gewinnen. Der seiner ganzen Politik zugrunde liegende Gedanke war, daß es aus vielerlei Gründen vorzuziehen sei, dem Reich eine demokratische Verfassung zu geben, als sie sich gewaltsam entreißen zu lassen, und daß er damit die bedrohliche Stimme des Sozialismus zum Schweigen bringen würde. Auf diesem Wege gedachte er die Differenzen zwischen Sozialisten und Liberalen zu verringern und dem größten Bedürfnis des Landes abzuhelfen. Nun, da die internationale Lage ruhig und Deutschlands Haltung gegenüber Österreich-Ungarn mehr freundlich als bevormundend war, konnte er das Wagnis beginnen.

Nach stürmischen Debatten, die viele Monate andauerten, wurde endlich mit einer Zweidrittelmehrheit eine Verfassungsänderung verabschiedet, und am 1. Januar 1912 trat das parlamentarische System im Königreich Preußen und dem ganzen deutschen Reich in Kraft. Nationale Entscheidungen – und vor allem Fragen von Krieg und Frieden – hingen nicht länger von den Eingebungen eines mehr oder weniger fähigen Monarchen ab, sondern wurden von der Mehrheit der gewählten Volksvertreter getroffen. Minister wurden dem Reichstag und Landtag verantwortlich, statt dem Kaiser und König, dessen nahezu absolute Macht sich in dem Maße verringerte, wie die Beliebtheit und Sicherheit der Dynastie wuchs. Es waren aufgeregte Zeiten, und es gab Augenblicke, da es aussah, als werde ein Offiziersputsch den Kaiser zur Abdankung zu Gunsten seines Sohnes zwingen. So seltsam es scheinen mag, scheiterte dieser Versuch weder an mangelnder Entschlossenheit, noch an fehlender Bewaffnung oder an der Bereitschaft des Offizierskorps, den Putsch mitzutragen, sondern an der Ablehnung des Kronprinzen, der inzwischen über die Fünfzig hinaus war. Sein Haar ergraute, und er hatte sich mit vielem abgefunden, hatte vieles vergessen. Seit vielen Jahren hatte er seine Zeit der Errichtung eines Museums für Preußische Militärgeschichte gewidmet, aber die wachsende Hoffnung auf einen dauerhaften Weltfrieden und die Zunahme der Freundschaftsverträge und Bündnisse hatten auch seine Phantasie erregt. In seinem englischen Onkel, dem engen Freund seiner Mutter, hatte er einen friedfertigen Herrn zu sehen gelernt, der Frieden für sein Land wünschte und niemanden herausforderte. Während des Burenkrieges hatte er erlebt, daß seine Großmutter einen zweifelhaften Gewinn zu hoch bewertet und die Empörung der Weltöffentlichkeit geerntet hatte. Er hatte gesehen, wie der Zar, durch eine nur mit Mühe unterdrückte Revolution und die Niederlage im russisch-japanischen Krieg ängstlich geworden, vor allem anderen Frieden wünschte; und er hatte erkannt, daß Österreich-Ungarn die zerbrechlichste von allen alten Monarchien war, zu schwach, um seine einzige Stütze zu sein.

In den letzten Jahren hatte er häufigeren Umgang mit Männern des Geistes und Literaten gepflogen, von denen er früher nichts hatte wissen wollen und die umgekehrt ihn gemieden hatten. Er hatte seine eigenen Söhne heranwachsen und ihre Art von Radikalismus hervorkehren gesehen. Nachdem die Umstände ihm die Nahrung vorenthalten hatten, war sein angeborenes Verlangen, aufzufallen und in allem die Führung zu übernehmen, in eine gewisse selbstmitleidige Resignation übergegangen, als er hatte erkennen müssen, daß die Welt für seine spektakulären Auftritte nicht viel übrig hatte. Seine Vorliebe für die See, vielleicht ein Erbe der englischen Seite seiner Vorfahren, fand ihren Ausweg in Weltreisen und glänzenden Hochseeregatten.

Mittlerweile hatte Friedrich sein achtzigstes Jahr überschritten, und Viktoria näherte sich dem ihrigen. Beide waren müde, aber erfüllt und sogar glücklich. Wenn der zweite deutsche Kaiser sein Reich überblickte, sah er die vielseitigen Aktivitäten eines erfinderischen und tüchtigen Volkes, das in alle Richtungen vorwärtsdrängte und auf vielen Gebieten führte, stets bereit, von anderen zu lernen und nun im Begriff, die ihm eigenen Qualitäten des Fleißes und der Disziplin mit einer dritten zu verschmelzen, die vielleicht als geordnete Freiheit beschrieben werden kann. Langsam eignete sich das deutsche Volk die staatsbürgerliche Verantwortung an, die ihm immer gefehlt hatte; während die politischen Parteien weiterhin im Streit miteinander lagen, entwickelten die Massen allmählich ein politisches Bewußtsein, zu dessen Einübung ihnen vor Friedrich III. niemand je Gelegenheit gegeben hatte. Die Zahl der höchsten Staatsämter, die von Vertretern des Adels bekleidet wurden, ging ständig zurück; aus den Reihen des Mittelstandes und der Arbeiterschaft gingen talentierte Männer hervor und arbeiteten sich zu den höchsten Ämtern empor. Ohne Revolution war Deutschland, wie England, durch die Weisheit seines Herrschers dem Wesen nach eine Republik geworden und fühlte sich gleichzeitig doppelt stark an sein regierendes Haus gebunden, dem es seine innere Freiheit verdankte.

Friedrich III. war dreiundachtzig, als er am 1. August 1914 starb. Die ganze Welt betrauerte diesen weisen Herrscher. Sein Nachfolger, mit fünfundfünfzig noch im besten Mannesalter, bestieg den Thron mit ruhiger Würde und wurde von Europa loyal willkommen geheißen.

Wenn 1930 entdeckt worden wäre, daß Shakespeares Werke in Wirklichkeit von Bacon stammen

von John C. Squire

I

Das ganze Jahr 1929 hindurch widmete die Londoner Tageszeitung *The Times* gewissen Ausgrabungen, die von Dr. R. E. Mortimer Wheeler unter Mitwirkung des üblichen ›aufopferungsvollen Mitarbeiterstabes‹ in St. Albans durchgeführt wurden, beträchtliche Aufmerksamkeit. Dr. Wheeler grub die Reste der römischen Stadt Verulamium aus, und großes Interesse weckte die allmähliche Freilegung von Haus, Tempel und Forum. Sehr viel weniger Aufmerksamkeit fand im Anzeigenteil unter ›Immobilien‹ derselben Tageszeitung und im gleichen Jahr der Umstand, daß Gorhambury, der Stammsitz Lord Verulams und vormals Wohnsitz Francis Bacons, zum Verkauf stand. Und überhaupt keine Aufmerksamkeit wurde einer Ausgrabung in Gorhambury gewidmet, die bei weitem erregender war als Dr. Wheelers – aus dem einfachen Grund, daß niemand davon erfuhr.

Niemand wußte, daß der fröhliche dicke Herr mit dem braunen Bart, der als Kaufinteressent mit einem Besichtigungsausweis nach Gorhambury kam, um den ausgedehnten Besitz in Augenschein zu nehmen, und der überzeugend ein lebhaftes Interesse an Badezimmern und Tafelgedecken vorzutäuschen verstand, Professor Skinner J. Gubbitt von der Jones University in

Rhode Island war, da der Professor, als er sich vorgestellt hatte, unter falschem Namen aufgetreten war – einem Namen, der jedem geläufig ist, wo Schweinefleisch mit Bohnen konsumiert werden: mit anderen Worten, überall. Nur die Angestellten der Verwaltung, die ihn über den Besitz führten, bemerkten, daß er besonders an einem bestimmten Winkel des Parks interessiert war, wo der uralte, knorrige und hohle Stamm einer Eiche ins Auge fiel, und dann das ungewöhnliche Ansinnen stellte, in gerader Linie zum nächsten Punkt der Parkmauer geführt zu werden. Und als er sie erreichte, spähte er hinüber und schien sehr interessiert an den Merkmalen der draußen vorbeiführenden Landstraße. Nur seine Frau, die auch sein Chauffeur war, wußte, daß er spät am selben Abend, als der Mond frostig auf einen kalten und einsamen Park herabschien, zu derselben Stelle gefahren wurde, die Mauer mit Spitzhacke und Schaufel beladen überkletterte und sie eine halbe Stunde später ein zweites Mal überwand, nachdem er seiner Frau Spitzhacke und Schaufel und eine kleine Metallkiste herübergereicht hatte. Am nächsten Tag bemerkte niemand, denn niemand kam in die Nähe der Stelle, daß jemand zu Füßen der morschen Eiche gegraben hatte. Und von denen, die es vielleicht wußten, kümmerte es kaum einen, daß ein fröhlicher kleiner bärtiger Professor und seine Frau, weil sie dazu neigten, einen großen Anlaß zu feiern, ihre Überfahrt mit dem kleinen und überfüllten Dampfer *Carbolic* storniert und statt dessen die größte und teuerste, barock eingerichtete Suite an Bord der *Kleptomania* buchten, die sie mit knapper Not noch am selben Abend bestiegen ...

In Verulamium grub man weiter nach den Fundamenten römischer Bäckerläden.

Sir Sidney Lees *Das Leben Shakespeares* wurde weiterhin an den Universitäten studiert. Die kleine Stadt

Stratford ruhte zufrieden auf den Profiten des letzten Sommergeschäftes.

Und Nacht für Nacht arbeitete Professor Skinner J. Gubbitt, gestärkt von synthetischem Gin und Orangensaft, in der Dachstube eines bequemen Holzhauses in der Grant Avenue, Jonestown, fleißig an einem kleinen Buch und, nachdem er es beendet hatte, an einer Serie langer und, wie er sich einbildete, sensationeller Zeitungsartikel.

II

Am 3. April 1930 brachten alle Londoner Zeitungen eine Meldung aus New York, wobei die Massenpresse mehr Aufhebens machte als die seriösen, angesehenen Zeitungen. Das Folgende war, mit vielem anderen, über die Titelseite der Londoner *Daily Sun* ausgebreitet:

BACON!!
URHEBERSCHAFT AN SHAKESPEARES
WERKEN ERWIESEN
U.S. PROFESSOR ENTHÜLLT DIE WAHRHEIT
(Von unserem New Yorker
Korrespondenten B.S. Finkelstein)

Heute morgen war die ganze Titelseite der *New York Moon* dem endgültigen Beweis gewidmet, daß Bacon Shakespeares Werke geschrieben hat – selbst das Massaker von dreiundfünfzig Chicagoer Gangstern mittels Flammenwerfern ist auf eine der hinteren Seiten verbannt worden. Der Entdecker ist Professor Skinner J. Gubbitt von der Jones University.

Der Professor beschreibt mit einer Fülle von Einzelheiten, wie er in den Theaterstücken verschlüsselte Hinweise fand, die auf den Fuß eines bestimmten Baumes im Park von Gorhambury (wo Bacon starb) als das Versteck eines bleiernen Kastens hinwiesen, der Bacons eigenes Bekenntnis und eine Anzahl anderer Schriften enthielt, darunter ein unveröffentlichtes Schauspiel, *Alexander der Große*, das angeblich in Bacons Handschrift abgefaßt ist und das Beste sein soll, was ›Shakespeare‹ je geschrieben hat. Eine Seite davon ist in Faksimile abgedruckt.

Weitere Enthüllungen sind angekündigt, darunter ›Offenbarungen‹ über den Charakter des Mannes, den die Zeitung »Den Betrüger von Stratford« nennt.

Die Geschichte ist ausführlich mit Anmerkungen versehen. Vor der Veröffentlichung holte die *Sun* die Meinungen von zweihundertvierzig Universitätsrektoren, Mr. John D. Rockefeller senior, Senator Blaine und dem Bürgermeister von New York ein. Sie alle erläutern in kurzen Botschaften, daß sie zuerst ungläubig, aber dann absolut überzeugt waren.

Die Abendzeitungen proklamieren allesamt die Entthronung des Dichterfürsten Shakespeare, mit Ausnahme des *Meteor*, der die Frage stellt, warum Professor Gubbitt für seine Veröffentlichung nicht den 1. April gewählt hat, des weiteren erklärt, daß der Auszug aus dem ›neu aufgefundenen‹ Theaterstück stark an Edgar Guest erinnere, und eine Serie von ›Interviews‹ mit Al Capone, Mrs. Aimée Macpherson, Harold Bell Wright, Greta Garbo und Mickey Maus abdruckt, die allesamt ihre Absicht erklären, Shakespeare zur Seite zu stehen.

Trotz alledem, New York ist überzeugt.

Die *Sun*, obwohl sie die ganze Geschichte in ihrem Leitartikel lächerlich machte, verkündete, daß sie »in Anbetracht der Bedeutung der strittigen Frage« mit dem Professor und der New Yorker Zeitung Verbindung aufgenommen habe, um sich die ganze Geschichte auf dem Wege der Bildtelegraphie Tag für Tag übermitteln zu lassen.

Einstweilen veröffentlichte sie Kurzinterviews mit Sir Oliver Lodge und Sir Arthur Keith, die ihre Verachtung für einen derart einfältigen Schwindel ausdrückten, sowie die folgenden Botschaften:

»Sicherlich muß hier irgendwo ein verhängnisvoller Irrtum vorliegen.«

– John Galsworthy

»Unser König wird niemals entthront werden.«

– John Masefield

»Was liegt daran, wer solchen romantischen und reaktionären Schund geschrieben hat.«

– G. Bernard Shaw

»Wenn sie auf Bacon bestehen, werden wir ihnen Bohnen geben.«

– G. K. Chesterton

Und flammend über die Titelseite der Zeitung, geschrieben mit der Weißglut der Inbrunst, dem Reichtum an Metaphern und Wiederholungen, und dem herrlichen Schwung, für den er mit Recht berühmt ist, war ein ›Leidenschaftlicher Protest‹ des Kolumnisten John Dumbbell, aus dem das Folgende als charakteristisches Beispiel dienen mag:

... Einen Pfifferling für diesen amerikanischen Professor. Einen Pfifferling für alle Professoren. Einen Pfifferling? Nein! Ein Feigenblatt zum Bedecken der Blöße, die er sich gegeben hat!

Er ist ein Beschmutzer literarischer Heiligtümer.

Er ist ein Plünderer im Musentempel. Aber sein Kanonenschuß wird sich als ein Rohrkrepierer erweisen, der ihm selbst den armen prahlerischen Schädel zerschmettern wird. Er wird ihm den Kopf zerschlagen. Er wird ihm auf die Glatze hämmern...

Nein, er soll uns unseren Shakespeare nicht rauben. Shakespeare ist unser, bis in die letzte Faser von unserem Fleisch und Bein. Der Schwan vom Avon wurde niemals wie durch ein Wunder ausgebrütet, um das Spielzeug von Professoren oder die Beute von Pedanten zu sein. Er ist so englisch wie die englische Sonne. Er ist so englisch wie der englische Regen. Er ist so keltisch wie der Nebel und so angelsächsisch wie der Erdboden. Unser Shakespeare wußte wichtigtuerische Professoren zu verspotten. Unser Shakespeare hätte diesen Schulmeister dem Gespött preisgegeben. Mit den mächtigen Windstößen seines Warwickshire-Gelächters hätte unser Shakespeare diesen Yankee-Holofernes austrocknen und dahinwelken lassen können, diesen Plapperer aus Jonesville, diesen schändlichen Handlanger Bacons! Bacon, fürwahr! Bacon, dieser kaltschnäuzige Anwalt! Bacon, dieser schlaue und umsichtige Essayist. Bacon, dieser unmoralische Moralist. Bacon, dieser weltliche Gescheittuer! Bacon, dieser Handaufhalter für Bestechungsgelder! Bacon, dieser Anbeter des Mammon! Nein, Bacon war nicht Shakespeare. Wenn er jemand war, dann war er Shylock.

Ich sage diesem amerikanischen Professor, ich sage allen Amerikanern und allen Professoren, daß sie uns, mögen sie uns auch das Fell über die Ohren ziehen, unseren Shakespeare nicht nehmen werden. Er ist der Ruhm und der Stolz unserer Männer und Frauen. Er ist der strahlendste Stern in Britanniens Krone. Er ist so englisch wie die Glockenblumen in den englischen Gehölzen...

Dies war, wenn auch nicht jeder es in der gleichen Weise ausgedrückt haben würde, am Morgen des 3. April die vorherrschende Meinung in ganz England.

III

Am nächsten Morgen aber wurde ein anderes Lied gesungen; und als die Herausgeber, die nur kurze Artikel über die ›Zeitungsente‹ abgedruckt hatten, und die Spaßmacher, die vergnügte Glossen geschrieben hatten, am 4. April ihre *Sun* aufschlugen, begannen sie zu zweifeln. Allerdings gab es auch Tröstliches für sie. Weitere ›Botschaften‹ prominenter Mitbürger druckten ihren Abscheu und ihre Verachtung aus. Der Premierminister von Queensland hatte bekanntgegeben, daß die Australier zu Shakespeare stehen würden, und selbst von jenseits des Atlantik kamen vereinzelt tröstliche Signale. Verschiedene Schriftsteller hatten die Seite aus *Alexander* für Schund erklärt, und das Parlament des Staates Tennessee, zu einer Sondersitzung in Dayton zusammengetreten, hatte einhellig beschlossen, daß jeder Lehrer an den staatlichen Schulen, der im Unterricht den Namen Bacons erwähnte, kurzerhand entlassen werden sollte. Das war alles gut und schön; und natürlich war die überwiegende Masse der englischen Bevölkerung, die ein gewisses Interesse für Shakespeare zeigt, aber nicht befähigt ist, dokumentarisches oder ästhetisches Beweismaterial zu prüfen und zu bewerten, angesichts dessen, was offensichtlich ein gigantischer Schwindel sein mußte, entweder empört oder erheitert. Unglücklicherweise benötigte die Minderheit, die über ein solches Urteilsvermögen verfügte, nicht lang, um zu dem Schluß zu gelangen, daß sie es mit überzeugenden Argumenten zu tun hatte.

Zunächst war das Ansehen Professor Gubbitts zu berücksichtigen. Natürlich konnte er verrückt geworden sein, oder von plötzlicher Ruhmsucht überwältigt, die ihn vor keiner Skrupellosigkeit zurückschrecken ließ. Doch genoß er in der kleinen Welt der Gelehrten, die sich der elisabethanischen Zeit widmeten, einen guten Ruf für Kenntnisreichtum und Genauigkeit, und einmal war er wegen eines triumphalen Forschungserfolges sogar für einen Tag in aller Munde gewesen. Bei der Arbeit in der unerschöpflichen Fundgrube des Britischen Staatsarchivs hatte er ein Dokument entdeckt, welches der kurzen Liste ›echter Shakespeare-Unterschriften‹ eine weitere hinzufügte. Wie gewöhnlich hatte das Dokument etwas mit Geld und Gericht zu tun. Der größte aller Dichter hatte offenbar die Hypothek eines kleinen Käsehändlers für verfallen erklären lassen. Aber da war wieder, wie jedermann sehen konnte, eine weitere Ergänzung der lückenhaften Shakespeare-Biographie. »Schritt für Schritt«, hatte es damals geheißen, »sammeln wir Material an, das uns zeigen kann, was für ein Mensch dieser Shakespeare war, der Mann, der im buntscheckigen und anregenden England der elisabethanischen Zeit unter seinen Mitbürgern lebte und ging und redete.« Tatsächlich genoß Gubbitt in Fachkreisen den Ruf eines der bedeutendsten Spezialisten seiner Zeit.

So weit, so gut. Aber wenn seine Dokumente Fälschungen waren, was für wunderbare Fälschungen waren sie! Sein Bericht über die Schritte, die ihn einer nach dem anderen zu Bacon und der Eiche im Park von Gorhambury führten, war nicht besonders eindrucksvoll, doch lag das vielleicht daran (wie er offen erklärte), daß er in einem Zeitungsartikel nicht genug Raum für die überwältigende Reihe von Hinweisen habe, und daß das Publikum, wenn es die ausführliche Geschichte seiner Forschung kennenlernen wollte, auf sein Buch würde warten müssen, von dem, wie es hieß, innerhalb von zwei Tagen bereits eine halbe Million Exemplare im voraus bestellt worden war. Er bezog sich nur sehr skizzenhaft auf verschiedene Passagen, die eine zusammenhängende Beweiskette ergeben. Mehrere davon stammten aus der Totengräberszene in Hamlet, darunter das Bruchstück: »Ein Grabscheit und ein Spaten wohl, samt einem Kittel aus Lein.« Der Professor bemerkte sogar beiläufig, daß es eine Stelle gab, wo das Gewebe der verborgenen Geschichte so klar durchschimmerte, daß er auf Grund der Passage ganz sicher war, welches vergrabene Schauspiel er finden würde:

Hamlet: Glaubst du, daß Alexander in der Erde solchergestalt aussah?
Horatio: Gerade so.

Eine lange und mühsame Jagd nach Schlüsselsätzen, die über viele Stücke verstreut waren, hatte ihn zu dem Bleisarg in *Der Kaufmann von Venedig* geführt; und eine andere zu der Eiche, um welche die Maskerade in *Die lustigen Weiber von Windsor* spielte. Viele von den Chiffren, die frühere Bacon-Anhänger aufgedeckt hatten, waren ihm eine Hilfe gewesen, aber zu dem zwingenden Finale des vertrauten ›Hic haec hog‹ – ›Hier dieser Bacon‹ war er auf einen Weg gelangt, der ihnen allen neu war. So einfallsreich das alles war, es hätte leicht zerpflückt werden können, hätte der gelehrte Detektiv lediglich prophezeit, er werde den Kasten finden. Aber er sagte, er habe ihn gefunden.

Hier, in einer Handschrift, die kein Sachverständiger von Bacons anerkannter Schrift unterscheiden konnte, waren Auszüge aus einem Bekenntnis, das die ganze Geschichte der Verborgenheit seines literarischen Schaffens im Interesse seiner politischen und philosophischen Laufbahn erzählte, von seiner Anstellung des Theaterdirektors, von der Vorbereitung eines Verstecks, dessen Suche – und er gestand sein diabolisches Vergnügen bei dem Gedanken ein – Generationen Anlaß geben würde, sich die Köpfe zu zerbrechen, und seiner Abwendung von der Muse kurz nach Shakespeares ungelegenem Tod. Da gab es Quittungen über erhaltene Geldbeträge, unterzeichnet in Shakespeares steifer Kritzelei, die das alte Geheimnis seines Reichtums und des Wappenschildes und des schönen Hauses in Stratford erklärten. Seine viel diskutierte Trägheit am Ende seines Lebens wurde von Bacon damit erklärt, daß er zu beschäftigt gewesen sei, um Stücke zu schreiben. All diese Papiere hätten in Frage gestellt werden können, wenn auch nur von jenen, die alles in Frage stellen. Aber der Auszug aus dem *Alexander* nötigte allen großen Dichtern und Kritikern in England sofortige Anerkennung ab.

Es ist überflüssig, in diesem Zusammenhang die wunderbare Rede zu zitieren, die musikalischste, leidenschaftlichste und an Bildern reichste von allen Shakespeareschen Reden, mit der Alexander sich an seine Geliebte wendet. Sie ist heute jedem Schulkind in England vertraut, und ich kann ihr hier keinen Raum geben. Aber sie gab den Ausschlag.

IV

Schon am zweiten Tag war der Hauptzeichner der satirischen Zeitschrift *Punch* mit der Karikatur eines ironisch blickenden Bacon beschäftigt, der dem Betrachter ein Exemplar der ersten Shakespeare-Gesamtausgabe von 1623 entgegenhält. Die *Times* verkündete ihre Konversion in einem zweispaltigen Leitartikel, der folgendermaßen begann:

Nach einigem Zögern sind wir zu dem Schluß gekommen, daß der Unwiderlegbarkeit der Beweise Professor Skinner Gubbitts, daß Shakespeares Werke in Wahrheit von dem erlauchtesten aller Lordkanzler geschrieben worden sind, nicht länger widerstanden werden kann. Die Konsequenzen dieser Revolution sind geeignet, allen Ehrfurcht einzuflößen, die sich Zeit nehmen, darüber nachzudenken. Der Mann, der so oft ›Der weiseste unter den Menschen‹ genannt worden ist, muß in Hinkunft auch als ›Der edelste unter den Menschen‹ anerkannt werden; und wir müssen uns nach bestem Vermögen bemühen, unseren widerstrebenden Verstand mit der fast unglaublichen Wahrheit zu versöhnen, daß von den Lippen, die solch tiefe Wahrheiten und eine so eindrucksvolle Welt von Gelehrsamkeit und Spekulation formulierten, wie sie uns in seinen philosophischen und erkenntnistheoretischen Schriften entgegentritt, auch die majestätischste und die lieblichste Musik strömte, die jemals von Sterblichen in Worte gefaßt worden ist. Die Hand, die das *Novum Organum* schrieb, schrieb auch die verzauberten, waldversponnenen Glückseligkeiten von *Wie es euch gefällt,* und das nüchterne Gehirn, von dem man meinen möchte, daß es die volle Kraft seines Verstandes für *De dignitate et augmentis scientiarium* aufbieten mußte, war auch der tragischen Verlassenheit eines *König Lear* fähig und geruhte seine Verwandtschaft mit der bescheidenen Allgemeinheit der Menschen in der Persiflage einer Beatrice und der kräftigen Possenreißerei eines Falstaff zu bekennen.

Doch wenn wir darüber nachdenken, scheint die größere Unglaublichkeit anderswo zu liegen: in dem seltsamen Umstand, daß wir alle es jahrhundertelang für möglich gehalten haben, als den Autor von ›Shakespeares Werken‹ eine Persönlichkeit zu akzeptieren, wie sie sich, unvollkommen aber allzu adäquat, im Leben des vormaligen Schwanes vom Avon enthüllt. Der Sohn eines kleinen Handelsmannes in einer Provinzstadt etc. Erzogen (wenn überhaupt erzogen) in einer provinziellen Lateinschule etc. Nach kurzer Zeit dort hinausgeworfen etc.... Zweifelsfrei bekannt als ein zweitklassiger Theaterleiter von Beruf, mit raffgierigen und gewinnsüchtigen Haus- und Grundstücksspekulationen als Nebenbeschäftigung (wenn es eine Nebenbeschäftigung war), war er sicherlich der am wenigsten geeignete aller Kandidaten für einen Thron wie diesen, auf dem sein Geist nun seit drei Jahrhunderten eine Maskerade aufgeführt hat. Es mag sein, daß Illusionen ähnlicher Art ebenso lang vorgeherrscht haben, aber sicherlich nicht überall etc....

Es liegt auf der Hand, daß dem Andenken der verstorbenen Mrs. Gallup, des verstorbenen Mr. Pott, des verstorbenen Sir Edwin Durning-Lawrence, des verstorbenen Obersten Snook und anderen mutigen Pionieren wie ihnen, die angesichts aller Arten von Enttäuschungen seit langem jene Fackeln der Wahrheit hochhielten, in deren Licht Professor Gubbitt endlich in die hintersten Winkel des säkularen Geheimnisses vorgedrungen ist, nunmehr völlige und uneingeschränkte Genugtuung gebührt. Mangelhaft in der Ausführung, vielleicht, da einige von ihnen, etc....

Was Professor Gubbitt betrifft, so ist es klar, daß die ganze englisch sprechende Welt, nein, die gesamte Menschheit auf ewig in seiner Schuld stehen wird. Nicht nur etc.... Nicht nur, etc.... Aber indem er die erste aller Kronen der Dichtkunst dem ihr rechtmäßig zukommenden Haupt wiedergegeben hat, hat er einen jahrhundertealten Widerspruch aufgelöst und uns endlich einen ›Shakespeare‹ ge-

> schenkt, dessen unbestrittener intellektueller Glanz und dessen Würde und Stand in vollkommenem Einklang damit stehen, was, wie alle Welt immer gefühlt hat, die Eigenschaften des Schöpfers eines *Hamlet* und des Freundes eines Southampton gewesen sein müssen etc....

Am folgenden Tag veröffentlichte Mr. John Dumbbell in seiner mehr volkstümlichen Zeitung den hübschesten und raschesten Widerruf, den selbst seine Hand jemals aufgesetzt hatte. Am ersten Tag war sein Artikel ›Sie werden uns unseren Shakespeare nicht rauben‹ überschrieben gewesen. Die Natur des zweiten Artikels, ebenso vehement, ebenso mutig unqualifiziert und ebenso reich ausgeschmückt mit stereotypen Metaphern und Weitschweifigkeiten, war ›Der Ruhm Bacons!‹ betitelt. Sein Tenor mag hier kurz illustriert werden:

> ... Die letzten Fetzen der Verstellung sind dem Großen Betrüger heruntergerissen worden. Sein Kopf ist gebeugt. Die letzten gestohlenen Pfennige sind ihm aus der Hand gefallen. Sein Rücken ist für die Peitsche entblößt. Er ist für immer an einen postumen Pranger gekettet. Er ist für immer in den Block des unstillbaren Gelächters der Menschheit geschlossen.
>
> Shakespeare, der Lümmel von Stratford! Der Sohn eines unbedeutenden Händlers mit Schweinefleisch. Der Sohn eines Bankrotteurs. Der zehntklassige Schauspieler, der heiratete, weil er heiraten mußte. Der habgierige Wucherer, dessen Unterschriften seinen Geiz und seine Rücksichtslosigkeit bezeugen. Der Vornehmtuer, der sich ein Familienwappen kaufen mußte! Der selbstgefällige Philister, der in Stratford über die Höhergestellten dominieren mußte.

Die bösartige und kriecherische Kreatur, die ihren kleinlichen Rachegelüsten über das Grab hinaus frönte und der eigenen Frau sein zweitbestes Bett testamentarisch vermachte. Er war ungebildet wie ein Hottentotte. Sein Verstand war trübe wie der Londoner Nebel. Er war stumpf wie der stumpfeste aller Winkel. Nun steht er vor uns in seiner Nacktheit als der, der er war, und schmiert seine Habsucht noch über die schönsten Seiten der Poesie. Ein Zuhälter der Literatur. Ein Pandaros des Dramas. Ein gieriger Vermittler der Künste … Ein …

Aber Bacon! Er, der breitstirnige Baron von Verulam, ist nun für immer England. Bacon ist ein Teil Englands. Bacon ist England. Bacon ist so englisch wie die englische Sonne. Er ist so englisch wie der englische Regen, wie die Veilchen von Verulamium und die Glockenblumen in den Wäldern seines Hertfordshire. Immerwährender Ruhm wird seine Stirn mit Lorbeer bekränzen. Immerwährender Glanz wird sein Haupt umhüllen. Er ist der Schwan von St. Albans. Er ist der Riese von Gorhambury.

Aber, wie Bacon gesagt haben würde, »genug davon, Hal, wenn du mich liebst.«

V

Der ungeheure Widerhall, den die Entdeckung überall in der Welt fand, kann hier nicht vollständig wiedergegeben werden. Es muß genügen, einige wenige der Millionen von Kleinartikeln und Kurzmeldungen zu zitieren, die monatelang in Zahlen, welche zuerst lawinenartig anwuchsen und dann allmählich abnahmen, die Seiten der Weltpresse füllten. Ich gebe sie ohne Daten und Quellenangabe wieder:

In der gestrigen Sitzung des Stadtrates von Dover wurde einmütig beschlossen, daß das Shakespeare-Kliff von nun an Bacon-Kliff heißen soll.

Wie verlautet, wird das Shakespeare-Theater in Stratford nächste Woche als Filmpalast wiedereröffnet.

In einem gestern gewährten Interview erklärte Benito Mussolini, er gebe keine zwei Lire dafür, wer die Stücke geschrieben habe, Bacon oder Shakespeare. Es sei bedauerlich, sagte Exzellenz Mussolini, daß Ausländer ohne Kenntnis des Landes Stücke über Italien schrieben. Solch ein Tölpel wie Antonio, fügte Il Duce hinzu, sei in ganz Italien nicht zu finden. Il Capo di Governo schloß mit der Feststellung, daß der Faschismus gekommen sei, um zu bleiben.

Vergangene Nacht wurde die Shakespeare-Statue auf dem Leicester Square von unbekannten Tätern grün angestrichen. Man vermutet, daß es sich um einen Studentenulk handelt. Heute beschloß der Stadtrat von Westminster City, daß die Statue bis zu ihrer geplanten Ersetzung durch eine Statue Lord Bacons geradesogut in ihrem gegenwärtigen Zustand belassen werden könne.

Das Komitee zur Gründung eines Bacon-Nationaltheaters hat an Presse und Öffentlichkeit appelliert, den großen Dramatiker nicht als Lord Bacon zu bezeichnen. Dieser Titel sei unrichtig. Richtig müsse es heißen: Francis Bacon, Baron von Verulam, oder aber Vicomte von St. Albans.

In der heutigen Nachmittagssitzung des Unterhauses kam es zu allgemeiner Heiterkeit, als der Führer der Opposition unabsichtlich von Shakespeare als dem Autoren des *Othello* sprach. »Bacon, Bacon« kamen die Zurufe von allen Seiten. »Zu spät, um es noch zu retten, fürchte ich«, bemerkte Mr. Baldwin trocken; worauf ein neuerlicher Ausbruch allgemeiner Heiterkeit folgte, in den der ehrenwerte Gentleman herzhaft einstimmte.

Das bolivianische Parlament stellte einen Betrag von drei Millionen Sucres für die Errichtung einer Statue Bacons zur Verfügung. Das Denkmal soll auf einem der verkehrsreichsten Plätze der Hauptstadt La Paz aufgestellt werden.

Bei der gestern eröffneten Jahresversammlung des Verbandes der Räuchereibetriebe in Trowbridge, Wilts., brachte der Vorsitzende des Verbandes, Mr. A. March-Hare, einen neuen Punkt zur Sprache. Sein Leben lang, so sagte er, sei er ein Verehrer der Werke unseres Nationaldichters gewesen, und nun könne er nicht umhin, sich jeden Morgen einer Art von Blasphemie schuldig zu fühlen, wenn er zum Betrieb hinuntergehe und über der Fassade die Inschrift ›Bacon Factory‹ (Schinkenräucherei) erblicke. Mr. Brown (Salisbury) sagte, er stimme ihm darin zu, das es, nachdem Bacon nun so hohen Ruhm erlangt habe, kaum geziemend sei, zuzulassen, daß sein Name mit Geräuchertem gleichgesetzt oder verwechselt werde. Mr. Higg (Devises) pflichtete seinen Vorrednern bei und stellte fest, daß es sich in Zukunft sehr zweideutig ausnehmen würde, Wendungen wie »versunken im Studium Bacons« oder »den Schülern einen tiefen Einblick in Bacon geben« zu gebrauchen. Mr. Nitwit (Schinkenräuchereigenossenschaft Yorkshire, York) sagte, es wäre eine gerechte Bestrafung für den Piraten von Stratford, der seinen hilflosen Wohltäter damit belohnt habe, daß er unerlaubt Quartausgaben der Stücke veröffentlichte, wenn sein Name überall dort, wo es die Früchte ihres gemeinsamen Gewerbes betraf, an Bacons Stelle eingeführt würde. Sollten die Leute doch in Zukunft, wenn sie eine Speckseite meinten, »eine Seite Shakespeare« sagen, »eine Shakespearschnitte«, »Shakespeare mit Ei« oder »Leber und Shakespeare«. Das würde Shakespeare recht geschehen. Zuletzt einigte man sich darauf, die Britische Akademie und die Herausgeber des Oxford Dictionarys zu bitten, daß sie einen neuen Namen vorschlügen, der attraktiv sein und nach Möglichkeit keine Verbindungen mit der Welt der Literatur haben sollte.

Das Parlament wurde um die einmalige Bewilligung zusätzlicher Mittel gebeten, um das Britische Museum in die Lage zu versetzen, die in die Zehntausende gehenden Titel mit Hinweisen auf Shakespeare in der Bibliothek neu zu katalogisieren.

Aus Moskau wird gemeldet, das Comintlit (CIL) habe entschieden, daß auf dem gesamten Territorium der UdSSR jede Übernahme der Bacon-Theorie zu unterbleiben und der Name ihres Urhebers Professor Gubbitt keinerlei Erwähnung zu finden habe. Verfechter der neuen Theorie sollen wegen konterrevolutionärer Mentalität gerichtlich belangt werden. Die *Prawda* erklärte die ganze Gubbitt-Bacon-Bewegung zu einem kapitalistischen Komplott mit dem Ziel, den Völkern einzureden, daß Stücke wie diejenigen Shakespeares nur von einem Aristokraten geschrieben sein konnten. Dagegen sei Shakespeares Vater, fügt der Artikel in der *Prawda* hinzu, schlimmstenfalls ein Kaufmann in kleinbürgerlichen Verhältnissen gewesen.

So ging es. Und zur gleichen Zeit entwickelte sich ein ungeheurer Aufschwung in Bacon-Erstausgaben, einschließlich sogar seines Leben *Heinrichs VII.*, in Bacon-Biographien und Umbenennungen von Straßen und Plätzen. Ja, es kam sogar zu einem Ansturm auf Papiergeschäfte und kleine Akzidenzdruckereien, da die ungezählten Shakespeare-Gesellschaften, -Komitees, -Theater und -Gasthäuser neues Briefpapier benötigten…

VI

Auswirkungen gab es in allen Bereichen. Für das Verlagswesen und das Druckereigewerbe, die in den ersten Monaten des Jahres 1930 schlechte Zeiten durchgemacht hatten, war das Ereignis ein Geschenk Gottes. Für die Rechte an Professor Gubbitts Buch (von dem in Großbritannien eine Million Exemplare verkauft wurden, ehe das Jahr zu Ende ging) wurde ein zu hoher Betrag verlangt, als daß ein einzelner Verlag sie hätte für sich erwerben können. Daraufhin gründete der Verlegerverband eine Ad hoc-Gesellschaft, deren Geschäftsanteile von allen angeschlossenen Verlagen gezeichnet wurden, die auf diese Weise durch gemeinsames Handeln die Rechte erwerben und ein Geschäft machen konnten, das für das gesamte Verlagsgewerbe vorteilhaft war. Jedes Buch über ›Shakespeare‹, das sein Leben oder seine Urheberschaft an literarischen Werken behandelte, wurde als unverkäuflich außer Gebrauch gesetzt, aber der dadurch entstehende Verlust wurde weit mehr als ausgeglichen durch die Nachfrage nach neuen Büchern, die das Gebiet im Baconschen Sinne behandelten, während der gelehrten Welt Tausende von Themen über den neu zu behandelnden Gegenstand ›Bacons Leben und Werk‹ durch die Köpfe schossen. Alle lasen Bacon; selbst im Unterhaus wurde die alte Gewohnheit des Zitierens wieder aufgenommen; und an den Universitäten, deren Dekane der ›Bacon-Theorie‹ stets erbitterten Widerstand geleistet hatten, ohne dabei ihre eigenen Interessen zu erkennen, wurden Hunderte von Dozenten und Fachgelehrten in erneuerte Aktivität und daraus erblühenden Wohlstand gestoßen. Die Theater des Londoner Westens erlebten eine Saison, wie es ihnen seit den goldenen Tagen der musikalischen Komödie nicht mehr vergönnt gewesen war. Bis dahin hatte in Londons Theaterwelt die Maxime gegolten: »Shakespeare zahlt sich nicht aus.« Doch auf dem Höhepunkt der Theatersaison 1930 spielten alle Theater des Londoner Westens Bacon. Jedes seiner Schauspiele kam dort zur Aufführung, ausgenommen der *Perikles* – und der wurde am Old Vic gegeben. Angeregt von den hereinströmenden Geldern, erhoben die Londoner Theaterdirektoren sich zu unternehmerischen Höhenflügen, die sie nie zuvor gewagt hatten. So gab es drei konkurrierende Inszenierungen des *Othello,* in denen die Hauptrolle von einem echten Neger, einem echten Türken und einem echten Araber gespielt wurde. Troilus wurde von einem echten Griechen dargestellt, Florizel von einem echten Böhmen, Hamlet von einem echten Dänen, Macbeth von einem echten Schotten; und es gab eine ungemein ehrgeizige Aufführung von *Der Kaufmann von Venedig,* worin alle Rollen von echten Italienern gespielt wurden, ausgenommen diejenigen des Shylock und der Jessica, die von echten Juden verkörpert wurden, und denjenigen der ausländischen Freier, die einem echten Engländer, einem echten Franzosen und einem echten Deutschen Gelegenheit gaben, sich hervorzutun. In Hammersmith inszenierte Sir Nigel Playfair *Heinrich IV.* ganz im Stil der Restaurationszeit, mit Kandelabern, Liedern und Tänzen, und er selbst ließ es sich nicht nehmen, die Menuette als ein perückentragender Falstaff anzuführen: in der ersten Abendvorstellung erschien die Schenke ›Zum wilden Schweinskopf‹* in Eastcheap durch einen geistvollen Einfall des Regisseurs als das ›Wirtshaus zum Schinkenkopf‹**. Seit Menschengedenken hatte die vornehme Gesellschaft nicht so lange über ein Thema geredet wie über die Sensation der Stunde. Dem folgenden Auszug aus Mr. Snoopers Klatschspalte im *Daily Glimpse* vom 22. Juni 1930 lassen sich ähnliche Berichte aus sämtlichen Ausgaben über Monate hinweg an die Seite stellen:

> In der St. James Street traf ich Lord Mount Antler, der gerade von seinem Landsitz in Glenvommit zurückgekehrt war. Seine Vorliebe für Bacons Theaterstücke ist natürlich seit jeher weit bekannt. »Ich wußte immer«, bemerkte er, »daß diese Stücke von einem Herrn geschrieben sein müssen. Selbstverständlich habe ich nichts gegen Shakespeare persönlich, aber gewöhnlich kann man den Unterschied tatsächlich erkennen.« General Fitzhugh, sagte er (keine geringe Autorität), habe darin immer mit ihm übereingestimmt. Einen Augenblick später traf ich Lady Badshot. Sie ist nicht nur die bestgekleidete Frau Englands, sondern auch, wie jeder weiß, die geistvollste. Sie sagte mir, daß die Bacon-Welle sicherlich die Rückkehr der ›Schweinepasteten‹ genannten runden kleinen Hüte mit sich bringen werde. Ob es ihr ernst war? Was meinen Sie?
>
> Zum Mittagessen also in das ruhigste und exklusivste der französischen Restaurants, nicht allzuweit entfernt von Covent Garden. Ich kann Kapitän ›Tuggles‹ Pearson nur beipflichten, der mir sagt, daß

* Boar's Head
** Bacon's Head

er immer dorthin gehe, weil es keine Kapelle dort gebe. »Wie in aller Welt«, sagt er immer, »kann von einem Menschen erwartet werden, daß er gleichzeitig ißt und einer Musikkapelle zuhört? Es versteht sich von selbst, nicht wahr?« Gestern hatte er einen berühmten Amateurjockey bei sich, der ihm zustimmte. Mein Reiterfreund hatte nur einen Einwand gegen die kürzliche Verwandlung des Nationaldichters. Man hatte ihn zu einer Schinkenplatte eingeladen. »Hol's der Teufel«, sagte er sehr richtig, »man kann nichts für seine Gefühle, oder? Und obwohl ich weiß, daß es alles nur Einbildung ist, bringe ich es nicht fertig, mich vor eine Schinkenplatte zu setzen.« Er meinte natürlich, daß es die falsche Tageszeit gewesen sei. Wie auch immer, die Schlußresolution der Jahresversammlung der Räuchereien wird das schließlich in Ordnung bringen.

Am Nebentisch waren die hübsche Miss Peggy Pumpernickel, Lady ›Vi‹ Gilderoy (gerade vom Lido zurückgekehrt) und Prinzessin ›Baba‹ Attabetzkoy. »Eine Hühnergesellschaft, wie Sie sehen«, sagte die Prinzessin. »Das waren die drei Grazien auch«, konnte ich nicht umhin zu erwidern. Sie waren alle auf einer Bacon-Party in Gray's Inn gewesen; waren den Spuren des Dichters durch alte Höfe und Hallen gefolgt und hatten auf Bacons *Wegen der Krähen* gelauscht. »Ich glaube, er muß *Maud* auch geschrieben haben«, sagte Lady ›Vi‹ mit ihrem immer ein wenig spöttischen Lächeln. »Es beschreibt die Krähen so schön.«

Die Welt wedelte mit dem Schwanz. Das Parlament ging in die Ferien. Der Völkerbund trat zusammen. Der Duce hielt Reden. M. Briand machte Pläne. Die Filmstars machten Augen. Die Theater machten Geld. Die konservative Partei machte Fehler. Gandhi machte

Ärger. Die Bauern machten Heu aus ihrem Gras, die Ministerien machten Gesetzentwürfe, Mr. Snowden machte Hackfleisch aus allen; und Professor Gubbitt brachte es zuwege, daß zwei Hemisphären unaufhörlich von einem Thema sprachen. Der Höhepunkt wurde erreicht, als er seine Vorlesungsreise begann, die in einer Ansprache vor der British Association, einem offiziellen Bankett im Londonder Rathaus, der Verleihung des Bürgerrechts durch die Stadt St. Albans und der Zuerkennung so vieler Ehrendoktorwürden gipfelte, daß mindestens eine ins Wanken geratene Herstellerfirma von Talaren wieder Boden unter die Füße bekam. Die Ansprache vor der British Association war besonders faszinierend. Professor Gubbitt zeigte Schritt für Schritt, wie Shakespeare, der Bacon in der Hand hatte, durch die Veröffentlichung jener frühen Quartausgaben, deren Unvollkommenheiten die Gelehrten so lange in Verwirrung gebracht hatten, einen munter sprudelnden Quell von Nebeneinnahmen erschloß; und mit großer Überzeugungskraft gelang es ihm, Bacons immerwährende Geldverlegenheiten mit dem ständig wachsenden Wohlstand des blutsaugenden Parasiten von Stratford in Zusammenhang zu bringen. Die letzten Außenposten des Britischen Weltreiches waren gefallen; es hatte den Anschein, als sei die Schlacht endgültig geschlagen und die Verlagerung der Gewichte in jedermanns Bewußtsein gedrungen. Doch als der Sommer sich zum Herbst neigte, erschien eine Wolke am Horizont. In Stratford ging es sehr schlecht, und es sah danach aus, als sollte dem ganzen Süden der Grafschaft Warwickshire ein verzweifelt harter Winter bevorstehen.

VII

Denn inmitten all der hektischen Aufregungen und Diskussionen, Scherze und Lustbarkeiten, Konferenzen und Feiern, die den Frühling und die Sommermonate dieses Jahres ausfüllten, hatte eine mit Bacon beflaggte Welt eines übersehen: die wirtschaftlichen Folgen der Veränderung und ihre Auswirkungen auf bestimmte Teile des Landes. Daß St. Albans profitieren würde, verstand sich von selbst und fand einstweilen kaum Erwähnung; allerdings gab es einiges Gerede, als die Werbeanzeigen einer ›Verulam Erhaltungs- und Entwicklungsgesellschaft‹ in den Zeitungen erschienen, komplett mit Direktoren, Rechnungsprüfern, Maklern, Anwälten, Banken, Steuervergünstigungen und voraussichtlichen Erträgen. Daß Schwärme von Besuchern St. Albans und Gorhambury überschwemmten, wurde auch beobachtet und für ebenso selbstverständlich gehalten; aber die ganze Tragweite dieser Entwicklung als Vorzeichen eines dauerhaften heimischen Gewerbes wurde kaum erkannt: es gab soviel anderes zu bereden. Von Stratford war eine Zeit lang sehr wenig zu hören. Schließlich war Stratford jetzt ›von der Karte‹.

Am Ende der ersten Woche war es in Stratford zu einem Aufbegehren gekommen. Der zu einer Sondersitzung zusammengetretene Stadtrat hatte das Problem der Urheberschaft mit der ganzen hitzigen Einmütigkeit althergebrachter, nun um ihr Leben kämpfender Interessen diskutiert. Wo im übrigen England jedermann bekehrt worden war, blieb Stratford leidenschaftlich seinem Shakespeare treu. Eine – und nur eine einzige – Sitzung dieses städtischen Gremiums, dem vor so langer Zeit der damals noch nicht insolvente John Shakespeare präsidiert hatte, wurde von der Londoner Presse so ausführlich kommentiert wie eine Parlamentssitzung. Dann fiel der Vorhang. Als bekannt wurde, daß das Shakespeare-Festival trotz allem veranstaltet werden sollte, wurden da und dort Witze gerissen, und weitere humoristische Kommentare gab es, als der Vorstandsvorsitzende der Brauereigesellschaft, welcher das berühmte Hamlet Arms in Stratford gehörte, vor einer außerordentlichen Aktionärsversammlung verkündete, daß der Vorstand (wie üblich bestrebt, das Unternehmen so vollkommen wie möglich gegen zukünftige Risiken abzusichern) schon vor einigen Jahren den Grundbesitz des Frozen Pullet in St. Albans erworben habe, eines Hauses voll alter Eiche, welches, sobald es erst hinlänglich mit Kupfergeschirr ausgestattet wäre, sicherlich ein einzigartiger Anziehungspunkt für Amerikaner und andere Besucher sein würde. Ansonsten sank Stratford, soweit es den Rest der Welt anging, in den Zustand der ländlichen Stille zurück, die seine Umgebung seit jeher ausgezeichnet hatte. Die einzigen Andächtigen vor dem einst verehrten Heiligenschrein waren ein paar verirrte Fundamentalisten aus den rückständigeren Gegenden der Südstaaten. Autofahrer sausten ohne Aufenthalt durch die kleine Stadt; nur wenige Züge hielten noch im Bahnhof.

Erst im Juli wurde die allgemeine Aufmerksamkeit von einem Mr. John Drinkwater, der zu seinem alljährlichen Besuch in der Stadt gewesen war, auf die akute Notlage aufmerksam gemacht, die nun in Stratford vorherrschte. Es war, als hätte ein großes Agrargebiet nicht nur eine schlechte Ernte, sondern überhaupt keine Ernte gehabt, nicht eine einzige Weizenähre, nicht eine Rübe, nicht eine Frucht, nicht einmal einen Grashalm. Eine ganze Stadt war ohne Arbeit, und ihr Ruin breitete sich weit in das Umland aus, dessen Kapital zur Hälfte direkt oder indirekt in die Shakespeare-Industrie investiert gewesen war. Schankwirte und Logierhausbesitzer kamen vor Hunger fast um, die Andenkenläden hatten seit einer Woche keine Postkarte verkauft, die Süßwarenläden kein Päckchen Kaugummi, die Tabakwarengeschäfte nicht eine Zigarre. Eine Menge Kirchendiener, Wärter, Aufseher und Fremdenführer, die Jahre damit zugebracht hatten, die amerikanische Sprache zu meistern, sahen nun die jahrelangen Mühen gänzlich vergebens. Jene, die stets den Fleiß und die Bedürfnislosigkeit von Ameisen gezeigt hatten, gewärtigten nun, ohne eigenes Verschulden, einen bitteren Winter. Könnte nicht, regte Mr. Drinkwater an, ein öffentlicher Fonds geschaffen werden, der den notleidenden Gebieten des südlichen Warwickshire zugute käme?

Die *Times* unterstützte den Vorschlag in einem beredten Leitartikel mit der Überschrift ›Eine Stadt geht stempeln‹ nachdrücklich; und der Oberbürgermeister von London, Sir William Waterlow, reagierte rasch. Schließlich gab es den Präzedenzfall des Befreiungsfonds, und wenn man es recht bedachte, gab es dem Wesen nach keinen Unterschied zwischen den unschuldigen Opfern von Jabez Balfours Betrügereien und denjenigen William Shakespeares. Viele beeilten sich, Summen für den Fonds zu zeichnen. Es ist wahr, daß Professor Gubbitt, der von einem beinahe pathologischen Haß auf Stratford erfüllt war, sich weigerte, auch nur einen Penny zu geben. Aber die Großbanken, die Konzerne, die großen Zeitungen und eine Menge Privatpersonen brachten den Fonds rasch auf die ansehnliche Höhe von hunderttausend Pfund; und besondere Aufmerksamkeit fand das großzügige Verhalten St. Albans, wo man zugunsten der schwer getroffenen Einwohner der entthronten Schwesterstadt einen Stratford-Tag mit allerlei Belustigungen einführte, dessen Erlös an den Fonds abgeführt wurde. Es schien, daß der Fonds in ein bleibendes Treuhandvermögen zum Besten Stratfords und seiner Umgebung würde umgewandelt werden müssen, als im November, gerade als das kalte Wetter einsetzte, ein unerwartetes Ereignis eintrat, das in Stratford rasch wieder für volle Schüsseln und knisternde Kaminfeuer sorgte. Der bekannte Schriftsteller G. K. Chesterton schrieb einen Artikel, der wie ein Blitzschlag war. Da er, wie gewöhnlich, das Offensichtliche lange vor allen anderen sah, verwandelte er die Situation auf einen Schlag.

VIII

Er veröffentlichte einen Essay in einer sehr obskuren Wochenzeitschrift, und es vergingen einige Tage, bis jemand darauf aufmerksam wurde; sobald dies aber geschehen war, verbreiteten sich seine Gedanken wie ein Buschfeuer. Seine Beweisführung war die Einfachheit selbst.

> »Es ist ein in den menschlichen Angelegenheiten sehr auffälliges Phänomen«, (schrieb er) »daß eine Wahrheit mit beinahe absoluter Gewißheit übersehen wird, wenn sie nur groß genug und einfach genug ist. Und durch all diese trubelhaften Monate der Bacon-Festlichkeiten ist die in ihrer Einfachheit verblüffendste der mit Professor Gubbitts Entdekkung verbundenen Wahrheiten ignoriert worden, wie die meisten Menschen gewohnheitsmäßig den Himmel über sich ignorieren. Während ich dies schreibe, blasen die Hörner der Welt den Zapfenstreich über dem Grab von Stratford. Aber in vielleicht einer Woche, wenn eine ungeheure Plattheit endlich begriffen sein wird, werden sie die Reveille blasen. Shakespeares Haupt, so heißt es, liegt in Staub und Asche; er wird sich aus der Asche erhe-

ben und den Staub, wenn man mir den Ausdruck vergeben will, von den Füßen schütteln. Aber in den ungezählten Schweinsköpfen, die an dieser Diskussion teilgenommen haben, wird sich eine gewaltige Binsenwahrheit mit der Heftigkeit eines Donnerschlags und einem Glanz so strahlend und unwiderstehlich wie der Sonnenaufgang Bahn brechen …

Denn was ist die eine zentrale Tatsache an dieser langen Debatte? Es ist die, daß die eine alte Tatsache, die jedermann zu wissen pflegte, heute von jedermann vergessen ist. In den Tagen vor den Tagen des Propheten Gubbitt war all jenen, die wie ich und mit mir vehement und leidenschaftlich Bacons Urheberschaft an den damals Shakespeare zugeschriebenen Werken diskutierten, ein einfaches und kraftvolles Dogma gemeinsam. Wir sagten nicht, daß Shakespeare die Stücke geschrieben haben müsse: denn wir wußten sehr wenig über Shakespeare, und dieses Wenige gefiel uns nicht. Was wir sagten und ständig wiederholten, war unsere Überzeugung, daß niemand außer einem Esel oder einer akademischen Respektsperson glauben könne, daß die dichterischen Werke und die Prosa von einer und derselben Person geschrieben worden sind. Darin herrschte beinahe allgemeine Übereinstimmung. Die Fähigkeit, das zu sehen, war die Probe auf die Fähigkeit, überhaupt etwas zu sehen. Die Fähigkeit, das zu leugnen, war die Probe auf die Fähigkeit, überhaupt etwas zu leugnen. Die einzige Wahrheit, auf die es jetzt ankommt, ist, daß diese Wahrheit immer noch gilt. Mit anderen Worten, wenn, wie wir alle heute glauben, Bacon die Stücke schrieb, muß ein anderer die voluminösen Prosawerke geschrieben haben, die wir immer so sehr bewundert haben, die auch zu lesen jedoch bis vor kurzem nur wenigen von uns jemals in den Sinn gekommen ist.

Nun, was daraus folgt, muß jedem sonnenklar sein, der nicht Mitglied der alten und strengen Sekte der besonders primitiven Bacon-Anbeter war. Wir müssen einen Mann finden, der unsere Anforderungen erfüllt, und bis wir ihn finden, bleiben unsere Schwierigkeiten so groß wie sie waren, es sei denn, dieser Mann ist der, auf den wir gleich kommen werden. Aber unsere Position ist jetzt ungleich gefestigter, als sie es damals war. Damals vermuteten wir, daß Shakespeare die Stücke schrieb, weil sein Name auf ihnen stand, obwohl wir sonst nichts über ihn wußten. Heute aber wissen wir etwas über ihn, und dieses Etwas ist von wesentlicher und tatsächlich erdrückender Bedeutung. Wir wissen, daß Bacon ihn als einen Darsteller zu seiner Personifizierung beschäftigte, als einen Imitator, und daß es in dieser Funktion Shakespeares Pflicht – und eine höchst einträgliche Pflicht – war, vor seinen Zeitgenossen als der Schöpfer einer imaginären Welt zu erscheinen, als der Lyriker des *Sturm,* als der düstere Träumer, dem wie Wolken die dunkle Pracht des *König Lear* entstieg, als der Philosoph und der Gelehrte, dessen Blick über die ganze Menschheitsgeschichte gegangen war und dessen Vokabular die Verzweiflung der Lexikographen gewesen ist. Nun sind wir aufgefordert anzunehmen, daß diese enorme Verantwortung einem Tölpel und einem Lümmel anvertraut worden sei – und mit überwältigendem Erfolg anvertraut! –, einem Flegel, der wahrscheinlich weder lesen noch schreiben konnte. Ich habe den größten Respekt vor meinem Freund John Dumbbell; aber keine unsinnigere Theorie wurde außerhalb der Mauern von Schilda je ans Licht gehoben…

Wenn ein gründlicher Theologe wünschte, daß ein anderer in der Öffentlichkeit die Vaterschaft an seinen Werken übernähme, dann würde er schwerlich einen eifernden Atheisten vom Hyde Park damit beauftragen. Wenn ein bedeutender General wünschte, daß jemand für ihn in eine Schule ginge und anläßlich einer Preisverleihung an seiner Statt eine Ansprache an die Schüler richtete, wurde er als Stellvertreter kaum einen fanatischen Antimilitaristen mit einem Stotterfehler und einem starken Cockney-Akzent schicken. Wollte ich mich selbst, wenn ich das in aller Bescheidenheit sagen darf, durch einen Imitator erfolgreich bei einem Zweckessen vertreten lassen, dann wäre es unbesonnen (wie mir glaubhaft versichert wurde), wenn ich die beschwerliche Aufgabe einem wandelnden Skelett anvertrauen würde. Die offensichtliche Ableitung ist, daß Shakespeare ein Mann gewesen sein muß, der Bacon an Geist und Manieren ungefähr ebenbürtig war und der Welt so erscheinen konnte ...

Wir werden keinen dritten finden, noch brauchen wir nach einem zu suchen. Bacon, wir wissen es heute, schrieb Shakespeares Werke. Der zweite Teil des Lehrsatzes muß (wie Bacon sagte) ›daraus folgen, wie die Nacht dem Tage‹. Er enthüllt sich in seiner ganzen symmetrischen Schönheit, wenn wir begreifen, daß kein anderer als Shakespeare die Werke Bacons geschrieben haben kann.«

Und so war es. Alle Spannungen lösten sich, und alle Tragödien waren abgewendet. Shakespeare, wie die *Times* treffend sagte, möchte mit dem Lorbeer seiner Leistung in ›jener anderen Harmonie der Prosa‹ wohl zufrieden sein.

IX

Alle Tragödien bis auf eine. Am selben Tag, der die gleichzeitige Enthüllung der neuen Statue Bacons auf dem Leicester Square (durch Mr. A. E. Housman) und der neuen Statue Shakespeares vor der Königlichen Hochschule für Wissenschaft und Technik (durch Professor Einstein) sah, erschoß sich Professor Gubbitt in der Bibliothek des riesigen Palastes in Newport, den er erst vor kurzem von Mr. Vanderbilt erworben hatte. Er hinterließ einen Abschiedsbrief. Er sei nach wie vor, so schrieb er darin, ein Anhänger Bacons; er glaube, daß Bacon sowohl diejenigen Werke geschrieben habe, die bisher Shakespeare zugeschrieben waren, als auch jene, die ihm jetzt zugeschrieben wurden. Er sei fest davon überzeugt, daß geduldiges Studium in den Prosawerken chiffrierte und andere Hinweise erbringen würde, die schließlich beweisen würden, daß der Autor des *Hamlet* auch der Autor der *Essays* war. Wahrscheinlich gebe es irgendwo in Gorhambury eine zweite vergrabene Kassette. Aber er sei müde und fühle sich alt; und er könne eine so herkulische Arbeit nicht ein zweites Mal auf sich nehmen.

Wenn der Generalstreik erfolgreich gewesen wäre

(Auszüge aus einer imaginären Zeitung vom Juni 1930)

von Rev. Fr. Ronald Knox

FREITAG, 31. JUNI 1930

Sonderbeiträge: Seite

Der Brückenschlag 15-16
Die Arbeitsweise der Zwangsschlichtung 12
Die Zukunft des Tonfilms 12
Johannes der Täufer als Demokrat 17
Lobelien 17
Der einäugige Standpunkt 7

Illustrationen:

Der Premierminister eröffnet die durch freiwillige Spenden unterhaltene Irrenanstalt in Woking . . . 18

Leserbriefe: Seite

Der Milchsee im Hyde Park (Dr. Cooley und Mr. Sanders Weighton) 15
Liberale Führung (Sir A. McCraw) 15

Zwangsimpfung gegen Papageienkrankheit
(Dr. Bowman) 15
Notleidende Bergwerksbesitzer
(der Oberbürgermeister von Cardiff) 15
Ein Bindeglied mit dem alten London
(Sir J. Howl und andere) 15
Eine Parallele von Horaz (Rektor von Bybridge) . 15
Druckfehler (Rev. H. Sibbett) 15
Als Besucher in England (Herr Sturtz) 10
Der Verfall der Kirchen
(der Archidiakonus von Sudbury) 10
Zwanzig Schillinge für das Britische Museum
(Dr. Mildman) 10
›Kino‹ oder ›Kinematograph‹
(Mr. A. Clump und ›Senex‹) 10
Flottenparität mit Holland (Admiral Binstead) . . 10
Eine Freistatt für Kühe in Essex
(Mr. Holland Bathurst) 10
Statistik der Geisteskrankheiten
(Der Vorsitzende der Aufsichtsbehörde
für Heilanstalten in Yorkshire) 10

Auszüge aus Leserbriefen:
Nelsons letzte Worte; Freihandel innerhalb des Empire; der Wendehals und sein Gesang; Inspektion von Frisiersalons; das Alter von Elefanten; Registrierung von Zigeunerlagern; ein Relikt aus den Tagen der Fuchsjagd; Glockentürme in Mittelengland 10

TAGESNACHRICHTEN

Inland

Vor dem Oberhaus bezeichnete Lord Brentford das neue Gesetz für die Zensur von Satirischen Zeitschriften (Gesetz zur Wahrung der Würde von Seiner Majestät

Regierung) als »eine unverantwortliche Beschneidung unveräußerlicher britischer Rechte«. Lord Parmoor antwortete im Namen der Regierung (S. 14).

Gesetzentwürfe zur Festsetzung der Fleischpreise, der Auflösung der Städtischen Betriebe, die Festsetzung eines Maximalgehalts für geschäftsführende Direktoren wurden in zweiter Lesung vom Unterhaus verabschiedet. Der Premierminister erklärte unter Hochrufen, daß, wenn andere Geschäfte es erlaubten, im nächsten Monat eine Fragestunde abgehalten werde (S. 14).

Der Premierminister hat Lord Gandhi telegraphisch die Glückwünsche der Regierung zu seiner erfolgreichen Bewältigung einer »Krise ungewöhnlicher Größenordnung im volkreichsten Dominion Seiner Majestät« übermittelt (S. 14).

Mr. Lloyd-George hat seinen Widerstand gegen das Gesetz zur Vereinheitlichung der Pensionspreise in Badeorten zurückgezogen. Die liberal-kommunistische Gruppe hat die Position der Regierung bereits prinzipiell akzeptiert, und es ist wahrscheinlich, daß die Labour-Abgeordneten ebenso wie die Liberalen der Aufforderung ihrer Parteiführungen Folge leisten werden. Die Haltung der Mitte-Links-Liberalen bleibt ungewiß (S. 14).

Die Bauernverbände von Herefordshire und Shropshire haben nach der Anpassungsnovelle zum Zwangsbeschäftigungsgesetz um Ausnahmegenehmigungen für Betriebsschließungen ersucht (S. 14).

Die Lambeth-Konferenz hat einstimmig eine Entschließung verabschiedet, mit der die Regierung Seiner Majestät aufgefordert wird, »den politischen und wirtschaftlichen Notwendigkeiten des Tages ihre ernste Aufmerksamkeit zu schenken« (S. 11).

Die Empfehlung zur Verlängerung des Pflichtschulalters auf 18 Jahre wird von unserem politischen Korrespondenten behandelt (S. 14).

Imperium und Ausland

Die Regierung des Nordirischen Freistaates verzögert weiterhin die Anerkennung der Sowjetunion. Es wird jedoch gemeldet, daß Brigadegeneral Page-Croft in Kürze eine Erklärung zu dem Thema abgeben wird (S. 14).

Wie verlautet, beabsichtigt Stalin, bei der Regierung Seiner Majestät vorstellig zu werden und ihre Aufmerksamkeit auf die Härten zu lenken, die der sowjetischen Landbevölkerung aus der vorgesehenen Abschaffung der britischen Prämie auf russischen Weizen erwachsen würden (S. 14).

Der Stillstand in der Flottenkonferenz in Rom dauert an. M. Tardieu führte gestern ein langes Gespräch unter vier Augen mit Signor Mussolini, doch sind die Ergebnisse der Presse nicht mitgeteilt worden. Unser römischer Korrespondent sagt voraus, daß im Falle eines vollständigen Zusammenbruchs der Verhandlungen für einen Vier-Mächte-Pakt von den Vereinigten Staaten und Japan ein Zwei-Mächte-Pakt unterzeichnet werden wird (S. 13).

Das Dominion Kanada hat einer geringen Heraufsetzung der Quote britischer Einwanderer zugestimmt (S. 14).

Wirtschaft und Finanzen (S.20)

(vom Zensor gestrichen)

DER APPELL AUS CARDIFF

An anderer Stelle unserer heutigen Ausgabe veröffentlichen wir einen Appell des Oberbürgermeisters von Cardiff, der für einige unserer Leser überraschend kommen mag. Während die Härten, die sich aus der durch das Zwangsbeschäftigungsgesetz geschaffene Situation ergeben haben, insbesondere während des Winters 1927, der Öffentlichkeit ausführlich bekanntgemacht wurden, ist seitdem der Eindruck entstanden, daß die von Mr. Cook in der Anpassungsnovelle gemachten, sehr wesentlichen Zugeständnisse die Forderungen der Bergwerksbesitzer befriedigt hätten; und obwohl die Bestimmungen dieses Gesetzes nur für Eigentümer von Bergbaubetrieben und Grundbesitz gelten, ist die Lage der Fabrikbesitzer der Öffentlichkeit stets weniger akut bewußt geworden. Wir haben niemals einen Hehl aus unseren Zweifeln an der finanziellen Solidität der Methoden gemacht, durch die Mr. Pollitt den Fabriken Sicherheit vor beträchtlichen Verlusten garantierte. Die Zeit mag kommen, wenn solche Maßnahmen den Sturm ernten werden; und wenn die gegenwärtige Kurve der britischen Industrieproduktion nicht durch Einflüsse, die bisher unglücklicherweise nicht vorauszusehen sind, ihre Richtung ändert, dann darf man uns nicht verdenken, daß wir den fraglichen Zeitpunkt nicht mehr fern glauben. Aber einstweilen halten die Fabrikbesitzer ihre Köpfe über Wasser und waren letztes Jahr sogar in der Lage, ihren Anteilseignern eine kleine Dividende zu zahlen.

Der Fall der ›Bergbaumagnaten‹ ist davon unglücklicherweise sehr verschieden. Es liegt uns nicht, alte Wunden wieder aufzureißen, indem wir nach den Motiven forschen, die eine, wie uns scheint, offene Ungleichheit der Behandlung veranlaßten. Aber die Resultate bleiben und sind offenkundig. Im vergangenen Monat lenkten wir die Aufmerksamkeit auf die ernsten Zeichen vollständigen Zusammenbruchs, den die gegenwärtigen Erträge der Bergwerksgesellschaften signalisieren. *Quidquid delirant Achivi, plectuntur reges;* der Umfang dieser Verluste wird nicht von denen gefühlt, deren manuelle Arbeit das Rohprodukt zutage fördert, sondern von jenen, unter deren Leitung und Eigentümerschaft die Arbeit unternommen wird. Tatsächlich ist der Arbeiter, wie der Oberbürgermeister es ausgedruckt hat, »in der beneidenswerteren Position; während er unten im Stollen arbeitet, bezieht er seinen garantierten Lohn, ohne Rücksicht auf die Ertragslage; wird die Arbeit auch nur vorübergehend eingestellt, wird ihm ein ausreichendes Wartegeld bezahlt; wünscht er andere Beschäftigung, so kann er seine Dienste anderswo anbieten. Doch während Arbeit mobil ist, ist Kapital statisch; und der Eigentümer oder Direktor eines Bergwerks verfügt über kein Mittel, sich einer Bürde zu entledigen, die heutzutage meistens ein Inkubus ist.« Bergleute mögen kommen und gehen, aber der Bergbaumagnat bleibt für immer; und allzuoft ist er, dem Sisyphus gleich, gezwungen, sich den Berg der ausländischen Konkurrenz hinaufzumühen, vor sich den Stein unbefriedigender Anstrengung wälzend, dem die Überproduktion eine beständige Neigung in Richtung des Tals verleiht. Die Gesetze des Landes zwingen ihn, Arbeitskräfte zu beschäftigen; die Gesetze der Ökonomie zwingen ihn, sie unproduktiv zu beschäftigen.

Es ist leicht, darauf zu erwidern, daß die Abhilfe in der Verstaatlichung liege. Aber das ist eine Abhilfe, zu der wahrscheinlich kein verantwortungsbewußter Gesetzgeber greifen wird. Wir stimmen mit dem Premierminister nicht immer überein; und wir haben es bisher als unsere Pflicht verstanden, öffentlich Kritik an der Gesetzgebung zu üben, die er ins Leben gerufen hat; Kritik an einem behutsamen System der Pressezensur hat dabei unausweichlich eine wesentliche Rolle gespielt. Aber Mr. Cook ist Engländer, und zu welcher Einschätzung seiner Leistung die Geschichte auch kommen mag, er hat den Horror des Engländers vor Einmischungen des Staates, wo diese Investitionen bestrafen und die unternehmerische Freiheit abwürgen würden. Für lange Zeit noch werden wir mit der Vorherrschaft des gegenwärtigen Industriesystems leben müssen; des Systems, durch welches der Bergwerksbesitzer seine Pflicht anerkennt, ungeachtet etwaiger finanzieller Opfer Arbeitskräfte zu beschäftigen, und es zufrieden ist, wenn er keine andere Belohnung erntet als das stolze Bewußtsein, einen nationalen Dienst geleistet zu haben.

Die Frage hat natürlich einen weiteren Aspekt; und wir würden unseren Lesern nicht gerecht, wenn wir ihnen die Tatsache verheimlichten, daß die gegenwärtige Regierung das Prinzip des Zwanges unserer Meinung nach zu weit getrieben hat. Aber wir müssen mit Fakten umgehen, und theoretische Differenzen mögen da besser im Hintergrund bleiben. Tatsache ist, daß die Bergwerksbesitzer, vornehmlich in Südwales, am Rand der Aushungerung leben; und daß noch ein Sommer wie der, den wir gerade hinter uns haben, sie zu der Aussicht auf bittere Not verdammen würde. Es ist klar, daß irgendein Mittel gefunden werden muß, um Abhilfe zu schaffen, und Abhilfe in großzügigem Ausmaß, wenn ein verdienstvoller und nützlicher Bevölkerungsteil nicht aussterben soll.

Man wird einwenden, daß die Arbeitslosenunterstützung solche Abhilfe bereits bietet. Aber es muß in der Erwiderung darauf hingewiesen werden, daß die Arbeitslosenunterstützung unter einer früheren Regierung und für einen anderen Empfängerkreis eingeführt wurde. Diejenigen, die sich ursprünglich der Arbeitslosenunterstützung erfreuten, erfreuten sich gleichzeitig der Vorzüge kostenloser Schulbildung. Für die Bedürfnisse unserer Zeit ist sie – wir machen aus unserer Meinung kein Geheimnis – unzureichend. Überdies ist die Arbeitslosenunterstützung selbst, in ihrer Eigenschaft als wirtschaftliches Hilfsmittel, offen für Kritik und ist es immer gewesen. Sie ist ihrem Wesen nach mehr Linderungs- als Heilmittel; und das Problem der ›Nichtarbeitgeber‹, wie sie in der Umgangssprache genannt werden, ist von einer Art, die durch Linderungsmittel nicht gelöst werden wird. Es erwartet die Heraufkunft eines Staatsmannes, der ein klares Erfassen der Realität mit jener Breite der Weltsicht zu vereinen weiß, an der es, man möge uns vergeben, wenn wir es sagen, der gegenwärtigen Regierung so bemerkenswert gebricht. Unterdessen muß etwas geschehen; und es ist zu hoffen, daß der Appell des Oberbürgermeisters nicht auf taube Ohren stoßen wird. Es ist wahr, daß freiwillige Mildtätigkeit in den letzten Jahren aus der Mode gekommen ist. Sie ist für den Gesetzgeber sogar zu einem Gegenstand des Argwohns geworden, besonders wenn sie die Form annimmt, die manchmal leichtfertig ›bourgeoise‹ Initiative genannt wird: unsere Leser werden sich erinnern, daß der Antrag, alle privaten Wohltätigkeitsveranstaltungen zum Zwecke von Sammlungen vergnügungssteuerpflichtig zu machen, im vergangenen Jahr nur mit einer knappen Mehrheit abgelehnt worden ist. Aber die Notwendigkeit ist dringlich, und das Ziel verdienstvoll; wir können kaum glauben, daß es verfehlen wird, das öffentliche Mitgefühl zu mobilisieren.

RATIONALISIERUNG DER UNIVERSITÄTEN

Der Bericht des letzten Ausschusses zur Untersuchung der Lage an den Universitäten liegt jetzt der Öffentlichkeit vor. Die Ausschußmitglieder hatten weite Rahmenrichtlinien; sie haben ihre mühevolle Aufgabe getreulich und rasch erfüllt. Auf der anderen Seite wurden sie von den Universitätsbehörden mit der Rücksichtnahme und Freimütigkeit empfangen, welche die Situation verlangte. Die Zeiten sind längst vorbei, da Dekane und Professoren – bisweilen nur allzu berechtigt – beschuldigt wurden, eine obstruktive Non-possumus-Haltung gegenüber dem Gang des Fortschritts einzunehmen. Heute erkennen sie, daß ihre einzige Hoffnung, den wesensmäßigen Geist ihrer ehrwürdigen Traditionen zu erhalten, darin besteht, daß sie sich einreihen in die Zeit und ihren Anforderungen wenigstens auf halbem Wege entgegenkommen. Der Bericht legt beredtes Zeugnis ab für den Geist des Entgegenkommens, in welchem die Verhandlungen von beiden Seiten geführt wurden. Hier und dort gab es Reibungen; es konnte nicht anders sein. Aber die Ergebnisse sind dennoch erreicht worden; und in den vier Bänden, die vor uns liegen, haben wir ein neues Monument, wenn man uns den Anschein von Selbstbeglückwünschung vergeben will, der Anpassungsfähigkeit des britischen Genius.

Um so mehr ist es zu bedauern, daß die Empfehlungen des Ausschusses in gewissen Detailfragen der Kritik Angriffsflächen bieten; einer Kritik, die, wir können nicht umhin, es zu hoffen, sich bemerkbar machen wird, wenn die Sachverhalte vor dem Unterhaus zur Sprache kommen. Im großen und ganzen zeigen sie einen Geist vorsichtigen Konservatismus. So würden sie zum Beispiel den graduierten Mitgliedern des Oxforder All Souls College ihre gegenwärtigen Positionen mit den begleitenden Nebeneinkünften belassen; eine Empfehlung, die den authentischen Geist einer langen Serie von Universitätsausschüssen atmet. Wir bedauern, daß einer unserer Zeitgenossen in der Gegenwart von drei Absolventen des All Souls College unter den Ausschußmitgliedern Anlaß zu Krittelei gefunden hat.

Über die allgemeine Politik der Rationalisierung – und daß sie auf unsere Stätten der Gelehrsamkeit angewendet werden muß – kann es keine geteilten Meinungen geben. Das System ist bereits in unseren fahrenden Industriezweigen eingeführt worden, und zwar mit der erfreulichsten Wirkung. Auch unsere Universitäten können als große Industrien betrachtet werden, als, wie ein bekannter Universitätsmagister feinsinnig bemerkte, »Werkstätten des menschlichen Denkens und der Initiative«. Unglücklicherweise ist ihnen bislang gestattet worden, den Fortschritt der nationalen Entwicklung durch die Zersplitterung ihrer Energien zu verzögern. In jeder dieser Institutionen hat eine Menge rivalisierender Fakultäten nebeneinander existiert, mit der unausweichlichen Folge von Reibungen und Überlappungen. Wenn Oxford sein Institut für Forstwirtschaft hatte, mußte auch Cambridge sein Institut für Forstwirtschaft haben; wenn Swansea einen Lehrstuhl für Slawistik errichtete, mußte Reading das gleiche tun. Tatsächlich ist dem alten System etwas rührend Anziehendes eigen, das schon durch den Namen ›Universität‹ seine Rechtfertigung findet; und es ist ein System, das von dem vielseitigen Genius eines Newman zu unser aller Bewunderung hochgehalten worden ist. Ein Mikrokosmos war es für uns; eine Welt innerhalb der Welt, die mit all ihren vielen Facetten die verschiedenartigen Interessen der Menschheit repräsentierte. Blickte man in einem der Collegesäle zum Podium hinauf, konnte man einen Altertumsforscher mit einem Historiker beisammensitzen sehen, einen Chemiker in tiefschürfendem Gespräch mit einem Wirtschaftswissenschaftler von europäischem Ruf. Es war ein verführerischer Traum, aber die Zeit für Träume ist um. Der strenge Druck der Realität zwingt uns zuzugeben, was wir vielleicht vorher schon erkannt hätten, wären wir traditionellen Denkweisen weniger verhaftet gewesen: daß Ökonomie und Wirtschaftlichkeit eine weniger willkürliche Zusammenfassung unserer Anstrengungen verlangen. Von welcher Art die Abänderungen auch sein mögen, die der gegenwärtige Plan durch die öffentliche Diskussion erfahren wird – und wahrscheinlich wird es viele Abänderungen geben –, wenigstens eines ist sicher: in Zukunft wird England für jeden Wissenschaftszweig eine Universität und nicht mehrere haben; in Zukunft wird sich eine jede Universität einer einzigen Aufgabe unterziehen, ungestört von den kleinlichen Fehden zwischen Naturwissenschaftlern und Geisteswissenschaftlern, von Alt- und Neuphilologen, von Idealisten und Realisten; wir müssen uns dem Gesetz der Ökonomie anpassen, oder wir gehen unter.

Wie wir bereits angedeutet haben, ist es vielmehr die detaillierte Wirkungsweise des Plans, in der Fehler zu finden und Schwierigkeiten zu erwarten wir versucht sind. Mehr Aufmerksamkeit, meinen wir, hätte dem Anspruch Oxfords geschenkt werden müssen, die humanistische Universität der Nation zu sein. Ein Blick auf die im Minderheitsbericht vorgelegte Namensliste zeigt, daß dies vor allem in Oxford selbst die vorherrschende Meinung war. Als die älteste unserer Universitäten hat Oxford sicherlich ein durch Brauch gefestigtes Recht auf die bedeutende, wenn auch praxisferne Tradition der klassischen Philologie. Nicht daß wir auch nur einen Augenblick die Arbeit unterbewerten würden, die von der rivalisierenden Fakultät in Southampton auf diesem Gebiet geleistet worden ist und weiterhin erbracht wird – Ehre wem Ehre gebührt. Aber wenn Cambridge jenen Geist mathematischer Gelehrsamkeit behalten, und exklusiv behalten soll, der die Position des Studenten, welcher die mathematische Abschlußprüfung am besten besteht, sprichwörtlich hat werden lassen, sollte Oxford da nicht eine gleiche Behandlung erwarten dürfen? Es war vielleicht unvermeidlich, daß die Philosophie von der Philologie getrennt wurde, und daß die alte Tradition der ›Großen Männer‹ aussterben muß. Wir meinen aber, daß die eine oder die andere Siegespalme der Universität hätte verbleiben sollen, deren Name in der Vergangenheit so ehrwürdig mit beiden verbunden gewesen ist.

Viele von uns werden sich versucht fühlen, zu zweifeln, ob die Einführung eines Unterschiedes zwischen Maschinenbau und Motorenbau nicht ein Symptom übermäßiger Spezialisierung war. In Birmingham ist diese Meinung nachdrücklich vertreten worden; es ist eine Stadt, deren Name immer untrennbar mit der Geschichte des Verbrennungsmotors verbunden sein wird. Aber, gesetzt, daß die Unterscheidung getroffen werden mußte, hätte der Unterfakultät nicht eine kongenialere Sphäre zugewiesen werden können? Sir Michael Sadler, um nur ein Beispiel zu nennen, setzte sich mit viel Energie für die Errichtung einer neuen ›Relais-Universität‹, wie er es nennt, in Coventry ein. Es liegt auf der Hand, daß das Bestehen der großen Motorenwerke in Cowley Oxford als das am besten geeignete Zentrum für solche Studien nahelegte; dies um so mehr, als das 1928 mit den Vereinigten Staaten abgeschlossene Handelsabkommen praktisch zur Stillegung der weitläufigen Produktionsanlagen geführt hat. Aber Oxford ist nicht nur Cowley, und wir hoffen, daß den Ergebnissen des Minderheitsberichtes mehr Aufmerksamkeit geschenkt werden wird, wenn der Vorschlag Gesetzesform annimmt.

Da wir schon die Saite der Kritik angeschlagen haben, sollten wir vielleicht hinzufügen, daß die Empfehlung zur Abschaffung des Residenzsystems an den zwei ältesten Universitäten vielleicht zu überstürzt gemacht worden ist. Der Vorschlag, die existierenden Collegegebäude in Arbeiterwohnungen umzuwandeln, war in der Tat zu erwarten; er steht im Einklang mit weiten Bereichen unserer modernen Gesetzgebung; und es läßt sich nicht leugnen, daß einige (wenn auch keineswegs alle) von den betroffenen Gebäuden für den vorgesehenen Zweck bewundernswert geeignet sind. Noch läßt sich leugnen, daß die Existenz einer großen Zahl kasernenähnlicher Gebäude, die nur das halbe Jahr über bewohnt sind, und selbst dann nur mit Unterbrechungen, in einer Stadt, wo Wohnraum so knapp ist, eine Anomalie darstellt. Aber es ist schwierig, nicht zu glauben, daß Oxford und Cambridge, sollte die Empfehlung aufgegriffen werden, etwas von ihrer charakteristischen Atmosphäre verlieren würden. Die Frage, ob es sich lohnt, Überbleibsel der Vergangenheit zu erhalten, hat immer zwei Seiten, einfach weil solche Überbleibsel unersetzlich sind. Wir möchten uns nicht mit einer bloß antiquarisch argumentierenden Agitation identifizieren, aber es gibt Werte, die mit wirtschaftlichen Begriffen nicht gemessen werden können; es gibt Institutionen, die formbildend sind, einfach weil sie ehrwürdig sind. Und es würde uns eher eine Genugtuung als eine Überraschung sein, wenn unsere Gesetzgeber den Standpunkt einnähmen, daß diese außergewöhnlichen Umstände als Umstände gesehen werden müssen, unter denen das viel mißbrauchte Prinzip des *festina lente* wohlbegründet beschworen werden kann.

AUTORENEINNAHMEN

Es spricht für das Gefühl von Fairness, das die gegenwärtige Regierung von jeher beseelt hat, daß Versammlungen wie diejenige, die sich gestern in der Caxton Hall einfand, mit Genehmigung der Polizei stattfinden können. Daß dort eine offene Sprache geführt wurde, wird allen klar sein, die zwischen den Zeilen des zensierten Berichts gelesen haben; und wenn uns eine lückenlose Darstellung der Ereignisse vorläge, würde dieser Eindruck eher noch verstärkt als gemindert. Anlaß der Versammlung war kein parlamentarisches Gesetzesvorhaben, sondern eine jener Interpretationen bestehenden Rechts, an welchen die beamteten Autoritäten einen solch ärgerlichen Überfluß haben. Da diese Umstände der Öffentlichkeit, die nicht direkt betroffen ist, infolgedessen unvertraut sind, wird es zweckmäßig sein, mit wenigen Worten die Vorgänge ins Gedächtnis zurückzurufen, die zu dem Protest geführt haben, damit unsere Leser nicht genötigt sein sollten, sich zu fragen: *Tantaene animis coelestibus irae?*

Es ist seit langem anerkannt, daß das neue Prinzip des Steuerzuschlags, beginnend mit den ersten 500 Pfund durch nichtmanuelle Arbeit erworbenen Einkommens, nicht nur für die direkten Empfänger solcher Gewinne gilt, sondern für alle, die ›durch Kooperation oder Partnerschaft‹ an ihnen teilhaben. Man wird sich erinnern, daß diese Klausel durch die entschlossenen Anstrengungen erforderlich wurde, die insbesondere von verheirateten Männern unternommen wurden, um der Belastung durch diesen Steuerzuschlag zu entgehen. Aber es pflegte eine ausgemachte Sache zu sein – mit welcher Berechtigung, das zu erwägen soll hier unsere Sache nicht sein –, daß das Gesetz zwar für Verleger galt, nicht aber für Autoren. Der Verleger wurde, wie jeder andere Arbeitgeber, in einem rasch ansteigenden Größenverhältnis für seine Gewinne bestraft; der als Beschäftigter des Verlegers rangierende Autor war frei von solcher Bürde. Es wurde darauf verwiesen, daß selbst solche Autoren, die gewohnheitsmäßig einem Sekretär oder Famulus diktieren, ›Handarbeiter‹ im Sinne der Wortbedeutung seien, da das Diktieren eine körperliche Beanspruchung des Kehlkopfes darstelle, vergleichbar derjenigen, welcher der Straßenverkäufer, der Buchmacher und der Bootsmann ausgesetzt sind. Tatsächlich schien diese Interpretation eindeutig gesichert durch die Entscheidung des Richters Hanstead in der Streitsache Rex gegen Wallace; noch war damit zu rechnen, daß die Frage wieder aufgerollt wurde, wäre nicht eine neue Gestalt in der Arena erschienen: diejenige des Autoren-Verlegers. Ein bekannter Schriftsteller – es ist unnötig, Namen zu nennen – war kürzlich als Teilhaber in ein Verlagshaus eingetreten, und als er seine Einkommensteuererklärung abgab, wurde festgestellt, daß sein letztes Werk von seinem eigenen Verlag mit einer Summe vergütet worden war, die in keinem Verhältnis zu den registrierten Verkäufen stand, während sein Gewinn als Verleger nur die vielsagende Summe von 499 Pfund, 19 Schillingen und elf Pence erreichte.

Daraufhin erneuerte das Finanzamt nicht ohne Berechtigung seinen Angriff; die Streitfrage wurde von Gericht zu Gericht gebracht, und wenn die letzte Entscheidung als endgültig angesehen werden darf, ist sie eindeutig zugunsten der Staatssteuerkasse ausgefallen. Das Gericht fand es unmöglich, zwischen dem Autorenverleger und dem ›echten Autor‹ zu unterscheiden; infolgedessen sind alle Autoren von nun an verpflichtet, den Steuerzuschlag zu bezahlen, und zwar nicht nur auf alle Gewinne, die in künftigen Jahren die 500 Pfund-Grenze übersteigen mögen, sondern auch rückwirkend auf alle derartigen Gewinne seit 1927.

Autoren betreiben, wie allgemein bekannt ist, kein anerkanntes Handwerk. Aber der Autorenverband, wenn auch nicht nach dem Gesetz als Gewerkschaft eingetragen, hat sich seit langem einer Art inoffizieller Anerkennung als die Organisation erfreut, durch die diese sehr heterogene Gruppe repräsentiert wird. Es war aus diesem Grunde passend, daß die Versammlung in der Caxton Hall auf Initiative und unter der Leitung dieses Verbandes stattfand. Bei einem Programm, zu dessen Rednern unter anderen Mr. Bernard Shaw, Mr. Wells und Mr. Arnold Bennett zählten, ist es nicht überraschend, daß die Demonstration einen *succès d'estime* erzielte. Ob sie greifbarere Resultate erbringen wird, bleibt abzuwarten. Doch ohne zukünftigen gerichtlichen Entscheidungen in der Sache vorgreifen zu wollen, finden wir es nur recht und billig, unseren Eindruck festzuhalten, daß die Agitatoren es verstanden, ihren Standpunkt überzeugend darzulegen. Mr. Shaw, der, wie es seine Gewohnheit ist, furchtlos im Paradoxon Zuflucht suchte, machte in einer Rede, die wir auf einer anderen Seite auszugsweise wiedergeben, Hackfleisch aus der jüngsten Gerichtsentscheidung. Er erklärte, daß jeder Engländer ein Recht habe, von Ebenbürtigen gerichtet zu werden, und daß es keinen Richter gebe, der genug Bildung hätte, um zu verstehen, was mit dem Wort ›Literatur‹ gemeint ist;

daß der Autor nicht bloß der Beschäftigte des Verlegers sei, sondern sein Sklave, da er von keiner Organisation geschützt und nach Stücklohn (illegal) bezahlt werde; daß die Honorare, die er erhalte, in keinem Sinn eine angemessene Bezahlung für die Arbeit seien, die er hervorbringe, weil es schiere Simonie sei, Geld als äquivalente Zahlung für Kunst anzubieten; vielmehr sei es eine Art Handgeld, mit dessen Hilfe der Verleger den Autor an sich binde und verhindere, daß dieser in die Politik gehe oder einen anderen lukrativeren Beruf ausübe; daß die Beamten des Finanzamtes keineswegs in der Lage seien, die Autoren mit Schmutz zu bewerfen, da auch sie vom Schreiben lebten, und meistenteils von einer Art Schriftstellerei, die mit Recht als Erdichtung bezeichnet werden könne. Mr. Wells und Mr. Bennett waren in ihren Äußerungen weniger provozierend, unterstützten Mr. Shaws Behauptungen jedoch mit ihrem ganzen Gewicht; wie es scheint, wurde Mr. A. P. Herbert mit rauschendem Beifall empfangen, doch ist seine Rede unglücklicherweise *in toto* der Zensur verfallen.

Wir würden uns nicht erkühnen, der Regierung Vorschriften zu machen, geschweige denn der Rechtsprechung. Aber es scheint uns, daß der Entzug eines so mächtigen Anreizes zur Arbeit, wie Autorenhonorare es unzweifelhaft sind, die englische Sprache vieler zukünftiger Meisterstücke berauben möchte. Obwohl seine frühen Bemühungen ihn weiß Gott nicht in den Bereich des Steuerzuschlags gebracht hätten, schrieb Dr. Johnson sein Wörterbuch im Auftrag eines Verlegers, und würde es ohne die Vorhaltungen der Messrs. Dilly wahrscheinlich nicht vollendet haben; und wenn Sir Walter Scott von solchen Beschränkungen behindert gewesen wäre, so hätte er sein Glück womöglich allein bei der Juristerei gesucht, statt private Verluste mit der Feder wieder einzubringen. Es ist ohne Zweifel möglich, einen zu hohen Preis auf Literatur zu setzen; und wir selbst waren bereit, jener Gesetzesnovelle Beifall zu zollen, durch die alle Erstausgaben berühmter Werke nun die ihnen gebührende Wertschätzung erfahren. Aber es wird ein schlimmer Tag für die Demokratie sein, wenn sie literarische Initiative durch eine abschrekkende Steuergesetzgebung verhindert. Viele der revolutionärsten Werke der modernen Literatur sind von Männern geschrieben worden, die mit Schecks bezahlt wurden, welche in die Tausende von Pfund gingen; und das Proletariat wird, indem es solche Autoren bestraft, nur sich selbst zu danken haben, wenn es am Grabmal der Gans weint, die die goldenen Eier legte.

SCHWEINE ALS RUTENGÄNGER

Der Schein trügt nicht nur in Sprichwörtern; und diejenigen, welche sich laut beklagen, daß die Wohltäter der Menschheit gewöhnlich ohne Anerkennung bleiben, sagen uns weniger als die Wahrheit; wer seinen Mitmenschen Gutes tun möchte, muß sich glücklich schätzen, wenn er nicht durch irgendein Mißverständnis als ein Übeltäter verschrien wird. Die meisten von uns können sich erinnern, wie wir beschuldigt wurden, die Katze am Schwanz gezogen zu haben, während wir in Wahrheit bloß jenes Gefühl wohligen Kitzels verursachten, das ihr Nervenzentrum befriedigen sollte; oder wie wir uns erst kürzlich bückten, um ein Fahrrad aufzuheben, das auf das Straßenpflaster gefallen war, und gerade mit dem schwierigen Versuch beschäftigt waren, es mit dem Pedal auf die Bordsteinkante zu stutzen, als der zornige Eigentümer kam und dafür war, uns ohne weiteres ins Gefängnis zu stecken. Ein solches Mißverständnis (wenn wir einem Artikel vertrauen dürfen, der kürzlich in einer amerikanischen Zeitschrift veröffentlicht wurde) hat den guten Namen und die fröhliche Gemütsart des Schweines, dieses besten Freundes des Menschen, beinahe verdüstert. Es scheint, daß ein transatlantisches Exemplar des Stammes sich als eine einträgliche Investition für seinen neuen Besitzer erwiesen hat, indem es seine Fähigkeiten als Rutengänger enthüllte.

Generationen von Gärtnern haben das Schwein als den potentiellen Feind ihrer krautigen Grenzen gefürchtet; manche haben seinen Rüssel in einer Art und Weise beringt, die, wie kleidsam sie sich auch bei einer Südseedebütantin ausnehmen mag, für den Vierfüßler jedoch eine Schmach ist: sie brandmarkt ihn als einen Durchwühler der Erde. Und ein Wühler war er in der Tat, aber aus ganz anderen Motiven als denen, welche die Verleumdung ihm unterstellt hatte! Es waren nicht saftige Trüffel, die er suchte; seine empfindsame Nase hatte die Gegenwart eines göttlicheren Elements entdeckt. »Ach, was gäb' ich für einen Schluck vom Wein, der lang gekühlt in tiefgründiger Erde!« könnte er ausrufen, und mit unschuldigerer Absicht als Keats. Der heilige Fluß Alph war es, der ihn lockte, dahinströmend durch Höhlen, unermeßlich für den Menschen, aber nicht für das Schwein. Vielleicht kehrte sein Rassengedächtnis zurück zu den Tagen, als, wie die Gelehrten uns sagen, die Initiationsriten von Eleusis damit endeten, daß die in den Kult Aufgenommenen einen seiner ringelschwänzigen Vorfahren vor sich her ins Meer trieben: »Zum Meere hin, ihr Mystiker!« mag er vor sich hingegrunzt haben, um sich dann an das zeremonielle Werk des Wühlens zu machen. Wie, wenn der Wühler, sobald er die tiefen Grotten gefunden, einen Fehltritt tun und sich, verzweifelnd rudernd, mit den Klauen selbst die Kehle zerreißen und so in einem doppelten Sinn des Selbstmords schuldig werden wollte? Vom göttlichen Instinkt gedrängt, würde er das Schicksal Ophelias und Melisandes auf sich nehmen.

Ob diese neueste Entdeckung zum kommerziellen Vorteil gewendet werden kann, selbst von unseren schlauen überseeischen Vettern, ist eine zweifelhaftere Spekulation. Der orthodoxe Wünschelrutengänger würde wahrscheinlich gegen das Ansinnen protestieren, seine Runden mit einem Schwein statt eines in den ausgestreckten Händen gehaltenen Zweigs zu gehen; und es ist vorstellbar, daß das Schwein, anders als der Zweig, sich hierhin und dorthin wenden würde, ehe das Vorhandensein eines unterirdischen Reservoirs solch eine Demonstration rechtfertigte. Aber soviel ist zu Gunsten des neuen Systems zu sagen – daß das Schwein sich nicht auf die Wahrsagung beschränkt, sondern mit den Bergbauarbeiten selbst einen, wenn auch bescheidenen, Anfang macht. Vielleicht wird es in trockenen Gegenden und auf kalkigen Böden der Brauch, daß Bauherrn und Grundstücksspekulanten Schweine halten, die für das Amt des Wünschelrutengängers ausersehen sind; es mag sogar sein, daß es uns durch intensive Zucht gelingen wird, mit Schweinerudeln zu jagen, wie es einst mit den Fuchsjagdhunden geschah, und mit dem Besten auf der Welt, wenn Pindar recht hat, als unserer Beute.

Einstweilen scheint es, daß dieses besondere Rutengänger-Schwein auf der falschen Seite des Atlantik geboren wurde. Wasser ist, soweit uns bekannt, nicht das, wonach unsere amerikanischen Vettern verlangen; sie haben allzuviel davon. Leider ist das Tier wie alle seine Artgenossen durch die Gesetze der Natur gebunden; und es ist zweifelhaft, ob selbst ein mit Pfirsichen gefüttertes Schwein scharfsinnig genug wäre, ein geheimes Lager mit vergrabenem Whisky aufzudecken. Gleichwohl mag der Tag noch kommen, da wir eine eigens gezüchtete Schweinerasse sehen werden, in der eine Vorliebe für Alkoholika den natürlichen Appetit ersetzt hat. In diesem Fall aber dürfte der Triumph der Alkoholschmuggler kurzlebig sein. Es ist nicht schwierig, vorauszusehen, daß eine so findige Organisation wie die amerikanische Polizei als erste die Bedeutung einer solchen Züchtung erkennen wird. Dann werden Spürschweine ausgebildet werden, um an den Kellertüren verdächtiger Bürger zu schnüffeln; Blutschweine werden vielleicht die Brecher des Volstead-Gesetzes gegen den Alkoholgenuß jagen. Durch solche Methoden zur Strecke gebracht, wird die Gesetzlosigkeit aufhören, ihr Haupt zu erheben, und das große amerikanische Volk wird zurückfinden in jenes von den Dichtern besungene Goldene Zeitalter, als die Menschen reines Wasser aus der Quelle tranken und Eicheln aßen wie Schweine.

DER MILCHSEE IM HYDE PARK

HALTUNG DER REGIERUNG KRITISIERT

Zwei Meinungen zur Situation

Sir, ich bezweifle, daß Ihre Leser von der offiziellen Erklärung über die Absichten der Regierung im Hinblick auf den Milchsee beruhigt sein werden. Ich betrachte die Erklärung als eine bloße Höflichkeitsfloskel; sie erschien mir und wahrscheinlich der Mehrzahl Ihrer Leser lediglich als ein Versuch, die Angelegenheit im unklaren zu lassen. Es liegt aber in unser aller Interesse, eine eindeutige Stellungnahme von verantwortlicher Seite zu erhalten, die klare Antworten auf die folgenden Fragen gibt:

1. Ist es oder ist es nicht eine Tatsache, daß die gegenwärtige Regierung sich bei Übernahme der Amtsgeschäfte verpflichtete, daß der See nur als eine zeitweilige Maßnahme an Ort und Stelle bleibe, weil eine plötzliche Rückkehr zum alten System der privaten Versorgung die Milchverteilung desorganisieren würde?
2. Ist es oder ist es nicht eine Tatsache, daß der See seitdem sehr beträchtlich über seine ursprünglichen Abmessungen hinaus erweitert worden ist, und daß mehrere Vorortbezirke in ihrer täglichen Versorgung vollständig davon abhängen, und zwar

stärker noch als zur Zeit des Streiks?

3. Ist es oder ist es nicht eine Tatsache, daß eine Wiedereinführung des alten Systems der Milchwirtschaft, selbst wenn die Molkereien in öffentlichem Besitz wären oder wie die Kohlenversorgung staatlich gelenkt würden, die gegenwärtigen Verteilungskosten halbieren würde?
4. Können wir in Ermangelung einer zufriedenstellenden Antwort auf die obigen Fragen daran zweifeln, daß die Milchsee-Politik von der Regierung vorsätzlich eingeführt worden ist, als eine Waffe, mit der sie, sollte ihre Autorität zu irgendeiner Zeit herausgefordert werden, London durch Hunger in den Gehorsam zwingen kann?

Ich bin, Sir,
Ihr gehorsamer Diener,
ROBERT COOLEY

Sir, der Verfasser des Leserbriefes in Ihrer gestrigen Ausgabe scheint sich nicht über die Anschuldigungen klarwerden zu können, mit denen er den Milchkontrolleur angreifen will, oder über die Gründe, warum er den Milchsee ausgepumpt zu sehen wünscht. Mit einem Atemzug sagt er uns, daß der Milchsee ›ein Instrument offener Tyrannei‹ sei; mit dem nächsten versichert er uns allen ernstes, daß der Milchsee die Lieblichkeit des Hyde Parks beeinträchtige. Er würde sich besser gegen den Verdacht bloßer Intransigenz schützen, wenn er bei einer Begründung bliebe. Wenn das bestehende System der Milchverteilung ein Instrument der Tyrannei ist, dann sollte die britische Öffentlichkeit doch wohl ihren Abscheu vor einer solchen Tyrannei ausdrükken, bevor sie sich mit der Betrachtung Londoner Naturschönheiten abgibt; wenn ›Effizienz‹ das richtige Wort ist, durch das man ›Tyrannei‹ ersetzen muß, dann sollte es der Regierung überlassen bleiben, zu entscheiden, welche Situation der Gesundheit der Hauptstadt am zuträglichsten ist.

Ihr, etc.,
J. SANDERS WEIGHTON

Sir, ich hoffe, Sie werden mir angesichts einer gewissen Kritik, die in jüngster Zeit an mir geübt wurde, gestatten, daß ich meine Haltung im Zusammenhang mit der in Much Wenlock gehaltenen Rede ausführlicher erkläre. Ich leugne nicht, daß ich die Wendung »nicht fähig, einen Omnibus zu lenken« gebrauchte, aber der Bezug dieser Wendung auf Mr. Lloyd George war von mir nicht beabsichtigt; das ist eine Interpretation, die von Kritikern in meine Worte hineingelesen worden ist; diesen Leuten bereitet es immer neues Vergnügen, Hinweise auf die Uneinigkeit zu finden, die unglücklicherweise bis heute zwischen den verschiedenen Gruppierungen innerhalb der Liberalen Partei existiert. Ich habe Lloyd Georges Äußerungen zu allen Zeiten höchste Aufmerksamkeit geschenkt und das größtmögliche Gewicht beigemessen; an seinem politischen Genie kann es keinen Zweifel geben; noch vergessen wir die bedeutende Rolle, die er im Weltkrieg spielte. In normalen Zeiten gibt es keine politische Aussage, unter deren Banner ich mich bereitwilliger einfinden würde, als die seine. Aber die Zeiten sind nicht normal. Man muß mir eine kleine Abweichung in die Vergangenheit verzeihen, wenn ich meine Haltung verdeutlichen soll.

Man muß sich vergegenwärtigen, daß von Rechts wegen gegenwärtig mehr als vierzig konservative Abgeordnete im Unterhaus sitzen müßten. Sie sind unter den gegenwärtigen Bedingungen nicht in der Lage, ihre Sitze einzunehmen; und wenngleich sie ihr Bestes tun, um uns durch häufige Leserbriefe in diesen Spalten und in denen der *Morning Post* über ihre Ansichten auf dem laufenden zu halten, kann man von der Öffentlichkeit nicht erwarten, daß sie Briefen, die, wie es bei diesen der Fall ist, an der Riviera geschrieben wurden, sonderliche Aufmerksamkeit schenkt. Hierdurch ist der Liberalen Partei (Ich gebrauche den Begriff in seinem weitesten Sinne) die Rolle der alleinigen Opposition zugefallen. Auf der anderen Seite hat die Abschaffung der Parteifonds im Jahre 1927 die Situation von Grund auf verändert. Ich beabsichtige an dieser Stelle keine Kritik am Gesetz über die Zwangsverwaltung der Parteivermögen – manche würden es Konfiskation nennen –, das uns in die gegenwärtige Lage gebracht hat. Aber so oder so, die Auswirkungen dieser Regierungsmaßnahme sind weitreichend gewesen. Schließlich und endlich bildete die Parteikasse in den Tagen, als ich meine politische Laufbahn begann, einen Mittelpunkt und Sammelplatz für Loyalität und Parteitreue. Das Glaubensbekenntnis des Liberalismus mochte sich ändern, er selbst aber blieb (wenn ich mich so ausdrücken darf) eine Kirche, so lange er seine Dotationen behielt. In jenen Tagen wäre eine Liberale Partei ohne Mr. Lloyd George undenkbar gewesen. Heute hat er außer seinem unzweifelhaften Genie für politische Führung keinen Beitrag zu unserer gemeinsamen Anstrengung zu machen. Die Frage, die ich in meiner Kritik aufwarf, war, ob wir Liberalen für diesen Beitrag einen nicht zu hohen Preis zahlen.

Die Ereignisse von 1926 sind uns noch frisch in Erinnerung. Wie, so wird man fragen dürfen, würde die Situation aussehen, wenn die Entwicklung eine andere Richtung genommen hätte – wenn es den Streikenden nicht gelungen wäre, ihr Ziel zu erreichen, und wir wieder in die ausgefahrenen alten Geleise der herkömmlichen Politik geraten wären? Ich hoffe, man wird mich von jeglicher Animosität gegen die damalige Regierung freisprechen, wenn ich sage, daß die um 1929 herum fällige Wahl mit Sicherheit eine gemäßigte Labour-Regierung an die Macht gebracht hätte. Die Wähler waren der Versprechungen seitens der Konservativen überdrüssig, das Pendel mußte in die andere Richtung schwingen. Aber es ist zweifelhaft, ob die Labour-Mehrheit eine klare absolute Mehrheit gegenüber den Abgeordneten der zwei historischen Parteien zusammen gewesen wäre. In einer solchen Situation wären die natürliche politische Begabung und die Erfahrung Mr. Lloyd Georges von großem Wert für das Land gewesen; er hätte gewußt, wie und wo er sein Gewicht hätte zur Geltung bringen können. Man stelle diesem imaginären Bild die heutige Lage gegenüber. Die Liberale Partei, wenn sie als Einheit behandelt wird, übersteigt die Regierungsmehrheit um dreißig oder vierzig Sitze. Durch Uneinigkeit innerhalb der Partei, mit deren Ursachen ich mich hier nicht beschäftigen will, gelingt es der gegenwärtigen Minderheitsregierung jedoch, jede Maßnahme, die sie für zweckmäßig befindet, ohne Schwierigkeit oder gar Peinlichkeit zu verabschieden.

Ich bin nicht der Mann, der unnötig Schwierigkeiten macht oder versucht, den eigenen politischen Führern die Hände zu binden. Aber ich frage noch einmal, ob wir für persönliche Loyalitäten nicht einen zu hohen Preis bezahlen.

Ihr etc.
ALEXANDER MCCRAW
Unterhausabgeordneter

ZWANGSIMPFUNG GEGEN PAPAGEIENKRANKHEIT

Sir, ich nehme an, daß im gegenwärtigen Jahrhundert kein wohltätiges Gesetz verabschiedet wurde, das bei seiner ersten Verkündung nicht mit einem schlecht unterrichteten Chor von Beschimpfungen begrüßt wurde. Es war darum auch nicht zu erwarten, daß das Gesundheitsministerium den Pfeilen der Kritik entgehen würde, als es die allgemeine Vorsorgeimpfung als den besten Schutz der Öffentlichkeit gegen die Geißel der Papageienkrankheit empfahl. Aber vielleicht wird es Ihren Lesern helfen, sich ein abgewogeneres Urteil in der Sache zu bilden, wenn ich ihnen einige Fakten vorlege, die eine offensichtliche Analogie erkennen lassen. Wenn alles gesagt und getan ist, wiegt ein Gramm Tatsachen schwerer als eine Tonne Theorie.

Als vor zwei Jahren

durch einen Parlamentsentscheid die Zwangsimpfung gegen Grippe Gesetz wurde, gab es den gleichen kurzsichtigen Aufschrei. Aber was ist seitdem geschehen? Nach den letzten statistischen Erhebungen ist die Zahl der Todesfälle durch Grippe im laufenden Jahr gegenüber dem vorletzten Jahr um durchschnittlich 15 Prozent gesunken; und während desselben Zeitraums ist der Prozentsatz bekanntgewordener Grippefälle um 13,75 Prozent zurückgegangen. Es ist wahr, daß diese Zahlen zum Jahresende berichtigt werden müssen und dann möglicherweise etwas weniger eindrucksvoll aussehen werden, wenn wir zu den Grippeerkrankungen jene unglücklichen Fälle von Para-Influenza zählen, die in letzter Zeit so besorgniserregend zugenommen haben. Die Situation zu verwirren, wie Dr. Crump es tut, indem er kurzerhand alle Fälle dieser Pseudo-Grippe miteinschließt, die aus unbekannter Quelle in den vergangenen sechzehn Monaten aufgetreten ist, bedeutet jedoch einen Schlag ins Gesicht der medizinischen Wissenschaft und die Unterminierung des ganzen Beruhigungswertes von Statistiken.

Ich bin, Sir,
Ihr ergebener
58 C, Harley Street
George Bowman

NOTLEIDENDE BERGWERKSBESITZER

Sir, ich hoffe, Sie werden meinem Komitee die Gastfreundschaft Ihrer Spalten erweisen, damit wir die Nöte einer schwer geprüften und verdienstvollen Gruppe von Mitbürgern vor die Öffentlichkeit bringen können. Auf der einen Seite konfrontiert mit der Unmöglichkeit, ihre Bergwerke mit Gewinn zu betreiben, und auf der anderen Seite mit der rechtlichen Unmöglichkeit, sie zu schließen, sind die Bergwerksbesitzer von Südwales in einer schlimmen Zwangslage. Tatsächlich ist der Arbeiter in der beneidenswerteren Position; während er unten im Stollen arbeitet, bezieht er seinen garantierten Lohn, ohne Rücksicht auf die Ertragslage; wird die Arbeit auch nur vorübergehend eingestellt, wird ihm ein ausreichendes Wartegeld bezahlt; wünscht er andere Beschäftigung, so kann er seine Dienste anderswo anbieten. Doch während Arbeit mobil ist, ist Kapital statisch; und der Eigentümer oder Direktor eines Bergwerks verfügt über kein Mittel, sich einer Bürde zu entledigen, die heutzutage meistens ein Inkubus ist. Eine Summe von 100 000 Pfund ist dringend nötig, wenn wir auch nur die Fälle drückendster Not lindern wollen. Ich hoffe, daß die Großzügigkeit Ihrer Leser uns helfen wird, wenigstens den Sommer ohne Katastrophe zu überstehen.

Ich bin, Sir, im Namen
meines Komitees
Ihr ergebener
OWEN WILLIAMS

EIN BINDEGLIED MIT DEM ALTEN LONDON

Sir, es sei uns gestattet, als Londoner gegen die geplante Trassierung einer Hauptverkehrsstraße über den Trafalgar Square zu protestieren. Daß eine Lösung des Verkehrsproblems gerade in diesem Teil Londons sehr zu wünschen ist, würden wir als Letzte leugnen wollen. Aber der Abbruch der Nelsonsäule wäre eine Verletzung des Geschichtsbewußtseins, die nicht allein mit dem Maßstab ästhetischer und kunsthistorischer Einschätzung gemessen werden kann. Wir hoffen noch immer, daß der Verkehrsminister einen Weg finden werde, seinen Auftrag zu erfüllen, ohne den patriotischen Vorurteilen wenn auch nur einer Minderheit von Londonern Gewalt anzutun.

Ihr etc.
J. HOWL
ALICE BITTLESHAM
LEDBURY
HERBERT BLOOMSBURY

EINE PARALLELE VON HORAZ

Sir, die kürzlichen Autorennen in Amerika haben mich unwiderstehlich an einen alten Ausspruch eines Lieblingsdichters gemahnt, der möglicherweise für einige Ihrer Leser, deren Bekanntschaft mit dem ersten Buch der Oden in letzter Zeit nicht erneuert worden ist, von Interesse sein mag:

Sunt quos curriculo
pulverem Olympicum
Collegisse juvat, metaque
fervidis
Evitata rotis ...
Terrarum dominos evehit
ad deos.

Es ist interessant zu wissen, daß schon die Römer ihre ›Kilometerfresser‹ hatten.

Ich bin, Sir,
Ihr ergebener
RICHARD POLSTEAD
Bybridge

DRUCKFEHLER

Sir, der kürzlich in diesen Spalten veröffentlichte Leserbrief über Druckfehler erinnert mich an einen Druckfehler, der mir zu Augen kam, als ich vor vielen Jahren die Korrekturabzüge einer Fragenliste für ein Examen durchsah.

* * *

Es dürfte schwerfallen, ein köstlicheres Beispiel falsch angewendeten Scharfsinns zu finden.

Ich bin, Sir,
Ihr ergebener
H. SIBBETT
Bournemouth

(Die Redaktion bedauert, daß es wegen Vorhaltungen der Vereinigten Druckarbeitergewerkschaft nicht möglich gewesen ist, den vollen Text von Mr. Sibetts Brief zu veröffentlichen.)

DER BRÜCKENSCHLAG
ANPASSUNG AN NEUE BEDINGUNGEN
Relikte der alten Ordnung
IV. Die BBC

In seinem vierten Beitrag behandelt unser Korrespondent den Unterschied in der Organisation der British Broadcasting Corporation zwischen der Zeit vor dem Streik und der Zeit nachher, und zeigt, wie Kontinuität statt Neuerung die Grundstimmung der Veränderungen gewesen ist, die vor kurzem in der Leitung der Anstalt stattgefunden hat.

Es ist eine Binsenwahrheit, daß es in aller Veränderung ein Element von Kontinuität geben muß; ist dieses Element von Kontinuität nicht vorhanden, so haben wir nicht Veränderung, sondern die Auslöschung des einen und die Neuschaffung *ab initio* des anderen. In der Nachzeichnung der Geschichte der Institutionen, die wir bisher behandelt haben, haben wir die Arbeitsweise dieses Prinzips bereits gesehen. Aber es dürfte schwierig sein, irgendeine Verbindung zu erwähnen, in der dieses Prinzip sinnfälliger verdeutlicht wäre als die, mit der wir uns als nächstes beschäftigen wollen. Die British Broadcasting Corporation ist offensichtlich zu etwas anderem geworden, ohne aufzuhören, dieselbe zu sein; *plus ça change,* wie das alte Sprichwort sagt, *plus c'est la même chose.* Ein Regierungsmonopol ist in eine Regierungsdienststelle übergegangen; und die Operation, die dies bewirkt hat, ist bei aller Zielstrebigkeit schmerzlos verlaufen.

Es ist nicht wundersam, daß es so gekommen ist, da man sagen kann, daß die BBC in einem Sinne selbst das Organ der Kontinuität zwischen dem alten England und dem neuen ist. Es ist längst Geschichte, daß der Wendepunkt des Streiks jener lächerlich einfach *coup d'état* war, durch welchen der Arbeiterausschuß sich im Laufe einer einzigen Nacht in den vollständigen Besitz der Sendeanlagen auf dem Savoy Hill setzte. Das Manöver wäre von geringerem Wert gewesen, hätte nicht gleichzeitig eine sorgfältig abgestimmte Serie von Überfällen stattgefunden, die den Arbeiterausschuß auch in den Besitz der anderen britischen Radiostationen brachte; aber es war die Aktion der Londoner Gruppe, die den Ausgang wirklich bestimmte. Bis dahin war, wie die meisten von uns sich erinnern werden, die Moral der mächtigen bürgerlichen Gesellschaft durch tägliche Regierungsbulletins aufrechterhalten worden, die in ihrem Tenor stets ermutigend waren und in Abwesenheit einer arbeitsfähigen Presse zwangsläufig unwidersprochen blieben. *Possunt quia posse videntur* war das Prinzip, mit dem die damalige Regierung ihre frühen Triumphe errang; und sie genoß auch weiterhin das Vertrauen der Nation, solange sie im alleinigen Besitz der Propagandamittel war. Die Eroberung von Savoy Hill kehrte die Situation völlig um. Es ist häufig behauptet worden, daß diese Macht der Propaganda vom Arbeiterausschuß mißbräuchlich zum Präjudiz historischer Genauigkeit gemacht wurde; und es ist inzwischen allgemein bekannt, daß die großen Hungerunruhen in Glasgow, über die bei mehr als einer Gelegenheit sensationelle Einzelheiten gesendet wurden, tatsächlich nie stattgefunden haben. Aber, wie der Informationsminister seinen Kritikern entgegnete, ist es von der *suppressio veri* nur ein kleiner Schritt zur *suggestio falsi,* und wenn er die ›öffentliche Information frisierte‹, sei er jedenfalls nicht der erste gewesen, der sich dieses Mittels bediente.

Es war nicht anzunehmen, daß der BBC, sobald ihre starke Position als Waffe in den Händen der Regierung erkannt war, gestattet sein sollte, in den Status eines Privatunternehmens zurückzufallen. Wie Mr. Pollitt in einer bekannten Äußerung zu diesem Thema sagte: »Menschen sind Kinder, und der Rundfunk ist eines der Mittel, durch die der Staat sie erziehen wird.« Das Prinzip war tatsächlich nicht neu; der erzieherische Wert der Rundfunkvorlesung war längst anerkannt. Aber als die Gesellschaft in privaten Händen war, hatte sie sich durch ihre Politik, alles zu vermeiden, was sie ›kontroverse Themen‹ nannte, selbst die Hände gebunden; sie war in der Lage, Wissen zu verbreiten, nicht aber, unser politisches Bewußtsein zu bilden oder unsere politischen Sympathien zu fördern. Die gegenwärtige Regierung lehnte es selbstverständlich ab, sich durch einen Beschluß gebunden zu fühlen, der gefaßt wurde, als die Verbreitung von Rundfunksendungen noch eine Privatangelegenheit war; sie beschloß sofort, einen positiveren Gesichtspunkt in den Lehrplan drahtloser Erziehung einzuführen, soweit es Politik (und bis zu einem gewissen Grade die Theologie) betraf. Es muß zugegeben werden, daß man die Dinge im ersten Überschwang der Begeisterung zu weit trieb; es erscheint beispielsweise fraglich, ob eine weitschweifige und ziemlich technische Biographie von Karl Marx wirklich geeigneten Lesestoff für die Kinderstunde bot. Aber hätte man den Dingen ihren Lauf gelassen, so würde das Informationsministerium zweifellos durch Erfahrung zu größerer Weisheit gelangt sein.

Unglücklicherweise gab es Proteste, wie wir alle wissen; Proteste, die sich nicht gänzlich auf verfassungsmäßige Art und Weise artikulierten. In den nördlichen Midlands wurden die Vorträge über die Zwangsimpfung durch systematische Aktivitäten von Störsendern beinahe unhörbar gemacht; überall tauchten unerlaubte Sender auf, und viele von diesen machten sich unverantwortlicher Äußerungen schuldig, die die Sicherheit des Landes bedrohten. Die unabhängigen Aktivitäten des Senders Belfast waren eine weitere Quelle von Verwirrung und Peinlichkeit. Es war an der Zeit, daß das gesamte Rundfunkwesen neu organisiert und auf eine gesunde Basis gestellt wurde.

Das Rundfunkgesetz von 1927

Zu diesem Zweck wurde das ›Gesetz zur allgemeinen Hörpflicht‹ oder, um den genauen Titel wiederzugeben, das Ergänzungsgesetz zum Organisationsgesetz der British Broadcasting Corporation, erlassen und verabschiedet. Es wäre irreführend, dieses vielkritisierte Werk des Gesetzgebers als einen Kontinuitätsbruch mit den alten Traditionen der BBC hinzustellen; es beruhte durchaus auf längst anerkannten Prinzipien, deren logische Folgerungen freilich nicht immer gründlich genug durchdacht waren. So war es immer illegal gewesen, Kopfhörer anzulegen, ohne durch eine Rundfunkgebühr die Erlaubnis der Regierung zu erwerben; im Einklang damit steht das englische Gewohnheitsrecht, wonach letzten Endes dem Staat die Kontrolle und die Verfügungsgewalt über alle drahtlosen Kommunikationen zusteht. Die Behauptung, daß der Gebrauch eines Lautsprechers in einem Raum mit offenen Fenstern zur Straße eine öffentliche Ruhestörung darstelle, wurde in dem Musterprozeß Higgs gegen Bottleworthy verneint; daraus ergibt sich, daß der Bürger keinen gesetzlich garantierten Schutz vor dem Rundfunk genießt; es steht ihm allenfalls frei, sich die Ohren mit Watte zu verstopfen. Wenn der Staat darauf besteht, daß jeder Bürger ein Rundfunkgerät in seinem Heim haben und Gebühren dafür bezahlen soll, so ist dies ebensowenig ein Akt der Tyrannei wie die Krankenversicherungspflicht, für die auch Beiträge abgeführt werden müssen. Und schließlich hat der Bürger nicht das Recht, sich zu beklagen, daß er durch das Gesetz gezwungen ist, dem Abendprogramm zu lauschen, sind seine Kinder doch in gleicher Weise durch das Gesetz gezwungen, die Schule zu besuchen. Es trifft zu, daß die Arbeit der Rundfunkkontrollbeamten noch jetzt gelegentlich behindert wird ...

Wenn: Eine Jakobitische Phantasie*

von CHARLES PETRIE

Es kann kaum daran gezweifelt werden, daß der berühmte Kriegsrat, der am 5. Dezember 1745 in Derby gehalten wurde, der Wendepunkt der neuzeitlichen englischen Geschichte war; hätte Prinz Charles nämlich den fast einmütigen Rat seiner Umgebung befolgt, wäre er umgekehrt und hätte den Rückzug nach Schottland angetreten; und nach dieser Zeitspanne ist es unmöglich zu sagen, wie seine Expedition ausgegangen wäre; tatsächlich ist es durchaus nicht unwahrscheinlich, daß heute das Haus Hannover über das Britische Weltreich regieren würde, statt Seiner Allerheiligsten Majestät König James VI. Die Entschlossenheit des Prinzregenten, trotz der scheinbaren Hoffnungslosigkeit der Zukunft weiter vorzurücken, führte der Welt zum ersten Mal den Genius vor Augen, den er dreißig Jahre später so überzeugend bewies, als er durch seinen Besuch in Amerika und sein geschicktes Verhalten den Verlust der britischen Kolonien auf dem Kontinent verhütete.

Die Rebellenarmee unter dem Sohn des Kurfürsten war ausmanövriert, doch fühlte sich der Prinz kaum stark genug, um direkt gegen die Hauptstadt zu marschieren und zog zunächst nach Oxford, wo er hoffte, von den Jakobiten in Wales und dem Westen Zuzug zu erhalten. Die in jedem Gesicht außer dem des Heerführers sichtbare Niedergeschlagenheit ist oft von Teilneh-

* Abdruck aus *The Weekly Westminster* vom 30. Januar 1926

mern des Marsches von Derby nach Oxford beschrieben worden; aus den Gegenden, die das Heer durchzog, schloß sich kaum jemand den Truppen an, und während von den Aufgeboten Sir Watkin Wynns und des Herzogs von Beaufort keine Nachrichten vorlagen, gingen unheilvolle Berichte über die Vorbereitungen der Hannoveraner ein.

Die Lage besserte sich auch nicht, als Oxford am Nachmittag des 10. erreicht wurde, denn an Stelle des Vizekanzlers begrüßten nur Dr. King von St. Mary Hall sowie einige Professoren und Studenten den Prinzen, als er auf der Banbury Road in die Stadt einzog. Die mittlerweile gründlich entmutigten Truppen wurden bei den unwilligen Bewohnern der Stadt einquartiert, und jedermann schien es, daß dem Heer keine andere Möglichkeit als der Rückzug offenstand. »Ich legte mich an diesem Abend mit der Vision der Niederlage von Tyburn vor Augen schlafen«, erzählte einer der Feldzugsteilnehmer lange Zeit später dem Dichter Sir Walter Scott.

Für den Prinzen und die Truppenführer gab es keine Ruhe. Der Kriegsrat trat zu später Stunde zusammen und es wurde rasch deutlich, daß selbst wagemutige Männer wie Lord George Murray Seiner Königlichen Hoheit nicht weiter folgen wollten. Der Rat war einhellig für einen sofortigen Rückzug nach Norden, und der Prinz argumentierte vergebens zugunsten eines weiteren Verbleibens von nur vierundzwanzig Stunden in Oxford. In dieser Stunde der Entscheidung, als auch er erkannte, daß der Rückzug unausweichlich geworden war, fand ein Ereignis statt, das seither immer wieder die Phantasie von Malern und Dichtern angeregt hat.

Die Magdalen Bridge wurde von einer Abteilung des Manchester-Regiments bewacht, die besondere Anweisung hatte, die nach London führende Straße scharf zu beobachten. Die Nacht war sternklar und frostig, und als es gegen elf ging, sahen die Wachen Laternenschein auf der Landstraße, und bald waren Hufgetrappel und das Rumpeln von Wagenrädern zu vernehmen. Die Wache hatte kaum Zeit, die Brückenrampe zu sperren, da kam eine von einem galoppierenden Sechsergespann gezogene Kutsche herangerast, eskortiert von Dragonern in der Uniform des Kurfürsten, aber mit weißen Kokarden. Die Kutsche wurde angehalten und die Kavallerie entwaffnet, und dann entstieg der Kutsche mit verrutschter Perücke und vor Angst klappernden Zähnen Seine Durchlaucht, der Herzog von Newcastle, Premierminister von Großbritannien. Der um sein Leben fürchtende Staatsmann wurde eilig zum Prinzen gebracht, vor dem er auf die Knie niederfiel und die Worte hervorstieß: »Er ist nach Hannover abgereist«. Es ist die vielleicht dramatischste Episode der englischen Geschichte.

Am nächsten Morgen erwachten die Einwohner von Oxford vom Geläute der Glocken, die die zweite Restauration des alten Königshauses der Stuart proklamierten, und der Vizekanzler erfand eilig Entschuldigungen auf Latein und Englisch, um sein Versäumnis vom Vortag zu erklären. Der Prinz empfing ihn mit einer gutmütigen Duldsamkeit, die an seinen Großonkel gemahnte, und drückte lediglich die Hoffnung aus, daß die Universitätsbehörden in Zukunft seine Interessen so sorgsam beachten würden, wie sie in der Vergangenheit diejenigen des Kurfürsten beachtet hatten. Am selben Nachmittag marschierte das walisische Kontingent ein, nicht viel später gefolgt von dem Aufgebot aus dem Westen: alle berichteten, daß die Bevölkerung in Stadt und Land sich überall für König James erklärte und daß es mittlerweile gefährlich geworden sei, die schwarze Kokarde zu tragen. Der König wurde vom Herzog von Newcastle in Carfax proklamiert, und so wichtig nahm der Herzog seine Dienste, daß der Prinz danach im

Kreis von Freunden lachend bemerkte: »Ich glaube, der alte Renegat will zum Katholizismus konvertieren; er scheint sich schon für einen Mönch zu halten.«

Alle Gefahr war jedoch noch nicht abgewendet, denn die Hannoveranische Armee lag bei Bedford in der Flanke des prinzlichen Heeres, und obwohl die Pläne der Rebellen durch die Flucht des Kurfürsten durcheinandergeraten waren, hatten die Anhänger des Hauses Hannover in der protestantischen Bevölkerung wie in den Reihen der Armee noch genug Rückhalt, um einen Bürgerkrieg zu beginnen, wenn sie sich davon Erfolg versprachen. Aber General Wade in Newcastle erklärte sich für den König, sobald er vernahm, was in London geschehen war, und wahrscheinlich war es sein Einfluß, der das bei Bedford wartende Heer in seinen Entscheidungen bestimmte. Ein Teil der Offiziere und Mannschaften weigerte sich, gegen den Prinzen zu marschieren, und als Lord George Murray aus Oxford eintraf, um das Kommando zu übernehmen, wurde er so empfangen, daß der glühendste Loyalist es sich nicht besser hätte wünschen können. Eine Anzahl hoher Offiziere wurde von ihren Posten entfernt, aber angesichts des großen persönlichen Mutes der Angehörigen des Hauses Hannover ist es überraschend, wie wenig Unterstützung diese Familie in der Armee fand. Die patriotische Weigerung des Regenten, zu seiner Unterstützung aufgebotene französische Hilfstruppen landen zu lassen, sobald er Oxford erreicht hätte, gab wahrscheinlich den Ausschlag zu seinen Gunsten, denn hätte er den Anschein erweckt, sich weiterhin auf Ludwig XIV. zu stützen, wäre ein Bürgerkrieg nach aller Wahrscheinlichkeit nicht abzuwenden gewesen. Wie die Dinge lagen, machte das Verhalten des Prinzen, zu dem nun auch der Herzog von York mit einigen Gefährten stieß, einen starken Eindruck auf die patriotisch denkenden Briten.

Manche Kritiker haben getadelt, daß der Prinz sich nach der Ankunft des Herzogs von Newcastle in Oxford noch sechs Wochen Zeit ließ, ehe er in London einzog. Auf der anderen Seite war es wichtig, daß eine solche Zeremonie nicht durch widrige Ereignisse beeinträchtigt wurde, und die Usurpation hatte so lange gedauert, daß viele Veränderungen im Personal der Beamtenschaft und des Staatsdienstes vorgenommen werden mußten, bevor der Mann, auf dessen Kopf wenige Wochen zuvor noch ein Preis ausgesetzt worden war, ohne Sorge um seine Sicherheit die Residenz in der Hauptstadt beziehen konnte.

Die Ankunft des Königs im Februar 1746 rührte selbst den unversöhnlichsten Whig zu Tränen, und nicht wenige der älteren Leute mußten des Säuglings gedacht haben, der vor mehr als einem halben Jahrhundert in Kälte und Nässe bei der Kirche von Lambeth gewartet hatte, als sie König James III. nach einem im Exil verbrachten Leben seinen Einzug in die Stadt seiner Vorfahren halten sahen. Tatsächlich war es vor allem dem persönlichen Charakter des Königs zu danken, daß die Restauration von Dauer war, denn er stand in deutlichem Gegensatz nicht nur zu dem der zwei Kurfürsten, sondern auch zu dem seines eigenen Vaters, wie die milde Behandlung der zum Haus Hannover haltenden Rebellen im Jahre 1752 bewies. In dieser Nachsicht zeigte sich eine weitblickende politische Klugheit, die weit entfernt war von der Haltung, die James II. gegenüber den Anhängern des unglücklichen Monmouth eingenommen hatte.

Es ist eine interessante, doch vielleicht müßige Spekulation, zu überlegen, welchen Gang die Geschichte der britischen Inseln genommen hätte, wäre das Haus Stuart 1745 nicht wieder auf den Thron gelangt. Natürlich führten die Kurfürsten von Hannover weiterhin den britischen Königstitel, bis die französische Revolution sie ins Exil trieb und sie gezwungen waren, die Pension anzunehmen, die Henry IX. ihnen großzügig zubilligte, doch hatten sie am Ende des 18. Jahrhunderts in seinem Land so wenig Einfluß wie König James VI. oder seine Vorgänger in Frankreich, obwohl die *fleurs-de-lis* nach wie vor im königlichen Wappen erscheinen.

Der Erfolg der royalistischen Waffen im Jahre 1745 beweist, wie schwach die Regierung des Hauses Hannover in Wahrheit war, und es ist mehr als wahrscheinlich, daß Großbritannien nach 1789 dem Beispiel Frankreichs gefolgt wäre und eine republikanische Regierungsform angenommen hätte. Es ist keine Übertreibung zu sagen, daß wir von unseren Stuart-Monarchen vor dieser wie vor vielen anderen Gefahren gerettet worden sind. Es ist wahr, daß die Zustände in Irland beklagenswert sind, doch gibt es nicht den geringsten Grund zu der Annahme, daß die Verhältnisse dort besser wären, wenn ein Hannoveraner auf dem Thron säße, denn die Geschichte hat bewiesen, daß dieses unglückliche Land der britischen Herrschaft unversöhnlich gegenübersteht, ganz gleich, von welcher Art die englische Regierung ist.

Die glänzende Regierungszeit Charles III. erfüllte unzweifelhaft alle früheren Versprechen der Restauration, und es sollte nicht vergessen werden, daß die großen Befehlshaber, die Napoleon besiegten, alle aus seiner Schule der Kriegführung hervorgegangen waren. Zwanzig Jahre lang überragten Charles III. von England und Friedrich der Große von Preußen die anderen europäischen Herrscher gleich Kolossen, und noch heute ist die Erinnerung an diesen größten unserer Herrscher so frisch wie zur Zeit seines Todes. Ein Hannoveraner hätte ohne allen Zweifel die amerikanischen Kolonien verloren, und aus George Washington hätte leicht ein weiterer Bolivar werden können, statt einer der größten und berühmtesten britischen Generäle. Die Erfindung der Dampfmaschine trug viel zur Schaffung einer besseren Atmosphäre zwischen dem Mutterland und dem Dominion von Nordamerika bei, indem sie unsere Herrscher in die Lage versetzte, abwechselnd in London und New York Hof zu halten, aber es war Charles III., der durch seine scherzhafte Bemerkung zu Washington und dessen Kollegen die Situation rettete: »Meine Herren, wir haben eines gemeinsam: meine Familie hat so wenig Grund wie Sie, das Unterhaus zu schätzen.«

Die Auswirkungen der Restauration auf Literatur und Kunst waren enorm, was insbesondere der mäzenatischen Förderung durch den Herzog von York und nochmaligen König Henry IX. zu danken war. Man kann sich kaum vorstellen, welches Schicksal den Musen unter einer längeren Herrschaft des Hauses Hannover beschieden gewesen wäre, oder daß Dr. Johnson* sich am Hof des Kurfürsten wohl gefühlt hätte. Horace Walpole** allerdings ging ins Exil nach Herrenhausen, wo er in hohem Alter in äußerster Armut starb, aber alle anderen Literaten begrüßten die Rückkehr der alten Dynastie. In der Literatur wie auf allen anderen Gebieten erwies sich die Usurpation als ein bloßes Zwischenspiel im Leben der Nation, doch wird es nicht ohne Sinn und Nutzen gewesen sein, wenn wir es als eine Lektion über die Folgen von Rebellion betrachten.

Aus The Jacobite Movement *von Sir Charles Petrie, erschienen bei Eyre & Spottiswoode Ltd.*

---

* Lionel Pigot Johnson, 1867–1902, englischer Dichter, trat zum Katholizisimus über – *Anm. d. Übers.*

** Horace Walpole, 1717–1797, englischer Schriftsteller – *Anm. d. Übers.*

Wenn Napoleon die Schlacht von Waterloo gewonnen hätte*

von Sir George Trevelyan

Der 26. Juni 1815, an dem die Konvention von Brüssel unterzeichnet wurde, markiert einen Wendepunkt, der die größte Karriere moderner Zeiten in zwei seltsam miteinander kontrastierende Hälften teilt und die Regierung eines Napoleon einleitet, der als der Napoleon des Friedens bekanntgeworden ist. Als der Patrizier, der von seinen Landsleuten einst als der Rivale des Herrn der Armeen angesehen worden war, in seinem roten Uniformrock in dem kleinen Nebenraum des Hôtel de Ville saß, welcher sich jetzt allmorgendlich mit Haufen von Touristen füllt, und in stolzer und stoischer Demütigung seinem im Zimmer auf und ab stopfenden Gastgeber lauschte, dessen von heftigen Gebärden begleiteter Wortschwall den Krieg verdammte und die Göttin des Friedens anrief, dachte der wortkarge Engländer wahrscheinlich, daß er einer napoleonischen Komödie der üblichen Art beiwohnte. Er konnte nicht ahnen, daß sein Bezwinger in aller Aufrichtigkeit den Kelch der Friedensliebe geleert hatte – einen Trunk, der Napoleon so bitter angekommen sein mußte wie die Niederlage seinem besiegten Gegner. Wellington seinerseits hatte während der furchtbaren Woche zwischen der Schlacht und

* Im Juli 1907 schrieb die *Westminster Gazette* einen Wettbewerb für einen Essay über dieses Thema aus. George Macaulay Trevelyans Beitrag wurde preisgekrönt.

dem Abschluß der Konvention nicht eine Klage gegen Blücher wegen Bruches der Verabredung vorgebracht, noch seinen Stabsoffizieren über den Verzicht auf die gewohnten Flüche hinaus ein Zeichen seiner Seelenqual gegeben.

Ein neuer Napoleon hatte sich entwickelt, der Napoleon des Friedens, in seiner geistigen und intellektuellen Kraft ein bloßer Schatten seines früheren Selbst. Der Buonaparte von 1796 hätte Marschall Ney zum weiteren Angriff gedrängt, bis dessen Kolonnen auch das letzte von Wellingtons Regimentern vernichtet hätten, und wäre selbst mit der Masse seiner Armee gegen Blücher gezogen, statt seine Vereinigung mit den Österreichern und Russen zuzulassen und die Bildung einer Barriere gegen die französische Rückeroberung Deutschlands zu gestatten. Noch hätte der Napoleon von 1813, der sich in der Niederlage geweigert hatte, die vorteilhaftesten Angebote zu einer Beilegung anzunehmen, nach einem Sieg wie dem von Mont St. Jean gezögert, die Unterwerfung Mittel- und Osteuropas ins Auge zu fassen. Aber der Napoleon von 1915 bot Wellington eine Woche nach seinem triumphalen Einzug in Brüssel die gleichen Erleichterungen zum Verlassen des Kriegsschauplatzes an, wie der englische Feldherr sie bei Cintra sieben Jahre vorher dem geschlagenen Statthalter des Kaisers angeboten hatte. Und diese unerwartete Milde wurde auf ganz England ausgedehnt, um ihm die Chance zu geben, sich so leicht und rasch wie möglich aus der Affäre zu ziehen, den europäischen Monarchen ihren Zahlmeister, Verbündeten und eingefleischten Anstifter zum Krieg zu nehmen und so die Bühne für Napoleon und den gewiegten Metternich freizumachen, daß sie im Einvernehmen einen dauerhaften Frieden für ganz Europa vorbereiteten, der auch England nicht ausschließen sollte.

Woher kam diese außerordentliche Wandlung in den Absichten, man möchte sogar sagen, im Charakter des französischen Kaisers? Man wird niemals genau wissen, was zwischen dem 16. und dem 26. Juni im Hauptquartier zu Brüssel geschah, obwohl ganze Bibliotheken über das Thema geschrieben worden sind. Geheime Abgesandte Metternichs waren schon am 14. Juni in Brüssel eingetroffen und hatten Anweisung, Napoleon für den Fall, daß Wellington besiegt würde, die Rheingrenze und die nicht zu Österreich und dem Kirchenstaat gehörenden Gebiete der italienischen Halbinsel anzubieten, und ihm gleichzeitig die Unmöglichkeit auseinanderzusetzen, Deutschland nach der nationalen Erhebung von 1813 ein zweites Mal zu besiegen und niederzuhalten. Das letztere Argument, obgleich es auf einer zutreffenden Einschätzung der Verhältnisse beruhte, hätte auf den Mann, an den es gerichtet war, wenig Eindruck gemacht, wäre er der Unterstützung ganz Frankreichs sicher gewesen. Aber auf die Nachricht von Napoleons Sieg bildete sich in Paris bis zum 20. Juni eine entschlossene Allianz, der Vertreter aller Klassen und Parteien angehörten – Liberale, Jakobiner, Royalisten und alte Anhänger des Kaiserreiches –, die, weit davon entfernt, von Napoleons Sieg geblendet zu sein, weitere kriegerische Abenteuer ablehnten und auf Frieden bestanden. Die Abgesandten, zu denen Vertreter der Kammern und anderer Körperschaften stießen, wurden in der belgischen Hauptstadt willkommen geheißen und ihre Petition von allen Marschällen und den meisten höheren Offizieren unterstützt. Aber Napoleons Wille zur Fortsetzung des Krieges war, wie es scheint, noch ungebrochen, wenigstens bis zu der großen Truppenparade vom 24. Juni, die vor der Stadt gehalten wurde, um die Haltung der Soldaten auf die Probe zu stellen. Obwohl die meisten von ihnen Veteranen der früheren Feldzüge waren, hatten sie während Napoleons erzwungenen Exils auf Elba lange genug in der Heimat gelebt, um die Kriegsmüdigkeit der durch hohe Abgaben notleidenden Bevölkerung kennenzulernen; die meisten von ihnen waren zu den Fahnen zurückgekehrt, weil sie Frankreich befreien, nicht aber Europa unterjochen wollten – ein Unterfangen, das nicht mehr so einfach schien wie in den Tagen vor Borodino und Leipzig.

Der anhaltende Ruf nach ›Frieden‹, der sich, von vereinzelten Gruppen ausgehend, wie ein Lauffeuer durch die Reihen ausbreitete, schien den Kaiser zu verwirren. Er verzichtete auf die vorbereitete Ansprache, mit der er den Soldaten für den letzten Sieg hatte danken und sie zu neuen Taten aufrufen wollen, ritt wie in einer Trance langsam zurück, saß vor dem Rathaus ab, schritt durch Hallen, Gänge und Audienzsäle und starrte seine Marschälle und Minister mit abwesendem Blick an, als wären sie ihm fremd. Als er die Tür seines Arbeitszimmers erreichte, fiel sein Blick auf den Mamelucken, der am Eingang Wache hielt und ihn als einziger in der Menge mit einem Ausdruck von Verehrung und Ergebenheit ansah. Der Korse blieb stehen und richtete, noch immer in Gedanken, das Wort an den Orientalen:

»Die Franken sind kriegsmüde, und wir zwei können allein nicht ausreiten. Außerdem werden wir alt. Man wird alt und stirbt. Auch die Pyramiden werden alt, aber sie sterben nicht.« Dann fügte er mit gepreßter Stimme hinzu: »Glaubst du, man wird nach vierzig Jahrhunderten noch erinnert?« Er stand noch einen Augenblick da, als warte er auf eine Antwort von dem stummen Wachtposten, dann marschierte er durch die Tür, warf sich in einen Sessel und begann Friedensbotschaften an Wellington und die verbündeten Herrscher zu diktieren.

Napoleons körperliche Verfassung trug wahrscheinlich nicht weniger als die Haltung der französischen Truppen und des Volkes zur Herausbildung seines großen Entschlusses bei; in der kritischen Woche scheint die Entscheidung zwischen Krieg und Frieden seine Arbeitsstunden, die durch seine eigentümliche Krankheit stark beschnitten waren, vollständig ausgefüllt zu haben. Daher kam es, daß er keine ernsten Anstrengungen unternahm, um Blüchers Rückzug über Namur abzuschneiden oder den anziehenden Gegner durch Nachdrängen zum Kampf zu stellen. Seine einzige Tat in diesem Zusammenhang war, daß er Marschall Grouchy freie Hand ließ. Obgleich er seine zunehmende Schwäche selbst noch nicht ausreichend erkannte, um militärische und politische Pflichten zu delegieren, muß er gefühlsmäßig begriffen haben, daß beide zusammen über seine Kräfte gingen. So gesehen, ist es nicht verwunderlich, daß er beschloß, die Rheingrenze und die Hegemonie über weite Teile der italienischen Halbinsel als Grundlage eines dauerhaften Friedens anzuerkennen, und daß seine immer mehr zunehmende körperliche Mattigkeit und rasche Ermüdbarkeit ihn während der letzten zwanzig Jahre seines Lebens getreulich an der Entscheidung festhalten ließen.

Jene Jahre brachten Europa nur geringe Veränderungen. Die Monarchen und ihre Völker waren zu sehr erschöpft, um sich für Grenzverschiebungen in neue kriegerische Auseinandersetzungen zu verstricken; innere Reformen oder Revolutionen wurden durch die großen stehenden Heere verhindert, welche die bloße Existenz Napoleons auf dem französischen Thron, so kränklich man ihn auch wußte, in England, Österreich-Ungarn und den deutschen Staaten notwendig oder zumindest verständlich machte. Haß auf den Emporkömmling, den gekrönten Jakobiner, verbunden mit der Furcht vor erneuerten französischen

Feldzügen, verliehen den Regierungen des *ancien régime* eine Beliebtheit in allen Schichten der Bevölkerung, derer sie sich andernfalls nicht hätten erfreuen können; Historiker haben die Meinung vertreten, daß in den ersten zwanzig Jahren nach dem Friedensschluß namentlich in England große Fortschritte durch Reformen möglich gewesen wären, wenn es Wellington, diesem großen Champion der Konservativen, gelungen wäre, den aus der Revolution hervorgegangenen Kaiser auf dem Schlachtfeld zu schlagen.

Wie die Dinge standen, war die Lage Englands alles andere als beneidenswert. Trotz der Wiederherstellung des Handels mit dem Kontinent, der freilich dank Napoleons militärischer Vorstellungen von ökonomischen Zusammenhängen durch die außerordentlich hohen Zölle stark behindert wurde, und trotz der fortdauernden britischen Seeherrschaft, wurde die Not auf dem Lande wie unter der Bevölkerung der Industriegebiete von Jahr zu Jahr drückender. Die hohe Besteuerung, notwendig für den Erhalt von Flotte und Armee in voller Kriegsstärke, gestattete keine Hoffnung auf Besserung; so lange Napoleon lebte und seine eigene Armee und Marine als treue Spielzeuge seines Alters hätschelte und zur Schau stellte, sah die britische Regierung keine Möglichkeit zu einer Reduzierung ihrer eigenen Streitkräfte. Wahrscheinlich kamen diese Umstände den herrschenden Tories nicht ungelegen, lieferten sie ihnen doch einen guten Vorwand, die Forderungen der Reformer abzuweisen, die sich immer aufsässiger gebärdeten, als ein Jahr um das andere ohne Aussicht auf Veränderung verstrich. Wäre Waterloo ein Sieg für England gewesen, gefolgt von der allgemeinen Abrüstung, die Wellington selbst als die natürliche Konsequenz von Napoleons Sturz herbeigewünscht hatte, hätte man Irland die Gleichberechtigung seiner katholischen Religion gewähren müssen, und dieses Zugeständnis hätte zumindest die ständigen Revolten und Massaker in diesem unglücklichen Land abgewendet, die Napoleon in den letzten zehn Jahren seines Lebens so sehr erbitterten, daß er ernstlich die Wiederaufnahme der Feindseligkeiten erwog. In Großbritannien, wo Hunger und Unterdrückung an der Tagesordnung waren, ereignete sich 1825 der unbesonnene, aber romantische Aufstand Lord Byrons, dessen Armee beinahe ausschließlich aus Arbeitern bestand und deren Führer (mit Ausnahme Napiers) von Kriegführung nicht mehr verstanden als Raufbolde wie Thistlewood und der ehemalige Seeräuber Trelawny. Die harten Vergeltungsmaßnahmen und Repressalien der Regierung spalteten das Land in zwei Lager, die einander bis aufs Blut befehdeten. Die Hinrichtung Lord Byrons erregte in der Weit größeres Aufsehen als jedes andere Ereignis seit dem Sturm auf die Bastille, obwohl sie nicht unmittelbar von politischen Veränderungen gefolgt war. Nach zwei Jahren Regierungsterror stellte Premierminister Canning, der von seinen Kollegen schon immer wegen vermeintlicher Sympathien für das Volk beargwöhnt worden war, 1827 eine eingeschränkte Pressefreiheit her, und die Literatur des nächsten Jahrzehnts machte deutlich, daß alle jungen Männer von Geist und Talent keine Anti-Jakobiner mehr waren, nicht einmal mehr Liberale, sondern Radikale. Der Verehrung des hingerichteten Dichters gesellte sich die Verehrung der Lebenden zu. Die Schriften Shelleys erreichten nach seiner langen Einkerkerung eine Beliebtheit, die eines der merkwürdigsten Symptome der Zeit darstellt. Sein Gedicht *»Männer Englands, wofür pflügen?«* wurde in der Vertonung bei allen Zusammenkünften der Radikalen gesungen, und seine Ode auf Napoleons Tod (*Der tote Anarch*, 1836), erreichte in einem

Jahr fünfundzwanzig Auflagen. Die jüngeren Dichter, wie Tennyson und Arthur Hallam, waren entflammt von revolutionärer Inbrunst. Von Oxford und Cambridge ausgeschlossen, gründeten die Dissidenten und Radikalen eine Universität in Manchester, welche die Talente des Landes mit beinahe magischer Kraft anzog und bald zum Mittelpunkt des jungen geistigen Lebens im Land wurde. Unterdessen gaben ernsthafte Politiker wie Lord John Russell und der unbezähmbare Mr. Brougham* die älteren Grundsätze der Liberalen auf und erklärten sich für das allgemeine Wahlrecht. Kein Weiser hätte im Jahr nach Napoleons Tod mit Zuversicht voraussagen können, ob es England beschieden war, den Weg der Revolution zu gehen, oder in den ausgefahrenen Geleisen der Tyrannei und des Obskurantismus fortzufahren. Wenigstens war es klar, daß dem Land ein dritter Weg nicht mehr offenstand, und daß die nun anbrechende Ära von Blut und Gewalt gezeichnet sein würde. Der Liberalismus alter Schule starb mit Edward Grey – dieser bemitleidenswerten und wirkungslosen Gestalt, die vierzig Jahre lang vergebens gewartet hatte. Der englische Charakter war nicht mehr geprägt von Kompromißbereitschaft; die äußeren Umstände hatten ihn in die Prägeform der Gewalttätigkeit gezwungen.

In gleicher Weise war das *ancien régime* in den europäischen Staaten außerhalb der Grenzen des napoleonischen Reiches zunächst nicht nur erfolgreich, sondern in einem gewissen Maße auch beliebt und national, weil der vormalige Verfolger und Drangsalierer des deutschen und des spanischen Volkes noch

---

* Henry Peter Brougham, 1778–1868, liberaler Politiker und Schriftsteller, wirkte für Reformen und war 1830–34 Lordkanzler – *Anm. d. Übers.*

immer ihr gefährlicher Nachbar blieb und nach wie vor der mächtigste Herrscher in Europa war. In Spanien wurden die Liberalen und Freidenker mit einer Effizienz ausgerottet, die sicherlich die Billigung des Generalinquisitors Torquemada gefunden haben würde; die Inquisition wurde auf Napoleons Kriegsdrohung hin im Jahre 1833 tatsächlich abgeschafft; einem Jahr, in welchem die Tories außerstande waren, Spanien diplomatische Unterstützung zu gewähren, weil dort kurz vorher ein exzentrischer Engländer hingerichtet worden war, der anglikanische Bibeln nach Andalusien geschmuggelt hatte, was unter seinen protestantischen Glaubensgenossen im Unterhaus und im ganzen Land einen vorübergehenden Entrüstungssturm ausgelöst hatte. Aber das Verschwinden der Inquisition änderte kaum etwas an den Methoden der Kirche und des Staates in Spanien, und das ganze diplomatische Manöver diente, wie von Anfang an beabsichtigt, nur dazu, die Beliebtheit des alten Kaisers bei den französischen Liberalen wiederherzustellen.

Inzwischen setzten die aufständischen spanischen Kolonien in Südamerika ihren Freiheitskampf mit wachsendem Erfolg fort, bis die britische Flotte und Armee, ausgesandt im Einvernehmen mit der spanischen Regierung und nach rein anti-jakobinischen Prinzipien gegen die Wünsche und Interessen der britischen Kaufleute, die mit Südamerika Handel trieben, in den Konflikt eingriffen. »Wir müssen«, sagte Castlereagh, »das Gleichgewicht zwischen Monarchie und Republikanismus in der neuen Welt ebenso wahren wie in der alten.« Aber in Anbetracht ihrer polizeilichen Aufgaben im heimatlichen England konnten nicht genug Truppen erübrigt werden, um mehr zu erreichen als eine Verlängerung des grausamen transatlantischen Ringens. Die weiten Ebenen der Pampas wurden zu einem ständigen Kriegsschauplatz, wo exilierte Liberale und Abenteurer aus allen Ländern, vornehmlich aber aus England und Italien, Seite an Seite mit den gut berittenen Gauchos einen unaufhörlichen Guerillakrieg gegen die regulären englischen und spanischen Truppen führten. Hier rächten Napiers Brüder seinen Tod an der Armee, deren Zierden sie einst gewesen; und Murat, die Reitgerte in der Hand, wurde an der Spitze so manchen tapferen Angriffs gesehen, zu dem er die Italiener führte, deren Idol er nun in beiden Hemisphären geworden war. »Das freie Leben der Pampas« wurde für die jungen Männer Europas zum Symbol jener geistigen und politischen Emanzipation, die nur im Exil verwirklicht und in Aufruhr und Krieg gesichert werden konnte. So kam es, daß die Pampas in der Literatur und der bildenden Kunst jener Epoche eine ebenso beherrschende Rolle spielten wie die tragische Gestalt Byrons.

In Deutschland wurden die nationalen Hoffnungen auf Einheit und Freiheit von den Monarchen betrogen, die sich im Schutz der großen stehenden Armeen, die zur Sicherung der Rheingrenze notwendig waren, weiterhin ihrer absolutistischen Herrschaft und des ihr gemäßen Prestiges erfreuten. Früher eingeführte Reformen in solchen deutschen Staaten, die entweder unter Napoleons Herrschaft gestanden hatten oder von seinem Beispiel angeregt worden waren, blieben bestehen, soweit sie der Kräftigung des monarchischen Prinzips dienten. Die preußischen Bauern wurden nicht in die Leibeigenschaft zurückgestoßen; der reformierte Staatsdienst wurde in den Staaten des einstigen Königreichs Westfalen beibehalten; die Auflösung und Säkularisation der fürstbischöflichen Gebiete und des ganzen übrigen kirchlichen Grundbesitzes, an dem sich große Teile von Adel und Bürgertum bereichert hatten, wurden nicht rückgängig gemacht. Aber in Hessen-Kassel und Hannover wurden alle Spuren des französischen, auf Napoleon zurückgehenden Zivilrechts ausgelöscht, und im ganzen Land wurden die besonders an den Universitäten virulenten nationalen Bewegungen unter österreichischem Einfluß wirksam unterdrückt, vor allem nach dem Scheitern Blüchers in Flandern und dem Abkommen zwischen Metternich und Napoleon auf dem Wiener Kongreß von 1815. Wenn Preußen auch keine anderen Gewinne einstreichen konnte, so brachte es doch seinen Anteil von Polen wieder an sich, und das Aufbegehren des erwachenden polnischen Nationalismus wurde von den christlichen Mächten Mitteleuropas ebenso mühelos unterdrückt wie der griechische Nationalismus von den Türken.

Die einzigen Deutschen, die sowohl zufrieden waren als auch gut regiert wurden, waren die Bewohner der linksrheinischen Gebiete, die im Frieden wie im Krieg auch weiterhin die ruhigsten und verläßlichsten von allen Untertanen Napoleons waren. Die Franzosen waren weniger leicht zufriedenzustellen; sie hatten ihren Herrscher zum Frieden gezwungen, aber konnten sie ihn auch zwingen, jenes Maß an Freiheit zu gewähren, nach dem es sie jetzt verlangte? Die Lösung dieser Frage wäre anders als durch Gewalt kaum möglich gewesen, hätte der Kaiser auch nur die Hälfte seiner früheren Gesundheit und Tatkraft erhalten. Aber sie wurde provisorisch von Jahr zu Jahr gelöst, weil die Energien des Autokraten in beinahe genauer Porportion zur Zunahme des Freiheitsverlangens seiner Untertanen nachließen. Es war ihm gleich, wer Macht ausübte, die selbst auszuüben er nicht mehr imstande war, und war aus schierer Gleichgültigkeit bereit, sie geringschätzig Ministern zu überlassen, die mehr oder weniger offen mit den

Kammern liebäugelten. Solange er sich selbst um die Zensur kümmern konnte, wurde sie strikt gehandhabt; doch als er zu krank wurde, um mehr zu lesen als die wichtigsten Depeschen, wurde die Zensur wieder so kraftlos und unentschlossen praktiziert, wie es in den Tagen der letzten zwei Bourbonen der Fall gewesen war. Unter diesen Bedingungen einer aufreizenden, aber im Grunde wirkungslosen Repression erfuhr die französische Literatur und Philosophie einen neuen Aufschwung, der beinahe an die Blütezeit in den Tagen der Enzyklopädisten gemahnte. Die Bewegung der Romantik unterminierte die imperiale Idee bei den Intellektuellen; der ›Pampassturm‹ machte sich noch im *Quartier Latin* bemerkbar. Es war vergebens, daß die Polizei Büsten von Byron zerschlug und Stücke untersagte, in welchen die drei Einheiten der Handlung, des Ortes und der Zeit verletzt wurden.

Doch solange Napoleon lebte und die Liberalen leben ließ, war das Aufbegehren der Beherrschten gegen ihren Herrscher nur halb ernst. Die Bewegung zu einer neuen Revolution war eher eine Vorbereitung auf seinen Tod als eine vorsätzliche Untreue gegenüber dem Mann, der Frankreich vom *ancien régime* gerettet hatte. Und was immer die Arbeiter und Studenten denken mochten, die Bauern und Soldaten betrachteten die politischen und gesellschaftlichen Verhältnisse Frankreichs als beinahe vollkommen. Die Soldaten waren noch immer die Lieblinge der Regierung; die Bauern konnten endlich in Frieden und Sicherheit das Land bestellen, das ihre Väter dem Adel und der Kirche weggenommen hatten. Die Religion wurde respektiert, aber das Wirken der Priester blieb auf den geistlichen Bereich beschränkt; das Haus und die Frauen gehörten dem Patriarchen der Familie und die Schule zum Staat.

Tatsächlich war der Hauptanlaß zu Klagen gegen Napoleons Regierung in den Augen der Mehrheit seiner Untertanen nicht politischer noch gesellschaftlicher oder religiöser Natur, sondern betraf die Verwaltung. Die in Paris zentralisierte Verwaltungsmaschinerie, von der das Leben der entlegensten Weiler reglementiert wurde, arbeitete mit der Ineffizienz und Schwerfälligkeit jeder zentralisierten Verwaltung, doch wirkte sich auch hier der schlechte Gesundheitszustand des Autokraten verschlimmernd aus. Seine persönliche Überwachung der Regierungsgeschäfte wurde zunehmend unregelmäßiger, und weil die unausrottbare Tradition der kaiserlichen Verwaltung forderte, daß in allen Angelegenheiten auf Initiativen von oben zu warten sei, wurde Frankreich 1820 von den Tuilerien kaum besser regiert, als es 1807 von den polnischen Feldlagern aus regiert worden war.

In den Verträgen vom Herbst 1815 war es dem schlauen Metternich durch meisterhaftes diplomatisches Verhandlungsgeschick gelungen, im Austausch gegen die Habsburgischen Niederlande (Belgien) die ehemals venezianischen Territorien, die Lombardei sowie größere Gebiete Galiziens zu erhalten. Wie in Mitteleuropa der Rhein, so wurde in Italien der Ticino zur geographischen Grenze zwischen dem napoleonischen System und dem *ancien régime* – die bis dahin beide noch kaum vom erwachenden italienischen Nationalgefühl bedroht waren. Murat, der durch sein Verhalten den guten Willen beider Machtgruppierungen verspielt hatte, verlor sein Königreich und floh nach Südamerika. Niemand wagte Napoleon die Wiederherstellung des Kirchenstaates in seiner früheren Größe und Macht vorzuschlagen; der Papst konnte auf Anerkennung seiner Ansprüche so wenig rechnen wie die deutschen Fürstbischöfe, deren 1803 säkularisierte Territorien keiner der neuen Nutznießer wieder herauszugeben gedachte. Sizilien, von britischen Schiffen geschützt, blieb dem Haus Bourbon erhalten, aber von dem Augenblick an, da die Unterschrift unter dem Friedensvertrag die Furcht vor einer französischen Invasion bannte, ließ der britische Einfluß in Palermo rasch nach und die alten Methoden des sizilianischen Despotismus feierten ihre Auferstehung. Der Umstand aber, daß der König von Sizilien von den Großmächten gezwungen wurde, auf seine Ansprüche auf den Thron von Neapel zu verzichten, kam ihm bei seinen insularen Untertanen zustatten, deren Eifersucht durch diesen Akt der Trennung besänftigt wurde.

Der größte Teil der italienischen Halbinsel unterlag dem einigenden Einfluß des französischen zentralistischen System. Der Code Napoleons, die Ermutigung des Bürgertums, Verantwortung zu übernehmen, das Fehlen klerikalen Einflusses in Regierung und Bildungswesen, das verstärkte Hervortreten des Militärs und der Staatsidee blieben auf die Dauer nicht ohne Wirkung. Die klerikalen und liberalen Kräfte, noch immer durch die tödlichste Feindschaft getrennt, eine Feindschaft, die mit Sicherheit zu blutigen Ausbrüchen geführt hätte, wären die französischen Truppen nicht gewesen, standen der Besatzungsmacht gleichermaßen feindselig gegenüber. Aber während die Klerikalen auf die Wiederherstellung des *ancien régime* hofften, entweder durch die territoriale Ausdehnung des österreichischen und päpstlichen Territoriums, oder durch die Rückberufung der einheimischen Landesherren, träumten die Liberalen von einer italienischen Republik. Diese beiden Hauptströmungen hatten ihre Repräsentanten in Italien, die weit über die Landesgrenzen hinaus bekannt waren: die eine im Prinzen des Hauses Savoyen, der die Hoffnung der Reaktionäre war; und die andere in dem Sohn des genuesischen Arztes, der die berühmte ›Società Savonarola‹ gegründet hatte, in der Mitglied zu werden für viele nationalbewußte junge Italiener Ehrensache war. Im Jahre 1832 fielen diese romantischen jungen Helden beide Napoleons Polizei zum Opfer; Karl Albert wurde trotz seiner Verkleidung in Turin erkannt und erlitt das Schicksal des Duc d'Enghien. Mazzini, der ein Jahr zuvor mit Mühe aus den venezianischen Voralpen entkommen war, wo er versucht hatte, die Bevölkerung gegen Österreich-Ungarn aufzuwiegeln, versuchte in Genua einen Volksaufstand gegen die Franzosen anzuzetteln, fand aber keinen Anklang bei den italienischen Soldaten, die in dem bestehenden Regime alles fanden, was sie wollten. So wurde er gefangengenommen und mit zwölf Anhängern erschossen.

Die Hinrichtungen des Prinzen von Savoyen und des genuesischen Propheten der nationalen Einheit erinnerten Europa daran, daß Napoleon im Alter blieb, was er schon in seiner Jugend gewesen war: ein Gegner des *ancien régime* und der demokratischen Freiheit gleichermaßen. Welche dieser beiden Hauptströmungen durch seinen Tod am meisten gewinnen würde, war unmöglich vorauszusehen.

Am Abend des 4. Juni 1836 präsidierte Napoleon mit noch mehr als seiner gewohnten invalidenhaften Lethargie einer Sitzung seines Staatsrates. Die letzten Meldungen aus Italien wurden verlesen, und man diskutierte über eine engere Zusammenarbeit mit der österreichischen Polizei, um den Umtrieben italienischer Nationalisten besser begegnen zu können. Der Kaiser hatte stumm und zerstreut an seinem Platz gesessen, das Kinn auf der Brust. Plötzlich durchdrang das Wort ›Italien‹ sein Bewußtsein. Er blickte auf und in seinen Augen glomm der Widerschein des alten Feuers. »Italien!« sagte er. »Wir marschieren morgen.

Die Armee der Alpen wird sich um die Republik verdient machen.« Dann schien er in seine Zerstreutheit zurückzusinken und murmelte: »Ich muß Josephine zurücklassen. Sie wird sich nichts daraus machen.« Er hatte in letzter Zeit oft so von seiner ersten Gemahlin gesprochen, die er offenbar irgendwo im Palast wähnte, aber nicht bereit, mit ihm zusammenzutreffen. Auf Empfehlung der Ärzte hatte der Staatsrat die Gewohnheit angenommen, sich zu vertagen, sobald er in einer Sitzung ihren Namen erwähnte. Darum zogen sich die Minister zurück.

Der Rest der Geschichte kann am besten von M. Villebois erzählt werden, dem Leibarzt des kaiserlichen Haushalts.

»Während der Staatsrat tagte, ging ich unten in den Gärten der Tuilerien spazieren. Es war eine schwüle und stille Juninacht. Die Stadt war zur Ruhe gegangen, und die Bäume schliefen mit ihr. Plötzlich ist aus dem offenen Fenster des Sitzungssaales ein Geräusch zu vernehmen, unbegreiflich unmelodiös. Ich blicke auf und sehe den Kaiser allein auf dem Balkon stehen, eingerahmt von der hellen Türöffnung mit den Lichtern hinter ihm. Sich selbst mit heftigen, fahrigen Gesten begleitend, intoniert er mit einer Stimme durchdringenden Mißklangs die Marseillaise, die französische Revolutionshymne, deren Gebrauch durch seine Untertanen er bei Strafe verboten hat. Aber ich weiß, daß es für ihn nicht eine Revolutionshymne ist, sondern ein *chant du départ*. Ich stürze hinauf und finde eine Gruppe von Ministern und Lakaien ratlos vor der Tür. Niemand wagt einzutreten. ›Doktor‹, sagte der alte Marschall N., ›genauso sang er dieses verwünschte Lied am Abend, bevor wir die russische Grenze überschritten. Damals standen wir unten in einem Raum beisammen und zitterten, und einer erzählte mir, daß er es am Abend vor dem Einmarsch nach Italien geradeso gesungen habe, allein in seinem Zimmer.‹

Ich drängte mich an dem wackeren alten Mann vorbei, öffnete die Tür und trat ein. Der Gesang hatte aufgehört, aber das Lied war durch die Sommernacht hinausgedrungen, und in der Rue de Rivoli hatte ein heimwärts schwankender Betrunkener die krächzenden Töne vernommen, war in den Gesang eingefallen und grölte ihn weiter. Ich hielt Umschau nach meinem Herrn und sah ihn zuerst nicht. Auf einmal merkte ich, daß Napoleon tot zu meinen Füßen lag. Ich hörte die Flüche des Betrunkenen, als die Polizei ihn unter den Arkaden festnahm.«

Wenn Erzherzog Ferdinand seine Frau nicht geliebt hätte

von A. J. P. TAYLOR

Vorbemerkung des Herausgebers: A. J. P. Taylors Beitrag weicht von den anderen erheblich dadurch ab, als er Ereignisse der wirklichen Geschichte beschreibt; das Element von Phantasie und Einbildungskraft ist also nicht vom Autor beigestellt, sondern wird vom Leser verlangt. Wenn Erzherzog Ferdinand seine Frau nicht geliebt hätte, wäre er womöglich nicht nach Sarajewo gefahren, Wie er es tat. Wäre er nicht nach Sarajewo gefahren, dann wäre er wahrscheinlich niemals ermordet worden. Wäre er aber zu jenem Zeitpunkt nicht ermordet worden, so hätte der Erste Weltkrieg vielleicht niemals stattgefunden. Hätte es keinen Ersten Weltkrieg gegeben, so wären womöglich auch die russische Revolution, das Diktat von Versailles, der Aufstieg Adolf Hitlers und der Zweite Weltkrieg ausgeblieben. Die Habsburger könnten heute ein wohlwollendes Symbol der Einheit für die vereinigten Völker des Donaubeckens sein. Die Hohenzollern könnten vornehm über Deutschlands Wirtschaftswunder präsidieren. Und die Romanows, obschon ihrer Anmaßung beraubt, Alleinherrscher aller Russen zu sein, könnten das verehrte Herrscherhaus einer turbulenten, aber mächtigen Demokratie sein.

Am 28. Juni 1900 heiratete Erzherzog Franz Ferdinand die Gräfin Sophie Chotek. Es war eine gedämpfte, traurige Zeremonie. Der Erzherzog war Thronerbe der Habsburger Monarchie; er stand in der Thronfolge als nächster hinter dem betagten Kaiser Franz Josef. Er war zukünftiger Träger der Kaiserwürde, der ungarischen Königskrone und vieler weiterer Titel. Sophie Chotek war bloß Gräfin; sie erfüllte nicht die Voraussetzungen von Herkunft und Stand, die für eine eheliche Verbindung mit dem Kaiserhaus als unerläßlich angesehen wurden. Franz Ferdinand mußte auf die Thronfolgeansprüche aller Kinder, die etwa aus dieser Verbindung hervorgehen würden, Verzicht leisten. Seine Frau wurde nicht Erzherzogin oder eine Kaiserliche Hoheit. Viele treue Monarchisten sahen darin eine schlechte Vorbedeutung für die Dynastie der Habsburger. Niemand aber sah voraus, daß Franz Ferdinand mit seinem Hochzeitstag das Datum seines Todes festgesetzt hatte, geschweige denn, daß dies zum Tod vieler Millionen Menschen führen würde. Denn sein Hochzeitstag legte im Grunde die Lunte zum Ersten Weltkrieg.

Franz Ferdinand war ein brutaler und eigensinniger Mann, ungeduldig mit der Opposition, ungeeignet für ein demokratisches Zeitalter. Aber er hatte einen gewinnenden Zug: er liebte seine Frau. Es verdroß ihn, daß sie nie an seinem Glanz teilhaben konnte, daß sie bei öffentlichen Anlässen niemals auch nur an seiner Seite sitzen durfte. Hier gab es ein Schlupfloch. Der Erzherzog war Feldmarschall und Generalinspekteur der österreichisch-ungarischen Armee. Seine Frau konnte sich der Anerkennung seines Ranges erfreuen, wenn er in seiner militärischen Eigenschaft auftrat. Daher beschloß er 1914, die Truppen in Bosnien zu inspizieren. Dort, wo das Land unter Militärverwaltung stand, konnten der Erzherzog und seine Frau am 28. Juni, dem Jahrestag ihrer Hochzeit, in einem offenen Landauer Seite an Seite durch die Hauptstadt Sarajewo fahren. So, aus Liebe, ging der Erzherzog seinem Tod entgegen.

Bosnien und seine Schwesterprovinz, die Herzegowina, waren relativ neue Erwerbungen des Habsburger Reiches. Ehemals türkisch und Schauplatz zahlreicher Rebellionen, standen sie seit 1878 unter österreichischer Militärverwaltung und waren erst 1908 formell anektiert worden. Die Bewohner beider Provinzen waren Südslawen, Serben und Kroaten, und viele von ihnen, insbesondere die jüngeren, konnten nicht verwinden, daß sie unter Habsburgische Herrschaft gekommen waren, statt sich Serbien anzuschließen, dem Staat ihrer nationalen Identität. Romantische junge Männer, erfüllt vom idealistischen Feuer des Nationalismus, beteiligten sich an Verschwörungen, suchten Verbindungen zum serbischen Geheimdienst und unternahmen erfolglose Anschläge gegen hohe Beamte der Donaumonarchie. Als der Besuch des Erzherzogs angekündigt wurde, beschloß eine Gruppe von Gymnasiasten und Studenten auf ihn zu schießen. Sie wurden in ihrem Vorhaben bestärkt und mit Waffen versorgt von einer radikalen serbisch-nationalistischen Geheimorganisation, die gemeinhin ›Schwarze Hand‹ genannt wurde. Ihr Kopf, der geheimnisvolle Apis, stand in scharfem Gegensatz zu seiner eigenen Regierung und war mehr daran interessiert, sie in Schwierigkeiten zu bringen, als den Erzherzog zu töten. Apis hatte schon zahlreiche Komplotte geschmiedet, doch war ihm bisher keines gelungen.

Selbst dieser Erfolg war zufällig. Am 28. Juni fuhren der Erzherzog und seine Frau durch die Straßen Sarajewos. Einer der jungen Verschwörer unterließ es, den Revolver zu ziehen; ein anderer hatte Mitleid mit der Gemahlin des Erzherzogs und ging nach Hause; ein dritter warf seine Bombe und fehlte. Der Erzherzog erreichte das Rathaus der Stadt. Er war zornig: der glanzvolle Auftritt, den er seiner Frau hatte verschaffen wollen, war durch den Bombenwurf verdorben. Er beschloß die Stadt sogleich zu verlassen. Aber sein

Chauffeur war nicht unterrichtet. Er nahm die falsche Abzweigung, hielt den Wagen an und stieß zurück. Gavrilo Princip, ein Student, der zu der Verschwörergruppe gehörte, sah zu seiner Verblüffung plötzlich den haltenden Wagen vor sich. Er sprang auf das Trittbrett, tötete den Erzherzog mit einem Schuß, zielte auf einen Begleiter auf dem vorderen Sitz und traf die Frau des Erzherzogs, die dahinter im Fond saß, mit einem zweiten. Auch sie starb beinahe augenblicklich. So verlief der Mordanschlag von Sarajewo.

Es war mehr als ein Verbrechen. Es war eine Herausforderung Österreich-Ungarns in seiner Rolle als Bosniens Beherrscher; eine Herausforderung auch an sein Prestige als Großmacht, das in den letzten Jahren gelitten hatte. Seine Staatsmänner waren gezwungen, eine eindrucksvolle Genugtuung zu verlangen. Warum führte dies zu einem großen Krieg? Wartete irgendeine Macht nur auf einen Vorwand, oder hatte vielleicht schon beschlossen, im August 1914 einen Krieg zu beginnen? Manche Historiker glauben es. Sie verweisen auf die Verbreiterung des Nordostseekanals für deutsche Schlachtschiffe, die gerade im Juli 1914 vollendet war; sie sagen, die deutsche Armee sei damals auf dem Höhepunkt ihrer Überlegenheit gewesen – ein paar Jahre später hätten die Armeen der Franzosen und Russen ihren Vorsprung in Ausbildung und Bewaffnung eingeholt. Andere Historiker haben eine unerträgliche Spannung in den Beziehungen der Großmächte zueinander entdeckt, die früher oder später hätte zum Bruch führen müssen. Natürlich fehlte es nicht an Spannungen, wo fünf Großmächte einander in ungezügeltem Nationalgefühl gegenüberstanden. Diese Spannung war aber nicht größer als in den vorausgegangenen Jahren, sondern eher geringer. Das Deutsche Reich und Großbritannien standen auf gutem Fuß miteinander, ihre Flottenrivalitäten waren durch das Abkommen über die

Bagdadbahn und erfolgreiche Verhandlungen über eine zukünftige Aufteilung der portugiesischen Kolonien in den Hintergrund getreten. Auch im Verhältnis zu Frankreich bahnte sich eine Verbesserung des Klimas an. Im April 1914 hatten die Wahlen in Frankreich eine friedliebende Mehrheit von Radikalen und Sozialisten erbracht. Die deutschen Industriellen wollten keinen Krieg. Sie waren aus guten Gründen überzeugt, daß Deutschland schon durch seine wirtschaftliche Kraft bald zur führenden Macht in Europa aufsteigen würde. Ferner gab es in England und Frankreich viele Menschen, die Rußland mehr fürchteten als Deutschland. Urteilsfähige Beobachter vertraten die Ansicht, daß die zukünftige Machtkonstellation ein Bündnis der drei westeuropäischen Mächte – Frankreich, Deutschland und Großbritannien – gegen den russischen Koloß sein würde. Alle Entwicklungslinien verliefen zu Deutschlands Gunsten. Warum solche Aussichten durch Krieg verderben?

Es widerstrebt den Menschen, zu glauben, daß große Ereignisse kleine Ursachen haben. Daher waren sie, als der Große Krieg begann, überzeugt, daß er das Ergebnis untergründiger Kräfte und Entwicklungen sein müsse, die sich nun zwangsläufig in einem Konflikt entluden. Es ist schwierig, diese Kräfte zu entdecken, wenn wir die Details untersuchen. Nirgendwo gab es eine bewußte Entschlossenheit, den Krieg zu provozieren. Staatsmänner verrechneten sich. Sie gebrauchten die Instrumente des Bluffs und der Drohung, die sich bei früheren Anlässen als wirksam erwiesen hatten. Diesmal aber ging es schief. Die Abschreckung, auf die sie sich verließen, versagte; die Staatsmänner wurden zu Gefangenen ihrer eigenen Waffen. Die gewaltigen Armeen, aufgebaut, um Sicherheit zu garantieren und den Frieden zu bewahren, drängten die Nationen durch ihr eigenes Gewicht in den Krieg.

Die Herrscher Österreich-Ungarns hatten früher schon Streitigkeiten mit Serbien gehabt. Diesmal wollten sie nicht zurückweichen. Sie wandten sich um Unterstützung an ihren deutschen Verbündeten. Am 5. Juli erhielten sie die Zusage. Wilhelm II., der deutsche Kaiser, und Bethmann-Hollweg, sein Reichskanzler, rieten den Österreichern, eine harte Haltung einzunehmen; überdies versprachen sie deutsche Unterstützung für den Fall, daß Rußland drohen sollte, Serbien Hilfe zu leisten. Dies war keine Entscheidung für den Krieg. Drohungen hatten in der Vergangenheit Prestige und Erfolg gebracht, ohne den Frieden ernstlich zu gefährden; die deutsche Regierung nahm an, daß die Entwicklung wieder den gleichen Verlauf nehmen würde. Wilhelm II. reiste zu einer Kreuzfahrt in norwegischen Gewässern ab; niemand dachte daran, den gleichfalls im Urlaub befindlichen Generalstabschef Moltke vor drohender Kriegsgefahr zu warnen.

Die Österreicher ließen sich Zeit. Immer zum Zögern geneigt, suchten sie in einer gemächlichen Art und Weise nach einem Beweis, daß die serbische Regierung in den Anschlag von Sarajewo verwickelt gewesen sei. Sie fanden keinen Beweis; nie wurde einer gefunden. Am 23. Juli ließ die österreichisch-ungarische Regierung Serbien jedoch ein Ultimatum zugehen, das auf die Demütigung der anderen Seite abzielte. Am 25. Juli nahmen die Serben es mit gerade soviel Vorbehalten an, um einen Rest von Prestige zu wahren. Österreich-Ungarn brach daraufhin sofort die diplomatischen Beziehungen ab; am nächsten Tag erklärte es den Krieg. Dies war freilich weit von einem wirklichen Krieg entfernt. Es war ein diplomatisches Manöver, wenn auch ein besonders gewaltsames. Die österreichisch-ungarische Armee war noch auf Wochen hinaus überhaupt nicht einsatzbereit.

Nun war Rußland am Zug. Es war, oder behauptete

zu sein, der Gönner und Schutzherr der slawischen Völker und Staaten auf dem Balkan. Es konnte nicht erlauben, daß Serbien gedemütigt würde. Hinzu kam eine realpolitische Erwägung: wenn Deutschland und Österreich-Ungarn den Balkan beherrschten, würden sie Konstantinopel kontrollieren; ihre Hände würden an einer russischen Schlagader sein, der Meerenge des Bosporus und der Dardanellen, durch die Rußland einen großen Teil seines Außenhandels abwickelte. So war auch Rußlands Motiv Sicherheit und Überleben, nicht territoriale Expansion. Die Russen wollten Österreich-Ungarns gewalttätige Diplomatie nur mit einer eigenen starken Drohung beantworten – und seine Mobilmachung gegen Österreich-Ungarn war tatsächlich als eine diplomatische Demonstration gedacht. Damit kam ein wesentlicher strategischer Faktor hinzu. Alle europäischen Mächte hatten große Armeen aus Wehrpflichtigen aufgebaut. Die Pläne zur Mobilmachung dieser Millionen beruhten auf dem Einsatz von Eisenbahnen; und Eisenbahnfahrpläne können nicht improvisiert werden. Sind sie einmal in Bewegung, müssen die Züge unerbittlich und unausweichlich weiterrollen, ihren vorbestimmten Zielen entgegen. Pferde können beim Übergang über einen Strom gewechselt werden, Eisenbahnwaggons nicht. Die Österreicher hatten bereits entdeckt, daß, wenn sie gegen Serbien mobil machten, sie nicht gegen Rußland mobil machen konnten; darum hatten sie abgewartet. Nun merkten die Russen, daß, wenn sie gegen Österreich-Ungarn mobil machten, sie gegen Deutschland wehrlos sein würden. Die allgemeine Mobilmachung – nicht für den Krieg, sondern um ihre Position im diplomatischen Konflikt zu erhalten – war ihre einzige Zuflucht. Am 30. Juli entschlossen sie sich dazu. Die Russen wollten keinen Krieg und hatten keinen geplant. Sie wollten lediglich zeigen, daß, wenn die Österreicher drohten, auch sie drohen konnten. Ein Bluff wurde auf den anderen gesetzt.

Hier kam der zweite strategische Faktor ins Spiel, und er hatte entscheidende und verhängnisvolle Auswirkungen. Alle militärischen Sachverständigen in Europa glaubten, daß der Angriff das einzig wirksame Mittel moderner Kriegführung sei, darum selbst für Verteidigungszwecke unentbehrlich. Damit befanden sie sich in einem folgenschweren Irrtum. Sie hätten aus dem russisch-japanischen Krieg von 1904–05 und aus den Balkankriegen der Jahre 1912–13 (oder sogar aus dem amerikanischen Sezessionskrieg ein halbes Jahrhundert früher) lernen können, daß die technische Entwicklung der Kriegswaffen die Verteidigung stärker und einen Angriff schwieriger machte. Keine der europäischen Mächte hatte diese Lektionen gelernt oder war bereit, sich davon leiten zu lassen. Nach der alten Devise »Angriff ist die beste Verteidigung« hatte jeder Generalstab Offensivpläne ausgearbeitet – und nur Offensivpläne. Alle hofften auf einen entscheidenden Sieg durch den überlegenen Angriffsgeist ihrer Armeen. Alle bis auf einen. Der deutsche Generalstab glaubte nicht an eine siegreiche Entscheidung, wenn seine Heere gleichzeitig einen Zweifrontenkrieg gegen Frankreich und Rußland führen müßten. Darum hatte er seit langem – schon seit 1892 – geplant, im Kriegsfalle den größten Teil der bewaffneten Macht in den Westen zu werfen und Frankreich zu bezwingen, bevor die schwerfälligere Maschinerie der russischen Mobilmachung in Gang kommen könnte. 1914 wurde es oft gesagt, und seitdem ist es noch oft wiederholt worden: »Mobilmachung bedeutet Krieg.« Dies traf nicht zu. Alle Mächte bis auf eine konnten mobilisieren und gleichwohl die diplomatischen Verhandlungen fortsetzen, während die Armeen innerhalb ihrer Grenzen bereitstanden. Die Mobilmachung war eine hochgradige

Drohung, aber doch nur eine Drohung. Für das deutsche Reich jedoch bedeuteten Mobilmachung und Krieg aus strategischen Gründen dasselbe. In diesem Sinne war Schlieffen, Chef des deutschen Generalstabs von 1892–1906, obgleich inzwischen verstorben, der wahre Urheber des Ersten Weltkrieges. »Mobilmachung bedeutet Krieg« war seine Parole. 1914 zog seine tote Hand automatisch den Abzug durch.

Denn die russische Entscheidung zur Mobilmachung warf den deutschen Zeitplan über den Haufen. Wenn Deutschland untätig blieb, mußte es den Vorteil überlegener Schnelligkeit verlieren. Es würde sich dem Krieg an zwei Fronten gegenübersehen, nicht an einer; und ein solcher Krieg, so lautete die vorherrschende Meinung, war nicht zu gewinnen. Entweder mußte Rußlands Mobilmachung sofort durch Kriegsdrohung gestoppt werden; oder der Krieg mußte beginnen, auch sofort. Am 31. Juli fragte Bethmann-Hollweg den Generalstabschef Moltke: »Ist das Vaterland in Gefahr?« Moltke antwortete: »Ja.« Dies war der Augenblick der Entscheidung. Deutschland übergab der russischen Regierung ein Ultimatum, in dem es die russische Demobilisierung innerhalb von zwölf Stunden verlangte. Die Russen lehnten ab. Am 1. August erklärte das Deutsche Reich Rußland den Krieg. Zwei Tage später Frankreich, ohne einen ernsthaften Versuch zur Rechtfertigung. Der Erste Weltkrieg hatte begonnen – den Staatsmännern Europas aufgezwungen von Eisenbahnfahrplänen. Es war ein unerwarteter Höhepunkt des Eisenbahnzeitalters.

Zeittafel der Wendepunkte

Diese Übersicht, thematisch und annähernd chronologisch nach den Wendepunkten sortiert, an denen die alternative Geschichte von unserer abzweigt, faßt die Texte im vorliegenden Band und die Beiträge im Folgeband (*Alexanders langes Leben, Stalins früher Tod*, HEYNE-BUCH Nr. 06/6311) zusammen. Die Beiträge im vorliegenden Band sind mit einem Sternchen gekennzeichnet.

Der antike Weltstaat

323 v. u. Z.	Titus Livius: Wenn Alexander der Große sich gegen Rom gewandt hätte
323 v. u. Z.	A. Toynbee: Wenn Alexander der Große weitergelebt hätte
9	F. Cornelius: Ein Manuskript aus dem Jahr 634

Andere Wege in die Neuzeit

1240	G. W. Inomerski: Ögädai-Chan stirbt zwei Jahre früher
um 1452	W. Jeschke: Die Cusanische Acceleratio
1460	G. W. Inomerski: Nowgorod vereinigt die russischen Länder
1491	* P. Guedalla: Wenn die Mauren in Spanien gesiegt hätten
um 1570	* G. K. Chesterton: Wenn Don Juan d'Austria Maria Stuart geheiratet hätte
1612	G. W. Inomerski: Gustav Adolf vertreibt die Polen aus Moskau
1745	* C. Petrie: Eine jakobitische Phantasie

Louis XVI., Napoleon I.

1774	* A. Maurois: Wenn Ludwig XVI. eine Spur von Festigkeit gezeigt hätte
1791	* H. Belloc: Wenn Drouets Karren steckengeblieben wäre
1812	G. W. Inomerski: Napoleon überwintert in Moskau
1815	* G. M. Trevelyan: Wenn Napoleon bei Waterloo gewonnen hätte
1815	* H. A. L. Fisher: Wenn Napoleon nach Amerika entkommen wäre

Dichter im 19. Jahrhundert: Nur Tote sind unsterblich

1824	* H. Nicolson: Wenn Byron König von Griechenland geworden wäre
1827	E. Friedell: Angsttraum des Germanisten
1837	G. Sell: Georg Büchner. Die zweite Lebenshälfte

Nord gegen Süd: Bürger- und Bundeskriege

1863	* W. S. Churchill: Wenn Lee die Schlacht von Gettysburg nicht gewonnen hätte
1865	J. Thurber: Wenn Grant bei Appomattox betrunken gewesen wäre
1865	* M. Waldman: Wenn Booth Präsident Lincoln verfehlt hätte
1866	C. Amery: Leyermärkische Documente

Ins 20. Jahrhundert: Der wohltemperierte Fortschritt

1867	G. W. Inomerski: Rußland behält Alaska
1888	* E. Ludwig: Wenn Kaiser Friedrich III. nicht Krebs gehabt hätte
1900	K. Steinmüller: Churchill im Fernsehen. Wider die Vermengung von Fakten, Fiktionen und Fraktalen
1914	* A. J. P. Taylor: Wenn Erzherzog Ferdinand seine Frau nicht geliebt hätte

1926	* F. R. Knox: Wenn der Generalstreik erfolgreich gewesen wäre

Noch mehr tote Dichter

1930	* J. Squire: Wenn 1930 entdeckt worden wäre, daß Shakespeares Werke in Wirklichkeit von Bacon stammen

Stalin & Hitler

1909	S. Wedemeyer-Schwiersch: Requiem für einen Stümper
um 1925	W. Rybakow: Vor langer Zeit verloren
1931	W. Murray: Eines Taxichauffeurs Werk
1932	E. Simon: Wenn Thälmann 1934 nicht Reichspräsident geworden wäre
vor 1939	K. Bulytschow: Stalins Trumpf
1939	M. Parowski: Der Sturm
1944	V. Zyx: Historische Konstanten: Die Notwendigkeit der Wiedervereinigung 1990

Die vorerst letzte Wendung

1979	K. Kruschel: Herrliche Zeiten
1995	I. Monke: Die BayernKrise